**Claire McGowan** est née en Irlande du Nord en 1981. Elle a grandi dans un village où l'événement le plus palpitant a sans doute été la cavalcade d'un troupeau de vaches le long de la route. Elle vit désormais à Londres où, après avoir exercé le métier de journaliste, elle a décidé de se consacrer à plein temps à l'écriture. Ses romans policiers seront bientôt adaptés en série par la BBC. Elle a dirigé pendant deux ans la Crime Writers' Association et enseigne désormais l'écriture du roman noir dans une prestigieuse université londonienne. Elle se réjouit que ses livres soient désormais accessibles en français, une langue qu'elle parle couramment.

De la même autrice :

*Personne ne doit savoir*
(Prix des Lectrices 2023)
*Dans mon ombre*
*Ouvre-moi*
*Deux Vérités, Un Mensonge*

Ce livre est également disponible
au format numérique

www.editions-hauteville.fr

Claire McGowan

# *Dans mon ombre*

Traduit de l'anglais (Irlande du Nord) par Sébastien Baert

Hauteville

Hauteville est un label des éditions Bragelonne

Titre original : *The Other Wife*


ISBN : 978-2-38122-961-4

Bragelonne – Hauteville
58, rue Jean Bleuzen – 92170 Vanves

E-mail : info@editions-hauteville.fr
Site Internet : www.editions-hauteville.fr

Le feu se propage rapidement.

Bien plus vite que ce qu'elle pensait. Déjà des flammes orange viennent lécher le toit de la grande bâtisse, et de la fumée noire s'échappe des fenêtres et de la porte. Elle court, glisse, l'herbe sous ses pas est humide de rosée. Les chiens courent à ses côtés ; elle distingue vaguement leur fourrure et entend tout juste leurs aboiements. Ils savent que quelque chose ne va pas, mais ils ne comprennent pas à quel point c'est grave. Elle n'est pas certaine de l'avoir compris elle-même. Elle sent déjà le feu, épais et suffocant, et imagine comment c'est à l'intérieur. De la fumée, de la chaleur et de la terreur pure. Aucune issue.

Au sommet de la colline, le reflet de la mer dans le lointain, la lune donnant des éclats argentés à l'onde noire, elle s'immobilise. Il sera désormais impossible de s'échapper de la maison, elle le voit bien. Elle est gagnée par un curieux sentiment : du soulagement peut-être, ou de l'exaltation, mêlés à de la peur ? La demeure s'est embrasée comme une allumette. Il faudrait qu'elle coure jusque chez les voisins les plus proches, qu'elle leur demande d'appeler les pompiers, qu'elle leur explique en butant sur les mots qu'elle promenait ses chiens tard dans la soirée, qu'elle n'avait pas pu trouver le sommeil, qu'elle se sentait terriblement coupable d'y avoir réchappé. Puis ce sera fini. Mais, alors qu'elle attend encore un petit instant, figée, elle voit ce qui restera à jamais gravé dans sa mémoire : un visage blême, à une fenêtre, à l'étage. La fenêtre de Sebby.

Bien qu'il puisse tout juste atteindre le loquet, il est parvenu à l'entrouvrir, et elle entend son cri, porté par un souffle de cendres et de flammes, un cri que jamais elle n'oubliera. Son prénom, hurlé de terreur.

—Aide-moi ! Aide-moi !

Sans réfléchir, elle s'élance vers le brasier.

# Première partie

# Nora

La première fois que je la vis, je fus frappée par son expression. Compte tenu de ma propre situation, j'en fus étonnée. Qu'est-ce qui pouvait bien la rendre si triste ? Si quelqu'un devait déprimer, c'était bien moi, avec mon emménagement dans ce minuscule cottage et mon mobilier parqué dans un garde-meuble. Plus d'argent, plus de grande maison. Plus rien.

C'était lors d'une journée encore douce du mois d'octobre, quand je visitai le cottage pour la première fois. L'agent immobilier – Gavin, un jeune homme ayant eu la main un peu lourde sur la lotion après-rasage – m'y avait conduite dans sa petite Fiat. Son discours était usant. Alors qu'il me vantait le calme du cottage, sa tranquillité et son isolement, j'aurais voulu lui dire que ma décision était déjà prise. Le cottage était l'un des trois situés au bout d'un étroit chemin de campagne, à quelques kilomètres de la M25. La ville la plus proche s'appelait Sevenoaks, et elle n'était pas si proche. Il n'y avait rien d'autre à des kilomètres à la ronde, pas une seule construction. Jadis, ces cottages étaient destinés au personnel du grand domaine en ruine, situé quelques champs plus loin. Holly Cottage était inoccupé, à moitié abandonné. Ivy Cottage était celui que je comptais louer. Willow Cottage était celui dans lequel elle vivait.

— Vous aurez des voisins, m'annonça joyeusement Gavin. Un jeune couple sympa. Ils ont acheté la maison, oh, il y a environ six mois.

Je m'abstins de lui répondre. Je n'étais pas sûre d'être prête à faire leur connaissance. Cela me semblait trop tôt, après tout ce qui s'était passé. Mais, ressentant une certaine curiosité, j'ouvris l'œil lorsqu'on passa devant chez eux. Leur jardin était entretenu, mais je compris aussitôt qu'il s'agissait de citadins. Ils avaient planté tout ce qu'il ne fallait pas : des fleurs délicates qui ne survivraient pas à la première vague de froid ; une piètre tentative de culture en bac, dont je pus constater qu'elle était ravagée par les limaces.

En passant, Gavin roulant trop vite pour l'étroite route de campagne, j'aperçus du mouvement à la fenêtre, et, à l'intérieur, une femme portant la main à ses yeux pour nous observer. Elle avait le regard étrange, affamé, aurait-on dit. Sa chevelure était rouge comme un camion de pompiers, une nuance qui ne pouvait être naturelle, et son teint blafard.

— C'est la femme, expliqua Gavin. Elle vient de Londres. Pour échapper au stress du quotidien, voyez-vous. Ils ont tout refait : un système d'alarme sophistiqué, le chauffage par le sol…

J'eus alors de la peine pour elle. Peut-être parce que ces anciens citadins ne comprenaient jamais la vie à la campagne. À moins que ce soit à cause de son air mélancolique, presque triste. Apeuré, même. Ou à cause de la façon dont elle me suivit du regard lorsque je descendis de la voiture et que je remontai l'étroit chemin envahi par les mauvaises herbes jusqu'à Ivy Cottage. Comme si elle était prête à tout pour parler à quelqu'un, à n'importe qui. Je sentis que je devais lui faire un signe de la main, ou la saluer d'une manière ou d'une autre, mais la timidité m'en empêcha. Je verrais cela plus tard.

À l'intérieur, Ivy Cottage était humide et sombre, et n'avait pas été rénové depuis des années. La salle de bains était d'un vert citron suranné, et une vigne s'était frayé un passage par une fissure dans la fenêtre de la cuisine. À tous points de vue, cette bâtisse était moins bien que celle où j'avais vécu ces dix dernières années. Mais je ne pouvais plus y demeurer, il me fallait aller de l'avant.

— Je le prends, déclarai-je, éprouvant une petite pointe de plaisir en décelant dans le regard de Gavin une lueur de surprise qu'il tenta vainement de dissimuler.

Je n'eus pas l'occasion de lui adresser la parole, ce jour-là, mais je devinai déjà que nous finirions un jour par bien nous connaître.

Deux semaines plus tard, j'arrivai avec un camion. Les préparatifs du déménagement m'avaient occupée une bonne partie de la quinzaine. Faire des cartons, louer un garde-meuble... Ce n'était pas donné, mais je n'aurais pu supporter de me séparer de toutes mes belles choses. J'avais dû faire appel à des déménageurs, acheter des cartons, emballer mes affaires, procéder à mon changement d'adresse, résilier mes abonnements. Cela m'avait épuisée, et j'avais dû dépenser le peu d'argent qu'il me restait. J'étais encore bouleversée par le simple fait d'y penser, de ne plus pouvoir sortir ma carte bancaire et puiser dans la réserve inépuisable d'argent dont j'avais cru disposer.

Le dernier jour, j'avais verrouillé la maison – ma jolie maison – et laissé la clé dans la boîte aux lettres. L'espace d'un instant, j'avais eu envie d'en défoncer la porte, afin de la récupérer. J'avais imaginé ses nouveaux occupants pénétrant dans ce lieu désert aux murs immaculés et au sol couvert de parquet, lui insufflant de la couleur, du bruit et de la vie. Une maison de cette taille, il était fort probable qu'elle serait vendue à une famille avec des enfants. À cette idée, j'avais senti mon cœur se serrer, une impression aussi ancienne que familière. Les deux pièces à l'étage n'étaient encore qu'une chambre d'amis et un bureau, et non des chambres d'enfants ou une salle de jeu.

C'était ainsi. Je n'avais que quarante-deux ans… il y avait encore une chance. Je devais y croire.

Avec toute cette agitation, je n'avais pas eu le temps de penser à elle, à ma nouvelle voisine rousse. Ce fut lorsque le camion de déménagement s'engagea avec difficulté dans la petite allée – le véhicule se retrouva coincé sous des branches à plusieurs reprises – que je m'en rendis compte. Je ferais bientôt sa connaissance. Peut-être le jour même.

# Suzi

Tandis que j'étais affalée sur le canapé, entourée de mouchoirs en papier et de tasses de thé à moitié bues, le bruit du camion me fit sursauter. Dans cet état, tour à tour abattue par un désespoir aussi sourd qu'écrasant ou agitée de terreur, à tel point que je ne tenais pas en place et qu'il fallait que je fasse les cent pas dans le salon en échafaudant des plans, tu ne m'aurais pas reconnue. Comment m'échapper ? Où aller ? Chaque fois que le téléphone fixe sonnait et que mon portable vibrait, mon cœur faisait des bonds. Je le sentais battre à tout rompre dans ma poitrine, déversant des torrents d'adrénaline dans mes veines. Si quelqu'un avait su dans quelle situation je me trouvais, il m'aurait demandé : « Comment as-tu pu en arriver là ? Comment as-tu pu être aussi naïve ? » S'il s'était agi d'une d'autre, j'aurais eu la même réaction.

Alors, en entendant le camion, je me levai en sursaut, réfléchissant déjà à toutes sortes d'excuses. « Ce n'est pas vrai. Ce n'est pas ce que je voulais dire. Je suis désolée. » Poppet s'était élancé vers la porte, ses griffes dérapant sur le sol en ardoise, aboyant bêtement. Il y avait très peu de circulation ici. On ne se faisait pas livrer le lait, et Nick avait fait adresser la majeure partie du courrier à son bureau. C'était certainement lui qui rentrait en avance. Je n'étais pas habillée et n'avais pas commencé à préparer le dîner. Qu'allait-il dire ? À moins que ce soit autre chose. *Elle.*

Mais, non, c'était un camion de déménagement, et je me rappelais avoir vu la voiture de l'agent immobilier quelques semaines auparavant. Quelqu'un était venu visiter le cottage voisin. Je n'aurais jamais imaginé qu'il trouverait preneur. Un déménageur musclé aidait une femme à descendre de la cabine. Âgée d'une quarantaine d'années, elle portait un corsage et des bottes en caoutchouc vertes. Elle avait de longs cheveux bruns aux racines grisonnantes, et je remarquai malgré la distance qu'elle n'était pas maquillée. Comme moi. Peut-être s'était-elle fait la même réflexion : « Il n'y a personne pour nous voir, ici. »

Avant toute cette affaire, j'avais vraiment essayé de m'adapter. Au fond de moi, j'étais soulagée d'avoir quitté ma situation délicate au travail, mes histoires avec Damian et Londres, tout simplement. Les premières semaines, j'avais eu l'impression d'être en vacances, me réveillant sous le toit mansardé du cottage, et avec le chant des oiseaux, à l'extérieur. J'avais enfilé mes bottes de pluie Hunter, ma veste matelassée Tom Joule et une sorte de cache-col que la mère de Nick m'avait offert pour Noël. Ce qui me poussa à me demander, avec le recul, si elle avait été au courant. J'avais l'impression que tout le monde savait que nous allions déménager, sauf moi. Quand Nick rentrait à la maison, je faisais en sorte d'être en train de cuisiner, de nettoyer ou de me disputer avec les différents artisans qui avaient transformé le cottage délabré en une jolie maison moderne dotée d'une cave à vin, d'un studio et d'une salle de musique pour les guitares dont Nick était censé jouer, et dont les frettes étaient couvertes de poussière parce qu'il ne les avait pas touchées depuis très longtemps. Je pouvais en toute bonne foi dire à mes amis que j'étais une femme occupée, une déesse de la rénovation.

« Ce que je suis jalouse », m'écrivait Claudia du fond d'un taxi. Quand je pensais à elle, filant vers un restaurant chic où on lui prendrait son manteau – beau, mais peu pratique – avant de lui offrir un verre, j'étais si envieuse que je sentais la bile monter dans ma gorge. Mais difficile d'avouer à ses amis à quel point on est malheureux sans se l'avouer à soi-même.

Aujourd'hui, la situation a changé. Lorsque, chaque matin, Nick part travailler et que mon sourire d'épouse s'estompe, je me mets à réfléchir à toutes les idées que je chasse de mon esprit lorsqu'il est à la maison. Je tire le pull-over de sous le lit. Je ne l'ai pas lavé… Dieu merci, je ne l'ai pas lavé. Je me regarde dans le miroir, je contemple mon corps nu allongé – *Comment as-tu pu être aussi stupide ?* – et je renifle ton odeur. L'espace d'un instant, à la fois si doux et douloureux que je manque d'éclater en sanglots, je suis de nouveau en ta présence. Presque tous les jours, je prie, obscurément, ne sachant pas vraiment qui ni quoi, afin de changer le passé, de retrouver les choses comme elles étaient. *Je vous en prie, laissez-moi remonter le temps. Donnez-moi une nouvelle chance.*

Ce matin-là, l'arrivée du camion me fit redescendre sur terre, m'obligeant à me regarder en face et à comprendre combien j'étais pathétique. Quel gâchis ! J'essuyai la morve et les larmes sur mon visage, m'apercevant que j'avais enfilé ton vieux pull sans m'être douchée. La honte m'envahit. Un sentiment familier, désormais. Que dirait Nick s'il me voyait ? Que dirais-tu, toi, d'ailleurs ? Je compris que je ferais mieux de me laver avant d'aller faire la connaissance de ma nouvelle voisine.

C'était la première fois que je la rencontrais. Même si je ne risquais rien, je me sentis nerveuse… terrifiée. J'en tremblais. Parfois, depuis que tu n'es plus là, j'ai tellement peur que je sens mon cœur battre comme les ailes d'un oiseau de malheur.

# Elle

Des années auparavant, quand Elle était encore adolescente, sa mère lui avait dit qu'il était important de tout préparer avant que son mari franchisse le seuil de la maison. Se refaire une beauté, se brosser les cheveux, changer de vêtements. Ranger la cuisine et le linge qui traînait. L'accueillir avec le sourire, lui demander comment s'était passée sa journée.

Elle en avait ri, intimement convaincue qu'elle ne se marierait jamais. Elle serait trop occupée à savourer les applaudissements à la fin de ses concerts donnés à guichets fermés, saluant son public sous une pluie de roses. Elle porterait une robe de soie rouge et coifferait sa longue chevelure pour qu'elle lui tombe en cascade sur les épaules. Elle ne se marierait jamais, ou, sinon, avec un homme riche qui la vénérerait et n'attendrait jamais d'elle qu'elle abîme ses mains magiques en faisant le ménage.

Mais, presque trente ans plus tard, elle devait reconnaître que sa mère avait eu raison. C'était important, la façon dont il vous voyait quand il passait la porte. Fraîche et souriante, ou contrariée, râlant qu'il n'ait pas sorti les poubelles ni réparé le robinet qui fuyait dans la salle de bains du bas. Parfois, elle s'arrangeait pour donner l'impression qu'elle n'avait fait aucun effort. Elle se lovait dans un fauteuil, les cheveux dans un foulard brillant, un livre à la main, un verre de vin à ses côtés. Elle n'aurait pas lu une ligne, et ce ne serait pas son premier verre. Mais il ne le saurait pas. L'apparence, seule, comptait. C'était ce qu'elle avait appris au fil des ans, en tout cas.

*Où es-tu ? Où es-tu ?*

À présent, elle s'était assise, trop inquiète pour maintenir les apparences, le regard rivé sur l'horloge. Vingt et une heures. D'ordinaire, il ne rentrait jamais si tard. Sans doute était-il allé boire un verre avec un collègue. Ils buvaient tellement, les médecins ; pas étonnant, vu le stress auquel ils étaient soumis. Elle se faisait un devoir de ne jamais le sermonner, même lorsque le dîner qu'elle avait préparé se racornissait dans le four. Elle se contentait de lui présenter ses excuses en souriant, se proposant de lui faire une omelette ou de lui commander quelque chose à manger.

Pourquoi ne lui avait-il pas envoyé de message ? Elle serrait son téléphone dans ses mains, laissant des traces de sueur sur l'appareil. Rien. Si seulement l'écran pouvait s'activer ou les points qui signifiaient qu'il écrivait clignoter. Qu'il lui fasse savoir que tout allait bien, qu'il allait revenir. Elle avait déjà consulté tous les sites d'informations, cherchant des mots-clés comme « accident », « collision », « emmené à l'hôpital ». Elle aurait honte s'il apprenait à quel point elle le faisait souvent, combien elle s'affolait facilement. Il travaillait à l'hôpital, pour l'amour du ciel, on l'aurait appelée tout de suite s'il lui était arrivé quoi que ce soit !

Elle avait les articulations exsangues. Avec précaution, elle déposa son téléphone, puis se leva pour s'activer. Elle redressa le coussin contre lequel elle s'était assise, exactement de la même teinte de bleu-vert que le vase sur le buffet. Elle épousseta quelques grains de poussière sur l'appui de la fenêtre. Même si la saleté n'avait pas eu le temps de s'installer. Certaines nuits, quand elle ne trouvait pas le sommeil, elle entendait presque la poussière tomber, les araignées tisser leurs toiles, la graisse s'accumuler dans la cuisinière. Alors, malgré l'obscurité, elle se levait et enfilait des gants en caoutchouc.

Se dirigeant vers la cuisine, elle baissa le feu sous le ragoût de poulet qu'elle faisait mijoter. Elle tentait généralement de préparer des plats qui ne s'abîmaient pas s'il était en retard. Elle rinça l'évier pour la quatrième fois. Elle arrangea les torchons. Il était dangereux de rester seule ainsi. Tout ce silence était propice aux idées noires. Des flammes léchant un mur de briques. Un visage à la fenêtre.

*Où es-tu ? Pourquoi n'as-tu pas appelé ? Où es-tu ?*

Puis, juste au moment où l'attente lui devenait insupportable, au moment où elle sentit la nécessité de se passer la main sous l'eau bouillante, ou de la poser sur la plaque de cuisson – n'importe quoi pour détourner son attention –, elle entendit le crissement béni, oui, béni, des pneus sur le gravier. Il était rentré !

Elle s'élança vers la porte à l'instant même où il la déverrouillait. Sain et sauf, indemne, de retour auprès d'elle. Elle se jeta dans ses bras.

— Dieu merci ! Je me faisais un sang d'encre !

— Eh, eh, qu'est-ce qui se passe ? Je n'ai pas tant de retard que ça.

— C'est juste que… tu n'as pas appelé, et je…

Il se libéra de son étreinte, posant les mains sur ses épaules.

— Ma belle Elle, nous en avons déjà discuté. Je ne peux pas toujours partir à l'heure, ni accéder à mon téléphone.

Tremblante, elle acquiesça. Elle se sentit submergée par un torrent de honte.

— Désolée, mon chéri. Je t'aime tellement… Je m'inquiète !

Il prit un air doux.

— Je sais. Mais tout va bien. Ma chérie, tu ne vas pas redevenir bizarre, n'est-ce pas ?

Elle évita son regard.

— Bien sûr que non. Je m'inquiétais juste un peu.

— Eh bien, je suis là, maintenant. Et si on dînait ? Je suis affamé !

— Bien sûr.

Les idées soudain claires, elle réfléchissait déjà à ce qu'elle devait faire. Préparer le ragoût, une salade, couper du pain, lui servir du vin. Vérifier que la bouteille qu'elle avait ouverte n'était pas trop entamée, et, si c'était le cas, la lui cacher, en déboucher une nouvelle, et se verser un verre pour lui faire croire que c'était tout ce qu'elle boirait ce soir-là.

— La journée a été difficile ?

— Le bazar, comme d'habitude.

Il ne pouvait pas lui en dire plus, elle le savait. Secret médical oblige. Elle sentit son cœur se gonfler de fierté. Sauver des vies, mettre des enfants au monde. Recoudre des femmes alors qu'elles gisaient en sang. Et voilà qu'il était là, auprès d'elle. Le moins qu'elle puisse faire était bien de lui offrir le foyer le plus accueillant possible.

— Assieds-toi, chéri. (Elle lui massa les épaules, le poussant à s'installer dans un fauteuil.) Tu dois être épuisé. Je vais t'apporter un verre. Un whisky ? Ou du vin ?

Il resta debout, la repoussant doucement.

— Il faut d'abord que je prenne une douche. Cette odeur d'hôpital…

Son rituel du soir, cela l'aidait à se détendre.

— Bien sûr. Il y a des serviettes propres et ce savon que tu aimes bien.

Il s'immobilisa au pied de l'escalier, lui souriant malgré son regard las.

— Que ferais-je sans toi ? Je descends dans une minute.

Elle l'entendit monter à l'étage, et, une fois de plus, elle fit le tour du salon pour s'assurer que tout était à sa place, bien rangé, propre et ordonné. Parfait.

Elle voyait presque sa mère lui sourire. Même si elle ne lui avait pas beaucoup souri de son vivant. « *Tu as enfin appris.* » Elle aimait à se dire qu'elle pouvait la regarder, à présent – son impeccable maison dans le quartier le plus agréable de Guildford, son beau mari médecin, sa cuisine française et ses tenues élégantes –, et qu'elle devait enfin approuver ses choix.

# Suzi

Je m'étais demandé si je devais lui apporter un cadeau de bienvenue, mais je n'étais pas le genre de femme à avoir des cookies dans des Tupperware ou des barquettes de fraises du jardin. J'allais simplement la saluer. J'enfilai mes Hunter trop propres, mon jean et mon pull – je ne me sentais pas prête à l'enlever, pas encore –, et je pris soin de faire un peu de rangement, au cas où Nick rentrerait tôt à nouveau. Je mis le lave-vaisselle en marche, un ronronnement silencieux sous le chrome brossé. J'ajustai le chauffage par le sol, car il faisait beaucoup trop chaud, même si, lorsque je vérifiai, le thermostat était réglé sur dix-huit degrés, et que, dehors, le temps de novembre avait changé, les journées se faisant considérablement plus fraîches. Cette maison semblait tout garder à l'intérieur.

Nick avait bien sûr laissé les restes de son petit déjeuner sur la table, une habitude qu'il avait prise depuis notre emménagement. J'avais évoqué une ou deux fois le fait que je faisais désormais toute la cuisine, le nettoyage, la lessive et le ménage. Il m'avait regardée avec étonnement, en moulinant du poivre sur le ragoût que j'avais préparé.

— Mais j'ai travaillé toute la journée…

Impuissante, j'avais senti une rage sourde monter en moi : il avait toujours travaillé toute la journée, et, pourtant, à Londres, nous avions partagé les corvées, des courses au coup d'éponge passé sur les vitres de la douche.

— Moi aussi, je travaille.

— Pas vraiment...

Je m'étais abstenue de lui répondre. J'étais à la fois censée préparer un diplôme d'art-thérapeute et peindre, mais il savait aussi bien que moi que je n'avais fait ni l'un ni l'autre depuis des semaines.

Tandis que mes pieds laissaient de profondes empreintes dans la boue automnale, je m'aperçus que j'étais plutôt contente. C'était la première fois depuis des jours que j'allais voir quelqu'un d'autre que Nick. Devant la porte, le chien était dans tous ses états. *On va se promener ! Et voir des gens !* J'aurais aimé éprouver un tel enthousiasme pour la vie. Incapable de remettre la main sur sa laisse – je ne la rangeais jamais à sa place –, je l'attachai à l'aide d'une écharpe. Il y avait trois déménageurs en tout. Ils devaient tous être de la même famille, car les plus jeunes avaient la carrure et les cheveux bouclés du plus âgé.

— Bonjour ! (Manquant de s'étrangler de joie à la vue de quelqu'un d'autre que moi, le chien m'entraîna dans l'allée. L'homme le plus vieux me toisa en mâchant un chewing-gum.) Je suis la voisine, quelqu'un emménage ? Génial !

Je tentais déjà de prendre un accent moins guindé, de paraître un peu plus populaire, et d'éviter de passer pour Madame Bottes-Hunter et Veste-Joule.

Il souleva une commode, ses muscles se contractant sous ses tatouages.

— C'est là, répondit-il laconiquement. Vous feriez mieux de tenir votre chien en laisse.

Pourquoi, lorsqu'on avait un animal de compagnie, des inconnus se sentaient-ils régulièrement obligés de vous donner des conseils ?

— Faites attention avec ça, d'accord ? dit une voix distinguée, froide et maîtrisée.

Je me retournai. La femme se tenait sur le pas de la porte, une petite plante en pot dans les mains.

— Elle a beaucoup de valeur. Évitez de la rayer, s'il vous plaît.

Quand l'homme m'adressa, en haussant les sourcils, ce que je pris pour un regard de connivence, je jubilai intérieurement. Ici, je n'étais pas une garce de la classe moyenne ! J'avais peut-être de l'huile de truffe, mais j'étais comme lui !

Elle était plus âgée que moi, les yeux enfoncés, des pattes-d'oie, les cheveux grisonnants. Elle me regardait. Je la vis froncer les sourcils, sans doute à cause de ma tenue peu appropriée, ou de Poppet, qui ne tenait pas en place.

— Bonjour, lançai-je. Je suis la voisine. Vous avez emménagé ?

— Je suis en train. (Elle baissa les yeux sur le chien qui s'épuisait en jappant.) C'est une écharpe ?

— Ah, je n'ai pas trouvé sa laisse. C'est un chien si désobéissant qu'il filerait sur la route en un clin d'œil.

Depuis le début, Poppet avait été un calvaire pour moi. Quand il était chiot, je m'étais retrouvée coincée chez moi avec lui, dans l'impossibilité de mettre ne serait-ce qu'un pied dehors ; un chiot ne peut pas du tout sortir les deux premières semaines, apparemment ! J'avais supplié Nick de me laisser prendre l'air, même dix minutes.

— Mais le pauvre va se sentir seul, m'avait-il rétorqué en enfilant sa veste pour aller travailler.

Qu'il se rende dans un bureau suffisait à me rendre jalouse. J'avais compris à ce moment-là que Poppet était désormais la priorité numéro deux, dans notre famille, et que j'avais été rétrogradée en troisième position.

Se penchant vers lui, la femme lui ordonna d'un ton ferme :

— Assis.

Et il obtempéra, baissant les oreilles.

— Incroyable.

— Il suffit d'un peu de fermeté. J'ai grandi entourée de chiens. (Elle s'accroupit pour caresser ses oreilles soyeuses. Il la dévisagea avec une profonde adoration.) Ils sont si innocents… Pas comme les humains. C'est un lurcher, non ?

— Oui.

Comment les gens faisaient-ils pour le savoir rien qu'en le regardant ? Vraiment, je n'y connaissais rien en chiens…

Elle me tendit la main.

— Nora Halscombe.

Je la lui serrai, tentant tant bien que mal de maîtriser mon chien. Elle avait la peau étonnamment calleuse.

— Bonjour, Nora. Voici Poppet. Un nom idiot pour un chien idiot. Je passais juste dire bonjour. Il n'y a que nous, vous savez. On se sent parfois très isolés, par ici. (Elle me lança encore une fois son regard pénétrant. Ressentant une envie irrépressible de me rendre utile, je me penchai pour soulever un carton que les hommes avaient laissé dans l'allée.) Je m'en occupe, vous devez être débordée.

Je sentis sa main enlacer mon poignet, froide et étrangement vigoureuse.

— Non, protesta-t-elle. Je vous en prie, ce ne sera pas nécessaire. Surtout dans votre état.

Je dus blêmir, et, l'espace d'un instant, comme chaque jour depuis que c'était arrivé, je sentis le même frisson glacial me parcourir l'échine.

— Je ne pensais pas que ça se voyait.

Mon pull ample aurait dû le cacher, normalement.

— Oh, certains signes ne trompent pas.

Cela me sembla trop intime, comme lorsque de parfaits inconnus se collaient derrière vous pour rentrer l'étiquette de votre chemisier. La vérité me fit l'effet d'un seau d'eau glacée : j'étais enceinte de presque six mois. Que se passerait-il à la naissance du bébé ? Je ne pourrais certainement pas continuer ainsi, poursuivre ce numéro de funambule que je réalisais chaque jour… Que ferais-je, le moment venu ? Je tentai de changer de sujet et de revenir à elle.

— Vous allez habiter là toute seule ? Vous êtes mariée ?

À la façon dont les muscles de son visage se crispèrent, je compris que j'avais commis une terrible erreur.

— Je suis veuve, finit-elle par me répondre. Je souhaitais quitter mon domicile au plus vite. Enfin, pas vraiment. J'ai dû déménager… l'argent, vous voyez. C'était mon mari qui subvenait à nos besoins.

— Désolée. Je n'aurais pas dû poser cette question. (Je sentis des larmes me monter aux yeux, aussi bien à ma profonde horreur qu'à ma grande honte.) Mon Dieu, je suis navrée, je… j'ai perdu un proche, récemment. C'était… eh bien, je ne m'y suis pas encore habituée.

Pourquoi avais-je dit une chose pareille ? Même si ça y ressemblait, ce n'était pas le même genre de disparition. L'opinion que j'avais de moi tomba encore plus bas.

Nora avait le visage encore figé.

— Je suis sûre que ce changement de cadre me fera du bien.

— J'espère que vous serez heureuse, ici. (Je plissai les yeux pour contenir mes larmes.) Si ça vous dit de venir dîner, un jour… (« Souper », aurais-je dû dire. On appelait cela un souper.) J'apprends à cuisiner. Jusqu'à présent, tous mes plats ont brûlé, mais on ne sait jamais ! (Je m'apprêtai à repartir.) Oh, et si vous croisez Nick, mon mari, évitez de faire allusion à ce que j'ai dit, vous savez, à propos de la disparition. Cela pourrait le bouleverser.

— Naturellement. (Elle esquissa un sourire.) Je suis douée pour garder les secrets, Suzi.

C'était en coupant des oignons pour la recette que Nick m'avait laissée, après avoir bataillé avec l'alarme – il insistait pour que je la mette à chaque fois, même pour sortir cinq minutes, mais j'avais toujours peur de me tromper dans le code – et fermé la porte, que je m'aperçus que je ne lui avais pas donné mon prénom.

# Nora

Avec seulement deux maisons occupées sur une route isolée, j'étais à peu près sûre de croiser Suzi dès le premier jour. Et, sans surprise, j'étais encore en train de déballer mes affaires quand elle se présenta, dans le sillage d'un lurcher qui tirait comme un fou sur sa laisse improvisée. Je détestais vraiment voir des chiens si mal dressés. Les cheveux vaguement tressés, des mèches lui tombant sur le visage, elle portait sous sa veste ce qui s'apparentait à un pull d'homme. J'y regardai de plus près… oui, c'était bien un pull d'homme. Je commençai à me sentir nerveuse. À quoi ressemblerait-elle ?

Tandis qu'elle discutait avec Brian, le patron des déménageurs, je m'obligeai à lui sourire, malgré tout. Même si elle n'était pas maquillée, elle était magnifique, et, bien qu'elle ne doive pas avoir plus de dix ans de moins que moi, je me trouvai usée et rabougrie, par rapport à elle. Une veuve. Cela me correspondait très bien. Le terme en soi me vieillissait autant que la disparition.

Lorsqu'elle leva la main pour me saluer, après que je me fus approchée, je vis une chose à laquelle je ne m'attendais pas du tout. Elle était enceinte. Tout à coup, je me retrouvai complètement perdue, terrassée par une douleur si forte que je parvenais tout juste à rester debout.

J'avais cru être prête pour l'étape suivante. Sans doute m'étais-je trompée.

Après le départ de Suzi, je passai le reste de la journée à déballer mes cartons, tentant de me sentir comme chez moi dans cette petite maison humide. On l'avait nettoyée avant mon arrivée, mais pas selon mes critères. Je dus donc laisser les meubles au milieu de la pièce, le temps de donner un coup d'éponge sur les plinthes et de chiffon sur les toiles d'araignées. Ce que j'avais vu tournait en boucle dans mon esprit : elle était enceinte. Elle allait bientôt avoir un bébé. Dans ce cas, pourrais-je rester là ? Qu'est-ce que cela signifiait pour moi ? J'avais été si sûre de moi, mais ce nouvel élément me faisait hésiter. Le cottage était minuscule, et si laid. Il était difficile de s'habituer au silence, aux champs qui s'étendaient à perte de vue, le seul bruit perceptible étant le vague bourdonnement de la M25. On avait rapidement l'impression que rien d'humain ne se trouvait à proximité, juste des arbres dénudés et un sol gelé.

À l'exception de Suzi, bien sûr. Ma nouvelle voisine. À ma propre fenêtre, je l'aperçus derrière la vitre fermée de leur cottage remis à neuf. Cela me rappela ma vie à Uplands, quand je regardais par la vitre de la porte de ma chambre les autres pensionnaires, qui, malgré leur caractère farouche, avaient établi une sorte de camaraderie. Personne ne voulait être ami avec moi, la fille huppée visiblement à moitié dérangée. Ma nouvelle maison s'appelait « Ivy Cottage ». Un lierre qui grimpe et s'accroche. Une mauvaise herbe envahissante. Et celle de Suzi s'appelait « Willow », un saule qui s'affaisse et se courbe, mélancolique.

Enviant les fenêtres épaisses de Suzi, je fus parcourue par un frisson. Ici, les vitres laissaient passer les courants d'air, et il faisait si froid que j'avais dû caler un tapis contre la porte. Quand la nuit tomba – avant 16 heures, vraiment tôt –, m'extirpant de ma torpeur due au déballage, je me retrouvai seule dans une maison humide, froide et déprimante. Je n'avais rien apporté à manger. Je n'avais installé ni mes lampes, ni mes bougies, ni ma télévision, et je n'avais pas compris comment allumer le chauffage. J'avais hésité à sortir la photo de mon mari, pour finalement décider de la ranger dans un tiroir de ma table de chevet. Inutile de l'exhiber pour qu'elle me rappelle chaque seconde de ce qui s'était passé. De plus, cela risquait de contrarier Suzi, si elle la voyait. J'avais bien vu sa tête quand j'avais mentionné le fait que j'étais veuve.

Abattue, je me laissai tomber sur l'escalier, couvert d'un vieux tapis à motifs. *Qu'est-ce que je fais là ?* J'aurais été bien incapable de répondre. On prétend que le chagrin n'est pas loin de la folie. Peut-être étais-je folle ? La sonnerie de mon téléphone me fit sursauter. Elle semblait extrêmement forte dans le silence ambiant.

— Allô ?

C'était Eddie, l'avocat à qui je faisais appel depuis mes seize ans. La dernière personne de mon entourage à m'avoir connue quand j'étais enfant. Un petit homme proche de la retraite à la respiration sifflante. Je fus si contente d'entendre sa voix que j'en eus presque les larmes aux yeux.

— J'ai bien peur de ne pas avoir de bonnes nouvelles, m'informa-t-il après m'avoir interrogée sur le cottage, à propos duquel je mentis en disant qu'il était charmant.

J'avais l'impression que cela faisait longtemps que personne n'avait eu de bonnes nouvelles à m'annoncer. Je me demandais si c'était encore possible d'en recevoir.

— Ah. C'est au sujet de l'argent ?

— L'expertise comptable judiciaire n'a rien donné. Ni comptes secrets ni trusts. Il semblerait que l'argent se soit réellement volatilisé. Et, comme vous le savez, l'assurance-vie a été résiliée l'an dernier. Je suis vraiment navré, ma chère.

Quand il me l'avait annoncé la première fois, je ne l'avais pas cru. Cela n'avait aucun sens.

— Non, non, il y en a plein, avais-je insisté.

Je n'aurais su dire combien, mais j'avais toujours eu l'impression qu'il y en avait en quantité illimitée chaque fois que j'en avais besoin. Suffisamment, en tout cas, pour que je n'aie pas à m'en préoccuper.

— Désolé. Les comptes semblent simplement avoir été… vidés. Il n'y a plus rien.

C'était un terme intéressant. Il s'appliquait également à moi : vidée. Épuisée. Diminuée. Une coquille vide dans une maison vide. Ne me restait plus que ma fierté, et une envie d'aller de l'avant pour éviter, si je regardais en bas, de voir l'abîme béant au-dessus duquel j'étais en équilibre.

— Je vous remercie, Eddie.

Je raccrochai avant qu'il puisse m'entendre fondre en larmes.

# Suzi

J'étais un peu troublée par cette histoire de prénom, mais je n'eus aucun mal à me l'expliquer. Gavin, l'agent immobilier, avait pu lui parler de moi, par exemple. Il fallait que je cesse de ressasser. La « rumination », appelait-on cela en psychologie. Quand notre esprit se focalise sur un détail jusqu'à ce qu'il finisse par nous faire craquer, comme un pull qui se détricote. Comme la façon dont je pensais à la dernière fois que je t'avais vu. Un souvenir que je frottais jusqu'à ce qu'il devienne aussi lisse qu'une pierre. « *On trouvera une solution. Mais, pour l'instant, ne fais pas de vagues. Rentre chez toi.* »

— Ce n'est pas chez moi, avais-je rétorqué, la peur me donnant de l'audace. Pas avec lui.

— Bientôt.

Et tu étais parti dans ta Jaguar, me laissant sur le bord de la route sous le soleil de septembre, l'herbe ondoyante effleurant mes jambes nues, mes sandales de ville bien trop propres pour que l'on puisse croire qu'elles avaient été utilisées lors d'une promenade à la campagne. J'avais donc dû les salir sur le chemin du retour, au cas où Nick aurait eu des soupçons. J'avais été si heureuse, à ce moment-là, malgré la peur et le sentiment nauséeux de devoir tout lui avouer. Je ne doutais pas que tu viendrais me retrouver. Mais, depuis – presque deux mois, maintenant ! –, je n'avais plus eu de tes nouvelles. Je m'étais repassé la scène mille fois.

Avais-je fait – ou dit – quelque chose qui avait absolument tout changé ? Qu'est-ce que c'était ? En attendant, mon ventre grossissait comme une fleur dans l'eau. Il fallait faire quelque chose. Mais quoi ?

Nick rentra tard, ce soir-là, après que je fus allée chez Nora. Lorsqu'il se faisait désirer, j'avais pris l'habitude de rester à proximité de la fenêtre de devant, tel un chien malheureux, les mains sur mon ventre. Pas parce qu'il me manquait. Plutôt parce que, l'horloge indiquant 18 heures, les aiguilles écartées, droites comme un couteau, je savais que si elles basculaient, je m'effondrerais avec elles. Ce soir-là, il resta un long moment dehors à verrouiller la voiture. Il devait être au téléphone. J'entendais sa voix, le grondement grave et peu familier de son rire, comme le tonnerre d'un orage d'été, mais pas ce qu'il disait. Il s'adressait à une femme, c'était évident. Une collègue, probablement, une jeune diplômée brillante. Dévouée. Elle aimait les chiens et les bottes en caoutchouc, et n'avait aucune envie de sentir le macadam sous ses pieds. Il resta un moment silencieux, ensuite. Il avait raccroché. Il mettait du temps à rentrer. Je me dirigeai vers la porte, au bout du couloir couvert de peinture Farrow & Ball, y plaquant mon ventre arrondi et mon oreille. J'eus l'impression de l'entendre respirer, juste derrière. Qu'attendait-il ? Puis, soudain, il l'ouvrit d'un coup sec. Je le vis comme s'il s'agissait d'un inconnu : un homme de taille moyenne portant un blouson Superdry, une chemise, une cravate et des lunettes couvertes de buée à cause du froid. Avec ses cheveux bruns, il avait le visage agréable, même s'il n'attirait pas forcément l'œil. C'était du moins ce que j'en avais jadis pensé.

— Qu'est-ce que tu fabriques ?

— Oh ! Je viens d'entendre la voiture. (J'aurais voulu lui demander à qui il parlait, mais je m'en abstins. Je refusais de devenir comme lui.) Tu rentres tard.

Je le suivis dans la cuisine.

Il me dévisagea d'un air aussi las que perplexe.

— Mais tu rentrais tout le temps tard, toi, avant. Un jour, à Londres, il était même 3 heures du matin. Tu te rappelles ?

— C'est différent. Je suis toute seule, ici.

Comme nous nous approchions dangereusement du bord du précipice, je me détournai, rangeant quelques plats autour de l'évier.

— Tu peux sortir, toi aussi, m'encouragea-t-il en ôtant son manteau. Je ne t'en empêche pas.

Je jetai une tasse dans l'évier. Elle demeura intacte, et quand Nick pivota vers moi, je la récupérai, tremblante, comme si elle m'avait glissé des mains. J'avais souhaité qu'elle se brise. On jette des objets pour ça, pendant une dispute. Ce n'était pas de la colère. C'était le besoin de montrer à l'autre que, quelles que soient les apparences, la relation était cassée, abîmée.

— Bien sûr que non ! C'est toi qui as la voiture, et la gare est à des kilomètres.

— Prends un taxi, me répliqua-t-il d'un ton léger en allumant la télé.

À cet instant, j'éprouvai un profond sentiment de haine à son égard. Dire « *Prends* un taxi », c'était comme dire à un prisonnier « *Prends* la clé », alors qu'elle est accrochée à l'extérieur. Appeler un taxi revenait beaucoup trop cher, les chauffeurs refusaient souvent de passer me chercher, ou ne trouvaient pas l'adresse... De toute façon, où aurais-je pu aller ? Je n'avais personne dans la région. J'avais encore trop honte pour affronter des collègues, et j'avais bien trop peur que mes autres amis voient clair dans mon jeu : Suzi, son cottage, son amour de la nature et sa démission. J'étais incapable d'admettre que je m'étais trompée sur toute la ligne.

Je décidai de réessayer. À moi de faire le premier pas, de guérir la plaie béante entre nous, celle que j'avais ouverte.

— Tu as vu, nous avons une nouvelle voisine ? dis-je en m'efforçant d'adopter un ton guilleret.

— Ah. Ouais.

Il furetait dans le frigo. Alors que j'avais passé des heures à préparer des lasagnes. Il m'avait demandé de cuisiner, m'avait laissé des recettes, et voilà qu'il se goinfrait de tranches de fromage.

— C'est curieux que quelqu'un ait accepté de venir vivre ici.

— À part nous, tu veux dire ?

Il avait lâché sa question d'un ton acerbe, et m'avait encore jeté ce regard las. Au bout d'un long silence, je repris mon rôle d'épouse agréable et enjouée.

— C'est une femme seule. Elle avait l'air sympa. Un peu snob.

Il ferma le réfrigérateur.

— Le dîner est bientôt prêt ? Sinon, je vais aller dans la salle de musique, j'ai envie de répéter quelques morceaux.

Pour notre mariage, Claudia m'avait offert un livre humoristique intitulé *Comment devenir une bonne épouse*. Il datait des années 1950. On pouvait y lire des conseils comme : « Avant qu'il entre, assurez-vous d'être jolie et fringante », « rangez la maison » et ainsi de suite. C'était un de ces cadeaux ironiques du genre « regarde où nous en sommes ». Certains jours, assise devant l'horloge à me demander si mon ragoût de chevreuil serait bon, je me demandais jusqu'à quel point ce n'était qu'une blague, finalement.

Quand j'eus servi les lasagnes, Nick porta sa fourchette à ses lèvres et fit aussitôt la grimace.

— C'est la recette que je t'ai laissée ?

— Plus ou moins. Je l'ai modifiée.

— C'est un peu trop salé. Ce n'est pas bon pour le bébé.

Il me dévisagea d'un air exaspéré, comme si j'étais une employée incompétente qui n'avait pas atteint ses objectifs. Le bébé, qui dictait déjà nos vies, n'avait encore pourtant que la taille d'une courge butternut. Mais je m'abstins de le lui faire remarquer. Je préférai battre en retraite, car j'étais en terrain miné, prise au piège. Et il avait raison. Il avait fait tout cela pour moi – ce qui était beaucoup –, et voilà de quelle manière je le remerciais. Cette pointe de culpabilité me faisait l'effet d'une pincée de sel sur une plaie.

— Je parie que tu n'as pas promené Poppet non plus, aujourd'hui, hein ?

*Comment le sait-il ?* C'est vrai qu'après avoir vu Nora j'avais simplement sorti le chien le long de la route, et pas à l'heure indiquée par Nick.

— Avec toute cette excitation, j'ai perdu la notion du temps. Je ne me sentais pas d'attaque.

— Tu es censée faire de la marche tous les jours, Suzi. Non seulement tu en as besoin – le médecin a dit que tu ne devais plus prendre de poids jusqu'au dernier trimestre –, mais est-ce que tu as pensé à ce pauvre Poppet ? Ce n'est pas juste, sinon.

Je n'avais jamais voulu de ce fichu Poppet – encore une petite surprise après notre déménagement –, mais voilà que j'étais entièrement responsable de son bien-être.

— D'accord.

Je sentis des larmes faire trembler ma voix. *Comment en suis-je arrivée là ?* me demandai-je. *Qui suis-je ? Qui est cet homme ?* J'avais beaucoup de mal à croire que, quelques semaines auparavant seulement, j'avais eu la certitude d'avoir laissé tout cela derrière moi.

— Quoi qu'il en soit, je l'ai invitée à dîner. La voisine. Son mari est mort.

À ma plus grande épouvante, j'eus la gorge nouée en le disant, comme devant Nora.

Je tentai de dissimuler mon émotion, mais Nick leva les yeux de son téléphone en fronçant les sourcils.

— Qu'est-ce qu'il y a ?

Il ne pouvait pas se douter. Il avait peut-être déjà remarqué mon comportement étrange, mes yeux rouges quand il rentrait. L'espace d'un instant, je me sentis parcourue par un sentiment de terreur comme s'il s'agissait de courant électrique.

— Alors ? (Avec ce simple mot, il semblait tant me demander.) Dis-moi la vérité, Suzi. Dis-moi ce qui se passe.

Était-il au courant ?

— R… rien. Ce sont les hormones, bredouillai-je.

J'aurais dû dire quelque chose comme : « Je me suis imaginé que c'était toi, et ça m'a bouleversée », mais je ne pus m'y résoudre.

Heureusement, je lui avais rappelé la présence du bébé. Il me caressa le ventre en se penchant par-dessus la table.

— Tu causes déjà des ennuis à ta maman, mon petit bonhomme ?

Je décelai une réelle tendresse dans sa voix, et, comme souvent depuis que nous étions en couple, nous avons conclu une trêve tacite.

Pendant un moment, je songeai à tout lui révéler. À me débarrasser du poids de ma culpabilité, à le déposer à ses pieds. Nous nous étions aimés, il n'y a pas si longtemps. Et nous nous aimerions peut-être de nouveau.

— Nick…

Il se leva.

— Je vais te préparer du thé vert. C'est bon pour le bébé.

Je détestais vraiment le thé vert.

— Avec plaisir, répondis-je, chassant toute velléité de lui avouer quoi que ce soit.

C'était clairement de la folie. Il me fallait plutôt un plan. Et vite.

# Elle

Elle se tenait près de la fenêtre, écoutant le lent tic-tac de l'horloge qui lui rongeait l'existence. Quand il était avec elle, elle n'avait aucun mal à croire qu'il travaillait les soirées où il ne rentrait pas. Il était médecin, évidemment qu'il faisait des heures supplémentaires. Il lui manquait, mais elle ne pouvait pas le détourner de son important labeur, des vies qu'il sauvait.

Seule, c'était plus difficile. Il la trouvait méfiante, lui faisant constamment des reproches, mais, en fait, c'était le contraire. Elle faisait tout, tant que c'était possible, pour ne pas ouvrir les yeux sur la situation. Mais lors de ces longues nuits, quand elle était seule dans cette maison, où pas un grain de poussière ne remuait, avec pour unique compagnie la télévision et une bouteille de vin, il lui arrivait parfois de ne pas y parvenir. Une petite voix se mettait alors à lui chuchoter : « Où est-il vraiment ? Y aurait-il quelqu'un d'autre ? »

Son esprit fourbe accumulait les preuves. Il rentrait tard, cachait son téléphone, le glissait sous les coussins du canapé lorsqu'elle entrait dans la pièce… Parfois, la nuit, quand elle se réveillait, il n'était pas au lit, et elle attendait qu'il se recouche. Il se glissait alors entre les draps en prétendant qu'il s'était juste levé pour aller aux toilettes ou pour boire un verre d'eau, mais elle savait qu'il s'était absenté dix minutes, quand ce n'était pas davantage. Tout était très subtil. Elle se faisait peut-être des idées ; tout cela ne lui serait peut-être pas venu à l'esprit si elle avait été occupée, si elle avait eu un travail ou d'autres activités. Si elle avait continué à jouer du piano, plutôt que de se contenter de l'épousseter chaque semaine. Si elle avait eu un enfant. Où aurait-il pu rencontrer une femme ? Une charmante infirmière, une déléguée pharmaceutique, une fille du magasin où il achetait son café ? Elle repensa à la conférence à laquelle il avait participé quelques mois auparavant, pendant deux jours, dans un hôtel non loin de Heathrow. « Incroyablement ennuyeux, lui avait-il dit. Ça ne vaut vraiment pas la peine d'en discuter. » Qui était sa maîtresse ? Était-elle jolie, jeune, gentille ? Comment leur histoire avait-elle débuté ? Depuis quand ça durait ? Et c'était reparti ; la litanie des idées noires… Elle avait beau tenter de les chasser en classant ses livres par ordre alphabétique, en nettoyant les armoires et en astiquant l'argenterie, elles continuaient à la hanter.

*Espèce d'idiote. Tout est ta faute.*

Était-ce juste dans sa tête ? C'était une possibilité qu'elle ne devait pas écarter. Le fait qu'elle ne puisse pas se fier à son propre esprit. Il lui chuchotait des choses, déformait les faits. Il n'était pas fiable.

Soudain, elle vit l'allée s'illuminer, des pneus crissant sur le gravier. Il rentrait. Mais, comme toujours, elle n'eut pas pour autant le cœur plus léger. Elle l'observa dans sa voiture ; il consultait son téléphone. Il se fendit d'un large sourire, le genre qu'elle n'avait pas vu depuis longtemps. Enjoué, sexy. Intéressé. Il ne s'intéressait plus à elle, désormais. Elle était comme un chat qu'il caressait en passant, en pensant à autre chose. Il leva les yeux, et, la voyant le regarder, il lui adressa un signe de la main. Elle s'obligea à lui répondre. Était-ce une lueur de culpabilité qu'elle venait de déceler dans ses pupilles ? Ou s'agissait-il simplement du fruit de son imagination ?

Il s'approcha de la porte et entra. Elle sentit l'arôme citronné de son après-rasage. Il était si bel homme, avec ses lunettes à monture noire, sa chemise onéreuse sur son torse musclé et affûté, malgré ses quarante ans. Quelle chance elle avait…

— Ça va ?

— J'ai juste…

Elle ne sombrerait pas dans le déni, ce soir-là.

— Tu rentres tard. Tu rentres toujours tard.

Poussant un long soupir, il déposa sa sacoche sur la chaise.

— Oh, Elle ! Tu ne vas pas recommencer…

— S'il te plaît, si tu es… S'il y a quelqu'un, promets-moi de ne pas me quitter.

La saisissant par les bras, il la regarda droit dans les yeux.

— Il n'y a personne. Pourquoi refuses-tu de le voir ? Je suis simplement très occupé. Ces budgets en baisse, ça nous oblige tous à travailler plus dur.

Elle se sentit gagnée par un profond sentiment de culpabilité. Elle se plaignait de ses problèmes insignifiants, alors qu'il se débattait avec la vie et la mort.

— Désolée.

— Tu prends tes cachets ?

— Ils m'embrouillent l'esprit, balbutia-t-elle d'un air gêné.

— C'est pour ton bien, ma chérie. Tu ne voudrais pas d'une nouvelle crise, n'est-ce pas ?

Détournant le regard, il lui fallut un certain temps avant de pouvoir répondre.

— Non. Tu as raison. Tu as faim ?

Le plus terrible, c'était qu'elle ne l'aimerait pas moins si c'était vrai. En s'assoupissant, ce soir-là, dans sa belle chambre, sous sa couette épaisse et ses draps en coton doux, elle songea à cette rivale qui n'existait peut-être même pas. Elle se demanda comment elle s'appelait, à quoi elle ressemblait. Si elle aussi était mariée. S'il pourrait mettre fin à sa relation avec elle, maintenant qu'Elle avait des soupçons, s'il prendrait la peine d'avoir une discussion ensemble, ou s'il cesserait simplement de la fréquenter. « *Ghoster* », disait-on. Elle avait appris ce terme dans une série pour adolescents qu'elle avait regardée un soir où il n'était pas là. Disparaître de la vie de quelqu'un comme un mort, sans excuses ni explications. Elle comprenait bien l'intérêt que l'on pouvait trouver à ce comportement.

Dans ses moments les plus fous, lorsqu'elle se réveillait à 3 heures du matin en ayant l'impression d'être seule au monde, tel un marin naufragé sur une île déserte, elle s'imaginait avoir une conversation avec cette femme. Ce qu'elle pourrait lui dire. Comment la mettre en garde.

# Suzi

Le lendemain matin, lorsque Nick partit travailler, je fis ce que je t'avais promis de ne jamais faire. Je t'appelai sur ton portable.

C'était un numéro réservé aux urgences, si je ne t'apercevais pas alors que nous avions convenu de nous voir. Je ne devais jamais le faire sonner, aussi bien pour un SMS que pour un appel, quand elle était susceptible de se trouver dans les parages. Tu me l'avais bien précisé. Pourtant, tu étais parti. Étais-je censée me contenter de l'accepter ? Qu'il soit très probable que tu me *ghostes* ? Les mains tremblantes, je me rendis dans le recoin de la cuisine où il y avait parfois du réseau. Je composai le numéro – enregistré sans raison particulière sous le nom de « Lucy P. » – avant que je ne puisse réfléchir aux conséquences. J'entendis une voix synthétique : « Le numéro que vous avez composé n'est pas attribué. » En avais-tu changé, au cas où j'essaierais effectivement de t'appeler ?

Que pouvais-je faire, à présent ? Jetant le téléphone sur le comptoir sous l'effet de la frustration, je gagnai mon « studio » ; c'était ainsi que Nick l'avait qualifié lorsqu'il me l'avait installé. Je n'avais jamais dit que j'en voulais un, mais je n'avais pas dit non plus que je souhaitais habiter à la campagne, avoir un chien et quitter mon travail. J'imagine donc que mon avis n'avait guère d'importance. Il l'avait aménagé la fois où il avait été pris d'une frénésie de transformations. Frénésie grâce à laquelle nous disposions à présent de nouvelles portes, de nouvelles fenêtres, du chauffage par le sol, et d'une « salle de musique » à la place de la vieille cave à vin.

— Essaie ce fauteuil. (Nick m'avait bercée dedans, à l'époque, en me montrant le studio.) Il a gagné des prix de design. Je sais que tu trouves tous les sièges de bureau hideux.

Cela me brisait le cœur de me souvenir de choses que j'avais dites des années auparavant. Comme à un nouvel amant, et non à celui qui était mon mari depuis trois ans. Je ressentais désormais le poids de la culpabilité sur mes épaules.

Je pris place dans le fauteuil hors de prix, désagréablement éloigné du bureau à cause de mon gros ventre, et j'allumai l'ordinateur qu'il m'avait offert. Comme toujours, je commençai par parcourir l'ensemble des nouvelles locales. Rien. Un cas de violences conjugales à Medway, mais il s'agissait d'une femme assassinée, étranglée par son ex-mari. Un enfant attaqué par un chien à Hastings ; un drame horrible qui m'incita à fermer la fenêtre, les mains tremblantes. Ni accident ni incendie domestique dans lesquels aurait péri un homme de la région, ni carambolage sur la M25… rien qui expliquerait ton silence. Aucune mention de ton nom, nulle part. J'avais même épluché la liste du personnel de tous les hôpitaux des environs. Parfois, dans mes moments les plus fous, j'imaginais que tu avais trouvé la mort sur le chemin du retour, le dernier jour. Je savais que c'était ridicule. Cette rupture était juste très difficile à accepter, surtout que la dernière chose que tu m'avais dite était : « Ne t'inquiète pas, on sera bientôt ensemble. » Au bout d'un certain temps, toutes les traces que tu avais laissées dans ma vie – un cheveu pris dans mon écharpe, la marque de tes doigts sur l'écran de mon téléphone quand tu l'avais ramassé, un jour –, tout cela avait fini par disparaître, comme si je n'avais jamais croisé ta route. Comme si tu n'étais qu'un fantôme.

Malgré le danger – il était facile de retrouver l'historique des recherches de quelqu'un, j'en avais conscience –, il m'était également arrivé de taper ton nom sur Google. J'avais même – bien que ce soit stupide, vu que j'ignorais comment elle s'appelait – cherché la femme de Sean Sullivan. Parce que, parfois, quand je perdais vraiment la tête, et que la peur et la tristesse cédaient la place à de la colère pure, je songeais à la contacter et à tout lui avouer. Me pointer devant chez toi, lui montrer la série de messages dans notre compte secret, et faire écrouler le château de cartes. Bien sûr, Nick l'apprendrait alors aussi. Je ficherais ma vie en l'air en même temps que la tienne. Je n'avais ni argent, ni emploi, et j'étais enceinte. Cela n'avait aucun sens.

Mais cela ne m'empêchait pas d'y penser.

Nick et moi avions emménagé ici afin d'y mener une nouvelle existence. Londres nous avait brisés, nous nous étions mutuellement éloignés, et nous commencions tous les deux à avoir l'impression que notre appartement de Shoreditch aux murs en agglo, avec la circulation qui grondait dehors et les sirènes qui hurlaient toute la nuit, était une prison. Je travaillais, lui aussi. Je buvais trop de vin blanc bon marché avec les collègues dans des bars louches, et j'avais fini par trouver normal de rester avec certains de ces collègues, plutôt que de rentrer faire face aux récriminations et au silence de mon mari. Soit ça passait, soit on cassait, et nous voulions que ça le fasse. Alors, quand, en rentrant, un soir, il m'avait annoncé que je devais prendre ma journée le lendemain, j'avais accepté.

Il devait planifier ce déménagement depuis un moment. Il avait trouvé un poste au Conseil du comté du Kent – je ne savais même pas qu'il avait postulé – et un cottage à la périphérie de Sevenoaks. On aurait dit qu'il sortait tout droit d'un conte de fées, un mélange de sucreries et de magie noire. Comme s'il culpabilisait de nous le vendre, l'agent immobilier avait insisté sur la réception mobile inégale et le fait que la route était souvent inondée.

— La gare la plus proche se trouve à huit kilomètres, nous avait-il prévenus en regardant mes bottes à talons d'un air dubitatif. S'il vous faut aller à Londres, ce n'est pas si facile…

— Nous n'irons pas à Londres, avait rétorqué Nick d'un ton catégorique. (Je me souviens de lui en cette douce journée de printemps, avec ses bonnes chaussures de marche et sa veste The North Face que je détestais secrètement.) Suzi va arrêter de travailler.

Ce que j'avais pu être bête… Malgré son soudain machisme, son nouvel emploi, ce déménagement, ce n'était qu'à cet instant que je m'étais aperçue qu'il était peut-être au courant pour Damian.

Vous vous rappelez, je vous ai déjà parlé de Damian ?

Si fou que cela puisse paraître, Nick et moi n'en avions jamais discuté. C'était enfoui dans le sol, une mine prête à exploser. Je ne pouvais même pas évoquer le sujet, car j'ignorais ce qu'il savait vraiment, et, si je me trompais, je risquais de me trahir. Et voilà le problème : quand quelqu'un vous pose un ultimatum, c'est souvent un soulagement, après tout le chaos, de ne plus avoir le choix. Donc, sans que je sois réellement d'accord et sans la moindre discussion, j'avais donné ma démission, prétendant vouloir faire pousser de la rhubarbe à la campagne. De la peur dans la voix, mes amies m'avaient exprimé leur joie. Et si on les obligeait à aller vivre là-bas, elles aussi ?

Le jour où nous avions quitté notre appartement, le camion de location chargé, j'avais regardé Londres faire place à une succession d'entrepôts et de banlieues sans caractère au milieu des champs. À notre arrivée, j'avais remarqué une pile de livres sur la table, avec des titres comme : *Comment améliorer votre fertilité*, *À quoi s'attendre avant d'être enceinte*, *Le jardin potager pour les nuls*... Quand la lourde porte s'était refermée, je m'étais demandé si je pourrais ressortir de cette maison un jour.

De la musique. J'entendis de la musique. Je levai la tête de l'ordinateur, lentement, perplexe. C'était léger, mais de plus en plus fort. Une fenêtre pop-up à l'écran ? Même après avoir tenté d'éteindre Chrome, cela continuait. Avais-je laissé la radio ? Non, je ne l'avais pas allumée, ce matin-là. Je me rendis dans la cuisine à la recherche de l'origine du son. Nick avait peut-être oublié son téléphone ou son iPad. Il y avait vraiment trop de gadgets dans cette maison. Mon propre téléphone était en train de charger, sa batterie se vidant plutôt rapidement, ces derniers temps. Il fallait que j'en achète un nouveau, je le savais, mais un sentiment idiot me poussait à m'accrocher à celui-ci, dont je m'étais servi pour te contacter.

Je m'immobilisai devant l'enceinte connectée, le petit objet qui contrôlait tout dans la maison. La musique venait de là. C'était une chanson que je connaissais. Celle que tu avais mise lors de notre première nuit à l'hôtel, tes yeux plongés dans les miens, une myriade d'émotions circulant entre nous. Tu m'avais envoyé un lien vers cette chanson, par la suite, quand tu me poursuivais encore de tes ardeurs. *Stay With Me* de Sam Smith. Chargée de désir et de souffrance. Exactement ce que j'éprouvais pour toi, mais ce n'était pas moi qui l'avais mise. Si ?

Les mains tremblantes, je l'éteignis.

— Bonjour, Suzi, me salua la voix synthétique.

Je la débranchai violemment du mur. Je n'avais jamais voulu l'une de ces choses, faites pour m'espionner. Mais je devais rester prudente. Avec tout ce qui se passait, il m'était de plus en plus difficile de me maîtriser.

Tu ne croyais pas vraiment aux faiblesses de l'esprit. Lorsque je t'avais fait part de mon intention de devenir art-thérapeute, cela t'avait fait rire.

— Disons que, si tu venais me voir avec une jambe en moins, tu voudrais que je te donne un crayon ?

— Ça n'a rien à voir !

— Bien sûr que si. Une mauvaise santé mentale est due à un déséquilibre chimique auquel les médecins peuvent remédier. Sinon, ça revient simplement à s'apitoyer sur son sort. Il faut aller courir, travailler dur.

Je lui avais fait les gros yeux.

— Et le cœur, alors ? Ça ne compte pas ?

— Tu as déjà vu un cœur humain ? Ce n'est que du sang et des tuyaux. C'est comme un pneu. Quand il est percé, on le rafistole. C'est tout.

J'aurais aimé que tu sois là, en ce moment, pour me le dire. Parce que mon cœur était brisé, et je ne parvenais pas à trouver le moyen de le réparer.

# Nora

Après notre première rencontre, je ne revis Suzi qu'au bout d'un jour ou deux. Depuis mon salon, je voyais son mari aller au travail et en revenir, Suzi sortir de chez elle pour regarder avec perplexité ses plantes en train de dépérir, et pour promener trop brièvement le chien. En passant devant Ivy Cottage, elle y jetait un coup d'œil, mais ne s'en approchait pas. Je me demandais comment j'allais pouvoir lui reparler. L'occasion se présenta lorsque, le lendemain, elle se retrouva coincée dehors. De ma fenêtre, je la vis faire les cent pas dans son jardin, d'un air agité, le chien tirant sur sa laisse, et j'ouvris ma porte.

— Tout va bien ?

— Oh, mon Dieu, quelle idiote je suis ! Je n'arrête pas de me tromper dans le code de l'alarme. Il y a des frais d'appel si elle se déclenche, alors j'ai peur d'essayer à nouveau.

— Donc vous ne pouvez pas rentrer ?

Elle leva les bras au ciel.

— Pas avant que Nick m'envoie le code par SMS.

— Venez attendre ici. Il fait froid. On pourra prendre le thé…

Elle hésita.

— Je vous remercie. Je ne sais pas si je vous l'ai dit, mais je m'appelle *Suzi*.

Plus tard, j'allais retourner cette phrase dans mon esprit, à la recherche d'un sens caché.

Tandis qu'elle patientait dans mon salon, et que nous discutions, je remarquai qu'elle ne cessait de triturer son téléphone dans la poche de sa veste en laine. Elle attendait clairement un appel ou un SMS qui n'arrivait pas, et, selon moi, d'un autre que Nick… Elle était très nerveuse : elle sursauta quand une branche d'arbre effleura la vitre, renversant du thé sur son jean.

— Merde ! Désolée. C'est la grossesse, ça me rend extrêmement maladroite.

Au moins, elle ne s'en cachait plus. Il était idiot de tenter de le dissimuler quand c'était si manifeste. Je me demandai si elle était du genre à nier les évidences.

Maintenant qu'elle était là, chez moi, j'avais énormément de choses à lui demander, mais la nervosité m'en empêchait. J'étais très curieuse de faire la connaissance de son mari. Elle parla beaucoup de lui pendant que nous prenions le thé.

— Nick déteste quand j'oublie de préparer le dîner… Nick me demande toujours de fermer le portail, au cas où le chien sortirait… Nick prétend que Poppet a besoin d'au moins une heure de promenade par jour, mais c'est difficile avec tout ce gel. J'ai peur de glisser.

L'ouverture était là. Je me tenais dans l'encadrement de la porte de la cuisine, en train d'essuyer une tasse en porcelaine à l'aide d'un torchon. C'était le service de ma mère, un cadeau de mariage, imprimé de petits bleuets.

— Je peux vous accompagner, si vous le souhaitez, lui proposai-je. J'avais justement envie de marcher un peu. Comme ça, je pourrai aller chercher de l'aide, en cas de besoin.

Elle réagit avec un peu trop d'enthousiasme.

— Formidable ! Ça me plairait énormément. Je suis une catastrophe ambulante, vraiment, j'ai besoin de quelqu'un pour me guider.

Pour une raison ou pour une autre, Suzi était absolument convaincue qu'elle n'était pas douée. Qu'elle était mauvaise. Je voulus en avoir le cœur net.

— Comment se passe votre grossesse ?

Elle posa les mains sur son ventre.

— Plutôt bien, maintenant que les nausées se sont dissipées. C'était tellement inattendu. Nous avions essayé à Londres, mais j'imagine que je n'ai jamais vraiment cru que ça fonctionnerait. (Elle rougit légèrement.) Et ensuite... eh bien, c'est arrivé. Je n'arrive toujours pas à m'y faire.

— Nick doit être content, la sondai-je.

Elle blêmit, et je me demandai pourquoi.

— Il est ravi. Il a peur que je mange mal, que je glisse dans les champs ou quelque péripétie dans le genre.

Et pourtant, il lui avait trouvé un chien qu'elle devait promener au moins une heure par jour. Je trouvai ce paradoxe intéressant.

— Ça doit être difficile, ici, toute seule.

Elle se mordit la lèvre. Je crus qu'elle allait se confier. Cela me donna l'envie folle de lui avouer des choses à mon tour, de lui expliquer ce qui m'avait amenée ici et ce qui m'était arrivé. La solitude pouvait vous pousser à accomplir des folies. Et j'étais convaincue que Suzi se sentait seule, peut-être même plus que moi. Au moins, je m'y étais habituée.

Soudain, elle se leva d'un bond, le téléphone à la main. Je me demandai s'il avait sonné, même si je savais que ce n'était pas le message qu'elle espérait. Elle ne le recevrait jamais. Mais j'entendis alors le bruit d'une voiture dans l'allée, qui ralentissait, sur le point de s'immobiliser. C'était si rare qu'il y avait de grandes chances que ce soit Nick.

— Merde ! Il est presque 17 heures ! Il est en avance !

Elle déposa sa tasse avec maladresse, éclaboussant le mur de liquide brunâtre.

— Désolée, Nora. Il faut que je lui explique pour l'alarme. Il va péter un plomb. (Toujours aussi maladroitement, elle enroula son écharpe autour de son cou.) Oh, mon Dieu, ce que je suis étourdie ! Je voulais vous demander si vous accepteriez de dîner avec nous, samedi ?

Même si je n'avais rien de prévu, je fis mine d'y réfléchir. L'occasion d'entrer chez eux, de rencontrer son mari… bien sûr, pour rien au monde je ne refuserais une telle invitation.

— J'en serais enchantée, merci beaucoup. Qu'est-ce que j'apporte ?

Un rituel très *middle class*… Elle devrait répondre : « Juste vous », et bien sûr, j'apporterais tout de même quelque chose.

Suzi joua son rôle à la perfection, avant d'ajouter :

— Super ! Vivement samedi, alors. Je vous présenterai Nick comme il faut.

Puis elle traversa la route en courant, sans regarder à gauche ni à droite. Il y avait rarement des voitures, mais tout de même… Malgré sa grossesse, même si elle semblait triste et apeurée, je la trouvai légère et énergique. Le feu de sa chevelure rousse ressortait contre les feuilles d'automne et les ombres de la ruelle. Je la vis s'élancer vers son mari pour le saluer, faisant de grands gestes avec ses mains. Je tentai d'imaginer ce qu'elle lui racontait : sans doute cherchait-elle à lui expliquer comment elle s'était retrouvée coincée dehors. Il ne ressemblait pas du tout à ce à quoi je m'attendais. Mince, il mesurait tout juste un mètre quatre-vingts, avait le visage carré et les cheveux courts. Il portait un blouson Superdry sur un pantalon de costume, et une cravate. Le genre d'homme qu'on remarquait à peine lorsqu'on le croisait dans la rue, et, pourtant, Suzi avait tellement peur de lui qu'elle avait presque jeté sa tasse par terre pour aller le retrouver. Très intéressant.

J'essuyai l'éclaboussure de thé brun pâle sur mon mur blanc. Je commençais déjà à en savoir beaucoup sur mes voisins. J'avais eu raison : ce déménagement m'avait été très utile. Comme le disait ma mère : « Changer d'air, c'est changer de vie. »

# Suzi

Quand le samedi arriva, je me trouvai étrangement nerveuse. J'avais en permanence une boule dans l'estomac, comme lorsqu'on doit faire quelque chose qu'on appréhende. J'en ignorais la raison. Je repensai au deuil de Nora. Ma propre peine, si illicite soit-elle, pesait dans ma poitrine. Un verre de vin m'aurait aidée, mais c'était hors de question. Nick m'en voulait déjà suffisamment de m'être retrouvée une fois de plus coincée dehors, la troisième depuis que nous avions emménagé. Je ne réussissais pas à me souvenir du code, mais peut-être avais-je simplement appuyé sur les mauvaises touches avec mes doigts glacés de femme enceinte.

Curieusement, plus la journée avançait, plus nous étions agités. C'était pathétique, nous nous étions même mis sur notre trente-et-un, moi dans une robe de grossesse noire avec des collants, Nick dans une chemise et un pantalon bleu marine que je voyais pour la première fois. Ils lui allaient bien. Je remarquai qu'il avait perdu du poids et gagné en muscle. Merci à toutes ces séances à la salle de sport qui le retenaient encore plus longtemps dehors, tandis que je ruminais à la maison, grossissant de jour en jour.

Lorsque nous nous étions installés, quelques personnes étaient venues nous rendre visite, et ce n'était qu'à ce moment-là que je m'étais aperçue à quel point nous étions isolés, sans une maison ni un magasin à des kilomètres à la ronde, avec uniquement des cottages inoccupés et des champs à perte de vue. Claudia m'avait fait remarquer que c'était si calme qu'elle ne parvenait pas à trouver le sommeil : je l'avais surprise en train de lire le journal dans la cuisine à 5 heures du matin.

— Navrée que tu aies passé une mauvaise nuit, lui avais-je dit, un peu sur la défensive.

— Ce n'est pas grave, ma chérie, m'avait-elle répondu. Tout le monde n'est pas fait pour vivre à la campagne. La circulation et les gaz d'échappement me manquent !

Mais je ne pensais pas non plus être faite pour cela.

Alors que 19 heures approchaient, je constatai que Nick et moi nous parlions sèchement, comme si quelqu'un allait nous inspecter.

— Tu as sorti la vaisselle propre ?

— Bien sûr, je ne suis pas idiote.

Il se leva d'un coup.

— Et si elle avait des allergies alimentaires ? Des tas de gens mangent sans gluten, de nos jours…

— Elle m'a dit qu'elle mangeait de tout.

On ne pouvait presque plus se regarder. Comme si notre vie entière allait soudain être passée au crible.

On était si silencieux que, à 19 heures pile, on entendit ses pas dans l'allée. Nick se redressa d'un bond. Je levai la main pour le retenir. Quand on y pense, il était un peu bizarre de comprendre que vos hôtes vous ont attendu sans bouger. J'allai en personne lui ouvrir, la main délibérément posée sur mon ventre. Je me fendis d'un sourire avant de la saluer.

— Nora ! Ravie que vous ayez pu venir.

Elle entra, essuyant ses chaussures de marche sur le paillasson. Je me demandai pourquoi elle les avait choisies pour un si court trajet, mais m'aperçus aussitôt qu'elles étaient salies, comme si elle avait parcouru les champs avant de venir. Elle garda le silence un moment, se contentant d'inspecter l'entrée.

— Voici Nick, déclarai-je en la conduisant dans le salon.

Elle le dévisagea.

— Bonjour. Nora.

— Notre nouvelle voisine ! (Nick s'approcha gauchement pour lui serrer la main.) Euh… Puis-je prendre votre…

Il désigna sa parka Barbour, et ils s'emmêlèrent plus ou moins. Gênée, je fermai brièvement les yeux.

— Installez-vous. (Je me précipitai.) Il y a des olives… des chips… et le dîner sera bientôt prêt.

— Je vous remercie. (Elle resta debout.) Tenez, c'est pour vous. Je me suis dit que vous ne deviez certainement pas boire, et que de l'alcool serait malvenu.

C'était une barquette de petites pommes fraîches encore couvertes de rosée.

Je vis Nick hocher la tête d'un air satisfait. Lorsque je lui avais annoncé que j'étais enceinte, tremblant de culpabilité, terrifiée à l'idée qu'en calculant les dates il ne découvre la vérité, il avait mis en place l'opération Bébé. Aussitôt, j'avais été interdite d'alcool, même d'une simple gorgée.

— Mais je pourrais peut-être en prendre un peu, avais-je suggéré sans conviction en le voyant vider dans l'évier une bouteille de vin ouverte.

Il avait jeté le récipient vide dans la poubelle de recyclage avec force.

— Tu lui donnerais un verre de vin à la naissance ? Tout ce que tu bois va directement dans son organisme. Tu devrais le savoir.

Figuraient sur la liste des interdictions non seulement l'alcool, mais aussi le poisson, les fruits de mer, les noix, la caféine, les fromages à pâte molle et les contenants en plastique.

Je pris les pommes.

— Comme elles sont belles ! Elles viennent de votre jardin ?

— Je les ai trouvées quand j'ai emménagé. Elles grimpaient entre les pierres du mur. (Nora prit place sur le canapé en esquissant un sourire un peu guindé.) Merci de m'avoir invitée.

— De rien. Vous venez d'emménager ?

Nick s'installa en face de Nora pendant que je leur servais du vin, contemplant avec nostalgie le liquide rouge soyeux.

— Oui, j'ai récemment perdu mon mari.

Elle avait dit cela avec une drôle d'intonation, comme s'il avait bêtement disparu au fond du canapé et qu'il pouvait réapparaître à tout moment.

— Toutes mes condoléances, déclara respectueusement Nick en baissant d'un ton.

— Depuis combien de temps êtes-vous mariés, tous les deux ?

Elle nous dévisagea tour à tour, son regard aussi perçant qu'une lampe torche.

— Oh… depuis environ trois ans, n'est-ce pas, mon amour ?

Je lui adressai un sourire. Nous étions doués pour imiter les couples heureux. Peut-être personne ne l'était-il vraiment ? Tout le monde se contentait-il de copier ce qui se passait à la télé et dans les films ?

— Ça fera trois ans en mars.

— Et vous attendez un enfant, poursuivit Nora. Comme c'est charmant. Les gens ont souvent l'habitude de se précipiter, bien sûr, mais c'est tout aussi bien d'attendre quelques années, n'est-ce pas ?

— Euh… oui, acquiesça Nick pour combler mon silence. Nous sommes très impatients. Ce sera le premier petit-enfant pour nos deux familles, alors c'est… génial.

J'avais envie de lui crier de chercher un autre mot.

— Un garçon ou une fille ?

Il me jeta un rapide coup d'œil…, l'air de demander : « Qui est cette femme ? Pourquoi me fais-tu subir ça ? »

— Nous ne le savons pas. Nous leur avons demandé de ne pas nous le dire.

Elle but son verre de vin rapidement, avec avidité. Je songeai qu'elle était peut-être nerveuse, elle aussi.

— Bien sûr. Il y a trop peu de mystère dans le monde.

Nick s'éclaircit la voix. J'apportai les olives, et on se plaça autour d'elles, reconnaissants d'y trouver un quelconque réconfort.

— Alors, où habitiez-vous avant, Nora ?

— Oh, juste en ville. Nous avions une grande maison, là-bas. Mais seule, elle me semblait trop vide. J'ai toujours aimé les cottages.

— Oui, nous sommes tombés amoureux de cet endroit, n'est-ce pas, Suze ? J'avais toujours rêvé de vivre dans une vieille demeure.

Quelle curieuse expérience que d'entendre son conjoint s'adresser à une parfaite inconnue. J'avais envie de m'écrier : « Mais ce n'est pas vrai ! Tu ne me l'avais jamais dit ! » L'impression d'être totalement à côté de la plaque…

— Et vous, qu'est-ce qui vous a fait quitter Londres ? s'enquit Nora.

Nick lui servit le baratin habituel.

— Nous voulions que nos enfants puissent avoir plus d'espace pour grandir, respirer de l'air pur, profiter d'un rythme de vie moins effréné…

Mais elle continua à me regarder fixement.

— Ça ne vous a pas dérangée de quitter votre travail, Suzi ?

— Oh ! Pas vraiment. Ça me donne le temps de peindre, c'est ce que j'ai toujours voulu.

Je récitai mon texte comme prévu. Sous le regard de Nick. Mon superviseur. Il était vrai qu'avant je me plaignais constamment de mon patron, des publicités pour les tampons et les corn flakes que je concevais, et du manque de temps à consacrer à la peinture. Mais j'aimais mon salaire, les déjeuners arrosés et dépenser 30 livres en vin quand le cœur m'en disait. Je savais depuis longtemps que je n'étais pas faite pour les privations de la vie d'artiste. Mais, face au regard franc de Nora, j'eus soudain envie de faire preuve d'honnêteté.

— Ça a été un grand bouleversement, en fait. C'est difficile.

— Parfois, le changement est nécessaire, intervint Nick, le regard rivé sur moi. À Londres, Suze était sur une mauvaise pente. (Je levai les yeux au ciel. Il n'allait quand même pas oser ?) Elle buvait trop, sortait tard avec ses collègues… N'est-ce pas, ma chérie ?

Il me passa la main dans les cheveux un peu trop brutalement.

Je me levai, sous prétexte d'aller chercher d'autres olives.

— Vous savez ce que c'est. La vie londonienne.

Nick éclata de rire.

— Et pourtant, j'y vivais aussi, Nora, et je ne suis jamais rentré à pas d'heure.

— Il est casanier, expliquai-je en cherchant à le taquiner affectueusement, ratant mon coup.

— Il fallait bien que l'un de nous deux le soit.

Le silence s'éternisant, je serrai le poing. Il était insupportable.

— Puis-je aller aux toilettes ? demanda Nora, souhaitant manifestement s'affranchir de la tension à couper au couteau qui régnait dans la pièce.

— Bien sûr, je vais vous montrer.

Nick se leva.

— Je vais… voir où en est le dîner.

Dans la cuisine, je m'aperçus que je tremblais. Bien que je m'en sois empêchée depuis très longtemps, je pensai à nouveau à Damian. Nick cherchait-il à me déstabiliser ?

Un souffle d'air me caressa la nuque : Nick m'avait suivie dans la cuisine.

— Ce n'est pas encore prêt ? Notre invitée va mourir de faim.

Je sentis les larmes me monter aux yeux quand j'ouvris la porte de la cuisinière Aga, pas encore habituée à ce que je ne puisse plus me pencher. Une fichue Aga ! Je n'avais jamais demandé ça.

— Qu'est-ce qui t'a pris ? lui sifflai-je.

C'était risqué, mais j'étais trop furieuse pour laisser passer une humiliation pareille.

— Quoi ?

— Toutes ces conneries sur Suzi qui est une ivrogne, Suzi qui rentrait tard… Je suis venue vivre ici, non ? Ça fait des mois que je ne suis pas sortie, n'est-ce pas ?

Nick me dévisagea, et l'espace d'un instant, je faillis ne pas le reconnaître. Il prit un ton glacial.

— Si tu trouves qu'il est si difficile d'être ici avec moi – ton mari –, alors peut-être devrais-tu reconsidérer ta façon de vivre.

J'étais à deux doigts de fondre en larmes. J'ouvris de nouveau la porte de la cuisinière, ne serait-ce que pour dissimuler mon trouble.

— Dépêche-toi de servir, s'il te plaît, ajouta-t-il. Il est tard.

Un ordre direct. Nous en étions arrivés là. Je retirai la cocotte, la vapeur me brûlant le visage, ce que je trouvai presque bienvenu. À un moment, je songeai à poser mon poignet sur le four en fer chaud, rien que pour ressentir autre chose.

Tu étais parti. Il fallait que je me fasse une raison. Cela faisait maintenant si longtemps que je n'avais pas eu de tes nouvelles… Je ne pouvais plus me contenter d'être dans le déni. J'étais une femme mariée d'une trentaine d'années, et mon amant m'avait *ghostée*. Une femme à la fois infidèle et stupide. Jamais je n'aurais dû te parler du bébé. Je m'en rendais compte, à présent, mais avais-je eu le choix ? Tu aurais fini par le remarquer tôt ou tard. J'avais donc pris les devants, et tu avais paniqué. Tu étais retourné avec elle, et je m'étais retrouvée coincée avec Nick, ma vie ruinée et un enfant qui n'était probablement pas le sien. Bien sûr, ma vulnérabilité était aussi ma carte maîtresse. Ton enfant, ton ADN : facile à prouver. J'en eus presque le souffle coupé. La facilité avec laquelle on pouvait se détruire mutuellement, quand on était amoureux… Si tu ne revenais pas, j'avais deux possibilités. Ton numéro de téléphone n'était plus attribué, j'ignorais où tu vivais, et mes recherches sur les sites web des hôpitaux de la région n'avaient rien donné. Soit je te retrouvais, je t'obligeais à admettre que j'existais et je parvenais d'une manière ou d'une autre à te pardonner ces semaines de silence, soit je passais au plan B : faire en sorte de ne jamais me faire prendre.

Alors que je servais le cassoulet à la louche dans les assiettes, réalisant machinalement une série de vérifications – eau, pain, légumes, viande –, je m'aperçus que Nora n'était toujours pas revenue des toilettes. J'ôtai mes gants de cuisine et ouvris la porte de l'entrée. La porte de mon studio était entrouverte et, depuis la cuisine, j'y aperçus Nora, qui regardait autour d'elle d'un air légèrement perplexe. Je l'appelai :

— Vous vous êtes perdue ?

J'aurais juré qu'elle avait sursauté.

— Désolée, je me suis trompée de porte.

Elle vint vers moi, puis on se mit à table, et j'oubliai vite tout cela pour retourner à mon propre tourment intérieur, à la question qui hantait mon esprit depuis ta disparition : « Que diable vais-je devenir ? »

# Alison

*Février – trois mois plus tard*

Le corps était resté près de deux mois enseveli sous la neige avant d'être retrouvé.

Cela arrivait parfois dans les pays froids – en Russie ou en Pologne –, mais c'était relativement inhabituel en Angleterre. Seulement, cet hiver-là, rien n'avait été habituel : la chute des températures, la fréquence des tempêtes de neige, le choc de ceux qui pensaient bénéficier d'un climat tempéré et qui subissaient subitement des périodes de gel de plusieurs mois, comprenant alors l'utilité des pneus-neige ou de l'isolation thermique des canalisations…

Il faisait encore froid lorsque l'inspectrice Alison Hegarty atteignit le bord du chemin de campagne, frissonnant malgré la doudoune peu flatteuse qu'elle avait dû acheter plusieurs semaines après le début de l'hiver rigoureux.

— Il est là depuis un moment, alors ?

Son coéquipier, l'inspecteur Tom Khan, se dandinait d'un pied sur l'autre.

— C'est ce que pense le légiste. Il est complètement gelé, regarde.

Alison s'obligea à regarder le corps dans la congère récemment fondue. Deux membres de la police scientifique étaient penchés dessus, leurs combinaisons blanches se confondant avec les plaques de neige. Les cristaux de glace dans les cils, ainsi que la peau grise et cendrée, lui rappelèrent fortement le contenu du congélateur de sa mère, à Bolton. Elle savait qu'elle devait en passer par là ; cela faisait partie de son travail. Et ce n'était pas la première personne à être morte de froid, cet hiver-là. Ils avaient déjà retrouvé deux sans-abri sur les trottoirs de Sevenoaks, ce qui en disait long sur une ville où, quelques mètres plus loin, des individus dépensaient 60 livres pour leur dinde de Noël.

Mais c'était différent. Ils n'avaient pas été assassinés.

— Combien de temps ça va prendre pour l'extraire ?

— Encore plusieurs heures. Comme le dégivrage d'un congélo.

Avec ses deux mains, Tom fit mine de couper quelque chose en lamelles. Originaire d'un des secteurs d'East London, il aimait lui rappeler qu'il avait eu l'occasion de voir des scènes terribles.

Alison frissonna davantage encore.

— Bon sang, ce qu'il fait froid !

— *Winter is coming*, très chère. Enfin, l'hiver est là. J'imagine qu'il n'y a pas de relais routier à proximité ?

Elle secoua la tête sous sa toque en fourrure style Raïssa Gorbatchev qu'elle avait pris l'habitude de porter. Il n'y avait pas à dire, ces femmes russes savaient comment lutter contre le froid, même si elles sacrifiaient pour cela les fondamentaux de la mode, s'enveloppant dans ce qu'on pouvait prendre pour d'énormes édredons.

— Il n'y a rien du tout. À part ces maisons.

Elle regarda longuement les petits cottages de chaque côté du chemin de campagne, à quelques mètres de l'endroit où ils se trouvaient. Rien d'autre à des kilomètres à la ronde que des champs et, plus loin, la M25. C'était un endroit que l'on pouvait traverser en se rendant quelque part, à Gatwick ou à Heathrow, par exemple, sans même savoir qu'il existait.

Le hameau était tellement isolé qu'il n'avait pas de nom. Ce n'était pas le genre de lieu où elle aurait voulu vivre. Elle aimait aller chercher son litre de lait à pied.

Elle envisagea un instant d'aller frapper à la porte d'un des cottages – surtout celui qui avait l'air tout confort, avec ses fenêtres aux vitres teintées et sa porte qui n'aurait pas juré sur un coffre-fort – pour boire un thé et réchauffer ses pieds glacés. Mais ce n'aurait pas été convenable. Pas avant d'avoir interrogé ses occupants sur la présence d'un cadavre à quelques pas de leur porte.

— Allez, soupira-t-elle, résignée. Ma mère se sert du sèche-cheveux pour dégivrer son congélateur. Ils pourraient peut-être faire quelque chose comme ça, non ?

# Elle

— Désolé, grimaça le docteur. (Il était gentil comme la plupart des médecins libéraux, conscient que chacune de ses paroles apaisantes augmentait son chiffre d'affaires.) Je ne trouve aucune raison à votre infertilité.

Elle baissa les yeux sur ses mains, qu'elle tordait sur ses genoux. Sa mère lui avait toujours interdit de sangloter en public. « Retiens-toi, garde ça pour ta salle de bains fermée à clé, le bord de la serviette dans la bouche pour que ton mari ne t'entende pas. Il ne devrait jamais te voir pleurer, sauf avec grâce, des larmes de joie. Quand il te demande en mariage ou à la naissance de vos enfants. »

— Il n'y a vraiment rien ?

Elle avait espéré une réponse facile, une solution simple pour expliquer pourquoi, mois après mois, son corps se vidait, avec la régularité d'une horloge.

*Bien sûr que c'est ta faute. Pourquoi un enfant voudrait-il de toi comme mère ?*

— Dans environ un tiers des cas, il n'y a pas d'explication. Mais il reste toujours des possibilités. L'adoption peut apporter beaucoup de bonheur…

— Non, répliqua-t-elle. Mon mari ne l'accepterait pas. Il veut son propre enfant.

Ils en avaient discuté, naturellement, lorsqu'ils s'étaient rencontrés, des années auparavant, à la Crush Room du Royal Albert Hall, elle rayonnante après un concert réussi, lui jeune et beau, incapable de la quitter des yeux. Mais, à l'époque, l'idée d'avoir des enfants et d'éventuels problèmes de fertilité leur avait semblé lointaine. Elle lui avait fait part de ses préoccupations, de son histoire familiale, de la volonté de perpétuer sa lignée. Il l'avait embrassée, son visage dans le creux de ses mains.

— Je ne veux que toi, ma chérie.

Elle le connaissait mieux maintenant. Le fait d'avoir un bébé n'était pas primordial, à ses yeux – ce ne serait jamais le genre de père à changer les couches de ses enfants ni à prendre un jour de congé pour les accompagner au sport –, mais c'était aussi le genre d'homme à suivre la première femme à lui donner une descendance. L'idée de se faire quitter pour une fille plus jeune et saine était si écrasante qu'Elle savait qu'elle devait s'imposer. Si elle était enceinte, s'ils avaient un bébé, il ne la quitterait jamais. Ils formeraient une famille. Et voilà que le médecin lui annonçait que ce ne serait peut-être pas possible. Ils savaient que ce n'était pas lui qui avait un problème : il lui avait avoué avoir mis enceinte une petite amie, des années auparavant, à l'université. Elle ne l'avait pas gardé, et, parfois, quand Elle se réveillait, la nuit, elle se surprenait à s'interroger sur cet enfant. À quoi aurait-il ressemblé ? Était-ce un garçon ou une fille ? Un enfant qui ne serait pas à elle, mais à lui… peut-être cela lui suffirait-il.

— Vous pouvez faire une FIV, lui expliqua le médecin d'un ton apaisant qui lui rapporterait une belle somme. Peut-être votre mari serait-il prêt à essayer ?

Elle y réfléchit, l'indignité des éprouvettes et des tests, et le côté plastique et aseptisé de la procédure… La planification. Ce n'était pas lui. Il aimait que leurs étreintes soient passionnées, spontanées. Plus cela allait, plus il semblait perdre sa fougue et son enthousiasme. Il se contentait de lui dire en lui caressant les cheveux : « Tu dois être très fatiguée, ma chérie. » Mais ce n'était pas le cas. Elle n'était pas fatiguée.

— Je vais lui en parler, répondit-elle en récupérant son tote bag Marc Jacobs. Je vous remercie, docteur.

En franchissant la porte du cabinet, c'était bien ce qu'elle comptait faire. Elle lui préparerait un merveilleux dîner, allumerait des chandelles, ouvrirait une bouteille de vin, et, plus tard, lui évoquerait l'idée de recourir à un petit coup de pouce de la science pour pouvoir fonder leur famille.

# Suzi

Ces derniers temps, j'avais parfois l'impression de perdre la maîtrise de mon corps. Rien que de petites choses, comme me retrouver subitement en sueur. Me levant alors pour baisser le thermostat, je découvrais qu'il était réglé très bas, à dix-sept degrés. Il m'arrivait aussi de frissonner alors que la molette était positionnée sur vingt-deux. Comme s'il y avait en moi une sorte de microclimat.

Ce n'était pas tout. Quand le téléphone sonnait, il arrivait qu'il n'y ait personne au bout du fil, comme si la ligne était coupée. Épuisée, je me couchais tôt, mais je me réveillais en pleine nuit, agitée et dans un grand état de nervosité. Entendant un bruit dehors, je m'élançais à la fenêtre, mais il n'y avait jamais rien. Des animaux, très probablement, ce dont je n'avais pas eu l'habitude en ville. Je ne cessais d'égarer des objets, aussi. Je posais mes affaires – mon téléphone, une brosse à cheveux ou les lunettes que, par vanité, je refusais de porter à l'extérieur de la maison –, je retournais à l'endroit où j'étais certaine de les avoir laissées, mais je les retrouvais totalement ailleurs : dans mon bureau, bien que je ne me souvienne pas de m'y être rendue ce jour-là, voire dans le réfrigérateur. Troublée, j'en avais parlé à Nick, et il avait mis cela sur le compte du « cerveau de bébé ».

— Rien d'inquiétant. C'est juste la preuve que le petit asticot est actif !

Il avait alors posé sa main sur mon ventre, sur ma peau nue, sous mon pull, et je m'étais éloignée. Il avait peut-être raison. Il était vrai que j'avais la tête ailleurs, depuis que je t'avais perdu.

Cependant, le lundi qui avait suivi notre dîner tendu, lorsque je me réveillai, je vis Nick penché au-dessus de moi. Une lumière grise et froide entrant par la fenêtre, je clignai des yeux.

— Quelle heure est-il ?

— Sept heures.

— Oh. (Épuisée, je m'enfonçai sous la couette chaude.) Je ferais mieux de me reposer, je crois. Il fait froid, dehors.

— Pas aujourd'hui. (Il me caressa la tête d'une manière à la fois tendre et détachée. Comme une infirmière avec un enfant.) Nous avons un rendez-vous.

— Pardon ? Où ça ?

Mais il quittait déjà la pièce, allumant la douche pour moi. Il refusa de me révéler où nous allions, aussi bien pendant que je mangeais mon bol de porridge insipide – sans sucre – que lorsqu'il m'emmena à la voiture, mes pieds crissant dans l'herbe gelée. Je bougonnais.

— Nick, c'est quoi ce bordel ? Dis-moi où on va.

Avais-je oublié un rendez-vous prénatal ?

Observant fixement la route devant lui, il poussa un soupir.

— Je ne pense pas que tu aurais accepté d'y aller si je te l'avais dit. Il n'y a aucune raison de s'inquiéter. Il va juste te parler.

Je tressaillis.

— Qui ça ?

— Le médecin.

— Quoi ? (Bouche bée, je regardai son profil.) Tu m'as pris un rendez-vous chez le médecin ? Tu peux faire ça à ma place ?

Il haussa les épaules.

— Tout se fait en ligne, à présent. Sérieusement, tu ne penses pas que c'est une bonne idée ? Tout ce que tu m'as dit sur la musique, la température, et ton comportement samedi... Mon cœur, je crois que tu as besoin de parler à quelqu'un.

Je n'avais rien à répondre à cela. J'étais dans un état mental des plus bizarres. Le stress, peut-être. La perte pouvait provoquer des réactions curieuses, la mort de mon père en était la preuve. Vous voyiez la personne au milieu d'une foule, vous l'appeliez même par son nom avant que votre cerveau vous rattrape et vous rappelle que cela ne pouvait pas être elle. Mais, puisque je ne pouvais pas avouer la vérité au médecin, serait-il vraiment capable de m'aider ?

— Que va-t-il pouvoir faire pour moi ? On ne peut pas prendre de médicaments quand on est enceinte, je suis sûre...

Il continua à conduire.

— De nos jours, on peut en prescrire certains en toute sécurité.

*Comment le sait-il ?* me demandai-je. Avait-il fait des recherches sur les psychoses ? Était-ce là ce qui clochait chez moi ?

Je n'avais pas l'impression de perdre la tête. Mais, me demandant de quoi cela aurait l'air si je racontais tout cela à un professionnel, j'éprouvai une pointe d'inquiétude.

Quand j'avais appris que j'étais enceinte, j'avais trouvé cela incroyable. Nick et moi avions essayé pendant si longtemps, relevant chaque brûlure d'estomac, chaque ballonnement, chaque point de côté... Même lorsque du sang apparaissait sur mes cuisses, je me convainquais que ce n'étaient pas mes règles. L'espoir vous fait croire ce que vous voulez. L'espoir vous aveugle. Puis, quand j'avais fait ta connaissance, j'avais compris que je n'en voulais pas, après tout, et je m'étais mise à trafiquer les dates pour tromper Nick : je m'assurais de ne faire mes tests qu'en son absence, et je fournissais de fausses données à mes applications d'ovulation, faussant la fenêtre de fertilité. Il était risqué de coucher avec quelqu'un d'autre quand on prétendait vouloir un enfant de son mari. Je ne pouvais même pas prétexter que ce n'était pas le bon moment. On avait acheté le cottage, et j'avais cessé de travailler. C'était le moment idéal.

Un mois ou deux après notre rencontre, j'avais décidé de faire un test de grossesse pour apaiser mes doutes, souffrant de crampes inhabituelles et d'une sensation de faim permanente. Le matin, le simple fait de voir du lait me donnait envie de vomir, et je sentais en journée le frottement de mes seins gonflés contre mon soutien-gorge. C'était impossible. Je n'étais pas tombée enceinte… C'était le cas de certaines femmes un mois ou deux après avoir essayé. Cela faisait trois ans. Sauf qu'« essayer » n'était plus le mot. « Endurer » aurait mieux convenu, de manière passive et pitoyable.

Et voilà que le miracle s'était produit. J'étais restée assise à regarder le test pendant des heures, incrédule. Ce n'était pas possible. Oh, mon Dieu ! Quoi, quoi, quoi ? J'avais tenté de compter. Il y avait eu Nick, bien sûr, l'épreuve mensuelle obligatoire dont j'étais presque sûre qu'elle avait eu lieu trop tard dans le cycle. Puis toi. Et nous avions été prudents, mais pas tant que ça. Rien dans toute cette histoire n'était vraiment prudent. Puis, sur les toilettes, mon jean sur les chevilles, j'avais eu une idée : je te le dirais. Je verrais ta réaction. Cela pouvait nous être salutaire, à tous les deux. Un enfant. Mon cœur s'était serré, aussi bien de peur que d'espoir. C'était le moyen de m'extirper de cette existence. J'en étais convaincue. Mais voilà le résultat : je me retrouvais encore plus piégée qu'avant.

Nick avait été ravi, lorsque je lui avais annoncé la nouvelle. Je le lui avais dit en passant dans la pièce, de manière plus ou moins désinvolte, sans le regarder dans les yeux :

— Mes règles sont en retard, au fait.

Il m'avait attrapée par le bras.

— En retard de combien ?

— Euh… je ne sais pas trop. De quelques semaines.

Il aurait fini par s'en apercevoir, de toute façon, alors autant aborder le sujet. Avant même que je ne trouve le courage de te le révéler. Il me surveillait comme un faucon. Si j'avais arrêté de mettre des tampons sur la liste des courses, il l'aurait remarqué tout de suite. Je préférais attendre trois mois avant de te le dire, et jouer sur les deux tableaux, le temps de chercher désespérément comment m'y prendre.

Parfois, lorsqu'on réfléchit à ce qui se passe dans sa vie, ou quand on en parle de vive voix à une amie, il arrive qu'on se surprenne. *C'est vraiment vrai ?* Il y avait d'un côté la fougueuse féministe Suzi, et de l'autre moi, qui ne pouvais même pas acheter des tampons discrètement, car nous avions un compte commun et je ne gagnais pas d'argent. C'était lui qui faisait toutes les courses, parce que le magasin était trop loin pour que je m'y rende à pied et parce que nous n'avions qu'une seule voiture. Même lorsque nous passions une commande en ligne, il insistait pour vérifier le reçu afin de s'assurer que nous n'avions rien oublié.

Ce matin-là, il avait fait un détour pour acheter un test de grossesse. Il serait en retard au travail, mais il s'en moquait. « Les horaires à la carte », avait-il prétexté. C'était la première fois que j'en entendais parler. Il était resté devant moi pendant que j'urinais dessus, et nous avions attendu. Je connaissais déjà le résultat, mais je priais encore très fort, *s'il vous plaît, s'il vous plaît*, même si j'ignorais pour quoi. Une ligne rose. Une bifurcation sur la route. Une lame de guillotine. Des choses qui changeaient la vie.

Le médecin – une femme d'âge mûr à l'air sévère, au rouge à lèvres prune peu flatteur et dont la jupe était couverte de poils de chien – se montra relativement aimable.

— J'ai cru comprendre que vous aviez quelques soucis, Suzanne ?

Nick m'avait accompagnée. Je me demandai si j'avais le droit de lui demander de quitter la pièce. Mais de quoi cela aurait-il l'air ?

— Je vais bien, répondis-je d'un ton las. Je suis juste un peu fatiguée, voilà tout.

— Elle dort tout le temps, intervint Nick. Je ne vois pas pourquoi elle serait fatiguée.

Il s'était exprimé avec une pointe d'inquiétude dissimulant le fait qu'il s'agissait d'une nouvelle pique.

— Il pourrait s'agir d'une anémie. C'est assez fréquent durant une grossesse. Prenez rendez-vous pour un test sanguin avec l'infirmière, en sortant.

Je voyais bien qu'elle souhaitait se débarrasser de moi, refermer mon dossier, et cela me convenait parfaitement. Mais pas Nick.

— Et puis, il y a cette confusion mentale, ajouta-t-il en prenant ma main dans la sienne et en entrelaçant nos doigts. Elle oublie régulièrement le code de l'alarme. Elle a chaud, puis froid, puis de nouveau chaud. C'est lié à la grossesse ?

— Ça peut être dû aux hormones, oui.

Le médecin fronçait les sourcils, à présent. Je me demandai si elle tentait de me diagnostiquer une dépression prénatale ou un trouble de ce genre. Est-ce que cela existait, au moins ?

— En plus, elle est un peu… irritable. Irrationnelle, contrariée.

— Je suis là, tu sais, marmonnai-je.

La femme me lança un regard perçant avant de noter quelque chose.

— Encore une fois, les hormones sont susceptibles d'entraîner des sautes d'humeur. C'est assez courant.

Nick se pencha vers elle d'un air sérieux.

— J'aimerais savoir ce que je peux faire pour l'aider. Elle semble extrêmement malheureuse. Il lui arrive de se promener dans la campagne des heures durant.

Je le regardai, bouche bée.

— C'est toi qui m'as conseillé de marcher tous les jours !

— Juste de faire une petite promenade, ma chérie. Tu t'absentes pendant des heures, parfois.

— Mais…

Je recouvrai mon calme. Était-ce de la manipulation ? du *gaslighting* ? Comment pouvais-je expliquer que si je ne partais pas assez longtemps, il me le reprochait ?

— Ne faites pas trop d'exercice, surtout pendant le dernier trimestre. Si vous manquez de fer, vous pouvez vous fatiguer très vite. (Elle se mit à tapoter sur le clavier de son ordinateur.) Procédons à quelques analyses de sang, testons votre thyroïde, et ainsi de suite. La grossesse peut se révéler une période difficile. Cela vous ferait peut-être du bien de vous confier à une amie.

Bien sûr, j'allais raconter à tout le monde que j'avais couché avec un autre, que je portais peut-être son enfant, et qu'il s'était barré. Pas de problème. Nick fronça les sourcils.

— Vous ne pensez pas que c'est sérieux ? Elle n'a pas besoin, euh, d'antidépresseurs ou je ne sais quoi ?

Le regard dont elle le gratifia me fit plaisir. Un homme qui lui expliquait comment traiter sa patiente…

— Il est trop tôt pour ça. Les tests sanguins d'abord, je vous conseille de vous reposer, et, comme je vous l'ai dit, parlez-en à quelqu'un si vous en éprouvez le besoin.

C'était tout. Elle nous raccompagna à la porte.

Dans la voiture, je sentis que Nick était soucieux.

— Ils ne sont pas d'une grande utilité, hein ? Je me demande à quoi servent nos impôts…

— Tu préférerais vraiment me bourrer de médicaments avant qu'on sache quoi que ce soit ? Le bébé absorbe tout ce que je mange, tu sais ?

Je lui avais répété ses propres paroles. Il se renfrogna.

— Peut-être qu'il me faut simplement quelqu'un avec qui discuter. Nora…

— C'est un autre problème. Qui est cette femme ? Tu viens tout juste de faire sa connaissance, et tu lui parles déjà à cœur ouvert ?

— Non…

— Je la trouve bizarre. Je préférerais que tu te concentres sur la maison, que tu prépares de bons dîners, ce genre de choses.

Je retins ma langue jusqu'à ce que je sente les mots s'accumuler en moi comme l'eau dans un tuyau d'arrosage. C'était ma seule amie ici, et encore, à peine une amie, et même cela m'était défendu. Lentement, les larmes me montèrent aux yeux et se mirent à couler sur mes joues. Je les séchai à l'aide de la manche de ma veste en laine. Il ne m'avait jamais acheté de mouchoirs, bien sûr.

Après m'avoir jeté un coup d'œil, Nick poussa un soupir.

— Il faut que tu te reprennes en main, Suzi. Il est gênant d'admettre que, même si j'ai offert à ma femme tout ce qu'elle voulait, elle ne cesse de pleurnicher et de se plaindre.

Je gardai le silence. Je ne m'étais pas rendu compte qu'il savait à quel point j'étais malheureuse. On fit le reste de la route sans parler. Il se gara devant le cottage. « Willow Cottage »... quel nom idiot et kitsch. Ça me manquait de ne plus vivre dans l'appartement 2C, Greenham Street, EC2.

— Il faut que j'aille travailler. Je peux te faire confiance pour ne pas déclencher l'alarme ?

— Je ne sais pas, répondis-je en traînant les pieds. Je me demande si tu me fais confiance tout court.

J'avais la voix chargée de larmes.

— La confiance, ça se mérite, marmonna-t-il en s'éloignant.

Plutôt que de rentrer à la maison, je me rendis chez Nora. Naturellement, elle était là. Elle était toujours là.

— Oh, bonjour, me salua-t-elle en surgissant du côté de Ivy Cottage. (Vêtue d'une tenue de jardinage maculée de terre, elle avait la peau du visage rougie par l'effort.) Je me demandais où vous étiez passée.

— Je voulais accepter votre proposition, si elle tient encore, lui expliquai-je. Ça vous dirait de faire une balade avec moi ?

# Nora

Je commençais à m'occuper du jardin laissé à l'abandon, ravie de sentir à nouveau la terre sous mes bottes et la saleté sur mes mains, lorsque Suzi se présenta devant chez moi. On m'avait appris à jardiner, à Uplands, une compétence utile pour sortir de ce trou à rats. C'était une activité sincère, et cela aidait à apaiser le tourbillon de pensées qui hantaient mon esprit. Les plantes ne pouvaient pas dissimuler leur véritable nature. Contrairement aux gens. J'aurais pu expliquer à Suzi que les siennes n'étaient déjà plus récupérables. Il aurait fallu qu'elle les protège aux premières gelées.

J'acceptai la promenade, naturellement, et je glissai ma clé sous un pot de fleurs. Désormais seule, je craignais de me retrouver coincée dehors, avec nulle part où aller. Elle alla chercher son chien, qui surgit dans un enchevêtrement de laisse, d'écharpe et de manteau. Je la regardai activer l'alarme d'un air perplexe.

— Vous la mettez à chaque fois ?

— Ah ! Oui. Eh bien, c'est Nick qui insiste.

Je m'abstins de lui répondre. De véritables campagnards auraient probablement laissé leur porte déverrouillée. En ce qui me concernait, je la fermais parce que j'avais des choses à cacher. Peut-être Nick en avait-il également.

On longea le chemin de campagne, avant de tourner dans un champ, l'herbe gelée crissant sous mes bottes confortables et ses bottes en caoutchouc peu pratiques. C'était si calme que l'on n'entendait aucun autre son que le bruit de nos pas et le chant des oiseaux, dans le lointain. Il pouvait se produire n'importe quoi, ici, personne ne le saurait jamais.

Je rompis le silence.

— Merci de m'avoir invitée, samedi. J'espère que vous avez reçu mon mot.

Comme on me l'avait appris, j'en avais déposé un le lendemain dans la boîte aux lettres. En fin de compte, le dîner avait été intéressant. Le mari s'était montré gentil, presque un peu trop, d'ailleurs. Je m'étais aperçue qu'il se considérait comme quelqu'un de bien, du genre à ne jamais tromper sa femme ni à la battre, qui recyclait ses déchets, déneigeait son allée en hiver et donnait à des œuvres de bienfaisance. Je doutais qu'il soit conscient d'à quel point il rabaissait Suzi, se moquant de ses toiles et de sa cuisine, du rôle de ménagère auquel il l'avait reléguée. Une fois encore, je tentai de me sentir reconnaissante d'être sortie avec un autre type d'homme, ni jaloux, ni passif-agressif, ni possessif. Même s'il avait ses défauts dans d'autres domaines. Je comptais continuer à observer Nick et Suzi pour voir ce que je pouvais en tirer. Je n'avais toujours pas décidé de la suite.

Suzi avait l'air gênée.

— Oh, vraiment, ce n'était pas nécessaire, mais merci. Nora, je suis désolée que… que Nick et moi ayons eu une petite prise de bec. (Elle poussa un éclat de rire affecté, la voix empreinte d'une tension perceptible.) Je ne sais pas si vous avez remarqué. C'est idiot, vraiment… le stress de recevoir ! Nous sommes loin d'être des chefs étoilés.

Une « prise de bec » était une drôle de façon de décrire les violentes critiques auxquelles j'avais assisté, le froid glacial dans le regard de Nick quand il avait lâché ses piques. Pour quel motif, j'aurais eu du mal à le préciser. Suzi lui avait peut-être été infidèle avant leur départ de Londres. Je saisis l'occasion :

— Vous pouvez tout me dire, Suzi. Je sais que nous ne nous connaissons pas très bien. Mais il n'y a que nous ici. Nous devons nous soutenir mutuellement.

Elle hésita. Mon cœur commença à s'emballer. *Vas-y, Suzi. Révèle-moi tes secrets.* Mais que lui dirais-je si c'était le cas ?

— Oh, je vais bien, vraiment. Je dois juste m'habituer à ne plus travailler. J'étais dans la publicité, la conception graphique. J'ai toujours répété que je détestais ça… les réunions, les intrigues de bureau, les campagnes pour du rouge à lèvres… Mais j'imagine que j'en appréciais certains aspects : voir du monde, me mettre sur mon trente-et-un.

Elle désigna ses vêtements avec ironie, un vieux jean effiloché et le même pull d'homme par-dessus. Il était sale. Elle devait rarement l'enlever.

— J'ai simplement un peu de mal à m'habituer au statut de femme au foyer à plein-temps. J'ai beaucoup de chance, vraiment.

S'il y avait une chose que je savais reconnaître, désormais, c'était bien le mensonge. Je l'avais décelé dans sa voix, dans les termes dont elle tentait de se convaincre qu'ils étaient vrais. Elle détestait cet endroit. Elle n'avait jamais eu envie de venir habiter là.

— Vous travailliez, avant ? m'interrogea-t-elle, détournant la conversation d'elle-même.

Je gardai le silence un moment, me demandant comment formuler ma réponse.

— Mon mari avait un poste important. Il me semblait logique de rester à la maison. Mais nous n'avons pas eu d'enfants, alors j'ai commencé à me sentir… invisible.

— Comme un fantôme, ajouta-t-elle avec un rire forcé, même si aucune de nous ne trouvait cela amusant.

— Oui. Un fantôme. C'est une bonne comparaison.

— Vous semblez si jeune pour être veuve… Je suis désolée.

— J'ai quarante-deux ans.

— Ce n'est pas du tout vieux, de nos jours.

Je vis qu'elle était étonnée que je ne sois pas plus âgée, que le chagrin m'avait vieillie du jour au lendemain.

J'hésitai, réfléchissant à la façon d'aborder le sujet.

— Suzi, vous êtes sûre que tout va bien ? Je ne voudrais pas être indiscrète, mais vous paraissez… je ne sais pas. Stressée ?

Elle songea un long moment à ce qu'elle devait dire.

— Racontez-moi tout, insistai-je. Allez-y, confiez-vous à moi.

Suzi soupira.

— Oh, c'est juste que… c'est difficile, parfois, d'être coincée ici. (Elle se tourna vers moi d'un air aussi sérieux qu'ouvert.) J'ai énormément perdu au change : mes amis, mon travail… Je ne sais pas ce que je suis censée faire de mes journées ! Cuisiner et nettoyer… Mais ce ne sont que des corvées, n'est-ce pas ? Enfin… ça plaît à certains, mais…

— Vous avez l'impression qu'on profite de vous, conclus-je.

Je souhaitais tellement qu'elle sente qu'elle pouvait me parler. Il était évident qu'elle gardait certaines pensées pour elle, qui la rongeaient de l'intérieur.

Elle se mordit la lèvre.

— Un peu. C'est grave ? Nick travaille si dur…

— J'ai toujours été convaincue qu'il était plus facile de travailler ailleurs que chez soi, d'une certaine façon. Au moins, ça permet de voir du monde. Pas uniquement les quatre mêmes murs.

— Votre mari, s'enquit-elle d'un ton hésitant. (Je sentis mes muscles se crisper.) Comment était-il ? Que faisait-il ? Ça vous ennuie si je vous pose la question ?

J'avançai encore de quelques pas.

— Il était directeur. Rien de passionnant. Mais il était… eh bien, il est difficile de décrire quelqu'un dont on a été si proche. Il était plein de vie. Débordant d'ambition. De rêves. J'adorais ça, chez lui. J'étais comme lui, par le passé, avant de tout perdre.

Elle secoua la tête, comme pour rompre notre lien.

— Je n'ai vraiment aucune raison de me plaindre. J'ai toujours voulu avoir du temps pour peindre. Mais cet endroit… Je suis très inquiète pour cet hiver. Vous pensez qu'il sera si terrible que ça ?

— Ça ira, mentis-je en songeant à la neige qui s'accumulait fréquemment dans les allées étroites.

Si Suzi souhaitait s'enfuir, il lui restait moins de temps qu'elle l'imaginait. Peut-être était-ce à moi de donner un petit coup de pouce au destin…

# Suzi

Il était très agréable de marcher avec Nora. Mon ventre dépassait de mon manteau inadapté à ma grossesse. Elle portait sa vieille parka Barbour, des bottes de marche confortables, et ne semblait pas s'attendre à ce que nous parlions, lorsqu'on s'engagea dans le champ gelé, pataugeant dans la boue. J'avais ce chien stupide avec moi, bien sûr. Généralement, une fois que nous étions à bonne distance de la route, je lui ôtais sa laisse. Il lui arrivait parfois de disparaître une éternité, et même de se perdre dans les fourrés. Il me fallait alors ramper pour tenter de le retrouver au son de ses gémissements pathétiques. Si je n'étais même pas capable d'éduquer correctement mon chien, je m'inquiétais de ce que cela risquait de signifier pour mon enfant.

Les arbres étaient nus, et j'expirais de la fumée à chaque souffle. J'étais ravie du silence de Nora, car j'avais l'esprit totalement embrumé. Ma visite chez le médecin, la tension qui régnait entre Nick et moi, ton absence prolongée… Qu'allais-je faire ? J'avais besoin d'un plan, d'un moyen de te retrouver, car je ne pouvais pas continuer ainsi. Mais j'avais extrêmement peur de me faire prendre, de bouleverser mon existence, de ce que dirait Nick s'il l'apprenait. Et, toujours, à l'origine de tout, il y avait une part de culpabilité et de honte. J'étais la seule responsable de mes actes. Je m'étais mise toute seule dans ce pétrin.

Notre liaison m'était tombée dessus par surprise. Même après Damian, cette affreuse ivresse, l'odeur de pisse qui imprégnait mon beau sac à main, je ne pensais pas être du genre à tromper mon mari. Damian avait été un accident, comme lorsqu'on érafle sa voiture à un poteau. Mais toi – qu'importe à quel point j'ai tenté de me trouver des excuses, combien je me suis sentie coupable –, c'était délibéré. Je savais exactement ce que je faisais, et, pourtant, je m'y étais engagée d'un pas déterminé, comme lorsqu'on franchissait une porte.

Tu m'avais avoué après coup que tu ne comptais même pas aller prendre de verre, ce soir-là. Tu étais fatigué, mourant d'ennui après la conférence médicale. En m'apercevant au bar de l'hôtel, tu avais pris ta décision en une fraction de seconde, entre deux respirations. Le genre de choix qui bouleverse une vie sans même qu'on s'en rende compte.

Nos corps sont plus avisés que nous. Tu le savais grâce à ton travail : la montée d'hormones facile, les mécanismes étalonnés de nos cerveaux… Je pense qu'ils avaient pris le dessus à notre place. J'étais seule au comptoir, devant l'unique gin-tonic que je m'étais autorisé. À 12 livres le verre, je savais que Nick aurait du mal à croire que je n'en avais pris qu'un. Un mois après notre installation au cottage, je ne m'étais toujours pas habituée à ne pas avoir d'argent à moi. J'étais encore en train de chercher un sens à ce qu'était devenue ma vie, une femme au foyer à la campagne. À la pagaille que j'avais laissée dans mon sillage à mon ancien travail. Peut-être était-ce pour cette raison que j'avais agi ainsi ? Tu t'étais approché ; nous nous étions souri dans le miroir, derrière le comptoir. J'avais étudié ton reflet, celui d'un homme d'une quarantaine d'années, soigné et en forme, les cheveux noirs coupés court, des lunettes à monture foncée, un costume chic. Je sirotais mon verre d'un air emprunté. Tu avais commandé un whisky, un Ardbeg de quinze ans d'âge, en jetant un coup d'œil à ma boisson, me provoquant déjà alors que nous ne nous étions même pas encore adressé la parole. Qui allait faire le premier pas ? J'avais eu l'impression que le temps s'étirait comme un élastique, puis, lorsqu'on t'avait demandé de signer ton reçu – j'en avais profité pour noter ton numéro de chambre, la 255 –, j'avais soudain redouté que tu n'oses pas. J'avais alors pris les devants :

— Bon choix.

Tu avais sauté sur l'occasion.

— Une amatrice de whisky ?

J'avais haussé les épaules.

— De bourbon, surtout.

C'était exagéré. C'était au mieux ma troisième boisson préférée.

— Bon choix, m'avais-tu répondu en arquant les sourcils. Vous étiez à la conférence ?

Tu avais jeté un coup d'œil à mon badge. Ou peut-être à mes seins, à peu près dans la même zone.

— À l'une d'elles. Il y en avait trois en même temps.

— À laquelle ?

J'avais fait mine de grimacer.

— « L'enfant au fond de soi – l'art-thérapie pour raviver les souvenirs refoulés. »

Il était surprenant que Nick m'ait laissée y assister. Sans doute pensait-il avoir remporté une victoire facile en me faisant quitter Londres, à moins qu'il y ait vu une volonté de ma part de m'engager dans une nouvelle existence, une nouvelle carrière. Ou, tout simplement, n'avait-il aucune idée de qui j'étais vraiment, de ce dont j'étais capable si on me lâchait la bride. Quelle expression horrible qui signifiait que l'on pouvait lâcher les rênes de sa monture tout en sachant qu'on pouvait toujours les reprendre si elle allait trop loin.

Tu avais fait la moue.

—Ça a l'air compliqué.

—Oui. Et vous ?

—« La glande pituitaire – amie ou ennemie ? »

J'avais éclaté de rire. Tu m'avais avoué plus tard que tu avais trouvé cela enivrant, et que tout ce que tu voulais, c'était me faire rire davantage.

—En fait, c'est vraiment l'intitulé d'une des conférences, avais-tu insisté. Le congrès s'appelle l'« Endrocon ». Je suis gynécologue. On ne se moque pas, je vous prie.

Tu m'avais montré ton badge orné d'un logo en forme de goutte, et du nom « Dr Andrew Holt ». Bien sûr, ce n'était pas ton vrai nom, mais je ne l'avais découvert que plus tard.

—Andrew.

Tu avais sourcillé.

—Ah ! Oui.

Était-ce déjà un avertissement à l'époque, que tu n'aies pas corrigé mon erreur ?

—C'est à propos des hormones ?

J'avais refusé de me laisser impressionner par le fait que tu sois médecin. Malgré ma robe imprimée bon marché et mon tatouage au poignet, je voulais te montrer que je connaissais le terme « endocrinologie ». Tu avais baissé les yeux.

—Certaines femmes prétendent que tout est une question d'hormones.

J'avais esquissé un sourire à contrecœur.

—Certains hommes prétendent que c'est parce qu'il fait froid…

Voilà, j'avais fait une blague sur l'érection, nous étions incontestablement en train de flirter. Tu avais jeté un nouveau coup d'œil à mon badge, sur ma poitrine, qui se soulevait au rythme de mes respirations.

—Suzanne…

— Suzi.

Nos regards s'étaient croisés. Tu avais les yeux bleus, froids et purs comme des lacs glaciaires. Une chaleur soudaine se propageant dans mes veines, je ne pouvais plus respirer. Tout était si stéréotypé et si rapide... *Je ne peux pas*, me suis-je dit. *Je ne vais pas recommencer.* Mais, voyez-vous, c'est tellement plus facile la deuxième fois ! Même mon sentiment de culpabilité me paraissait familier, usé, comme si j'en avais l'habitude.

— Suzi ? m'interpella Nora, alors que nous marchions sur le chemin de campagne.

— Oh, désolée, j'avais la tête ailleurs.

Il fallait que je cesse de me perdre ainsi dans mes pensées. Je devais agir comme une personne normale, une future mère. Au début, j'avais eu l'intention de lui parler de ma visite chez le médecin, mais je m'aperçus que j'ignorais comment l'expliquer. Quelle que soit la tournure que je donnais à cette histoire, Nick apparaissait comme un partenaire inquiet, et moi comme une folle instable.

— C'est juste derrière la colline.

J'avais promis à Nora de lui montrer les ruines du vieux manoir duquel nos cottages avaient jadis dépendu. Il s'était fait racheter par une chaîne d'hôtels avant la dernière récession, mais n'avait jamais été rénové ni exploité.

Après quelques minutes de marche, l'espace et le silence avaient fait leur œuvre, et je me sentais plus détendue. Il m'était si difficile de tenter de rester naturelle en présence de Nick. J'avais déjà du mal quand tu étais encore là, attendant que le téléphone sonne pour m'annoncer une grande nouvelle, me réveillant la nuit, rongée par un sentiment de culpabilité et de panique. M'inquiétant chaque fois que Nick recevait un e-mail ou un SMS, me demandant si j'étais certaine d'avoir effacé l'historique de mon iMac et modifié mon mot de passe après qu'il m'eut vue le saisir ce jour-là. À présent, depuis que tu ne donnais plus signe de vie, j'avais de nouvelles sources d'inquiétude. Cet enfant qui arrivait, ce qui se passerait alors. À qui il ressemblerait…

Tu te rappelles quand tu m'as surprise durant ma promenade, un jour ? C'était extrêmement risqué. Et si Nick m'avait accompagnée ? Le chien t'avait sauté dessus et avait massacré ton pantalon. Désolée. Sur le moment, l'idée de me faire démasquer ne m'avait pas dérangée outre mesure. Cela aurait signifié qu'elle te laissait partir. J'étais prête pour la dispute avec Nick. J'avais même préparé ce que j'allais dire : « Tu m'as fait venir ici sans me demander mon avis, tu m'as obligée à quitter mon travail, tu m'as gardée comme une prisonnière virtuelle… »

C'était un joli fantasme : marcher dans les bois gelés, les aboiements du chien résonnant dans le silence, sachant que tu pouvais surgir à tout instant, que tu ne m'avais pas quittée. En m'approchant du manoir, je me mis à jeter des coups d'œil autour de moi. Il arrivait qu'on découvre des plantes qui poussaient dans les potagers. Un jour, j'avais rapporté une courge à Nick.

— Regarde ce que j'ai trouvé !

— Je ne sais pas, avait-il hésité. Elle appartient peut-être à quelqu'un…

— Euh, à qui ? Je ne crois pas qu'une chaîne d'hôtels risque de s'offusquer si je ramasse quelques légumes.

C'était le genre d'acte faussement rebelle que Nick m'avait un jour avoué adorer chez moi. C'est curieux comme les choses que les gens aiment au début d'une relation sont aussi celles qu'ils finissent par détester.

Je jetai un coup d'œil au verger, tandis que Nora partait devant pour inspecter la bâtisse en ruine. Les parois de verre des serres étaient fissurées, et des vitres manquaient.

Des outils avaient été laissés là comme si on les avait abandonnés à la hâte. Je mis la main sur ce que je pensais être du romarin, dans une des plates-bandes, et je frottai ses feuilles entre mes doigts, libérant son doux arôme. J'en arrachai quelques branches et je les fourrai dans la poche de mon manteau. Même si je distinguais ce qui ressemblait à des tubercules, je ne vis rien d'intéressant.

Je me dirigeai ensuite vers la maison aux fenêtres béantes, des oiseaux nichés dans les murs. C'était incroyablement romantique, les ambiances de *Rebecca* et *Jane Eyre* réunies en un même lieu. Je jetai un coup d'œil par l'une des fenêtres, m'attendant à voir la pièce comme d'habitude, couverte de lierre, de branchages et de fientes d'oiseaux, les lattes du plancher pourrissant.

Quelqu'un était là.

Je reculai en titubant. Était-ce toi ? Tu étais venu me trouver ? Non, bien sûr, c'était simplement Nora, immobile au milieu de la pièce, le regard tourné vers le ciel.

— Nora ! m'écriai-je en tentant de dissimuler l'effroi dans ma voix. Vous m'avez fait peur.

J'entendis craquer ses pas sur les branches cassées. Je me demandai comment elle était entrée. La porte était généralement fermée, mais je n'avais jamais essayé de l'ouvrir. Peut-être s'était-elle faufilée par une fenêtre.

Derrière le mur en ruine, elle me dévisagea. Elle semblait différente, nettement moins chaleureuse que durant l'après-midi que j'avais passé chez elle à boire du thé et à partager des confidences. Puis elle se pencha en arrière, tournant de nouveau son regard vers le ciel gris.

— Vous connaissez *La Tempête* de Shakespeare ?

— Euh… un peu. J'ai dû l'étudier à l'école.

Elle dit quelque chose qui devait être une citation de la pièce.

— Le passage sur le pin fendu… J'ai toujours considéré que c'était une image horrible, vous ne trouvez pas ? Piégé pour toujours sous un petit bout de ciel…

Je gardai le silence. Mes mains glacées tremblaient. Je les enfonçai dans mes poches.

— Suzi, reprit-elle. Quand vous m'avez interrogée à propos de… mon mari. Il y a un aspect que je voulais vous préciser. Lorsque nous avons fait connaissance, il était… avec une autre femme. J'ai toujours honte de le dire aux gens.

Pourquoi me confiait-elle cela ? Était-elle au courant ?

— Ah ? parvins-je à articuler.

— Je m'aperçois à présent que je n'ai aucune raison d'avoir honte. Certes, nous nous sommes rencontrés dans des circonstances moins qu'idéales, mais sa relation était morte, et lui et moi… nous étions si heureux jusqu'à ce que je le perde !

Elle se mit soudain à sangloter, le visage déformé et laid.

— Je suis désolée.

— Vous ne me jugez pas ?

— Non. Bien sûr que non.

*Je reste la même, Nora. Je reste la même.* Je faillis alors tout lui avouer. J'en avais tellement envie que je sentis presque les mots s'entasser dans ma bouche. Mais j'étais parvenue pendant tout ce temps à n'en parler à personne, et je savais que la moindre fuite pouvait se révéler catastrophique. Pourtant, si je ne m'étais pas aperçue au même moment que Poppet avait disparu, j'aurais pu craquer, car rien n'est plus lourd qu'un secret que l'on ne peut partager.

# Elle

Cela faisait des années qu'elle s'efforçait de ne pas se lamenter sur le passé, mais le rendez-vous avec le médecin l'avait fragilisée. Toutes sortes de souvenirs lui revenaient, des flashs franchissant les murs qu'elle avait érigés au fil du temps.

« Ellie ! J'ai peur ! »

Non, elle n'allait pas penser à Sebby. Ni à sa mère, ni à son père. Mais elle se rendit néanmoins dans une des chambres d'amis – une pièce qui aurait dû être remplie de jouets, de pastels, de boîtes à musique et de peluches – pour récupérer le carton en haut de l'armoire encastrée. C'était une vieille boîte à chaussures dans laquelle elle avait rangé la paire de Jimmy Choo qu'elle n'avait portée sur scène qu'une seule fois, redoutant de trébucher en regagnant les coulisses. Il n'aurait jamais regardé là. Il ne s'intéressait pas à ce qu'il qualifiait d'« affaires de gamine ». La boîte contenait à présent des photographies. Une poignée d'entre elles avaient survécu, et, lorsqu'elle s'était enfuie, Elle les avait emportées. C'était désormais tout ce qu'elle possédait. L'unique preuve que ces personnes avaient bien existé.

Les photos avaient l'aspect délavé des années 1970. Il y avait sa mère quand elle était jeune, si mince qu'on ne la voyait presque plus lorsqu'elle se mettait de profil, élégante avec son pantalon à pattes d'éléphant et son chemisier de soie, une cigarette à la main. Elle était dans un de ses bons jours, quand elle riait et souriait, voletait dans la maison comme un papillon. Quand elle invitait du monde, trop pour le salon du bas, des gens du travail du père d'Elle, du village et tous ceux qu'elle avait rencontrés. Ce n'était pas un de ses mauvais moments, quand elle criait et jetait des objets, quand elle lui avait coupé les cheveux pendant son sommeil parce que cela faisait « salope », ou quand elle lui avait fermé le couvercle du piano sur les mains pour qu'elle cesse ce vacarme. Elle aimait la photo avec la cigarette, parce que c'était une preuve, si jamais quelqu'un lui posait la question. *Vous voyez, elle fumait tout le temps. Ce qui est arrivé n'est guère surprenant, n'est-ce pas ?* Il y avait son père, dont elle se souvenait à peine, tant il avait été peu présent. Et Sebby, son regard noir sous sa frange droite, qui levait les yeux vers elle. C'était pour lui qu'elle souffrait le plus. Sans aucun mal, elle s'imaginait avoir un petit garçon qui lui ressemblerait et qui l'appellerait « maman ». Il aurait eu trente-quatre ans, cette année-là. Il aurait peut-être eu des enfants à son tour. Puis elle-même, sur une photo un peu plus récente, raide comme un piquet et la mine sérieuse lors de ce concours de piano, ses longs cheveux noirs lui tombant dans le dos. Cela devait être en 1992. L'une des dernières photos jamais prises.

Un bruit la fit sursauter. Était-il déjà de retour ? Non, c'étaient les voisins bruyants qui manœuvraient une de leurs nombreuses voitures, musique à fond. Agacée, elle pinça les lèvres et rangea la boîte avant de descendre l'escalier d'un air aussi coupable qu'un drogué. Elle espérait qu'il ne rentrerait pas trop tard, ce soir-là. Elle avait besoin de lui auprès d'elle, de sentir qu'il était robuste, vivant et encore à elle. Mais 19 heures sonnèrent, puis 20 heures, puis 21 heures, et elle était toujours seule.

# Suzi

— Répète-moi ce qui s'est passé, me dit Nick en faisant les cent pas devant moi d'un air grave.

Je me demandai quelle heure il était. Quelque part autour de 22 heures, estimai-je. Une journée entière à paniquer.

J'étais sur le canapé, la cheville posée sur un coussin.

— Il s'est simplement volatilisé. Je lui ai enlevé sa laisse, comme toujours, mais il est… parti. Je ne sais pas.

Les larmes aux yeux, j'éprouvais un profond sentiment de culpabilité. En plus de tout le reste, j'avais perdu le chien de Nick. Le pauvre Poppet nous avait toujours aimés, adorés, et je l'avais perdu.

— Puis j'ai glissé et je me suis blessée. Si Nora n'avait pas été là, je ne sais pas ce que j'aurais fait. Je n'avais même pas mon téléphone, il était encore déchargé.

Nick avait passé des heures à le chercher, l'appelant par son nom, et était revenu aussi frigorifié que furieux. Il m'en voulait énormément.

— Je suis sûre qu'il s'est juste enfui, plaidai-je. Il retrouvera son chemin.

En voyant les traits de Nick se déformer, je compris qu'il se souciait sincèrement de cet animal idiot. Plus que de moi, manifestement, puisqu'il ne m'avait même pas demandé comment allait ma cheville. Juste si le bébé allait bien. Je me sentais étonnamment triste, moi aussi. Sans les aboiements et le halètement de Poppet, qui filait d'une pièce à l'autre pour me voir, même quand je venais de passer deux minutes aux toilettes, la maison était trop calme. Sans doute s'était-il simplement perdu. Il allait revenir.

— Ça nous aidera à le retrouver, j'en suis convaincue.

D'un mouvement de tête, je désignai sur la table une pile d'affiches « chien perdu » que Nick avait déjà imprimées. Une photo granuleuse de Poppet prise au téléphone, les yeux rougis par le flash, la langue pendante. Son air idiot.

Nick se tourna vers moi.

— Il existe des gangs, tu sais. Ils volent des chiens sur commande et les revendent.

Il avait même appelé la police. D'après son humeur quand il avait raccroché, j'avais déduit qu'ils ne s'étaient pas montrés aussi réceptifs qu'il l'aurait souhaité.

J'avais du mal à envisager l'idée que quelqu'un puisse dérober Poppet.

— Ça va aller. Quelqu'un va le retrouver.

Ou alors, il s'était fait renverser par une voiture et était en train d'agoniser en ce moment même sur une route gelée, perdu et apeuré. Je refusais d'y penser.

— Bon sang, il est tard ! Il faut que j'aille me coucher.

Nick se passa les mains sur le visage. Son sac à dos en nylon d'intello était déjà prêt, posé devant la porte. Une bouteille d'eau, son déjeuner emballé, un gobelet… un vrai citoyen modèle.

— Tu seras suffisamment remise pour aller chercher Poppet toute seule, demain ? Enfile de bonnes chaussures. Il faut que tu sois plus prudente, tu sais. Il ne s'agit plus seulement de toi, maintenant.

Je haussai les épaules. J'ignorais la réponse à cette question. Il s'avérait qu'on pouvait « être remis » à différents degrés.

Cette nuit-là, dans mon lit, je ressassai une fois de plus le souvenir de notre première rencontre, au mois de mai. Cela ne faisait pas très longtemps, mais cela me paraissait des années. Le moment où une personne normale, mariée et heureuse, aurait fini son verre et serait allée se coucher. Seule. Ce soir-là, j'avais fait énormément de choix qui avaient dirigé le cours de mon existence dans un sens et non dans l'autre. Je me retrouvais là, enceinte, effrayée, frappée par une perte dont je ne pouvais parler à qui que ce soit… Le fait d'accepter ce deuxième verre que tu m'avais offert, par exemple. J'étais déjà presque ivre, à ce moment-là. J'avais l'impression d'être redevenue Suzi la fêtarde, avachie sur la table, papotant en frottant ma jambe contre celle de Damian là où personne ne pouvait la voir, ou fumant dehors dans le froid, saisissant son poignet pour allumer ma cigarette. Elle était amusante, Suzi la fêtarde. Au bout du compte, après ce qui s'était passé, je l'avais détestée.

Puis nous avions gagné ta chambre. Le bar était désert, et les serveurs avaient débarrassé notre table à trois reprises. Tu avais parlé d'une flasque de je ne sais quoi vieilli en fût de chêne, je m'étais levée avec un peu trop d'empressement, et nous nous étions retrouvés dans l'ascenseur. Je me souvenais de m'être penchée vers toi, attirée comme par un aimant, humant ton parfum, la tête me tournant à cause de la chaleur de ta peau et de ton après-rasage. Une sensation plus agréable que n'importe quelle drogue, dissipant toute ma culpabilité et ma honte.

Le lendemain matin, j'aurais pu mettre un terme à cette aventure, mettre cela sur le compte d'une erreur causée par l'alcool. Encore une, comme avec Damian. Au lieu de cela, j'avais suivi les judicieux conseils que tu m'avais donnés, ton baiser sur ma bouche aussi ferme que le sceau d'une lettre.

— Enregistre mon numéro dans ton téléphone, m'avais-tu recommandé. Sous un nom de femme, quelqu'un d'inventé, avec une initiale, peut-être, comme si c'était pour le boulot.

Assise sur le lit, toujours nue, j'étais un peu échaudée par la rapidité de ton départ.

— Il ne regardera pas, t'avais-je assuré.

— Ils regardent toujours. Crée un compte e-mail secret et n'utilise que celui-là. Tu peux télécharger un navigateur qui supprime toutes les données chaque fois que tu le fermes. Inutile de se faire prendre, à moins que tu sois complètement stupide ! (Tu avais marqué un temps d'arrêt.) Oh, et puis, je ne m'appelle pas Andrew.

— Pardon ?

Je n'avais pas compris.

Évitant mon regard, tu avais ri, me racontant une histoire d'erreur de réservation. Tu avais prétendu qu'Andrew était un de tes collègues, à l'hôpital.

— Quand tu as vu mon badge, j'ai fait comme si de rien n'était.

— Pourquoi ne m'as-tu rien dit ?

J'avais cligné des yeux dans la lumière blafarde de l'aube. Tu avais haussé les épaules. Mais j'avais deviné. Tu n'étais pas certain de me revoir un jour, et il était plutôt commode d'avoir le badge d'un autre.

— Désolé. Je m'appelle Sean. Je te le promets, c'était simplement dû à une erreur. Il faut que j'y aille.

Même à l'époque, je n'avais pas tenu compte des signaux d'alerte. Je te voulais. Et j'avais donc continué à m'enfoncer de plus en plus profondément dans la mer.

C'était une bonne idée, non ? Je n'étais parvenue à te retrouver sur le site web d'aucun hôpital, mais qu'en était-il de ton prétendu collègue ? Et si je cherchais le docteur Andrew Holt ? Au moins, enceinte, j'avais l'excuse idéale pour enquêter sur les hôpitaux. À mes côtés, Nick somnolait paisiblement. Le sommeil du juste. Moi, cela faisait des mois que je n'avais pas dormi convenablement, déjà avant de te rencontrer. Et cela n'était pas allé en s'améliorant. Sentant le bébé appuyer sur ma vessie, je me levai pour uriner, puis je me faufilai au rez-de-chaussée, me demandant à moitié si je n'allais pas te chercher tout de suite sur Internet. Mais, si Nick se réveillait, il exigerait des explications. Je ne pouvais pas courir ce risque.

En bas, la maison avait l'air différente, dans le noir, une centaine d'yeux LED m'observaient alors que je parcourais les pièces silencieuses et bien ordonnées. Ce qu'il voulait, c'était une maison témoin, et non un véritable foyer. J'avais du mal à imaginer qu'un bébé viendrait bientôt perturber cet espace. Pourtant, même si je le niais, je le sentais grandir en moi de jour en jour.

Soudain, je m'aperçus que j'entendais quelque chose. De la musique, à nouveau, mais douce, cette fois. L'enceinte. Une sorte de berceuse. De Brahms, peut-être. Était-ce moi qui l'avais mise ? Y avait-il un bouton, un réglage automatique responsable de tout ça ? Si c'était le cas, je ne me rappelais pas avoir appuyé dessus.

Subitement, je me souvins de la veille. L'idée folle que j'avais eue, que tu étais peut-être là à me regarder, depuis le couvert des arbres. Cela n'avait aucun sens. Pourquoi aurais-tu laissé de tels signes après t'être volatilisé ? Je l'avais certainement allumée moi-même. Mais comment ? Je m'approchai de l'enceinte pour tenter de l'éteindre ; je savais à peine comment faire fonctionner cet engin. Lorsque la musique se tut, je faillis perdre connaissance en entendant mon prénom.

— Suzi. Suzi.

Un léger chuchotement dans l'air.

*Qu'est-ce que…* Je scrutai nerveusement autour de moi. D'où cela venait-il ? De l'angle de la cuisine, aurait-on dit, mais il n'y avait personne. Était-ce l'enceinte qui me parlait ? Une voix synthétique ? Les mains tremblantes, je me tournai brusquement vers l'appareil, la lumière verte de son voyant illuminant mon visage. C'était certainement un réglage dont j'ignorais l'existence, un dysfonctionnement, peut-être, mais je me retrouvai malgré tout à faire le tour de la maison, testant chacune des portes et des fenêtres. J'aurais bien aimé ne jamais disposer de toute cette technologie. D'une certaine manière, cela me fit comprendre à quel point j'étais seule.

# Nora

Après ce que je lui avais dit au vieux manoir, je craignais d'avoir fait fuir Suzi. De lui avoir un peu trop montré mon vrai visage, sous mon masque. J'avais laissé parler mon instinct. J'avais voulu lui crier qu'elle ne pouvait pas s'introduire sur la propriété de quelqu'un et y prendre tout ce qu'elle trouvait. Je l'avais vue examiner les légumes puis glisser des herbes dans ses poches. L'espace d'un instant, j'avais eu envie de la gifler. Mais, bien sûr, elle ne se doutait de rien et ne comprenait probablement même pas le concept de propriété privée. Une fille de la ville.

Il me fallait faire preuve d'indulgence. Pas vraiment à cause de sa grossesse : ce qui m'étonnait le plus depuis que j'étais là, c'était de m'apercevoir que j'avais de la peine pour Suzi. J'étais veuve à quarante-deux ans, sans enfant et susceptible de le rester, fauchée et réduite à vivre dans un minuscule cottage. Elle était mariée, enceinte, manifestement solvable, dans un cottage douillet et agrandi avec goût. Elle avait encore l'espoir de faire carrière dans les arts, alors que j'avais renoncé à mes aspirations depuis bien des années. Mais, malgré tout, j'avais pitié d'elle. Elle était aussi effrayée que triste. Lors de notre promenade dans les bois, dans un silence complice, je m'étais surprise à me demander dans un élan de folie si elle et moi ne pourrions pas devenir amies. Mais comment aurait-ce pu être possible ? Il fallait, avant tout, que je me rappelle la raison de ma présence.

Il s'avéra qu'il n'y avait pas lieu de s'inquiéter, car le moment passé dans le vieux manoir avait rapidement été éclipsé par la disparition du chien. On le chercha un long moment dans le domaine, à l'affût du moindre bruissement dans les fougères ou d'aboiements révélateurs, mais il semblait avoir disparu de la surface de la Terre, ce qui n'était guère surprenant, puisque Suzi ne s'était toujours pas décidée à le dresser. On le chercha des heures ; j'étais glacée jusqu'aux os. On longea la route de part et d'autre, le plus loin possible des accotements, l'appelant dans les bois. J'entendais Suzi s'époumoner malgré l'atmosphère glaciale, une pointe d'affolement dans la voix.

— Poppet ! Poppet !

Quel nom idiot pour un chien. Même si j'étais convaincue qu'elle ne le retrouverait jamais de cette façon, je fis l'effort de l'appeler moi aussi, donnant des coups de pied dans les buissons et les haies. Puis j'entendis un cri… Suzi.

Il me fallut un certain temps pour la repérer. Dans la pénombre de l'après-midi d'hiver, les bois envahis par la végétation cernant désormais l'ancien domaine, il aurait été facile de se perdre. Le son de sa voix me guida ; je la découvris dans un fossé aussi étroit que profond, au bord de la route, se tenant la cheville à deux mains.

— Nora ! Dieu soit loué ! Je suis tombée. La faute à ces fichues bottes en caoutchouc. Vous pouvez m'aider ?

J'hésitai un moment. Suzi était impuissante. À cause de sa grossesse et de la boue glissante, elle aurait du mal à se relever. Il était possible que personne ne la trouve avant un certain temps, ici. Même si, à l'occasion, une voiture passait, on ne l'entendrait pas. Quand Nick rentrerait, il la chercherait, mais penserait-il à venir jusque-là ?

— Nora !

Une nouvelle pointe d'affolement dans sa voix.

— Qu'est-ce que vous…

Je redescendis sur terre.

— Désolée. Je réfléchissais à la meilleure façon de vous sortir de là.

Je m'arc-boutai, me tenant à une branche d'arbre, et je dévalai le versant boueux pour l'aider à se redresser. Elle avait de la boue sur le visage et tout le long de son jean. La déplacer reviendrait à traîner un poids mort. Comme elle était vulnérable… Que serait-il advenu d'elle si je n'avais pas été là ?

La montée d'adrénaline me laissa agitée. J'avais oublié ce dont j'étais capable, toutes ces personnes différentes qui se cachaient en moi.

# Suzi

Le lendemain matin, épuisée après m'être endormie vers 6 heures seulement, les oiseaux chantant déjà l'*Alléluia* du *Messie* de Haendel, j'achevais mes tâches ménagères, qui me semblaient chaque jour plus nombreuses, sur le qui-vive, quand le téléphone sonna. Aussitôt, je me sentis gagnée par un sentiment de terreur, comme chaque fois depuis ton départ. Était-ce le coup de fil que j'avais tant redouté ? Elle. Ou un autre de ces appels silencieux si perturbants ?

— Allô ?

— Bonjour, ma chère. J'appelle juste pour savoir comment va mon petit-fils ?

Mon cœur cessa de battre à tout rompre, puis se serra.

— Bonjour, Joan.

La mère de Nick. Une veuve d'à peine soixante ans qui n'avait rien d'autre à faire que remplir des grilles de sudoku et haranguer le conseil municipal pour des problèmes de stationnement. Elle appelait presque tous les jours. Pas pour demander de mes nouvelles, mais pour le bébé, qui n'était même pas encore né. Que dirait-elle, Joan, avec ses petites annonces du *Radio Times* et son club de lecture, si elle savait la personne que j'étais vraiment ? Sans doute pour la millième fois de la semaine, je me demandai comment j'avais atterri là.

— Je pensais juste à Noël, ma chère...

Clairement à la recherche d'une invitation. Je pouvais difficilement me projeter si loin, même si je savais que cela arriverait vite. J'étais censée être avec toi, maintenant, pas planifier la nouvelle année en compagnie de Joan, qui passait son temps à parcourir le programme télé et à entourer toutes les émissions qu'elle souhaitait regarder. Ce n'était pas ma vie, et pourtant j'étais coincée dedans.

À bout de nerfs, j'étais incapable d'avoir les idées claires. Qui était derrière tout cela : les appels téléphoniques, la musique, l'enlèvement de Poppet ? Toi ? Mais pourquoi ? Ce n'est pas ton genre. Si ? Était-ce seulement réel, ou mon esprit solitaire et fatigué imaginait-il tout cela ? Il fallait que j'en aie le cœur net. L'appel de Joan m'avait rappelé que le temps ne s'arrêterait pas sous prétexte que j'étais incapable de décider ce qu'il fallait que je fasse. À chacun de mes pas, je sentais remuer mon enfant. Cela, c'était réel. Je devais agir.

Je vérifiai d'abord mon compte e-mail secret, celui que tu m'avais suggéré de créer pour communiquer avec toi. Il n'y avait rien, juste mes propres suppliques pour que tu m'appelles. Puis j'ouvris une fenêtre de navigation privée et je saisis ton nom sur Google. J'avais l'impression de faire quelque chose de mal. Je ne l'avais jamais prononcé à voix haute, parce que personne n'était au courant de ton existence. Je cherchai « Sean Sullivan », en vain. Il y avait des résultats, bien sûr – Sullivan était un nom très commun –, mais, après en avoir parcouru quelques-uns, je fus forcée de constater que tu n'en faisais pas partie. Idem avec Facebook. Je savais que tu avais un compte, parce que tu avais mentionné plusieurs fois à quel point tu trouvais certains comportements agaçants, comme ces gens qui se vantaient de leurs temps de course ou ceux qui postaient les photos de leurs enfants le jour de la rentrée... Mais je ne t'y avais pas trouvé.

Un jour, tu m'avais dit :

— Regarde tous ces couples. Dès qu'ils commencent à afficher combien ils sont heureux, c'est le divorce assuré dans les six mois. C'est réglé comme du papier à musique.

Et c'était effectivement le cas de certains de mes amis, à l'université. Une avalanche de photos de cocktails devant un coucher de soleil, avec pour légende : « Il aurait été grossier de ne pas le faire », « C'est ainsi que tout commence » et « Merci pour celui-là ». Mais *voilà**, quelques mois plus tard, ils annonçaient leur séparation. J'avais voulu t'appeler tout de suite pour te le dire et en rire avec toi. Mais je n'avais pas pu, naturellement.

« Sean Sullivan consultant ». « Sean Sullivan chirurgien ». « Sean Sullivan médecin »… Rien. Une fois de plus, je te cherchai auprès de tous les hôpitaux de la région. Rien, rien. J'avais les doigts gelés, dans le studio glacial.

Puis je me souvins de mon idée. Le docteur Andrew Holt. L'histoire que tu m'avais racontée, une erreur dans les réservations. C'était un de tes collègues, m'avais-tu affirmé. Un employé administratif de ton hôpital vous avait confondus. Ces intérimaires, franchement… Une idée folle se mit à germer. Était-il possible que *tu sois* en réalité Andrew ? Que tu m'aies donné un faux nom lorsqu'il était devenu évident que nous nous reverrions ? J'avais du mal à le croire. Mais il était clair qu'il n'y avait aucun médecin du nom de Sean Sullivan, aucun docteur Sullivan d'aucune sorte travaillant dans les hôpitaux de la région. Je saisis si vite son nom sur Google que je fis une faute de frappe, mais il était là. « Docteur Andrew Holt, Hôpital général du Surrey, Obstétrique et gynécologie. » Pas de photo, mais c'était forcément lui. Ou toi, peut-être ? Mon pouls s'accéléra. Pourquoi travaillais-tu dans le Surrey ? J'avais toujours cru

* Les mots suivis d'un astérisque sont en français dans le texte original.

que tu vivais ici, dans le Kent, voire plus au sud, à Tunbridge Wells, ou dans les villages huppés des environs. Si je m'y rendais, à l'endroit où tu exerçais, peut-être que quelqu'un serait au courant de quelque chose. C'était mince comme piste, mais c'était tout ce que j'avais. De vagues fragments de toi, comme une lettre déchirée en morceaux. Je voulais en avoir le cœur net. L'enfant dont j'allais accoucher serait peut-être le tien. Pour lui, au moins, je me devais d'essayer.

Si j'avais un jour cru pouvoir m'en tirer sans encombre, je me voilais vraiment la face. Plus les jours passaient, plus je savais qu'il me serait impossible de revenir en arrière. Je ne pouvais pas vivre des années ainsi, attendant d'être démasquée. Ce que j'avais fait était trop grave. Il me fallait donc aller de l'avant. Je devais te trouver.

Ayant autant besoin de respirer que de réfléchir, je dirigeai mes pas vers la porte d'entrée. En face, Nora était de nouveau dans son jardin, en train de désherber. Je l'avais vue tellement souvent à cet endroit que j'avais du mal à croire qu'il puisse y rester des mauvaises herbes. Quand elle me fit signe de la main, je lui rendis machinalement son salut. Il vaudrait vraiment mieux que je retourne chercher Poppet, j'en avais conscience. Je me demandais si elle accepterait de m'accompagner. Le sol était si détrempé que je craignais constamment de chuter.

Jetant alors un coup d'œil dans la jardinière en bois où poussaient mes semis ravagés par les limaces, je poussai un cri.

# Elle

Il était encore en retard.

Cela s'était tellement mieux passé, la semaine précédente! Un jour, il était même rentré à 17 heures, et quand elle s'en était étonnée auprès de lui – encore couverte de farine, les cheveux non brossés et le maquillage à refaire –, il l'avait prise dans ses bras et lui avait demandé s'il avait besoin d'une raison pour rentrer plus tôt auprès de sa belle épouse. Elle avait senti son cœur se gonfler comme un ballon d'hélium. Peut-être n'y avait-il jamais eu d'autre femme. Ou, si cela avait été le cas, c'était sans doute terminé. Elle avait gagné. Elle s'était dit que, si l'embellie continuait encore une semaine, elle aborderait le sujet de la FIV. Elle refusait que quoi que ce soit vienne gâcher cette idylle. C'était comme au bon vieux temps: elle pouvait vider une bouteille de vin tous les soirs, prendre un dessert sans crainte de grossir. Même faire l'amour, une partie d'elle espérant un miracle, qu'une vie émerge sans l'aide des médecins.

Mais, ce soir-là, il rentra de nouveau tard. Elle faisait les cent pas. La nuit était tombée dehors, la lueur orangée de l'éclairage public illuminait le salon. Elle avait laissé les volets ouverts pour pouvoir voir sa voiture. Elle l'imaginait tellement fort qu'à plusieurs reprises elle avait eu l'impression que c'était vraiment arrivé, qu'elle l'avait entendu se garer, au point qu'elle avait éprouvé une sensation de soulagement aussi salvatrice qu'une prise de drogue. Mais il s'agissait uniquement des voisins. D'autres maris, d'autres épouses qui rentraient chez eux, s'enfermant derrière leurs fenêtres aux couleurs chaudes. Quelques livraisons de repas, ce qui, en temps normal, lui aurait fait exprimer sa désapprobation quant à leur gaspillage, leur paresse et leur mauvaise alimentation, mais, ce soir-là, elle s'en moquait. *Qu'il rentre juste à la maison, par pitié. Reviens, s'il te plaît !*

Elle était hantée par des images. Ses cuisses blanches allant et venant au-dessus d'une femme. Elle ne voyait pas le visage de sa rivale, mais elle était jeune, pulpeuse, pas vraiment mince, mais magnifique. La couleur de ses cheveux alternait du blond au brun en passant par l'auburn. Elle poussait de petits cris de plaisir. *Oh oui ! Reste avec moi.* Et il restait avec elle, dans l'hôtel où ils s'étaient retrouvés – à moins que ce soit chez elle, elle n'était peut-être pas mariée, après tout –, au lieu de rentrer rejoindre sa femme qui s'angoissait. Elle devrait essayer de s'asseoir. De regarder la télé comme une personne normale. Un jour, elle avait entendu Chantal, une de ses voisines, plaisanter sur le fait qu'elle adorait quand Terry, son mari, rentrait tard :

— C'est génial, je peux regarder mes émissions ringardes et me gaver de crème glacée.

Elle avait du mal à comprendre que l'on puisse souhaiter que son mari rentre le plus tard possible.

*« Bien sûr qu'il préfère sortir ! Qui voudrait rentrer tôt pour se retrouver avec toi ? » Oh, tais-toi, maman, tais-toi, je n'ai pas besoin de tes sarcasmes.*

Était-ce un bruit ? Elle s'élança vers la fenêtre, sans se préoccuper de si on la voyait. Ses inspirations s'enchaînaient comme des perles. Oui, une voiture. Elle ralentissait. Mais ce n'était pas la sienne. Elle reconnaissait le ronronnement du moteur de la Jaguar, le bruit de ses pneus. C'était un véhicule plus petit, moins cher. Et deux inconnus en descendaient.

La sonnette retentit, le carillon léger et entraînant qu'elle avait choisi pour cette raison précise, pour surmonter sa phobie des gens qui sonnaient à son domicile. Sauf que, ce jour-là, elle avait raison de s'inquiéter. D'une manière ou d'une autre, elle le savait déjà.

Elle s'approcha de la porte, sans se soucier que ses mains abîment l'onéreux papier peint de soie. Elle resta plantée là un moment. Si elle n'ouvrait pas, son existence ne serait pas bouleversée. Tout pourrait rester tel quel, une femme attendant que son mari rentre à la maison.

La sonnette retentit de nouveau. Elle ouvrit, une bouffée d'air froid s'engouffra dans l'entrée. En face, elle vit une voisine l'observer par une fente de ses volets. Fouineuse.

— Madame Sullivan ? Madame Patrick Sullivan ? demanda la femme vêtue d'un tailleur-pantalon bon marché.

— Oui. C'est moi, répondit-elle.

# Suzi

— Je ne sais pas, soupira Nick. Tu es sûre que tu veux courir partout, après ce qui s'est passé hier ?

— Tout va bien, lui assurai-je avec une détermination exagérée, repoussant les images du cadavre d'animal que j'avais découvert dans ma jardinière la veille, retourné comme un gant, ses entrailles à l'air. Nora m'a dit que c'était un lapin. L'œuvre de renards, certainement.

Sur le moment, ce n'était pas ce que j'avais cru. J'avais été convaincue que c'était Poppet – ou une partie de Poppet –, éviscéré et laissé là pour que je le trouve. Par celui qui m'enfermait dehors, qui me mettait de la musique. Sauf que tout cela n'existait très probablement que dans ma tête. Nora m'avait sans doute jugée pathétique, une fille de la ville incapable de faire face à la réalité de la vie à la campagne. Elle avait emporté l'animal et l'avait enterré pendant que je pleurnichais sur le pas de la porte. La situation devenant trop étrange pour moi, j'eus donc ce jour-là un nouveau mensonge à faire avaler à Nick, pour lui expliquer pourquoi j'avais besoin d'argent.

— J'ai entendu dire qu'il y avait une excellente maternité à l'Hôpital général du Surrey, prétendis-je. Je voudrais juste vérifier, pour comparer.

Il me regarda par-dessus son yaourt et son fruit. N'ayant pas l'habitude de me lever pour prendre le petit déjeuner avec lui, je n'avais pas remarqué combien il était en forme, ni à quel point il mangeait peu ces derniers temps. Je songeai brièvement à la femme avec qui je l'avais imaginé au téléphone.

— Mais tu as déjà tout prévu pour l'hôpital. Tu crois qu'il est possible d'en changer ? Il n'est pas dans la même zone, si ?

— Je souhaite simplement jeter un coup d'œil. Tu sais, pour avoir ce qu'il y a de meilleur pour le petit.

En prononçant ces paroles tout en passant mes mains sur mon ventre, je me détestai. Mais il hocha la tête et prit un ton plus doux.

— Bien sûr. C'est une bonne idée d'être prévoyante. Renseigne-toi sur leurs horaires de visites et sur les conditions d'utilisation de la maison de naissance. (Il s'était documenté sur tout, et je ne savais presque rien.) Ils ont une unité de FIV importante, là-bas. Je m'y étais intéressé, quand il m'a semblé que nous pourrions avoir des difficultés. Nous n'en avons plus besoin maintenant, naturellement !

Nous n'avions jamais discuté de FIV... Il avait fait des recherches à ce sujet ? Je me demandai jusqu'où il aurait pu m'entraîner dans cette voie sans que je sois vraiment d'accord. Comme pour la maison...

— Au fait, le médecin a donné des nouvelles de tes tests sanguins ? s'enquit-il en se levant.

— Non.

Il me semblait vaguement que c'était à moi d'appeler.

— Eh bien, passe-leur un coup de fil pour qu'ils se dépêchent. Plus vite ce sera réglé, mieux ce sera.

Ce qui signifiait me faire prendre des pilules, imaginai-je. J'esquissai un sourire forcé.

— Bien sûr. Tu peux me laisser de l'argent, alors ?

Il faudrait que j'aille à Londres en train et que j'en prenne un autre pour rentrer, car il n'y avait pas de bus. Ici, sans voiture, on était coincé.

Il fronça les sourcils d'un air perplexe.

— Bien sûr ! L'argent est aussi à toi, tu le sais.

*Alors pourquoi dois-je quémander ?* J'avais accès à notre compte commun, mais il n'y avait aucun distributeur à proximité, et, dans la région, les taxis ne prenaient pas encore la carte. Même si cela avait été le cas, Nick n'aurait pas manqué de me demander où j'étais allée, pourquoi, et pour voir qui.

— C'est juste que… je déteste avoir à t'en demander. Ça me gêne de ne plus avoir mon propre argent.

Il me lança un regard étonné.

— Nous sommes mariés, Suzi. Tout ce qui est à moi est aussi à toi. J'ai parfois l'impression que tu ne comprends pas ce que ça signifie d'être marié.

Il était là, le tic-tac de la bombe enterrée quelque part. Je demeurai immobile.

— D'accord, répondis-je à voix basse, prenant les billets qu'il me tendait, sentant le papier gras dans la paume de ma main.

Je me demandai combien de temps encore je pourrais continuer ainsi à mendier chaque jour des bribes de liberté.

Dès que Nick fut parti, je m'affairai dans la maison pour me préparer. Malgré la situation, cela me remontait un peu le moral d'avoir un but, une raison de sortir. Je me lavai les cheveux, et me maquillai même légèrement. L'idée me hantait : et si tu étais là-bas ? Si tu m'avais dit la vérité à propos du docteur Andrew Holt, j'étais sur le point de me rendre sur ton lieu de travail. Je me regardai dans le miroir ; mon visage pâle d'hiver, les cernes autour de mes yeux qui refusaient de disparaître, quelle que soit la durée de mes nuits. Ma chevelure rousse laissait apparaître des racines châtaines, mais je n'avais pas le droit d'y faire la moindre retouche, car, comme tant d'autres choses, la teinture était mauvaise pour le bébé. Sans parler de mon ventre de femme enceinte qui déformait tous mes vêtements. Souhaitais-je vraiment que tu me voies dans cet état ?

En descendant, j'eus un nouveau problème avec l'alarme. Je n'arrivai pas à ouvrir la porte. Quand je tournai la poignée, elle refusa de bouger. Nick avait-il mal réglé l'alarme en la mettant sur « sortie » au lieu de « séjour », la position normale quand il y avait quelqu'un à la maison ? Mais non, elle se serait déjà déclenchée, si cela avait été le cas. Les détecteurs de mouvement auraient repéré ma présence. Les sourcils froncés, j'étudiai le panneau de commandes, une quantité déconcertante de boutons et de voyants. Était-ce le même code que celui de l'extérieur ? Oh, mon Dieu, j'avais l'impression d'avoir du coton dans la tête. Je le saisis avec circonspection. Un petit « ding » bienveillant retentit, et la porte s'ouvrit. Il s'en était fallu de peu. L'espace d'un instant, je n'avais plus juste eu l'impression d'être prisonnière dans ma propre maison, je l'avais réellement été.

Lors du changement à Waterloo, j'eus un rapide aperçu d'un autre monde, d'une existence antérieure au milieu d'individus qui marchaient vite, le nez rivé sur leur téléphone, leur souffle fumant dans la brise froide. À mon grand agacement, le chauffeur de taxi jusqu'à l'hôpital se révéla passablement bavard. Quand j'habitais à Londres, sur le chemin du retour après une soirée, tout en vidant généralement une bouteille de vin, j'étais fière d'avoir de longues conversations avec les chauffeurs de taxi ou d'Uber. Je m'en vantais même : « J'ai eu une super conversation avec mon chauffeur de taxi, il m'a parlé de sa famille au Maroc. » De l'« étalage de vertu », comme tu l'avais un jour qualifié.

— Vous allez à votre consultation prénatale, c'est ça ? Ma femme, elle a eu les trois nôtres là-bas.

Je passai la main sur mon ventre, chaque jour un peu plus dur. Il me rappela que la vie continuait, malgré le bourbier dans lequel j'étais empêtrée chez moi. J'avais réservé des scanners, pris des rendez-vous avec la sage-femme. J'avais beau tout tenter pour repousser le moment fatidique, le bébé grandissait.

— Je souhaite juste jeter un coup d'œil. J'ai entendu dire qu'il y avait une bonne maison de naissance.

— Ne vous prenez pas la tête à aller faire trempette dans ces pataugeoires, m'dame. Une bonne péridurale, et c'est réglé. Ma femme…

Et il continua durant tout le trajet, me donnant des détails non seulement sur l'accouchement de son épouse, mais aussi sur ceux de ses deux filles et de sa bru. J'essayais de me rappeler si tu m'avais déjà dit où tu travaillais. Je m'étais figuré que c'était à Tunbridge Wells, où je pensais que tu résidais, et où je savais qu'il y avait un grand hôpital. Pourquoi exercerais-tu dans le Surrey si tu vivais dans le Kent ? J'avais honte. J'en savais si peu sur toi, l'homme que je prétendais aimer… Je payai la course au chauffeur, devenu l'une de mes connaissances les plus intimes, et je me dandinai jusqu'à l'accueil.

— Consultation prénatale ? (Vêtue d'une longue veste en laine grise, l'employée derrière le bureau avait le regard typique des réceptionnistes de la sécurité sociale, que j'imaginais semblable à celui d'un général en temps de guerre face à une horde d'envahisseurs. « On ne passe pas. ») Troisième étage.

— Non, ce n'est pas pour ça. Désolée. Je cherche un médecin du nom d'Andrew Holt.

— C'est à quel sujet ?

Elle tendait déjà la main vers son téléphone. Un frisson me parcourut l'échine. Cela allait être aussi facile ?

— Mais…

Je fus soudain prise de panique, songeant que tu pourrais être là, travaillant aux côtés de ce confrère. Ou, si mes soupçons se vérifiaient, qu'il pourrait s'agir de toi. Que tu m'avais peut-être menti.

— Quoi ?

Je gardai le silence. J'ignorais comment lui expliquer que tu ne voulais peut-être pas me voir. Elle parla dans le combiné.

— Bureau du docteur Holt ? Il y a quelqu'un ici qui veut lui parler. Une patiente en consultation privée, j'imagine. Votre nom ? me demanda-t-elle en se tournant vers moi.

Je ne savais pas quoi lui répondre.

— Euh… Nora Halscombe.

Le mensonge était sorti tout seul. Je craignis aussitôt d'être percée à jour. Quand bien même, et alors ?

Elle raccrocha le téléphone d'un geste sec.

— Vous pouvez monter. Premier étage.

— Et… c'est quel service, déjà ? demandai-je timidement.

Elle fronça les sourcils.

— Gynécologie, évidemment.

Endocrinologie : l'étude des hormones et de leurs effets sur l'organisme. La dopamine est une hormone, la substance chimique qui nous rend dépendants, qui nous pousse à pianoter sans fin sur nos téléphones ou à faire défiler inlassablement des photos sur les applications de rencontres. L'ocytocine est une autre hormone, la molécule responsable du sentiment d'amour qui envahit notre cerveau lorsque nous sommes proches de quelqu'un. La conférence à laquelle je t'avais rencontré portait sur les hormones, et je savais que l'infertilité était souvent due à des déséquilibres de progestérone et de testostérone. C'était logique.

Je parvins à me glisser dans l'ascenseur et à trouver le bon service sur les plans colorés fixés aux murs. Le cœur battant, je sentais le bébé se tortiller, inquiet, sans doute noyé dans un flot d'adrénaline. Encore une hormone, celle qui nous permet de courir plus vite que nous le pensions possible ou de soulever des voitures lorsqu'un enfant est coincé dessous. Je patientai sur une chaise, savourant le calme particulier des hôpitaux, le bruissement du papier stérile et le couinement des chaussures des infirmières. Puis une secrétaire avec un badge autour du cou surgit d'une petite pièce sur la porte de laquelle était écrit le nom du docteur Andrew Holt et m'invita à y entrer.

Je me levai d'un pas mal assuré. J'allais peut-être te voir. Dans quelques secondes. À quelques mètres de là. Peut-être ton visage s'assombrirait-il et me jetterais-tu dehors. Peut-être fondrais-je en larmes. Franchissant la porte entrouverte, je vis…

Ce n'était pas toi. L'homme dans la pièce ne te ressemblait pas du tout. Il était petit, environ un mètre soixante-dix, et trapu, le visage large et souriant, des cheveux blond roux sur un front dégarni. Il portait un pull aux manches retroussées par-dessus une chemise et une cravate.

— Madame Halscombe. Ou mademoiselle ? Je vous en prie, asseyez-vous. J'ai cru comprendre que vous vouliez me parler, mais je crains que nous n'ayons pas retrouvé votre dossier. S'agissait-il d'un diagnostic de polykystose ? Si c'est le cas, quelque chose me dit que le problème est réglé !

— Hum… Non, je n'ai pas de dossier.

— Ah ?

— Euh, ça risque de vous paraître curieux, mais, il y a quelque temps, au début de l'année, j'ai fait la connaissance de quelqu'un qui s'est fait passer pour le docteur Andrew Holt. Mais… ce n'était pas vous.

Ce n'était pas vraiment ce qui s'était passé, mais je ne savais pas comment le lui expliquer.

Il fronça les sourcils, mais pas d'un air désagréable. Comme s'il tentait vraiment de comprendre.

— Où était-ce ?

— À un congrès. Endo… Endrocon, quelque chose comme ça…

— Oh, mon Dieu, à cette fiesta ? J'essaie toujours d'y échapper, dans la mesure du possible. Ce n'est qu'une mascarade, vraiment, et tout ça dans un hôtel d'aéroport affreux où l'on sert de la nourriture médiocre.

Il donnait l'impression de s'intéresser de près à la nourriture, le genre d'homme qui s'enthousiasmerait de découvrir un nouveau type de champignon séché.

— Alors vous n'étiez pas à l'édition de cette année ?

— Non, je n'y suis pas allé depuis, oh… ça doit faire au moins cinq ans. Quelqu'un s'y est fait passer pour moi, vous dites ?

— Pas exactement. Il avait votre badge.

— Hmm… (Il réfléchit un moment, en tambourinant de ses doigts sur son bureau. Je remarquai qu'il avait de très belles mains, carrées et habiles, aux ongles limés.) Vous savez quoi, il est fort possible que l'hôpital m'y ait inscrit. Ce sont les compagnies pharmaceutiques qui financent l'événement, alors ça ne lui coûte rien. Il y avait sans doute un badge pour moi.

— Et ils ne vérifient pas l'identité ou je ne sais quoi, quand vous le prenez ?

— Mon Dieu, non ! Pour quelle raison voudrait-on participer à cette fête de l'ennui sans y être invité ? Mais, à vous écouter, c'est sans doute ce qui s'est produit. (Il se rassit, ravi d'avoir résolu ce mystère.) Alors, qu'est-ce qu'il a fait, cet imposteur ? Il vous a donné de mauvais conseils médicaux ?

— Oh non, rien de tout ça. Il m'a juste… fait savoir que la maison de naissance ici était très bien, voilà tout. Je voulais le consulter pour avoir quelques renseignements.

Évidemment, je n'étais pas enceinte à l'époque, mais j'espérais que cela ne le ferait pas tiquer.

— Vous travaillez également dans le secteur médical ? Ou vous êtes une représentante ?

— Non, je suis… J'étais à une autre conférence dans le même hôtel. On a simplement discuté.

Il fallait que je mette fin à cette conversation avant d'être démasquée, avant de laisser une trace qui permettrait à Nick de remonter jusqu'à moi. Mais j'étais incapable de prendre congé. Je me devais de continuer à chercher des indices, tel un rat dans un labyrinthe en quête de sa dose de dopamine.

— Docteur Holt… vous allez sans doute trouver cette question étrange, mais y a-t-il quelqu'un dans votre service qui s'appelle Sean Sullivan ?

Peut-être que ton histoire était vraie. Que le docteur Holt était un de tes collègues, et que c'était effectivement une simple erreur. *Je suis désolée d'avoir douté de toi.*

Il fronça de nouveau les sourcils.

— Sean ? Pas chez les médecins, à ma connaissance. Et, au sein du personnel infirmier, je ne crois pas non plus. Peut-être à la direction. Je peux me renseigner, si vous le souhaitez. Attendez une seconde. (Et, avant que je puisse l'en empêcher, il se leva d'un bond et ouvrit la porte du couloir.) Jim ? Tu sais si on a un « Sean Sullivan » dans l'équipe administrative ?

Je me redressai. La porte était à demi ouverte, mais je vis dans l'entrebâillement qu'il s'adressait à un médecin plus âgé, aux yeux rouges, dont la blouse blanche était froissée. Pas un praticien dont j'aimerais être la patiente, déterminai-je au premier coup d'œil. Quand il voulut lui répondre, il toussa d'abord. Un râle de fumeur.

— Tu veux dire Patrick Sullivan ? finit-il par demander. À la compta ?

Le docteur Holt se tourna vers moi.

Tu m'avais dit « Sean ». Tu m'avais aussi dit que tu étais médecin et que tu vivais dans le Kent…

— Je ne sais pas, parvins-je à lui répondre. Bruns, des lunettes, des yeux très bleus…

J'étais tellement vidée de mes forces que leur simple souvenir aurait pu me faire vaciller sur mes jambes.

— C'est bien lui. (L'autre médecin me lança un regard étrange. Il avait pris un ton compatissant, mais avait conservé son air impassible.) Oh, mon Dieu ! Vous n'êtes manifestement pas au courant de ce qui s'est passé…

Je titubai jusqu'à la porte. J'avais besoin de me rattraper à quelque chose… au mur, à n'importe quoi. D'une manière ou d'une autre, je savais que j'allais tomber de haut.

# Nora

Je venais d'arracher avec satisfaction un long rhizome de renouée du Japon quand j'entendis le taxi s'arrêter. Par la fenêtre, j'avais vu Suzi partir dans l'un d'eux, un peu plus tôt dans la journée. J'ignorais où elle se rendait. Nul doute que, lors de notre conversation suivante, elle prétendrait qu'elle avait juste eu besoin de faire une course. Elle mentait très facilement. Je me demandais si elle savait combien c'était rare. À moins qu'elle y ait été forcée, comme un animal acculé. Elle avait été extrêmement bouleversée, la veille, en découvrant le lapin mort dans sa jardinière. Je l'avais entendue crier depuis l'autre côté de la route. Dans l'atmosphère encore fraîche, cela avait résonné comme un coup de feu.

— Suzi ! Qu'est-ce qui se passe ?

Je m'étais précipitée sur la chaussée, oubliant à mon tour de regarder avant de traverser.

Suzi tremblait, désignant du doigt la jardinière, un bac ridicule censé ressembler à un demi-tonneau.

— C'est lui ? Oh, mon Dieu, Nora !

Je n'avais pas compris ce qu'elle voulait dire. Un animal mort gisait dedans, un amas de viscères rouge brillant, de fourrure et d'os broyés. Pas très agréable comme spectacle, mais rien d'inhabituel pour quelqu'un de la campagne.

Suzi sanglotait.

— Comment a-t-il pu arriver là-dedans ? Oh, mon Dieu ! C'est ma faute.

J'avais compris qu'elle croyait voir le cadavre de son chien.

— Suzi, c'est beaucoup trop petit pour être Poppet, lui avais-je fait remarquer d'un ton sec. Regardez, c'est un lapin ou une bestiole de ce genre, voilà tout.

— Ah ?

Ouvrant les yeux, elle avait regardé plus attentivement.

— Mais comment s'est-il retrouvé là-dedans ?

— Un coup des renards, probablement. Il leur arrive de faire des dégâts terribles. (J'imaginais que Suzi faisait partie de ces sentimentaux qui nourrissaient les prédateurs plutôt que de les exterminer.) Allons, ce n'est pas Poppet. Toujours aucun signe de lui ?

Elle avait passé la manche de sa veste en laine sur ses yeux.

— Non. Je me demande ce qu'on peut faire d'autre. Nick a déjà mis des affiches avec une récompense.

Mille livres, avait-il proposé. Une somme invraisemblable pour ce qui n'était, après tout, qu'un animal. J'imaginais ce que ma mère en aurait dit. Elle qui avait fait piquer mon King Charles préféré quand ses factures de vétérinaire avaient dépassé les 100 livres.

— Il va bien, l'avais-je rassurée. Je suis sûre qu'il va bien.

Mais je savais qu'elle ne me croirait pas.

À présent, elle payait le chauffeur de taxi, bataillant avec ses billets. Depuis mon jardin, je remarquai qu'elle tremblait et respirait difficilement. Un incident s'était produit. Peut-être était-il temps.

Tâchant de me ressaisir, je demeurai un moment immobile. Lui donner un peu d'espace pour qu'elle puisse maîtriser la situation, emballer ses émotions comme des vêtements dans un sac de voyage. Ce que j'aurais aimé qu'on fasse pour moi lorsque j'en avais eu besoin. La bienséance, en ce qui concerne l'annonce d'une mauvaise nouvelle, devrait être la suivante : annoncer la nouvelle, puis s'en aller en laissant la personne seule dans une pièce plongée dans l'obscurité. Déposer de quoi manger devant sa porte, sachant de toute façon qu'elle serait incapable de l'ingurgiter. Nettoyer, ranger et regagner les ténèbres. Mais Suzi ne semblait pas du genre à réagir de cette façon.

Elle se précipita dans mon jardin, manquant de glisser sur les dalles humides envahies de mauvaises herbes. Encore contrariée… Je me demandais ce que c'était, cette fois.

— Nora ! Nora ! (À bout de souffle, elle avait du mal à s'exprimer.) Je vous en prie ! Aidez-moi !

J'allai à sa rencontre. Elle se cramponna à ma parka, une vieille Barbour ayant appartenu à mon mari.

— Qu'y a-t-il ?

Je tentai d'adopter un ton bienveillant, moins froid, mais l'habitude était tenace. *Ne fais pas de scandale. Va à l'intérieur, petite idiote.* Même s'il n'y avait pas grand-monde pour nous entendre.

— Il est mort ! Nora, il a été tué ! Un accident de voiture !

— De qui parlez-vous ? Suzi, que s'est-il passé ?

— L'homme dont je suis amoureuse, m'avoua-t-elle d'une voix étranglée. L'homme avec qui j'ai eu… une liaison. Il est mort.

Elle se prit la tête à deux mains, s'arrachant presque les cheveux tant sa souffrance était extrême.

# Deuxième partie

# Alison

*Février – trois mois plus tard*

L'inspectrice Alison Hegarty s'immobilisa pour faire tomber la neige de ses bottines en cuir détrempées, se disant qu'elle aurait mieux fait de suivre le conseil de son père, après tout, et d'acheter des chaussures de marche pendant les soldes d'hiver. Ces bottines fragiles n'étaient pas adaptées à la neige et à la glace qui s'accumulaient autour des cottages. C'était vraiment la campagne profonde. Depuis qu'elle était là, elle n'avait plus la moindre barre sur son téléphone.

Le premier cottage était entièrement délabré, envahi par le lierre et sans doute de nombreuses araignées. Elle s'en était tenue à bonne distance pendant qu'ils descendaient l'allée. Le deuxième, au moins, était allumé, luttant contre la pénombre de cet après-midi d'hiver. Le troisième était plongé dans l'obscurité, les volets clos comme s'il était inhabité depuis des semaines.

Tom Khan avait l'air abattu.

— Je rêve d'un friand à la saucisse. À quelle distance penses-tu que se trouve le *Greggs* le plus proche ?

— Tu aurais dû apporter ton déjeuner.

— Ouais, ouais… Certains d'entre nous ont une vraie vie. Je suis rentré à 4 heures, je ne vais pas me taper de la margarine au réveil ! Je préférerais une Margaret ! Ha, ha !

Alison leva les yeux au ciel.

— Eh bien, quel fêtard tu fais ! C'était quoi cette fois, Tinder ?

Il lui décocha un clin d'œil.

— C'est presque trop facile. Comme commander une pizza chez *Domino's*. Sauf que c'est elle qui a droit au bout de viande !

Alison émit un bruit de dégoût.

— Bon sang, Tom, c'est une scène de crime ! Quelqu'un est mort.

— Je ne vais pas tarder à mourir non plus si je ne déjeune pas rapidement. Tu partages avec moi, Hegarty ? Tu vas avoir du mal à finir ton houmous végétalien au concombre, de toute façon.

— Tu plaisantes… Allez, essayons d'abord ce cottage chicos.

Ils gravirent le chemin dallé jusqu'à ce qui avait jadis été un cottage ouvrier ordinaire, désormais agrandi grâce à une extension sur l'arrière. Il était fermé par une lourde porte et des fenêtres aux vitres colorées. Une sorte de croisement entre une maison de campagne rustique et la chambre forte d'une banque. Alison remarqua que le chemin n'avait pas été déneigé depuis un certain temps, et elle se concentra pour éviter de chuter. Il n'en fallut pas davantage à Tom pour se moquer d'elle.

— Je n'ai pas l'impression qu'il y ait quelqu'un, fit-il remarquer inutilement.

La demeure était plongée dans l'obscurité, et, en jetant un coup d'œil par la boîte aux lettres, Alison aperçut un tas d'enveloppes sur le paillasson. Et même des cartes de Noël, apparemment. Cela faisait un moment qu'il n'y avait personne.

— Bien vu, Sherlock. (Saisissant son téléphone, elle vérifia les informations dont ils disposaient sur les occupants : Nicholas et Suzanne Thomas.) C'est curieux.

— Hein ?

Tom leva les mains pour tenter de regarder par une fenêtre. Il laissa des traces sur la vitre.

— On est déjà venu deux fois à cette adresse, ces derniers mois.

— Quelles équipes ?

— La police de la route – il y a eu un accident sur la bretelle d'accès, à la mi-septembre – et ensuite... la criminelle du Surrey.

— Que sont-ils venus faire ici ? demanda Tom en fronçant les sourcils ; la lutte juridictionnelle était féroce entre les différentes forces de police.

— Tu te souviens de cet incendie dû au gaz, à Guildford, qui a fait une victime ? Un simple accident, si tu veux mon avis, mais un exalté s'est penché sur cette histoire.

— Ils ont de la chance d'avoir tout ce temps à perdre. Mais qu'est-ce que ça a à voir avec notre affaire ?

Il désigna la maison d'un signe de tête. On voyait qu'elle avait coûté cher. C'était une honte de défigurer ainsi une si vieille bâtisse, mais, d'un autre côté, elle avait l'air drôlement confortable, à l'intérieur, avec des LED rouges qui scintillaient sur des appareils et des boîtiers. Alison sentit que ses chaussettes étaient désormais trempées par la neige.

— Je ne sais pas. Je vais devoir vérifier.

Tom trépignait.

— Et si on faisait l'autre maison et qu'on retournait à la gare ? Je me gèle les couilles, ici.

Alison n'avait aucune envie de penser aux couilles de Tom.

— D'accord.

Il était probable que le couple s'était offert des vacances de Noël. Aux Caraïbes, peut-être, sacrés veinards.

*Mais depuis décembre ?*

Pourquoi pas…

— C'est un vrai taudis, fit remarquer Tom, tandis qu'ils descendaient prudemment le chemin gelé de l'autre cottage. Celui d'en face est bien plus sympa.

— Ils ont de l'argent, j'imagine.

Celui-ci s'appelait « Ivy Cottage ». Un peu mieux que celui totalement laissé à l'abandon, à côté, mais pas beaucoup. Elle sonna.

— Bon sang, j'ai l'impression d'avoir une saucisse Quorn surgelée ! se plaignit Tom à voix haute.

— Tais-toi, lui siffla-t-elle. Prends ton air sérieux.

Peu après, l'occupant du cottage vint leur ouvrir, une ombre derrière le vitrail autour de la porte. Ils arborèrent tous les deux une expression sinistre, à la fois sombre et grave. Une compassion atténuée par un soupçon de méfiance, car, neuf fois sur dix, les victimes de meurtre étaient tuées par un membre de leur entourage. Consciente de ce fait, Alison ne prenait pas le risque de rencontrer des hommes, et c'était sans compter l'aperçu répugnant que Tom lui donnait déjà de la manière dont pense la gent masculine.

— Bonjour. Je suis l'inspectrice Hegarty, et voici l'inspecteur Khan. Pouvons-nous entrer un instant ? Je crains que nous ayons une mauvaise nouvelle à vous annoncer.

# Elle

« Toutes mes condoléances. » Durant les semaines qui avaient suivi, elle avait dû entendre ces paroles une cinquantaine de fois. L'entrepreneur des pompes funèbres, la police, la compagnie d'assurance-vie, qui lui avait expliqué que, non, son mari n'avait plus de contrat chez eux, puisqu'il avait été annulé l'année précédente pour une raison inconnue. Les voisins. Le personnel de la morgue, qui, avec compassion, avait bloqué ses demandes pour récupérer son corps plus tôt. Une autopsie avait été nécessaire. Il y aurait peut-être une enquête, plus tard. Au moins, elle avait pu l'enterrer. Il était mort. Cela lui semblait… presque drôle. C'était idiot, parce que, jusqu'alors, il avait toujours été le plus vivant des deux. Avant de le rencontrer, elle avait traversé sa vie comme un fantôme. Elle respirait, souriait, jouait du piano dans des salles de concert, mais elle était néanmoins morte à l'intérieur.

Elle avait été surprise par le faible nombre de gens venus à l'enterrement. Ils n'avaient pas de famille, bien sûr, tous deux orphelins et seuls au monde. Ou presque. Il y avait d'autres façons d'être orphelin que la mort. Il n'y avait eu presque personne de l'hôpital. Juste cet homme, James Conway, dont elle s'était toujours méfiée. Il avait le nez rouge d'un alcoolique. Elle savait qu'il s'était marié à trois reprises, chaque fois avec une femme plus jeune qui avait fini par le quitter. Elle avait toujours eu peur que Patrick emprunte le même chemin, sous la mauvaise influence de Conway. Mais, au moins, il était présent. Dans ses mains tremblantes, il avait serré la sienne. Son odeur lui rappelait celle de son père, la puanteur qui émanait de sa chambre presque tous les matins. Elle ne pouvait pas vraiment lui en vouloir, car il devait vivre avec sa mère. Mais tout de même. Elle ne se gênait pas pour le lui reprocher, au moins en partie.

— Je vous remercie, lui avait-elle dit. Cet hôpital devrait avoir honte ! Personne d'autre ne s'est manifesté ! Et les infirmières du bloc opératoire ? Et les consultants ?

Conway avait froncé les sourcils.

— Eh bien… tout le monde est occupé, Elle.

Cela lui avait fait grincer des dents. Cet homme l'appelait par son prénom, comme son mari. En s'apercevant qu'elle ne l'entendrait plus jamais le prononcer, elle s'était mise à tituber et avait failli chuter, juste là, au bord de la tombe – ce trou de terre si noire découpée de manière si droite –, et Conway l'avait rattrapée par le bras. Elle s'était aussitôt libérée de son étreinte.

— C'est gentil d'être venu. Vous passerez à la maison ?

Elle n'avait pas souhaité organiser de veillée, mais les gens en attendaient une, et elle le devait à Patrick. Elle s'était dit qu'il y aurait plus de monde, naturellement, et avait commandé beaucoup trop à manger. Des jambons entiers, des saladiers en plastique remplis de bricoles… Presque tout était parti à la poubelle. Seuls les voisins étaient venus, passant leur temps à examiner ses meubles. Et aussi quelques personnes de ses cours d'art floral et de cuisine qu'elle avait suivis au fil des ans pour s'efforcer de devenir une meilleure épouse, l'obligeant à quitter la zone de confort de son domicile – c'était si gentil de leur part qu'elle avait l'impression d'avoir le cœur dans un étau –, et Conway. Évidemment, Conway. Pour boire le bon whisky de Patrick, s'attarder après qu'elle eut remercié les serveuses du traiteur, pour la plupart des filles du coin trop maquillées. Elle leur avait offert une partie des restes de nourriture, se sentant incapable de voir tout ça au réveil.

*Personne ne s'est déplacé. Quelle ratée tu fais…*

— Eh bien, merci d'être venu, James, se risqua-t-elle encore.

Pourquoi ne voulait-il pas partir ? Il restait devant la cheminée, examinant les photos encadrées.

— Vous étiez pianiste de concert quand vous avez fait sa connaissance ?

— Oui. Il a assisté à un de mes récitals, et a commencé à me parler. Depuis, nous ne nous sommes pas quittés.

Après un spectacle, il s'était présenté de sa manière typiquement arrogante. Il avait posé la main sur son dos nu.

— Miss Vetriano ? Désolé, je souhaitais simplement vous féliciter… c'était absolument magnifique !

Il l'avait regardée dans les yeux, et elle avait compris qu'il disait qu'elle était belle. Bien entendu, elle l'avait découvert plus tard, il n'était pas venu pour la musique ; n'ayant aucune oreille, il aurait été bien incapable de faire la différence entre Rachmaninov et *Top of the Pops*. Il avait vu l'affiche du concert sur le chemin du travail, il lui avait avoué :

— J'avais l'impression que vous me regardiez droit dans les yeux. Ces longs cheveux noirs… j'étais subjugué.

Il n'avait pas mentionné le fait qu'elle était photographiée dans un dos nu rouge décolleté. Cela fonctionnait ainsi dans la musique classique. Si vous étiez jeune et jolie, vous aviez une chance. Elle avait trente ans quand il avait posé la main sur elle pour la première fois et elle courait après sa carrière : il ne lui restait que quelques années pour réussir. Et ce n'était pas une prodige. Techniquement, elle travaillait dur, mais les reproches des critiques étaient fondés : elle avait un glaçon à la place du cœur. Elle jouait sans émotion. Rien d'étonnant, pour une morte.

Les articles et les portraits revenaient généralement sur ce qui s'était passé avec Sebby, sa mère et son père. Les journalistes voulaient toujours en savoir plus : « Qu'avez-vous ressenti, Elle ? Vous avez dû être dévastée. Aviez-vous l'impression de ne pouvoir trouver du réconfort qu'au piano ? » Ils voulaient empaqueter le monde dans leurs petites phrases soignées. « J'étais anéantie, répétait-elle. J'ai eu l'impression que l'univers s'écroulait, oui. » Il y avait de l'argent, des chambres d'hôtel, des applaudissements et de jolies robes, mais il n'y avait personne. Jusqu'à lui. Un médecin. Quelqu'un de bien, avait-elle estimé.

Ce premier soir, après le spectacle – il n'y avait pas été invité, avait-elle appris plus tard ; il était parvenu à persuader le vigile de le laisser entrer –, il lui avait pris la main.

— Nous ne sommes pas si différents, vous et moi. Ce qui compte, ce sont nos mains.

— Vous êtes chirurgien ?

— Quelque chose comme ça. (Il l'avait tenue un peu trop longtemps. Il avait des mains si grandes qu'elles dissimulaient totalement les siennes.) Comment vous en sortez-vous avec toutes ces notes ?

Elle avait commencé à parler d'écart et de difficulté à jouer quand on était une femme avec de petites mains. Il lui avait paru captivé. Elle avait ri en découvrant que tout cela n'était qu'une comédie : il ne comprenait rien de ce qu'elle lui racontait. Elle n'aurait pas dû. Parce qu'en fait il était très différent d'elle. Elle était incapable de faire semblant, c'était son problème. Et lui… il n'était que trop doué dans ce domaine.

Conway demanda :

— Et vos parents ? Vous étiez jeune quand vous êtes devenue orpheline ?

Elle tressaillit, comme chaque fois qu'on abordait le sujet.

— Malheureusement.

— Fille unique ?

*Oh, je t'en prie, va-t'en, s'il te plaît.* Elle fit mine de ramasser une serviette tombée sous la table basse. Comme c'était insupportable, tout ce monde piétinant son tapis, les chaussures encore sales du cimetière. Ils avaient touché à tout, laissant traces et empreintes.

Il versa ce qu'il restait de whisky dans son verre. Elle ne lui en avait pas proposé davantage. D'une minute à l'autre, elle allait le jeter dehors, au diable les bonnes manières.

*« Tu me fais honte. »*

*Tais-toi, maman.*

Conway insista :

— C'est drôle, cet accident. Ils ont dit que personne d'autre n'était impliqué. Il a simplement percuté un arbre ?

— Il a dû perdre la maîtrise du véhicule. Peut-être y a-t-il eu... un animal ou je ne sais quoi. La voiture avait peut-être un défaut. Ils ne savent pas encore.

— Mais c'est un bon conducteur. C'est curieux, non ?

*Oh, tais-toi, va-t'en, cesse de parler de lui au présent, il n'est plus là ! Il est mort !*

Elle se força à sourire.

— Vous avez été un bon ami pour lui, James. Je vous remercie. À présent, si ça ne vous ennuie pas, je suis juste un peu...

— Nous étions bons amis, oui, l'interrompit-il. Le truc, Elle, et je suis désolé de parler de ça maintenant, sincèrement, c'est que Paddy... il me devait quelques billets.

— Pardon ?

— Je lui ai prêté de l'argent. Vous savez, en tant qu'ami. Et voilà que je me retrouve dans une situation un peu délicate.

Elle l'avait dévisagé. Vraiment, dans son salon, buvant son whisky, il était en train de lui demander de l'argent ?

— C'est son enterrement, s'entendit-elle dire.

Elle n'avait même pas encore commencé à penser aux finances, à sa retraite, aux comptes d'épargne... C'était Patrick qui s'était chargé de tout cela. Leur avocat lui avait promis de s'en occuper. Il était passé, un peu plus tôt. Il lui avait présenté ses condoléances tout en vidant un saladier de chips Kettle. « Vraiment désolé. Tellement désolé pour vous... »

— Je sais. Je n'en aurais pas parlé si je n'étais pas à sec.

À cet instant, elle eut envie de le tuer, avec son manteau noir crasseux et ses doigts boudinés. Pas comme ceux de Patrick, ses mains de chirurgien. *Pourquoi Patrick aurait-il emprunté de l'argent à un homme comme lui ? Il doit mentir, tenter d'abuser de la veuve éplorée.*

— Je vois l'avocat demain, lui rétorqua-t-elle d'un ton sec. Je ne peux débloquer aucune somme d'ici là. Je suis sûre que vous comprenez.

Lorsqu'elle tendit la main vers son verre, il dut croire qu'elle comptait de nouveau le remplir, car il dit « Santé ! », mais, au lieu de cela, elle en versa le fond dans la cheminée, où le liquide siffla et crépita. Il fronça les sourcils sous l'effet de la surprise.

Puis elle se tourna vers lui.

— Je vous remercie, James. Il faut vraiment que j'aille me reposer, à présent. Au revoir.

Et il partit. Dès que la porte se referma enfin, elle voulut tout nettoyer, de sa main au sol qu'il avait foulé, tout ce qu'il avait touché avec ses doigts bouffis, regardé avec ses yeux de fouine. C'était impossible. Patrick n'aurait jamais emprunté d'argent. Il disposait de son propre salaire et de tout l'héritage d'Elle, des cachets de ses concerts, de l'assurance-vie de son père. Le lendemain matin, elle en parlerait à l'avocat, il lui en dirait plus.

Enfin seule, elle se remémora cette terrible nuit où deux policiers avaient frappé à sa porte. *Pitié, faites que ce ne soit pas vrai. Laissez-moi me réveiller et découvrir que ce n'est qu'un mauvais rêve.*

Elle n'avait pas compris ce qui se passait jusqu'à ce que l'homme lui avoue : « Je crains que nous ayons une mauvaise nouvelle à vous annoncer. » La femme était dans la cuisine, en train de préparer du thé. Elle aurait été incapable de faire fonctionner la machine à café…

— Je ne comprends pas, avait répondu Elle pour ce qui devait être la troisième ou la quatrième fois.

Le temps semblait s'être figé.

— Il y a eu un accident. La voiture de votre mari a percuté un arbre. L'ambulance est arrivée – il allait bien, à ce moment-là –, mais, plus tard, il a fait une hémorragie. Je suis vraiment désolé, madame Sullivan… il est mort.

— Mais il travaille à l'hôpital, avait-elle déclaré avec incrédulité.

Il était impossible de mourir sur son lieu de travail.

Elle ignorait combien de temps ils étaient restés là, à lui répéter qu'il était décédé, et elle à s'entêter dans le déni. Avant qu'elle accepte l'évidence. Comme elle était bête ! On pouvait mourir à tout moment : elle le savait depuis qu'elle avait seize ans.

# Suzi

Tu étais mort. Incapable de me résoudre à le croire, je continuai à te parler, dans ma tête, là où personne ne pourrait jamais ni l'entendre ni le voir, là où je ne pouvais pas oublier de me déconnecter. Cette idée m'avait traversé l'esprit dans mes moments les plus fous, cela aurait expliqué pourquoi tu ne donnais plus signe de vie, mais, même là, je me disais que je me voilais la face. C'était pourtant le cas. En revenant de notre dernier rendez-vous – quand tu m'avais déposée sur le bord de la route, me promettant de tout lui avouer le soir même, alors que je rentrais en courant, à la fois terrifiée et euphorique –, tu avais pris la direction de la bretelle d'accès de la M25, mais, avant de l'atteindre, sur la route de campagne déserte, tu avais percuté un arbre. Plus tard, ce soir-là, à l'hôpital, tu avais été déclaré mort. J'avais fait des recherches et enfin trouvé les articles que j'avais tant redoutés durant toutes ces semaines, sous la bonne identité. Tu t'appelais « Patrick ». Et non « Sean ».

On écrivait dans la presse que la police ne comprenait pas ce qui s'était passé : la journée était douce, aucun élément météorologique n'aurait pu provoquer ton accident, et aucune autre voiture n'était présente à proximité. J'ai songé que tu avais dû faire une embardée pour éviter un obstacle. Un chien, peut-être, ou un animal sauvage comme un lapin ou un renard. Un tueur innocent. Je ne cessais de ressasser ce qu'on m'avait dit à l'hôpital. Les dix pires minutes de ma vie. Encore pires que ce qui s'était passé avec Damian et après.

Je me demandais si je m'en remettrais un jour. Mis à part la terrible réalité de ta disparition, qui avait creusé un cratère en moi comme une météorite, il y en avait une autre : tu m'avais menti. Tu ne t'appelais pas « Sean ». Et tu n'étais pas du tout médecin.

— Je ne comprends pas.

J'avais répété cette phrase au moins cinq fois en autant de minutes. J'étais avachie sur une chaise, dans le bureau d'Andrew Holt – le vrai –, devant un gobelet en plastique rempli du thé du distributeur, auquel je n'avais pas encore touché. Il s'occupait gentiment de moi, tandis que l'autre individu – un certain docteur Conway, qui, d'après ce que j'avais saisi, était une sorte d'anesthésiste, l'homme chargé des péridurales, peut-être – se tenait benoîtement dans l'encadrement de la porte.

— Il n'est pas médecin ? Il n'était pas médecin ?

J'étais si bouleversée que je ne savais plus quel temps employer.

— Médecin ? Non, absolument pas, répondit Conway d'un air méprisant. Il travaillait à l'administratif. (Il s'adressa au docteur Holt.) Tu te rappelles, le gars qui venait toujours pour nos notes de frais. Tout le monde l'appelait « Patrick », ici. J'imagine que « Sean » était son deuxième prénom.

Tout ce que tu m'avais raconté était faux ? « Patrick Sullivan », et non « Sean Sullivan ».

— Ah, c'est vrai. Je ne m'étais pas rendu compte que c'était lui, c'est affreux.

Le docteur Holt semblait simplement surpris, alors que, à mes yeux, c'était la pire nouvelle de mon existence.

— On a reçu un e-mail. Nous avons envoyé des fleurs.

— Je crois qu'il va vraiment falloir que je me mette à les lire.

Je me remémorai toutes nos conversations. Avais-tu réellement dit que tu étais médecin, ou juste que tu travaillais à l'hôpital ? Étais-je partie de ce principe en te voyant à la sortie de la conférence à laquelle tu t'étais incrusté avec le badge que tu avais emprunté ? Je me demandais pourquoi tu avais fait une chose pareille. Rien que pour passer le week-end dans un hôtel ? Peut-être pour essayer de draguer quelqu'un, et tu étais tombé sur moi, mûre à point, consentante et ivre ?

— Désolée, m'excusai-je en tentant de me ressaisir. Vos patients doivent s'impatienter. C'est juste que… je croyais sincèrement qu'il était médecin.

— Comprenons-nous bien. (Le docteur Holt avait l'air aussi perdu que moi.) Vous avez fait la connaissance d'un homme qui portait mon badge, mais qui était en fait Patrick, de notre service administratif? Il a prétendu s'appeler Sean, et vous avez cru qu'il était médecin ?

— Oui. Non. Je croyais… Il a dit qu'il y avait eu une erreur. Que vous étiez un de ses collègues.

Et c'était vrai, c'était ton collègue. J'avais l'impression de perdre la tête. Avais-tu menti ? Ou avais-tu été honnête avec moi ? Ce nom, « Sean », c'était aussi un mensonge, à moins que tu l'emploies parfois. Je savais que certains hommes utilisaient surtout leur deuxième prénom.

— J'ai rendez-vous en chirurgie dans cinq minutes.

Le docteur Conway s'apprêtait à tourner les talons, et je sentis son haleine dans la pièce, un parfum d'alcool inimitable. Avait-il bu, alors qu'il était sur le point d'anesthésier quelqu'un ? Il posa sur moi ses yeux noirs rougis et cernés, et je devinai aussitôt qu'il m'avait reconnue. Il savait qui j'étais. Il savait tout sur nous. Tu avais dû lui dire, bien que tu m'aies promis de ne jamais le faire, bien que tu m'aies demandé de n'en parler à personne non plus.

— Bien sûr, vas-y. Merci, Jim.

Dès que Conway eut quitté la pièce, le docteur Holt se tourna vers moi.

— Vous êtes sûre que ça va ? Je peux aller chercher une infirmière. Vous pouvez vous étendre dans la salle d'examen si vous…

Je cédai soudain à l'affolement. Si je les laissais me soigner ici, cela laisserait des traces. Un moyen de remonter jusqu'à cet hôpital, jusqu'à ma réaction stupéfaite en découvrant que tu étais mort. *Mort!*

— Ça va. Je vous remercie pour votre aide. Désolée. Il faut que je…

Me levant d'un bond, je m'élançai dans le couloir à la poursuite de Conway, aussi vite que possible. Il était presque à l'angle.

— Attendez ! Docteur Conway !

Affaiblie par le choc, j'étais déjà essoufflée. Je pris appui contre le mur monochrome du service.

— Que voulez-vous ? me demanda-t-il d'un ton glacial.

— Je vous en prie, il faut que je sache ce qui lui est arrivé. À Sean. À Patrick, je veux dire. Je m'appelle Suzi.

Je guettai une réaction. Au bout d'un moment, il hocha la tête.

— C'est bien ce que je pensais. Que faites-vous là ?

— J'ai besoin de réponses ! Il a disparu du jour au lendemain. J'ai tenté de le retrouver, et maintenant j'apprends que ce n'était même pas un médecin ?

— Non. Il souhaitait le devenir, mais il a échoué au concours. Alors, parfois, il lui arrivait de… faire comme si. J'imagine que c'est pour cette raison qu'il a assisté à cette conférence. (Il affichait encore son sourire moqueur.) Vous n'étiez pas au courant de son accident ?

— Non, je l'ignorais. Je n'ai rien vu aux infos.

Comment aurais-je pu, alors que je ne savais même pas comment tu t'appelais ? Alors que tu vivais dans un autre comté ? J'avais parcouru les mauvaises informations locales.

— Eh bien, oui. C'est triste, mais c'est comme ça.

Je ne décelai aucune compassion dans sa voix.

— Pourquoi est-ce arrivé ? Comment ?

Il haussa les épaules.

— On l'ignore. Il a percuté un arbre, mais on n'a trouvé aucune trace d'anévrisme cérébral ni d'AVC. Rien qui explique pourquoi il a fait ça.

« Pourquoi il a fait ça. » Une nouvelle idée germa dans mon esprit, une éventualité que je n'avais même pas envisagée auparavant.

— Vous ne voulez pas insinuer que… qu'il aurait pu se suicider ?

Je venais de te parler du bébé, de te dire qu'il fallait que tu quittes ta femme pour rester avec moi. Que j'étais presque sûre que cet enfant était le tien, m'appuyant sur les dates, sur les efforts que j'avais déployés pour éviter de révéler à Nick ma période de fécondité. Peut-être était-ce la raison pour laquelle tu avais fait ça.

— Oh, mon Dieu ! (Je me mis à respirer fort, les murs semblant s'incliner.) Je ne… je vous en prie, c'est impossible !

— Je doute que nous apprenions la vérité un jour. Le légiste a déclaré que sa mort était accidentelle. (Lorsqu'il me toisa de nouveau de la tête aux pieds, j'en eus la chair de poule.) Vous feriez bien de rentrer chez vous. Et de vous reposer.

Quand il baissa les yeux sur mon ventre, je me demandai combien d'autres de mes secrets il connaissait, cet homme dont je n'avais jamais entendu parler auparavant.

Ce ne fut qu'au bout de quelques heures que je songeai à elle. À ta femme. Je me demandai comment j'avais pu survivre à ce trajet retour. Je tremblais, j'avais chaud et froid partout, je divaguais presque. *Mais comment as-tu pu… C'est insupportable… Oh, mon Dieu! Oh, mon Dieu!* Amusant comme, lorsque les mots viennent à manquer, dans un moment de désir, de stupéfaction ou de chagrin, on invoque un Dieu auquel on ne croyait plus.

Il y avait trop de mystères à démêler, une incrédulité effroyable : tu ne pouvais pas être mort. J'en aurais entendu parler. Quelqu'un serait venu me l'annoncer. Et puis succéda la perte, que je ressentais jusqu'aux tréfonds de mon être. Et la peur : j'étais encore enceinte. Il me semblait incroyable que je puisse être encore enceinte après avoir traversé une telle épreuve.

Oh, mon amour ! Je n'arrivais pas à y croire. Pour moi, tu étais quelque part sur une plage de sable fin, contemplant les vagues, tes pieds nus solidement ancrés dans le sol humide. Tu étais encore là. Je te reverrais. Lorsque le taxi s'arrêta devant chez moi et que je parvins à payer le chauffeur, je n'avais qu'une seule idée en tête, courir chez Nora. Elle m'aiderait.

Je n'avais toujours pas trouvé la moindre trace du nom de ta femme, pas même dans les articles, certes peu nombreux. J'avais passé le voyage de retour à sangloter et à la chercher sur mon téléphone, sans me préoccuper des risques que je prenais. Mme Sullivan. La femme de Patrick Sullivan. La veuve de la victime de l'accident. Mais il n'y avait rien à son sujet. Il aurait aussi bien pu s'agir d'un fantôme.

# Nora

Installée à ma table, sanglotant dans ses mains, Suzi me relata toute l'histoire. La colère, le deuil et la stupéfaction bouillonnant en elle, elle s'exprimait en émettant un bruit qui ressemblait autant à un hurlement qu'à un mugissement. Je lui tapotai les épaules, lui offris du thé qui refroidit sans qu'elle y touche.

— Je suis vraiment désolée.

— Oh, Nora ! Je… je n'arrive pas à le croire. Je pensais qu'il était parti. Qu'il m'avait larguée.

Je faillis lui demander si l'on pouvait appeler ça ainsi quand on avait une liaison, mais je m'en abstins. Ce n'était pas le moment de lui reprocher quoi que ce soit, et, ayant vu Nick et elle ensemble, compte tenu de la façon dont il la traitait, je n'étais guère étonnée qu'elle aille chercher ailleurs.

Elle me révéla tout : comment ils avaient fait connaissance lors d'une conférence, enfin, lors de conférences différentes au même hôtel, de quelle manière il lui avait envoyé un e-mail la semaine suivante pour l'inviter à déjeuner, les divers mensonges qu'elle s'était racontés pour pouvoir continuer à avancer pas à pas, comme on progresse dans la mer jusqu'à ce qu'on ait de l'eau jusqu'au cou. Puis ce qu'il s'était passé le jour même : elle avait appris qu'il lui avait donné une fausse identité, qu'il n'était même pas médecin. Dans d'autres circonstances, j'aurais presque pu compatir. Je savais ce que c'était que d'être trahie.

— Je ne l'ai jamais cherché, se défendit-elle d'un ton sinistre.

Elle serrait un mouchoir roulé en boule dans son poing, le regard rivé sur ses pieds. De temps à autre, ses épaules se soulevaient.

— Je me sens si seule, ici. Et puis, il était si… et c'est arrivé comme ça.

*« C'est arrivé comme ça. »*

*« Je ne l'ai jamais cherché. »*

Ce que tout le monde disait dans ces moments-là. Comme si le fait d'avoir une aventure revenait à être frappé par la foudre, à être victime d'une crevaison, d'une crise cardiaque… d'une chose impossible à prévoir et à éviter, et non à faire un choix à deux, à passer à l'acte ensemble. Peut-être avait-elle raison. Je ne savais pas.

— J'étais totalement ivre. Et Nick… eh bien, vous avez vu comme il se comporte. (Je vis de nouveau les larmes lui monter aux yeux.) Nora, je… je ne sais pas ce qui nous est arrivé. Il ne me touche jamais. Rien que mon ventre. Seul le bébé compte pour lui. Parfois, quand je pense à lui, à ma vie, j'ai du mal à croire que c'est de moi qu'il s'agit. Si c'était une amie, je lui conseillerais de fuir. Je serais en train de lui chercher sur Google des avocats spécialisés dans les divorces.

Mon esprit était en effervescence, calculant à quel point cela modifiait mes plans, maintenant que Suzi savait qu'il était mort. Que faire, à présent ?

— C'est ce que vous voulez que je vous dise ?

Le silence régna un long moment. Elle se mordit la lèvre inférieure. Même anéantie, elle était extrêmement jolie, le teint rouge et en pleurs, sa chevelure rousse tombant de chaque côté de son visage.

— Pour aller où ?

— Si c'est si grave, vous feriez mieux de partir.

Elle déchira le mouchoir dans ses mains.

— Je sais qu'il m'aime. C'est juste que… il ne me fait plus confiance.

Je m'abstins de lui répondre que je pouvais comprendre son point de vue. Cela n'aurait pas fait avancer les choses.

— Ah ?

Je patientai. Au fil des années, j'avais appris à utiliser le silence comme un outil. Encore une compétence acquise à Uplands.

Elle poussa un long soupir.

— Ce n'était pas la première fois que je… le trompais.

Et voilà. Elle me raconta une histoire à propos d'un autre homme, une autre aventure au début de l'année. Elle insista sur le fait que ce n'était « pas une liaison », mais c'en était une quand même.

— On travaillait ensemble. Je pensais qu'on était amis. Il nous arrivait d'aller boire un verre, de déjeuner ensemble. On papotait sur la messagerie. Puis, un soir…

Elle m'avoua ce qui s'était passé au pub, la main sur sa cuisse. La ruelle. Le baiser. Et plus encore. Elle avait fait tomber son sac dans une flaque d'urine, et pour une raison ou pour une autre, c'était un détail qui semblait l'obséder, une preuve de sa déchéance morale. « Je ne l'ai jamais cherché. » Elle avait répété cette même phrase. S'en rendait-elle seulement compte ? Combien de choses était-il arrivé à cette femme sans qu'elle soit responsable ?

— Oh, Suzi ! Vous avez beaucoup souffert.

Et je la pris dans mes bras. Elle fondit en larmes sur mon épaule, y laissant une trace humide et salée. En fait, je le pensais vraiment. Il était difficile de demeurer insensible à sa détresse, même si elle parlait de ses amants. Et cet autre homme… Y avait-il moyen de s'en servir pour obtenir ce que je voulais ?

— Je ne suis pas quelqu'un de bien, admit-elle en reprenant son souffle. Deux fois ! Je n'arrive pas à le croire. Je ne l'ai jamais voulu… jamais imaginé. Mon Dieu, quelle pagaille ! Qu'est-ce que je peux faire, Nora ?

— L'enfant, c'est celui de Nick ?

Je commençai à sonder son regard.

— Je… je ne sais pas.

Peut-être ne pouvait-elle pas l'exprimer à voix haute, avouer cette honte supplémentaire. Elle n'en était probablement pas sûre, mais elle s'en doutait certainement. Je me demandais ce qu'elle lui avait dit. À Sean, comme il se faisait appeler. S'il avait su pour le bébé, avant son accident. Elle sécha ses pleurs.

— Je n'ai pas d'argent à moi. Je ne sais pas où j'irais… Je ne peux pas vivre en colocation tant que je suis enceinte. Je suis complètement perdue.

— Ce n'est rien. Je vais vous aider.

Elle leva les yeux, le regard brillant de larmes.

— Oh, Nora ! Vraiment ? Je suis si seule. Je ne peux en parler à personne, on me haïrait.

— Oui, vraiment. (Je lui tapotai la main.) Une chose importante, Suzi : avez-vous réfléchi à ce que vous comptez dire à la police ?

— Pardon ?

Elle sembla hésiter.

— Cet homme. Vous étiez avec lui dans sa voiture avant l'accident, non ? Et si la police découvre des traces de votre présence ? Qui sait, ils sont peut-être déjà à votre recherche.

Après son départ, je repensai à tout ce qu'elle m'avait confié. Malgré son désarroi, maintenant qu'elle le savait mort, j'étais persuadée qu'elle ne tarderait pas à aller mieux. Elle préférait être endeuillée plutôt que larguée, croire qu'il serait revenu auprès d'elle, qu'ils auraient vécu ensemble. Peut-être que, désormais, elle finirait par quitter Nick. C'était fou comme les gens pouvaient s'enfermer dans des prisons mentales. Suzi était une femme instruite de la classe moyenne. Sa mère, encore en vie et aisée, ne lui était peut-être pas d'un grand soutien, mais jamais elle ne laisserait sa fille à la rue. La loi était là pour la protéger, s'assurer qu'elle ne resterait pas démunie après sa rupture.

Alors, que redoutait-elle tant ? La perte de son statut social, l'échec d'un divorce, peut-être la solitude, l'obligation d'élever son enfant seule ? J'aurais voulu pouvoir lui dire à quel point ces peurs étaient insignifiantes, par rapport aux autres douleurs que la vie était capable d'infliger. Si elle se séparait de Nick, j'étais convaincue qu'elle l'oublierait vite. J'avais considéré les différentes possibilités. D'un côté, si elle le quittait, elle pourrait s'évanouir dans la nature sans que je puisse la suivre. C'était inenvisageable. De l'autre, il était dans mes intérêts que Nick disparaisse de la circulation. Si elle avait l'enfant, il était probable qu'elle garderait également la maison (même si cela ne lui disait guère, à mon avis). Alors, peut-être était-ce à moi de lui donner un coup de pouce.

Depuis que j'avais emménagé et que tout avait changé, je m'étais surprise à songer de plus en plus à Nick. Nicholas Thomas. Depuis quelque temps, je craignais qu'il ne vienne bouleverser mes plans, tant le contrôle qu'il exerçait sur Suzi était étroit. Après notre dîner, je l'avais ajouté à mes amis sur Facebook, avec le compte que j'avais créé sous le nom de Nora Halscombe. Je doutais qu'il songe à me chercher sur Google, mais, si c'était tout de même le cas, il ne trouverait rien. J'avais par ailleurs sympathisé avec des inconnus pour faire croire qu'il s'agissait d'un véritable profil, et il avait accepté ma demande au bout de quelques heures, vraisemblablement sans même y réfléchir.

J'avais donc accès à toute sa vie, et je pouvais la parcourir en quête de la moindre faille.

Dès la nuit tombée, je fis ma promenade du soir, celle à laquelle je n'avais jamais invité Suzi. Je passai devant leurs fenêtres, heureuse qu'ils aient fermé leurs volets électriques. Il avait neigé, ce qui rendait l'exercice plus difficile qu'à l'accoutumée, mais, heureusement, j'avais de bonnes bottes et je n'avais pas besoin d'aller bien loin. À mon retour, je me lavai les mains, comme d'habitude, et m'installai devant mon ordinateur portable, prête à échafauder un nouveau plan.

Mon mari m'avait toujours défendu d'aller sur Internet. Il m'avait persuadée que c'était mauvais pour moi, que cela ne ferait qu'aggraver la situation. Il avait probablement raison, mais j'en avais besoin, à présent, pour mes projets. Comme il était facile d'effectuer des recherches à l'époque des réseaux sociaux ! Les gens se bousculaient pour vous donner leur date d'anniversaire, leur nom de jeune fille, leur deuxième prénom, leur première école primaire... tout ce qu'ils étaient susceptibles d'utiliser comme questions de sécurité. Nick n'était pas le genre d'homme à changer d'identité. S'il avait maltraité des femmes, et j'étais sûre que c'était le cas, aussi sûre que le sol était gelé sous mes bottes, il l'aurait toujours fait sous le couvert de passion, d'instinct protecteur ou d'amour. Afin que les malheureuses – j'étais certaine qu'elles étaient plusieurs – ne le répètent jamais à quiconque, convaincues que le problème venait d'elles. Que, d'une manière ou d'une autre, elles étaient défaillantes, comme il ne cessait de le leur reprocher. Qu'elles devenaient folles lorsqu'il niait la réalité de ce qu'elles voyaient et entendaient. Maintenant que j'avais Internet, j'avais appris qu'il existait un terme pour ce type de manipulation : le *gaslighting*. Et Nick, j'en mettrais ma main à couper, était du genre à faire du *gaslighting*.

Faisant défiler d'anciennes photos de Nick, j'identifiai rapidement deux femmes avec qui il avait eu une relation avant Suzi. Elles lui ressemblaient toutes les deux, pâles et légèrement excentriques, rayonnantes à côté de l'individu terne et neutre qu'il était. L'une d'elles, Catriona Murray, paraissait désormais vivre au Canada : sa photo de profil montrait une femme en tenue de ski au sommet d'une montagne. Je cliquai sur les photos de l'autre, Lisa Ragozzi, avec Nick au Taj Mahal, à bord du Transsibérien, portant des sacs à dos et des pantalons bariolés. J'en déduisis qu'il s'agissait d'une relation universitaire qui s'était poursuivie un certain temps dans le monde réel, avant de se mettre à battre de l'aile.

Je cliquai sur son profil, en grande partie masqué, naturellement. Elle semblait encore porter le même nom, et n'était donc peut-être pas mariée. J'accédai à quelques-unes de ses photos de profil, à des clichés artistiques de paysages, et à une poignée de messages publics tels que des collectes de fonds pour des œuvres caritatives et de la communication politique. Lisa avait l'air d'être une femme sérieuse et bienveillante. Je lui envoyai un message, lui expliquant que je savais que c'était étrange, mais que je m'inquiétais pour une de mes amies, qui entretenait une liaison avec Nick Thomas. Aurait-elle une minute à me consacrer pour parler de lui ? Lisa et Nick n'étant plus amis sur Facebook, il était donc possible qu'elle ignore qu'il était marié. Il était aussi envisageable qu'elle le contacte et lui raconte tout. Mais je me devais de tenter le coup.

# Suzi

Il avait neigé, pendant la nuit. Nick était tout excité, essuyant la vitre embuée comme un gamin.

— On n'a jamais ça à Londres, pas une telle épaisseur ! N'est-ce pas magnifique ? (Il soupira.) Poppet aurait adoré ça. Pauvre bête…

J'étais incapable de partager son enthousiasme.

— J'espère que Nora va bien. Il fait froid à Ivy Cottage.

Il fronça les sourcils.

— Tu es obligée de toujours penser aux autres ? Tu ne peux pas simplement, je ne sais pas, être avec moi, pour une fois, dans le moment présent ?

Le manteau blanc qui recouvrait les champs et les arbres, le paysage paisible… c'était splendide. Mais je n'éprouvais qu'un sentiment de terreur en me remémorant ce que Nora m'avait dit au sujet de la police. Nous n'avions rien fait de répréhensible, mais ils ne savaient pas que j'avais quitté ta voiture avant l'accident. Même si j'étais innocente, ils risquaient de vouloir me voir. Comment allais-je pouvoir l'expliquer à Nick ? À cette idée, je sentis mon cœur se serrer. Il y avait mes empreintes partout dans le véhicule, mes cheveux, même : tu te plaignais toujours de devoir les chercher, avec leur couleur rouge caractéristique.

Si la police venait m'interroger, j'avais décidé de dire que tu m'avais déposée. Tu étais un parfait inconnu, tu m'avais simplement vue marcher le long de la route en cette douce journée. Il y avait des trous, dans mon histoire, bien sûr. Ton téléphone était vraisemblablement quelque part, et, si tu n'avais pas pris le temps de tout effacer, ils risquaient de me retrouver dedans. Tu m'avais appelée brièvement avant de venir me chercher, pour voir où j'étais. Et Nick voudrait savoir ce que je faisais là, le long d'un tronçon de route de campagne sans trottoir. Mais je pourrais contester. C'était le bon côté des choses : ce tissu de mensonges était juste assez robuste pour tenir le coup.

— Et si on se retrouvait coincés par la neige ? demandai-je, me souvenant des paroles de l'agent immobilier, au printemps précédent.

— C'est pour ça que j'ai acheté le 4 x 4. Pour pouvoir aller travailler, répondit Nick. Quoi qu'il en soit, j'ai commandé des tas de vivres, quand nous avons emménagé. De l'eau, des boîtes de conserve...

— Ah bon ?

« Et moi ? » eus-je envie de lui rétorquer. *Et moi ? Et s'il arrivait quelque chose au bébé ? Et si je devais aller à l'hôpital ?*

Laissant retomber le rideau, il me lança un regard agacé.

— Suzi. Tu ne peux pas simplement en profiter ?

Depuis que j'étais là, j'avais appris que beaucoup de choses n'étaient agréables que lorsqu'on les partageait avec quelqu'un. Si tu avais été là, si nous avions été ensemble, comme j'avais brièvement et naïvement cru que cela pourrait être le cas, nous aurions pu nous promener dans les champs en bottes en caoutchouc, peut-être nous laisser glisser sur le versant des collines (des pentes très douces pour moi), faire un bonhomme de neige, nous arrêter dans un pub pour boire un chocolat chaud arrosé de Baileys (encore une fois, pas pour moi. Ma grossesse avait gâché tant de petits plaisirs...). L'espace d'un instant, je me sentis nostalgique d'une vie qui n'était jamais venue, d'un fantasme du passé.

Cela ne pouvait plus se produire, désormais. Tu étais mort. Une fois encore, cela me fit l'effet d'un coup de poing dans le ventre. Je n'arrivais toujours pas à y croire.

Pendant que Nick était sous la douche, je descendis mettre la bouilloire sur la cuisinière. Malgré le nouveau chauffage par le sol, la pièce était glaciale. Après l'avoir monté, je fus heureuse de le sentir se mettre en route sous mes pieds gelés. Je passai la main sur une vitre pour jeter un coup d'œil dehors, ravie de ne pas être obligée de jardiner. Même Nick devait comprendre le concept d'un jour de neige. En outre, même s'il l'ignorait, j'étais en deuil. Quelle différence cela faisait-il de savoir que tu étais mort, puisque je n'allais jamais te revoir, de toute façon ? Cela signifiait que tu ne m'avais pas quittée. Peut-être, à ce moment-là, étais-tu en chemin pour tout révéler à ta femme. Peut-être aurions-nous pu être ensemble, en fin de compte. Le spectre de ce qui aurait pu être me frappa en pleine poitrine. Il ne fallait pas que je me mette à réfléchir de cette façon. Je devais tenir bon pour le bébé.

Y avait-il quelque chose dans la neige, là-bas ? Des traces… un animal ? Peut-être que Poppet était revenu. En m'imaginant combien Nick serait heureux, j'essuyai une nouvelle fois la buée sur la vitre, ma main dégoulinante et glacée. Puis j'eus soudain très froid, un froid venu de l'intérieur, cette fois.

Un mot était inscrit dans la neige, en lettres profondes et anguleuses.

« SALOPE ».

Nick dut croire que j'étais folle.

— Tu ne peux pas sortir par ce temps, ça gèle.

Je fis de mon mieux pour l'empêcher de regarder par la fenêtre.

— C'est tellement joli ! (Il devait me prendre pour une cinglée.) Je vais juste prendre une photo.

C'était une excuse plausible, au moins. J'enfilai mes bottes et je saisis mon téléphone avant de sortir, éteignant l'alarme, et, le cœur battant, j'effaçai les lettres dans la neige avec mon pied. Qui avait écrit cela ? À part Nick, Nora et moi, personne ne s'aventurait jamais par ici. Nora m'avait été d'un si grand soutien, pourquoi aurait-elle fait une chose pareille ? Quelqu'un avait dû venir durant la nuit.

Je soupçonnai d'abord Damian. J'avais encore du mal à penser à lui sans devenir écarlate, angoissée et brûlante de honte, de l'effroi coulant dans mes veines.

Tu m'avais posé la question sans détour. Ou plutôt tu m'avais dit :

— Tu as déjà fait ça avant.

— Hmm. Pas vraiment.

Il m'était impossible de te mentir. Cela me plaisait beaucoup d'être examinée à la loupe. Il était si facile de berner Nick que je me demandais si j'allais m'arrêter un jour.

— J'ai déjà couché avec quelqu'un, t'avais-je répondu. Pas de façon régulière. Juste une fois.

— Quelqu'un que tu connais, avais-tu insisté, sans pitié.

— Hmm…

— Ne me mens pas, Suzi. Ne me mens jamais, d'accord ? Fais-moi juste cette promesse.

Ce n'était pas rien, n'est-ce pas ? Alors qu'on mentait à tout le monde…

— Un collègue, avais-je précisé. (J'avais marqué un temps d'arrêt.) Damian.

*Damian.* Mais l'idée était insensée : il vivait à des kilomètres de là, à East London, et cela faisait des mois que je n'avais pas eu de ses nouvelles.

En rentrant, les pieds mouillés à cause de mes bottes inadaptées, je frissonnai. Nick étant en train de s'habiller en haut, je me penchai contre la cuisinière Aga pour tenter de me réchauffer. Et d'assembler toutes les pièces du puzzle. Le sentiment d'être observée. Les appels interrompus, la musique étrange, le cadavre d'animal dans ma jardinière. Et maintenant cette insulte. Au début, j'avais bêtement pensé que c'était peut-être toi, mais tu étais mort. Si ce n'était pas Damian, la seule autre personne à laquelle je songeais, c'était elle.

Ta femme.

# Elle

Elle nettoya la pièce à trois reprises avant que sa chair de poule se dissipe. Cet homme répugnant, venir chez elle proférer de tels mensonges… Jamais Patrick n'aurait emprunté d'argent. C'était le spécialiste responsable du service d'obstétrique. Il gagnait une fortune ! Elle ne savait pas exactement combien, il aurait été vulgaire de le lui demander, mais suffisamment pour se payer cette maison luxueuse et quatre voyages par an en classe affaires.

Et pourtant… Des souvenirs parcellaires lui revenaient en mémoire. En rentrant, Patrick voyant le courrier qu'elle avait soigneusement empilé : « Tu ne l'as pas ouvert, hein ? » La tension s'estompant lorsqu'elle lui avait juré de ne jamais faire une chose pareille. « Tu peux signer ça, chérie ? Je déplace juste un peu d'argent, pour profiter de meilleurs taux d'intérêt. »

Sa carte de paiement refusée lorsqu'il avait voulu s'enregistrer à l'hôtel. Levant les yeux au ciel, « cette fichue banque ! », donnant alors une autre carte.

Des vacances annulées à la dernière minute. « Je n'ai pas le temps, ma chérie. Trop de patients. Tu peux t'occuper du remboursement ? »

Cela ne l'avait pas interpellée, sur le moment. Mais, à présent, agenouillée dans le salon à côté d'un seau d'eau savonneuse, les mains dans ses gants jaunes, elle commençait à s'interroger.

Une fois qu'elle était lancée, rien ne pouvait l'arrêter. Elle parcourut rapidement les papiers dans son bureau, une quantité impressionnante de lettres et de relevés, de chiffres, de codes. Elle ignorait l'existence de tous ces comptes. Rien ne lui sauta aux yeux. Certains chiffres lui semblaient plus bas qu'escompté, mais s'ils étaient répartis sur de nombreuses holdings, cela pouvait s'expliquer. De même, elle découvrit quelques fiches de paie de l'Hôpital général du Surrey, mais le montant gagné lui parut très faible. Elle persévéra, tentant de refaire les calculs mentalement, de comprendre les déductions. Peut-être était-ce une question d'impôts ou de cotisations retraite. Il était doué pour ce genre d'optimisations.

*Il avait été…*

Puis cela lui revint à l'esprit. Le carton. Le contenu de la voiture que la police lui avait rendu. La Jaguar avait été très peu endommagée, juste le capot froissé, sa tête projetée contre la vitre latérale. Il portait sa ceinture de sécurité, évidemment, mais il avait malgré tout reçu un choc qui lui avait été fatal. Avant ce jour-là, ne supportant plus la vue de ce carton menaçant, elle l'avait remisé au garage. Sachant que ces effets l'avaient accompagné jusqu'à sa mort, elle n'avait pas trouvé le courage de l'ouvrir. Il y avait peut-être des taches de sang, même si elle était convaincue que la police n'était pas cruelle à ce point. Si ? Elle se le demandait.

Quand elle eut trouvé la clé du garage dans une tasse, au fond d'un des placards de la cuisine, elle déverrouilla la porte communicante, puis actionna l'interrupteur. Il semblait si vide, sans la Jaguar noire qu'il astiquait chaque semaine jusqu'à ce que la carrosserie brille. Elle avait passé tant de soirées à le regarder partir après qu'il lui eut fait signe, le regard souvent rivé sur son téléphone. Elle se souvenait aussi de l'explosion de joie dans sa poitrine en le voyant rentrer.

Le carton, posé sur une des étagères métalliques, ressemblait à ceux dans lesquels on rangeait des fournitures de bureau, du papier pour imprimante. Elle s'imagina un policier aller le chercher dans une réserve, avant d'y déposer tout ce qui s'était trouvé dans la voiture. En temps normal, toutes ces affaires n'auraient rien signifié ni pour lui ni pour elle, mais Elle sentit déjà trembler ses doigts lorsqu'elle en souleva le rabat. Elle y découvrit un manuel relié de cuir, sentant bon la richesse, renfermant les caractéristiques de la voiture. Le bip de la porte du garage. Ses gants, également en cuir, un cadeau de Noël de sa part, doux comme la peau d'un bébé. Un désodorisant, une coque de téléphone. Son portable lui avait été rendu par l'hôpital, mais elle n'était pas parvenue à le déverrouiller. Une bouteille d'eau en verre encore à moitié pleine. Elle imagina le contact de ses lèvres sur le goulot, et, durant un instant de folie, elle envisagea d'y poser les siennes. Elle ne découvrit rien qui sortait de l'ordinaire, rien qui aurait pu laisser entendre que son mari avait été à court d'argent. Elle ignorait ce qu'elle s'attendait à trouver… des relevés bancaires, des lettres de mise en demeure ? Bien sûr que non. Conway mentait, c'était la possibilité la plus vraisemblable.

En soulevant le carton vide pour le ranger, elle entendit un bruit. Au fond, un objet roulait. Elle le récupéra : un petit tube rose. Un baume à lèvres coloré. Perplexe, elle le regarda fixement un long moment. Jamais il n'aurait acheté ce genre d'article. Elle non plus, c'était un produit premier prix vendu au supermarché. Un truc de femme. Elle examina lentement toutes les hypothèses. Il avait amené une collègue au travail. Il avait pris une auto-stoppeuse. Mais non, il faisait nettoyer la voiture tous les jeudis sans faute. Il était donc peu probable qu'il ait pris une personne en stop dans les vingt-quatre heures entre ce jour-là et l'accident.

Elle brandit le petit tube glacé entre ses doigts. Il était légèrement collant, et de minuscules fibres en tapissaient le capuchon. Peut-être la police pourrait-elle les analyser, chercher à qui elles appartenaient. Pour déterminer si quelqu'un était à bord de la voiture avec son mari lorsqu'il avait eu son accident sur une route tranquille en ce jour parfaitement paisible.

## Suzi

Lorsque nous avions emménagé, j'avais évoqué à plusieurs reprises l'éventualité d'acheter une seconde voiture. Pour faire de « petites commissions », avais-je prétexté, sans me souvenir de l'origine de cette expression.

Nick avait froncé les sourcils.

— C'est du gaspillage, deux voitures. Pense à l'environnement.

Dépitée, je n'avais pas insisté.

Ce soir-là, galvanisée par la peur, je relançai la bataille qu'il devait penser avoir gagnée depuis longtemps. L'inscription dans la neige m'avait suffisamment secouée pour entreprendre ce que je m'étais toujours juré de ne pas faire. Ce n'était plus une simple mauvaise manipulation comme avec le boîtier d'alarme, ni le fruit de mon imagination : c'était bel et bien l'œuvre d'un individu réel. Quelle que soit son identité, il m'avait trouvée, ici, dans mon cottage isolé, et souhaitait me faire souffrir. Il fallait que je raconte à quelqu'un ce qui se passait.

— J'ai envie d'aller à Londres demain, annonçai-je après lui avoir servi son dîner : du blanc de faisan avec de la purée de céleri.

Je restai debout sans me servir.

— Pardon ? (Il prit le sel sans même avoir goûté au plat.) Pourquoi ?

— J'ai l'impression d'être coincée, ici, Nick.

La gare la plus proche était à huit kilomètres, trop loin pour m'y rendre à pied. J'avais beaucoup fantasmé sur l'existence de celle-ci. Ce n'était finalement qu'une petite ligne secondaire avec une salle d'attente glaciale, sans même un distributeur de café, mais elle était pour moi synonyme d'évasion. Ma planche de salut vers Londres et mon ancien moi. Sauf que je ne pouvais pas y accéder.

Il se tourna vers moi avec son air habituel, sa mine perplexe qui signifiait : « Malgré tout ce que je te donne, tu n'es jamais contente. »

— Coincée dans ta jolie maison, avec tout le temps que tu veux pour peindre ?

— Non, je sais, c'est juste que… mes amies me manquent. J'ai envie de voir Claudia.

— Je t'ai pris un chien pour te tenir compagnie.

L'accusation tacite : « Et tu l'as perdu. Tu t'en fichais. » Il racla son assiette avec sa fourchette, formant de petits tas soignés de nourriture, des carrés de viande et de légumes.

— Franchement, je suis convaincu que tu es mieux loin de ces gens. Tu sais combien Claudia est une garce. Elle déteste les enfants, et elle ne nous soutient pas dans nos choix. Elle n'est venue qu'une seule fois depuis tout ce temps.

Je baissai les yeux sur le dessus de la table, sur le grain du bois de récupération. Avait-il raison ? Claudia, que je considérais comme ma meilleure amie, ne se souciait-elle finalement pas tant que ça de moi ?

— J'ai juste… Elle m'a invitée à déjeuner.

Ce n'était pas vrai, en fait ; il allait falloir que je m'invite toute seule.

— Un déjeuner arrosé ? (Il haussa les sourcils.) Crois-tu vraiment que ce soit raisonnable ?

— Je n'ai jamais parlé d'alcool. De toute façon, il faut que j'aille faire quelques courses pour le bébé.

— Je t'apporterai tout ce dont tu as besoin.

Il attrapa de nouveau la salière. Je regardai tomber les flocons sur la viande comme la neige dehors, immobile. Je me sentis gagnée par l'affolement : les trains allaient-ils circuler ? Un taxi accepterait-il de passer par ici ?

— Il me faut des tenues de femme enceinte. Tu peux difficilement les essayer à ma place, n'est-ce pas ? (Je poussai un petit éclat de rire pour adoucir ma pique.) De toute façon, c'est décidé, j'y vais.

Que pouvait-il répondre à cela ? Il ne pouvait pas vraiment m'en empêcher. Ce serait une nouvelle limite à franchir.

— Ça va coûter cher, entre le train et le taxi, me reprocha-t-il. Tu ne t'assieds pas ?

— Oh, je n'ai pas faim ! Il est trop tôt pour que je dîne, comme je te l'ai dit. De toute manière, les femmes enceintes ne sont pas censées consommer de gibier.

Il n'avait jamais stipulé que nous devions manger ensemble, juste que son repas devait être prêt… quand il rentrait. Je me déplaçai derrière lui, essuyant le comptoir, et je remarquai que cela l'irritait de devoir tourner la tête pour me parler.

— Si nous avions une seconde voiture, je n'aurais pas besoin de payer des taxis.

Comme cela nous aurait facilité la vie. J'aurais pu aller te rejoindre n'importe où, même si j'étais convaincue qu'il aurait vérifié le kilométrage.

Nick poussa un soupir.

— Tu ne vas pas recommencer. Tu ne te préoccupes donc pas de la planète ?

— Une voiture de plus ou de moins, ça ne change pas grand-chose.

— Va dire ça à notre bébé ! s'exclama-t-il en reposant bruyamment la salière. Et si tous les gens raisonnaient comme toi ? Il va grandir dans un monde bouleversé par le réchauffement climatique.

Nous ne connaissions pas encore le sexe de l'enfant, mais j'avais remarqué à plusieurs reprises que Nick employait un pronom masculin.

— Ça ne t'empêche pas de conduire ta voiture, lui fis-je remarquer d'un ton désinvolte.

Le comptoir était propre, mais je continuai à le frotter.

— Je n'ai pas d'autre moyen d'aller travailler ! Qu'est-ce qui te prend, ce soir, Suzi ?

— Oh, rien du tout, mon chéri. J'ai simplement une conversation logique. Tu sais, si tu n'aimes pas polluer, nous pourrions toujours envisager de retourner vivre à Londres. Et garder ce cottage comme maison de campagne pour le week-end.

« Maison de campagne »... Encore une expression que je ne me rappelais pas avoir déjà prononcée.

J'avais poussé le bouchon suffisamment loin pour ce soir-là. Avant de retourner à sa purée en silence, Nick me jeta le même regard blessé et perplexe. Le lendemain, je découvris 50 livres en billets sur ma table de chevet, assez pour le taxi et le train, mais c'était à peu près tout. Il avait raison, c'était cher d'aller à Londres. En les comptant, je songeai aux femmes habituées à trouver de l'argent sur leur table de nuit au réveil. Il n'y avait pas une grande différence entre nous.

Je faillis ne jamais arriver en ville : le taxi avait eu vingt minutes de retard, le chauffeur râlant à cause du verglas sur la route, puis le train avait été retardé par la neige sur les voies. Mais je finis par atteindre ma destination. Claudia travaillait dans le centre de Londres, près d'Old Street. En sortant du métro, je fus assaillie par la vie urbaine : le bruit, le vacarme de la circulation, les odeurs d'essence et de nourriture, et le sans-abri installé devant la gare. Je déposai une livre dans sa timbale en marmonnant plus ou moins des excuses. Là, au milieu de toute cette agitation, mes craintes semblaient absurdes. Me plaindre que je ne savais pas comment utiliser mon enceinte onéreuse ? Que j'étais seule et désœuvrée dans une jolie maison ? Que mon chien avait disparu à cause de ma propre négligence ? Mais l'inscription dans la neige… ça, c'était bien réel. En traversant la ville avec lassitude, je fus choquée de constater que les décorations de Noël étaient déjà installées, cela me rappela que le temps passait. Nick et moi avions à peine discuté de ce que nous comptions faire cette année-là. J'avais l'horrible impression qu'il souhaitait inviter sa mère.

Lors de notre premier baiser, quand j'avais fait la connaissance de Nick, cinq ans auparavant, un pari sur un rendez-vous en ligne peu prometteur, je m'étais sentie satisfaite, tirée d'affaire et heureuse. Je n'avais pas cherché ailleurs. Nous vivions ensemble, dans notre monde privé à tous les deux. Ma carrière s'épanouissait. J'avais pris dix kilos. J'avais arrêté de peindre. Nous nous étions mariés, parce que c'était ce qu'il convenait de faire quand on était si heureux et que l'on possédait déjà en commun un grille-pain rétro bleu. Le jour de la cérémonie, en m'aidant à enfiler ma robe aux baleines si rigides que j'avais du mal à respirer, Claudia m'avait chuchoté à l'oreille :

— Tu es sûre de toi, ma belle ?

Irascible, je lui avais garanti que c'était le cas. À présent, je devais trouver le moyen de lui avouer que… je m'étais trompée.

Claudia n'avait pas vraiment envie de me voir, cela se devinait.

— Je ne sais pas, ma chérie, m'avait-elle répondu. C'est difficile en semaine. On ne prend pas vraiment le temps de déjeuner.

Mais j'avais insisté, un peu trop pour mon amour-propre. Il fallait que je parle à quelqu'un qui ne vivait pas là-bas, au beau milieu de la cambrousse. Quelqu'un qui connaissait l'ancienne Suzi, pas cette nouvelle version de moi cloîtrée chez elle et ressemblant à une baleine. On se retrouva donc dans un restaurant près de son bureau ; elle m'avait plus ou moins forcée à choisir l'endroit, avec un manque d'enthousiasme manifeste. À mon arrivée, je constatai que ça n'allait pas du tout : trop lumineux, trop de verre et d'acier, et trop bruyant. Le genre de lieu où les voix résonnent contre les murs.

Avec huit minutes de retard, Claudia pénétra dans l'établissement en poussant la porte avec son coude, tapotant sur son téléphone. Dès que je la vis, je la saluai. Un peu trop fort. Me lançant un sourire distrait, elle s'installa en continuant à taper.

— Salut, ma chérie ! Désolée. Journée de dingue.

— On ferait bien de commander.

Je fis glisser le menu – une épaisse feuille de papier froissée – vers elle. J'y avais déjà jeté un coup d'œil en ligne et avais fait mon choix.

Tandis qu'elle jetait un coup d'œil au menu puis à son téléphone, au menu puis à son téléphone, les minutes défilaient. Je fis signe à la serveuse, mais elle détourna le regard. Claudia consulta sa montre.

— Je n'ai pas beaucoup de temps.

Je me remémorai, à l'université, les après-midi que nous perdions au café, à discuter des garçons, à faire durer des heures une tasse de thé. Comment en étions-nous arrivées là ? C'était mon amie la plus proche – celles du travail m'avaient toutes laissée tomber après cette histoire avec Damian –, et elle n'avait pas une minute de libre pour moi.

Compte tenu du peu de temps dont je disposais, valait-il mieux que j'aille chercher la serveuse ou que je commence à parler ? Finalement, je lâchai un grand « excusez-moi, pouvons-nous commander ? » dans sa direction, m'attirant des regards intrigués. Elle prit nos commandes sans les noter, ce qui déclencha chez moi un pic d'angoisse irrationnel.

— Merci. Désolée.

Claudia sourit à l'employée. Je sentis qu'elle tentait de se faire pardonner mon impolitesse. J'avais envie de pleurer.

— Alors ? s'enquit Claudia d'une voix sonore quand la serveuse s'éloigna d'un pas boudeur, faisant balancer sa longue queue de cheval noire. Comment ça se passe, à la campagne ? Je n'arrive pas à croire que tu aies grossi à ce point.

— Oh, c'est… tu sais. Tranquille. J'ai parfois l'impression d'être morte et enterrée.

Je poussai un nouvel éclat de rire forcé.

Elle m'observa d'un air perplexe. Elle portait un pantalon large de couleur marine de style seventies, et un chemisier de soie crème. Ses ongles étaient couverts de vernis rouge foncé. Je ne me souvenais pas de la dernière fois où je m'étais verni les ongles ; encore une chose supposément toxique pour le bébé. L'un d'eux était abîmé et noir depuis que j'avais refermé le portillon du jardin dessus. Je dissimulai mes mains sous ma serviette.

— Tout va bien, n'est-ce pas ? demanda-t-elle.

Ce n'était pas le cas. J'avais eu une liaison, et mon amant était mort. J'étais enceinte, probablement de son enfant. Je m'apprêtai à lui répondre – j'ignorais quoi –, lorsque je remarquai son regard gentil et inquiet, un rare moment d'attention. Je fus soudain épouvantée de sentir mes yeux me piquer.

— Oh, ma chérie ! Que se passe-t-il ?

— Rien ! Mon Dieu, ce que c'est bête ! Les hormones de grossesse.

Des clients me regardaient. Je me tamponnai les cils à l'aide de ma serviette.

— C'est juste un peu difficile. De renoncer à tout.

— Eh bien, c'est sûr. Mais je croyais que c'était ce que tu voulais… Un nouveau départ ?

— Je…

C'était surtout ce que Nick avait voulu. Il m'était peut-être arrivé de le formuler ainsi pour lui faire plaisir, mais je ne le pensais pas. Comme il était terrible d'avoir été prise au mot.

— Ce n'est pas ce que j'imaginais. C'est vraiment isolé. Pour aller à la gare, il faut que j'appelle un taxi. Il n'y a même pas d'Uber, rien de tout ça.

— Mon Dieu, murmura Claudia.

Manifestement, l'idée de ne pas pouvoir prendre un Uber l'horrifiait.

— Nick est au travail toute la journée, et je me retrouve seule au cottage. C'est vraiment calme. Il faut croire que je m'étais habituée à la circulation, aux renards et aux ivrognes qui braillaient devant ma fenêtre.

— Si ça te manque, viens chez moi n'importe quel soir de la semaine ! s'exclama-t-elle en levant les yeux au ciel, même si je savais qu'elle adorait son petit appartement dans le quartier d'Angel, si exigu qu'elle avait dû faire fabriquer un canapé sur mesure.

— Mon Dieu que le service est lent, ici, me plaignis-je, tandis qu'elle consultait de nouveau son téléphone. Désolée. J'aurais dû choisir un autre resto.

— Ce n'est rien. Mais, dis-moi, ça se passe bien avec Nick ?

Je haussai les épaules.

— Il bosse beaucoup. Je dois lui demander de l'argent, et, quand il rentre, il s'attend à ce que j'aie fait la cuisine, le ménage et tout ça.

Elle fronça les sourcils.

— Merde, sérieux ? C'est un peu macho, non ?

— Vu que je suis à la maison toute la journée... Il m'aidait beaucoup, à Londres.

J'avais parfois l'impression que nous n'étions plus les mêmes personnes. Comme si le Nick et la Suzi qui vivaient à la campagne étaient des clones de nous, avec d'autres personnalités. Laquelle était la vraie version ?

On nous servit les plats, la minuscule salade artistiquement dressée de Claudia, mon bol de pâtes fumantes. Après avoir avalé trois bouchées, elle reprit son téléphone.

— Bon sang, c'est de la folie ! La ruée d'avant Noël, tu sais. Je suis désolée, ma chérie. Appelle-moi un soir, on discutera tranquillement.

Avec Nick qui écoutait chacune de mes conversations...

— Bien sûr. Je suis désolée, tout va bien, vraiment. Juste les hormones, comme je te l'ai dit. Et je me sens un peu seule.

— C'est normal, après un tel déménagement. Ta vie a changé, Suze ! Ça fait toujours bizarre.

— Oui. Tu as raison.

Durant le reste de notre bref déjeuner, je l'interrogeai sur sa vie amoureuse (torride et intense avec un type qu'elle avait rencontré sur Tinder qui n'avait même pas de chambre, et dormait sous l'escalier dans une colocation), son travail (« J'ai Salma sur le dos en permanence à propos de la longueur de la jupe de la collection printemps/été, et je me chiais tellement dessus que je l'ai appelée "jupe trapèze" au lieu de "minijupe" ») et sa vie sociale (zumba, arts du cirque, dégustation de gin…). J'avais l'impression d'avoir cent ans. Elle partit peu après, m'embrassant en effleurant à peine ma peau. Je lui proposai de payer l'addition, puisqu'elle était pressée.

— Merci, ma chérie. Je réglerai la prochaine fois, d'accord ?

Je ne pensais pas qu'il y aurait une prochaine fois. Et, en voyant le montant sur la carte de paiement, Nick me demanderait pourquoi elle était si élevée, pourquoi j'avais invité Claudia alors que, contrairement à moi, elle avait un salaire. Il me demanderait ce que nous avions mangé. Si nous avions commandé du vin. Rien que d'y songer, j'étais épuisée.

Après avoir payé – une somme exorbitante pour ce que nous avions pris –, je quittai l'établissement d'un pas traînant. J'avais encore deux heures devant moi si je voulais rentrer avant Nick. L'idée de retrouver le cottage tranquille et isolé me fit suffoquer.

Nous n'étions pas loin de mon ancien bureau, ici, à deux pas de Liverpool Street. Claudia et moi avions l'habitude d'aller boire un verre après le travail, à l'époque (moins d'un an auparavant !). Avant d'avoir réfléchi à ce que je comptais faire, je constatai que mes pieds gonflés m'y amenaient déjà.

Le fait de me trouver à Londres me flanquait les jetons. Je n'avais aucun mal à imaginer mon ancien moi surgir à l'angle d'une rue, en retard, en talons hauts, le nez sur mon téléphone, les bagues argentées que je ne quittais jamais reflétant la lueur du soleil. Cela faisait des mois que je ne pouvais plus les mettre, tant mes doigts avaient enflé. Le bureau était toujours le même. Je m'y étais rendue tous les jours pendant trois ans, parfois même le week-end. Je sentis que ma main avait encore la mémoire musculaire du code d'entrée. Était-ce le même ?

Je consultai ma montre. Il n'était que treize heures trente, puisque Claudia et moi avions précipité notre déjeuner. Je me souvins que Damian mangeait tard, comme sur le continent, et qu'il aimait faire une pause-cigarette dehors. Peut-être que si je patientais, il sortirait.

J'eus l'impression d'être un détective privé en planque, sauf que j'étais si mal fagotée et enceinte que je n'aurais pas été capable de filer qui que ce soit. Je fus étonnée, puis heureuse que le propriétaire du café italien d'en face me reconnaisse encore.

— Miss ! Où étiez-vous donc passée, pendant tout ce temps ?

— Oh, j'ai déménagé à la campagne, répondis-je maladroitement.

Il haussa ses sourcils broussailleux.

— Pourquoi vouloir quitter Londres ?

*Eh bien, je ne l'ai jamais voulu, Mr Café-Man.*

L'arôme du café était comme une drogue, mais je m'efforçai de commander un thé vert. Nick me harcelait constamment pour que j'en boive en raison de ses bienfaits sur la santé, mais le parfum d'herbe coupée me donnait la nausée. Je me réchauffai les mains sur la tasse, le regard rivé sur la porte du bureau – sur le trottoir d'en face, le nom « graphix box » (quel nom ridicule !) était gravé en lettres minuscules dans une typographie à la mode –, de peur de le rater. Je redoutais également de croiser quelqu'un d'autre du bureau, après mon départ si houleux. Je me souvenais encore des regards, à mon arrivée, le lendemain de l'incident de la ruelle, de la façon dont les conversations s'étaient tues quand j'étais passée devant la salle de repos. Les gens étaient au courant de ce que j'avais fait. Il était même possible qu'une bonne âme l'ait raconté à Nick. Je m'étais rendue folle en tentant de découvrir qui. Il m'avait été plus facile de claquer la porte et de laisser tout ce bazar derrière moi.

Damian sortit au bout de vingt minutes environ, allumant sa clope avant même que la porte se soit refermée. Son badge autour du cou, les manches de sa chemise retroussées. Mon cœur fit un bond, et mon estomac se serra. Je rassemblai mes affaires, m'efforçant de ne pas me précipiter, mais n'ayant aucune envie non plus de le manquer. Au passage piéton, le feu dura une éternité. Je priai pour qu'il ne me repère pas, afin d'éviter d'être obligée de le saluer de manière gênante avant de le rejoindre. Peut-être qu'il rentrerait. Nous ne nous étions pas quittés en bons termes.

Il se trouva que j'étais suffisamment proche de lui pour lui taper sur l'épaule avant qu'il me remarque, car il ne m'avait pas du tout reconnue. Je vis soudain son regard s'illuminer.

— Dieu du ciel ! Suzi ?

En d'autres circonstances, son étonnement aurait pu me faire plaisir. Il avait l'air d'avoir vu un fantôme.

# Nora

J'attendis près d'une heure devant le bâtiment du Conseil du comté. C'était la première fois que je me rendais à Sevenoaks, et je trouvais que c'était une jolie petite ville, avec ses boutiques de luxe et ses cottages en brique rouge. Il faisait froid, un vent glacial me mordait les doigts et le visage, mais je m'en moquais. J'avais de nouveau un but, et un plan. Aucune hésitation, aucune envie de renoncer à ce que je m'étais promis de faire.

Enfin, sur les coups de 13 heures, Nick surgit. Il était emmitouflé dans un long manteau noir, avec une écharpe dont je pouvais dire qu'elle était chère autour du cou. Des gants de cuir, du genre de ceux que portaient les étrangleurs. Il ne m'avait pas vue. Personne ne remarquait les femmes d'âge mûr mal fagotées, ce que je m'étais laissée devenir. Le chagrin avait creusé des rides sur ma peau, et je n'avais rien fait pour dissimuler mes cheveux blancs. J'avais pris du poids, laissant le sucre et la graisse combler le vide qui s'était créé en moi.

Je suivis Nick de son bureau à la rue principale. Mon cœur battait, tant je craignais qu'il ne me reconnaisse en se retournant. Mais j'avais baissé mon bonnet à pompon sur mon visage et enfilé plusieurs pulls pour modifier ma silhouette. Ce déguisement grossier me permit de me poster juste une personne derrière Nick dans la file d'attente du café où il était entré. Un établissement chic qui proposait des salades composées et des falafels dans des boîtes en carton brillant, des cafés et des thés issus du commerce équitable, et du matcha, même si j'ignorais de quoi il s'agissait. Parcourant le globe pour donner des concerts, je m'étais toujours prise pour quelqu'un de raffiné. Mais il m'arrivait rarement de voir autre chose que des auditoriums et des hôtels d'aéroport, et, les années où j'étais restée docilement à la maison, le monde avait changé.

Nick commanda une portion de poulet avec trois sortes de salade, et un jus de carotte et de pomme. C'était curieux, car je savais qu'il demandait chaque jour à Suzi de lui préparer son déjeuner. Il lui arrivait souvent d'oublier. Elle devait alors se lever précipitamment pendant qu'il était encore sous la douche, descendre pieds nus dans la cuisine gelée avec son ventre rond. Il devait certainement les jeter à la poubelle. Sa facture s'élevait à 12 livres. Puis ce fut au tour de la femme devant moi (elle commanda un café frappé au lait écrémé), et, soudain, le jeune homme derrière la caisse me regarda fixement.

— Vous désirez ?

Nick était tout près, consultant son téléphone en attendant sa commande. Je ne pouvais pas parler. Je fis un signe de la main à l'employé pour lui indiquer que je ne m'étais pas encore décidée, et reculai derrière Nick. Ce dernier ne leva pas les yeux de son portable, et, sous cet angle, je pus avoir un aperçu de son écran. Des images de caméra. Cela ressemblait à un flux de vidéosurveillance.

Sursautant si brusquement que je faillis faire voltiger le café frappé de la cliente devant moi, je vis qu'il regardait des images de chez lui. Le bureau de Suzi. Dans une petite case, dans un angle, je pus lire : « En direct ».

— Commande pour Nick ? annonça l'employée derrière le comptoir, d'une jeunesse à faire envie, le teint brun clair et les cheveux noirs bouclés.

Laissant son téléphone un instant sur la table haute près de laquelle il avait patienté, Nick s'approcha d'elle. Il échangea quelques mots avec elle – quel dragueur, en profitai-je pour me dire –, puis se dirigea vers le présentoir des couverts et des serviettes. J'avais quelques secondes devant moi.

— Ah, te voilà !

Une femme vêtue d'un trench-coat avait salué Nick en entrant dans le café. La première chose qui me vint à l'esprit était qu'elle ressemblait drôlement à Suzi, avec sa pâle chevelure rousse et son teint blafard.

— Tu t'es enfui sans moi ?

— Je croyais que tu étais encore à la réunion budgétaire. Comment ça s'est passé ?

— Oh, mon Dieu, c'était infernal…

Tandis qu'ils bavardaient et qu'il avait le regard rivé sur elle, j'effleurai du bout des doigts le bord métallique de son téléphone. C'était un tout petit objet rectangulaire, mais il me révélerait tout ce que je voulais savoir sur lui. Je levai les yeux : Nick acquiesçait à quelque chose que la femme avait dit, des couverts en bois dans une main.

Le cœur battant, je glissai l'appareil au fond de la poche de mon manteau et sortis en prenant une profonde inspiration malgré l'air froid. Il y avait probablement des caméras dans le café. Je pourrais me faire prendre, voire arrêter. Même si ce ne serait pas la première fois.

Je n'avais pas pu m'en empêcher. Par chance – et la chance m'avait désertée depuis longtemps –, l'écran du téléphone ne s'était pas encore verrouillé. Tout en trottinant dans la rue, tentant de m'éloigner le plus possible du café, je pressai la touche « retour », provoquant l'affichage d'une série de flux vidéo. Cela ressemblait à un ensemble de caméras de surveillance, mais elles étaient toutes braquées sur des pièces du cottage de Nick et Suzi. Cette dernière s'était absentée. Je l'avais vue partir en taxi en début de journée, pour une nouvelle course mystérieuse. Je pressai de nouveau le bouton. Je me trouvais dans une application du nom de « Maison », qui contrôlait la température, la musique, l'éclairage et la fermeture des portes.

Il me restait un détail à vérifier. Dans « Trouver mes amis », une application que j'avais découverte sur le téléphone de mon mari et dont je m'étais aperçue qu'elle pouvait s'avérer très utile, Suzi était clairement indiquée. Elle se trouvait à Londres, quelque part dans la City. Il pouvait suivre chacun de ses faits et gestes. En avait-elle la moindre idée ? C'était peu probable. Soudain, j'eus peur pour elle. Elle était consciente qu'il lui fallait se montrer prudente, mais savait-elle à quel point ? Se doutait-elle qu'il la surveillait d'aussi près ?

# Suzi

Damian et moi nous sommes dirigés vers le petit jardin public, non loin, qui, même par ce temps glacial, n'était pas désert. Notre gêne mutuelle nous obligea à nous tenir à plusieurs mètres l'un de l'autre. Je n'arrivais pas à penser à autre chose que la dernière fois où je lui avais parlé, ce jour-là, dans la cuisine du bureau.

— Je ne voulais pas, lui avais-je dit.

S'était-il agi d'une agression sexuelle, comme tu l'avais prétendu avec insistance lorsque je t'en avais parlé ? Je l'ignorais. J'avais trop honte pour me considérer comme une véritable victime, comme les femmes violées dans les fourrés en rentrant chez elles, une main plaquée sur la bouche. C'était moi qui l'avais cherché.

On se promena, les mains au fond des poches pour résister au froid.

— Alors, qu'est-ce que tu fais là ? me demanda Damian. Tu vas revenir travailler ?

— Non, je ne peux pas vraiment, en ce moment.

Je posai les mains sur mon ventre, tentant de m'en servir comme d'une armure pour me protéger du flot de souvenirs qu'il suscitait en moi. Je me sentais nauséeuse, mon estomac grondant à cause des pâtes non digérées et du thé vert. L'odeur de cette ruelle. Le contact humide de ses lèvres dans mon cou… *Oh, mon Dieu, Suzi !*

— J'avais juste… j'avais besoin de te parler. Tu te rappelles quand quelqu'un a démoli ta voiture, il y a quelque temps ?

— Oui, mais… (Il fronça les sourcils.) Tu n'étais pas déjà partie ? C'était quoi… en été, non ?

— Je… je l'ai vu sur Facebook. Quoi qu'il en soit, il m'est arrivé le même genre de mésaventure.

Je lui racontai les problèmes avec l'alarme et l'enceinte, le cadavre d'animal dans ma jardinière, l'inscription dans la neige (en passant rapidement sur ce qu'elle disait)… Il fronça encore plus les sourcils. Nous nous étions arrêtés de marcher, à présent, et il sautillait sur place, de la fumée s'échappant de sa bouche dans l'air glacial.

— Merde, c'est vraiment étrange.

Son accent nasillard de South London me ramena dans le passé, à toutes les fois où nous avions fumé ensemble, où nous avions bu un verre, où nous nous étions attardés dans la cuisine pour bavarder. Nous nous étions souvent assis sur ce banc, là-bas, pour déjeuner. En clignant des yeux, je nous voyais presque tels que nous étions à l'époque.

— Tu ne crois pas que c'est la même personne qui a fait tout ça ? lui demandai-je.

Même si cela avait été ma première idée, je m'abstins de lui demander si ce n'était pas lui le responsable. J'avais compris à sa réaction en me voyant qu'il n'avait guère songé à moi durant tous ces mois.

— Qui ?

— Je n'en sais rien.

La femme de mon ancien amant ? Enfin, de mon autre amant ? Mais comment aurait-elle pu être au courant pour Damian, et en quoi cela aurait-il pu l'intéresser ? J'avais du mal à assembler les pièces du puzzle. Avant, j'étais convaincue que c'était toi qui avais vandalisé sa voiture, mais tu n'aurais jamais pu m'infliger ce genre de tourments.

— En fait, Suze… (Dans les circonstances actuelles, l'ancien surnom qu'il me donnait me parut bien cruel.) J'ai toujours cru que c'était toi.

— Quoi ? Tu croyais que c'était moi qui avais bousillé ta bagnole ?

— Tu sais, « femme bafouée », tout ça…

Je le regardai, bouche bée. Cet homme avait été mon ami pendant deux ans. Il avait même été davantage que ça.

— Je n'étais pas… tu ne m'as pas bafouée. Bon sang, Damian, ce n'est pas du tout ce qui s'est passé ! On a franchi une ligne rouge, et je m'en suis terriblement voulu. Et, comme je suis mariée, j'y ai mis un terme.

Il haussa les épaules. Je lisais dans ses pensées : « Si ça peut t'aider de le croire… »

— De l'eau a coulé sous les ponts. Si autre chose de bizarre se produit, je te le ferai savoir. On se contacte sur Facebook ?

Je pouvais difficilement lui répondre : « Ne me contacte pas publiquement, parce que Nick le verra, et s'il apprend que je t'ai vu, je vais le payer cher. » Je ne pouvais pas l'admettre. Surtout pas devant lui, un homme dont j'avais cru qu'il tenait à moi, mais qui ne rêvait en fait que de ma culotte.

— Peut-être juste par e-mail. J'en ai un nouveau. Tiens.

Je saisis mon adresse secrète dans le répertoire de son téléphone, ressentant l'intimité gênante de ce geste. Cela me sembla déloyal de lui donner notre compte e-mail privé. Mais tu n'étais plus là, et je n'entendrais plus jamais parler de toi.

— Écoute, Suze… (Il se gratta la tête.) Ce que tu as dit ce jour-là…

Je fus parcourue par un frisson d'effroi. Avec tout ce qui se passait, il me serait impossible d'avoir cette conversation.

— Je suis désolé si tu… si ce n'était pas ce que tu souhaitais. J'ai cru que c'était le cas.

S'agissait-il d'un aveu ? Que pouvais-je répliquer ?

— Je me suis… sentie très mal, après.

— Je comprends. Moi aussi. Tu penses que ça va être super sexy, mais, au lieu de ça, c'est juste… tu te sens comme une merde. Minable.

— Ouais.

Je levai les yeux vers lui, son regard noir, la fossette à côté de sa bouche à laquelle j'avais songé pendant des heures, rêvassant devant mon ordinateur. Nous avions jadis été bons amis. Nous le serions peut-être encore s'il n'y avait pas eu cette ruelle. Ce qui s'y était passé. Ce que j'avais cherché.

Il baissa les yeux sur mon ventre en hochant la tête.

— Félicitations, au fait. J'espère que tout se passera bien.

Existait-il une conversation plus embarrassante que celle sur votre grossesse avec un type avec qui vous aviez couché ? D'ailleurs, était-ce vraiment l'expression qui convenait ? Mon esprit se mit à vagabonder. Au moins, je ne risquais rien. Dans cet état, énorme, en tenue de campagne ordinaire, il ne me regarderait jamais. Mais, après nos adieux maladroits, tandis que je me dandinais jusqu'au métro, je découvris que j'avais les larmes aux yeux, comme si je pleurais la perte de quelque chose. La façon dont il m'avait vue autrefois, peut-être. La personne que j'avais été.

Le hasard était contre moi, ce jour-là. À mon arrivée à Victoria, je remarquai aussitôt qu'il y avait plus de monde qu'à l'accoutumée. Exprimant leur mécontentement, les gens semblaient attendre, immobiles, devant les grands panneaux d'affichage comme s'il s'agissait d'oracles. Il régnait dans l'atmosphère un sentiment d'affolement et de colère. Tous les trains à destination du Kent étaient retardés.

Bien sûr, comme prévu, la neige avait perturbé les lignes. Je consultai ma montre : avec un peu de chance, j'arriverais au cottage avant Nick. Y avait-il des restes à cuisiner ? Peut-être que, si je me précipitais dès à présent chez *Marks & Spencer*, je pourrais acheter un plat et l'arranger un peu pour que cela ait l'air fait maison. J'étais sûre qu'il devinerait le subterfuge. Il semblait savoir tout ce que je faisais.

Le destin s'acharna. Après que j'eus passé une demi-heure debout, craignant de m'asseoir dans un café et de rater un train magique qui serait apparu comme par enchantement, un numéro de quai s'afficha sur le panneau. Je me dirigeai péniblement vers le quai, épuisée. Dans le train, je vis les passagers détourner le regard pour éviter de devoir me laisser leur siège. Au bout d'un moment, quand une gentille jeune fille me céda sa place – c'étaient toujours des femmes –, je faillis fondre en larmes. Je posai ma tête contre la vitre glacée, tandis que le train roulait lentement vers le sud. Il s'arrêta un nombre incalculable de fois sur son trajet, s'immobilisant à l'approche d'Otford pendant ce qui me sembla être une vingtaine de minutes. Je m'amusai avec mon téléphone, dont la batterie était déjà presque à plat. Il aurait vraiment mieux valu que j'envoie un SMS à Nick, mais il y avait encore une chance qu'il soit en retard et que je le devance. Je vis que j'avais reçu un message de Claudia, qui se sentait peut-être un peu coupable : « Appelle-moi quand tu veux, ma chérie. Reste forte. Bisous. » Je le supprimai ; je ne voulais pas que Nick le voie.

Inévitablement, je me retrouvai à revivre tout cela, toute cette histoire avec Damian. Je ressassai de nouveau. Je t'avais tout raconté sur lui quand tu me l'avais demandé. La nouvelle recrue au travail. J'avais soutenu son regard en souriant un peu trop longtemps, quand on lui avait fait faire le tour des locaux. Les discussions dans la cuisine du bureau bien après que la bouilloire eut sifflé, la drague par e-mail, les nuits arrosées au pub où nous nous rapprochions de plus en plus, nous criant l'un et l'autre des blagues dans le brouhaha, les gouttes glacées qui descendaient jusqu'au fond de mon verre de gin-tonic, puis, le dernier soir, le fait de sentir sa main sur mon genou, sous la table, le frisson que cela m'avait procuré, le reste du monde qui s'estompait… Il était si tard que je ne me souciais plus du dernier métro. Et puis, soudain, la ruelle et la pierre glaciale contre mon dos. Il avait sa langue dans ma bouche. Sa main entre mes cuisses. Ma culotte avait disparu. La ruelle empestait, et, derrière nous, par-dessus son épaule qui allait et venait, je voyais des gens marcher dans la rue principale. Ce n'était pas ce que j'avais voulu – non, je ne l'avais jamais souhaité –, mais il était trop tard pour l'en empêcher, il était déjà en moi. Il y avait eu une légère douleur… puis c'était fini. J'avais haleté contre sa nuque, mouillant sa chemise Paul Smith.

— Oh, mon Dieu ! avait-il lâché, pantelant.

Puis il s'était libéré, et j'avais cherché mes sous-vêtements, mes mains tremblantes à cause de ce qui s'était produit. Dans la rue principale, il avait passé son temps sur son téléphone.

— Il vaudrait mieux que je file. Le dernier métro ne va pas tarder.

Il m'avait laissée en plan, et j'avais dû me débrouiller pour trouver un taxi. N'ayant pas de monnaie, j'avais dû faire une halte pour en retirer. J'avais six appels manqués de Nick sur mon portable. Il m'avait fallu m'y reprendre à trois fois pour lui envoyer un SMS : « J'ai loupé le train. J'arrive. » En rentrant chez moi, j'avais gagné la salle de bains sur la pointe des pieds. Je m'étais lavée entre les jambes, ce qui m'avait arraché une grimace. Une douche aurait été trop suspecte. Quand je m'étais faufilée sous les draps, retenant mon souffle, Nick m'avait demandé dans le noir :

— Alors, tu as passé une bonne soirée ?

— Hmm… désolée. J'ai raté mon train.

Un long silence.

— Tu empestes l'alcool.

Il s'était retourné.

J'avais attendu le matin, et mon châtiment. Le lendemain, quand j'avais récupéré mon sac à main dans l'escalier, j'avais senti que de la pisse s'était incrustée dans le cuir à l'endroit où il avait touché le sol, et je n'étais pas parvenue à m'en débarrasser, même en frottant fort.

Quand je t'avais raconté cette histoire, tu étais resté très calme.

— S'il s'approche encore de toi, je le tue.

Comme je t'aimais pour ça. Quand tu te mettais en colère. Je m'étais jetée à ton cou ; nous étions au *Travelodge* où nous avions l'habitude de nous voir. Une chambre quelconque, voire désagréable, que seule ta présence rendait parfaite.

— Comment le tuerais-tu ?

— C'est facile, pour un médecin.

Tu m'avais poussée sur le dos, puis tu t'étais hissé sur tes coudes, puis introduit en moi. J'avais lâché un gémissement. Je voulais que tu me fasses tout oublier en me baisant : Damian, la ruelle, et même Nick.

— Nous, les médecins, avons le pouvoir de vie ou de mort. Nous pouvons faire en sorte que ça ressemble à un accident, à une crise cardiaque ou à un AVC… peu importe.

Quelques jours plus tard, j'étais montée aux toilettes avec mon téléphone, j'avais pris l'habitude de toujours le garder avec moi, c'était plus prudent. Je l'avais posé par terre pendant que j'urinais, et j'avais lancé un coup d'œil machinal à mon fil Facebook.

Sur ce réseau, il fallait bien sûr que je reste amie avec Damian. Si je l'avais bloqué, il aurait pu riposter.

Je connaissais toutes ses photos de wakeboard, de festivals et de beuveries. Il avait mis à jour son statut : « Pare-brise cassé. Peinture abîmée. Putain ! Et dire que je suis censé habiter une "zone de faible criminalité"… »

Les mains tremblantes, j'avais quitté FB et effacé mon historique. Quelle énorme coïncidence, après notre conversation au *Travelodge*. C'était toi ? Tu t'en étais pris à sa voiture avec une brique ou je ne sais quoi ? Comment aurais-tu pu savoir où il vivait ? J'osais à peine y croire. J'avais consulté notre messagerie secrète. Tu ne m'envoyais jamais d'e-mail le soir, c'était trop risqué. Je t'avais écrit un message : « La voiture de Damian. Ce n'est pas toi ? »

Je ne m'attendais pas à recevoir de réponse, mais, soudain, une icône s'était mise à clignoter, me faisant sursauter. « Je ne vois pas ce que tu veux dire ;). Bonne nuit, ma chérie. »

— Suzi ?

La voix de Nick. Juste derrière la porte.

— Qu'est-ce que tu fais ?

Le robinet coulait toujours.

— Je me nettoie…

— Tu gaspilles de l'eau, tu sais ? (Un silence.) J'éteins dans cinq minutes.

J'avais fermé les yeux.

— D'accord. Je me dépêche. Promis.

Je savais déjà que ce ne serait pas le cas.

Quand mon taxi s'immobilisa dans notre allée, la voiture de Nick était déjà là. Je rentrai avec mes courses.

— Pardon. Je suis désolée. Les trains… Je suis partie il y a des heures. (Je sentis les larmes me monter aux yeux.) J'ai juste… le trajet du retour était horrible, d'accord ? Alors, je t'en prie, ne t'en prends pas à moi.

À ma grande surprise, il me répondit avec douceur.

— Ce n'était pas mon intention. Ça va ? Assieds-toi. (Il saisit mon sac, se contentant de hausser un sourcil pour s'étonner du fait que j'avais prévu de lui servir un dîner tout prêt.) C'est pour cette raison précise que je ne voulais pas que tu y ailles. Il y a tellement de retards en ce moment, ce n'est pas bon pour le bébé.

— Ni pour moi, marmonnai-je.

— Non. Ni pour toi. Je te l'avais dit.

Il s'affaira à ranger les différents articles et à allumer le four. D'une certaine manière, sa gentillesse aggrava la situation, et, ajoutée à mon épuisement, au fait d'avoir vu Claudia et Damian et d'avoir remué tous ces souvenirs, cela m'anéantit.

— Tu m'as envoyé un SMS ? me demanda-t-il. J'ai perdu mon téléphone, ou alors on me l'a peut-être volé. C'est vraiment ennuyeux. Je vais en acheter un nouveau demain, mais, en attendant… Qu'est-ce qu'il y a ?

— Oh, Nick… (Une main sur la bouche, je laissai échapper un sanglot.) Je… je ne peux pas continuer comme ça. Tout va mal, on ne se parle jamais, tu es toujours furieux contre moi… Je suis désolée ! Je fais des efforts ! J'essaie sincèrement !

Le reste se perdit dans un gargouillement de larmes.

Nick s'accroupit devant moi.

— Eh, eh, ça va aller.

— Non, ça ne va pas ! Entre nous, ça ne va plus du tout… Enfin, tu ne trouves pas ?

Oh, mon Dieu, était-il possible qu'il ne se soit rendu compte de rien ? Qu'il ait cru que nous étions heureux ?

Il garda le silence un moment, se contentant de me dévisager d'un air préoccupé.

— Je sais que le déménagement a été difficile pour toi.

— Je me sens si seule, Nick. Si… Je n'ai ni travail, ni argent… Ça craint vraiment ! (Il s'apprêta à m'interrompre, sans doute pour me rappeler que j'avais de l'argent.) Je sais :

ce qui est à toi est à moi. Mais il faut que je te le demande, hein ? Je ne peux pas aller retirer de l'argent, et le problème de voiture…

M'apercevant que nous tournions une fois de plus en rond, je fondis en larmes. Cela ressemblait-il à ça la fin d'un couple ? Se retrouver coincé dans une sorte de routine de la souffrance ?

— Je pensais que tu serais heureuse ici, répondit-il en se levant. À Londres… j'avais l'impression de te perdre. Tu étais toujours en train de travailler, ou de sortir.

Entre nous, la vérité gisait juste sous la surface, un ruisseau perfide dissimulé sous une fine couche de glace. J'aurais pu lui avouer : « Nick, j'ai couché avec Damian. Je ne le voulais pas, mais… ça s'est produit. Pardonne-moi. Je t'en prie, je suis vraiment désolée. »

Mais alors, comment expliquer le reste ? « Oh, et puis j'ai eu une seconde liaison, mais, maintenant, le type est mort » ? Il pourrait faire le calcul. Il s'apercevrait que l'enfant n'était probablement pas le sien. Je ne pouvais pas. Je me passai une main sur le visage.

— Je suis désolée d'être sortie si souvent. Je comprends que ce n'était pas correct envers toi. Je… je veux être différente. Mais, je t'en prie, Nick. Tu ne me touches plus. Tu ne me regardes plus.

Il hocha lentement la tête.

— Tu sembles si loin.

— Ce n'est pas le cas, je suis juste là.

— Tu veux dire que tu es prête à essayer… Que tu souhaites que ça aille mieux entre nous ?

— Bien sûr !

— Tu sais, tout ce que je fais – quand je m'inquiète d'où tu vas, de ce que tu manges –, c'est uniquement parce que je vous aime. Toi et le bébé.

Je me levai également, parcourant les quelques pas qui me séparaient de lui. Avec une certaine hésitation, je le serrai dans mes bras, sentant sa robustesse, la chaleur qu'il dégageait sous son pull de laine. Peut-être ne l'avais-je pas touché non plus depuis des mois.

— Je le sais. Mais, je t'en prie, évite de me critiquer tout le temps. Je ferai davantage d'efforts, je te le promets.

— D'accord. (Il se détendit dans mes bras, puis me serra fort à son tour, me coupant presque le souffle.) Je t'aime, Suzi.

— Je t'aime aussi, me forçai-je à lui répondre.

Cela avait jadis été le cas. Peut-être cela pourrait-il de nouveau être vrai.

Plus tard, alors que nous faisions le ménage ensemble, pour une fois, lui lavant la vaisselle et moi essuyant les plans de travail, Nick me demanda :

— Comment c'était, au fait ? Ton déjeuner ?

— Ah… un peu précipité. Claudia n'avait pas beaucoup de temps. Elle est repartie aussitôt après avoir mangé.

— Hmm, d'accord. (Faisant couler le robinet, il poursuivit d'un ton innocent.) Tu as vu quelqu'un du boulot ?

Soudain, j'eus la nausée. Je sentis mes mains se mettre à trembler.

— Du boulot ? Non, pourquoi ?

Il avait pris une voix aussi neutre que possible.

— Comme ça. Je me suis dit que tu étais peut-être passée là-bas. Ce n'est pas loin du bureau de Claudia, si ?

Il ne pouvait pas savoir. C'était impossible.

— Ce n'est pas vraiment à côté.

Puis il déclara d'un ton désinvolte :

— Au fait, j'ai failli oublier : quand j'ai appelé la police pour mon téléphone – même si ça n'a pas vraiment servi à grand-chose–, ils m'ont dit que ça tombait bien parce qu'ils avaient prévu de venir nous voir.

Je sentis mon pouls battre dans mes oreilles.

—Quoi ? Tu sais pourquoi ?

Cela faisait des jours que je le redoutais : un coup de fil, une voiture remontant l'allée, et s'immobilisant devant notre porte. Que savaient-ils ? Qu'avaient-ils dit à Nick ? Jamais je n'avais envisagé qu'ils s'entretiendraient avec lui en mon absence.

—Je pense que c'est une simple enquête de routine. Un accident sur la bretelle d'accès. Tu en as entendu parler ?

Rangeant des assiettes dans le placard, je lui tournai le dos.

—Je ne crois pas. Récemment ?

—Il y a quelques mois. Un homme est mort.

*Oh, mon Dieu, mon Dieu, mon Dieu, mon Dieu…* Un sentiment d'effroi me glaça le sang.

—Ah, c'est triste. Que voulaient-ils savoir ?

—Ils souhaitaient simplement vérifier si nous n'avions rien entendu. Peut-être que tu pourrais les rappeler, ils m'ont laissé un numéro.

—Bien sûr. Mais je ne vois pas en quoi je pourrai leur être utile.

Quand Nick pivota vers moi, j'eus de nouveau envie de fondre en larmes. J'avais échoué à être une bonne amie, une bonne employée. Il ne restait de moi que cette maison et mon couple, et, même cela, je n'y arrivais pas.

—Tu as l'air fatiguée, constata-t-il d'un ton inquiet.

Je me frottai les yeux, des larmes prêtes à couler.

—C'est le cas. J'avais oublié à quel point il était horrible de faire la navette.

—Plus de voyages à Londres pendant un moment, alors, déclara-t-il.

Et je me retrouvai à être d'accord avec lui, il ne fallait plus que j'aille où que ce soit seule. Il n'était pas plus difficile que cela de verrouiller, de l'intérieur, sa propre cellule de prison.

Lorsque nous nous étions installés à la campagne, j'avais demandé à Nick ce que signifiaient les panneaux routiers indiquant des « places d'évitement ». Il me l'avait montré en faisant marche arrière et en se rangeant sur le côté pour laisser passer une voiture qui arrivait en sens contraire. Le conducteur nous avait adressé un signe de remerciement. J'avais trouvé cela gentil. Plus tard, je m'étais dit que c'était ce que nous avions perdu, Nick et moi : aucun de nous n'était disposé à reculer pour céder le passage à l'autre, et nous étions donc coincés là, à klaxonner et à faire des appels de phares, tout cela en vain.

# Elle

Une femme. Il y avait eu une femme avec lui, dans sa voiture. Cela signifiait-il qu'elle avait eu raison, pendant tout ce temps ? Chaque fois qu'il lui disait : « Chérie, tu redeviens bizarre ? Tu prends tes cachets ? Tu ne vas pas devenir, tu sais, comme ta mère ? » Chaque fois qu'il avait nié, qu'il lui avait fait croire qu'elle était folle… il y avait réellement eu une autre femme ?

Elle avait tenté de s'occuper, après l'enterrement. Elle avait nettoyé la maison de fond en comble, appelé la banque, le fournisseur d'électricité et le cimetière… toutes ces tâches administratives ahurissantes dont on est censé s'acquitter tout en étant terrassé par la douleur. Le rendez-vous avec l'avocat était prévu plus tard dans la journée. Cela lui donnait un objectif sur lequel se concentrer. Il lui confirmerait qu'ils avaient beaucoup d'argent. Que son mari n'était pas fauché, et qu'il n'avait pas emprunté d'argent à des types peu recommandables. Que tout ce qu'elle avait considéré comme acquis l'était encore. Mais, en même temps, elle sentait une petite pointe d'affolement dans sa poitrine qui l'empêchait de manger, de dormir et de rester assise plus de deux minutes d'affilée.

Une femme avec lui dans la voiture. Peut-être apprendrait-elle ce qui lui était arrivé. Peut-être même était-elle à l'origine de son décès, en saisissant le volant, ou en lui faisant une scène. Peut-être avait-il tenté d'en finir avec elle, et en était-elle arrivée à une telle extrémité plutôt que de le perdre. Ou peut-être lui avait-elle dit quelque chose qui l'avait bouleversé et avait provoqué une sortie de route. Cette femme, quelle que soit son identité, avait peut-être causé sa mort.

Elle l'avait laissé mourir là, au lieu d'aller chercher de l'aide. Elle savait que l'ambulance avait été appelée par un couple de personnes âgées passées devant le lieu de l'accident quelque temps après. Cette femme, cette femme sans visage, avait non seulement détourné Patrick du droit chemin, mais elle l'avait aussi poussé à l'adultère. Elle était sans doute responsable du fait qu'Elle soit désormais veuve.

Dans son salon, où il ne subsistait pas un grain de poussière, Elle s'appuyait contre la cheminée en marbre. Le regard rivé sur la photo de leur mariage, elle si jeune et svelte, les lèvres rouges, la chevelure noire. Lui si beau. Riant aux éclats. Avaient-ils été heureux à l'époque, ou ce bonheur n'était-il que le fruit de son imagination ? Avait-il jamais été heureux ? Était-il possible de tromper quelqu'un quand on l'aimait ? Comment avait-il pu lui faire une chose pareille ?

*« Comme si quelqu'un pouvait t'aimer… »*

Elle prit conscience d'une nouvelle sensation, qui s'écoulait dans son être comme du café dans une cafetière. De la colère. De la rage, qui lui parcourait les veines jusqu'à son cœur. La galvanisant, telle une décharge d'électricité dans de la chair morte. Alors qu'elle était perdue, prête, elle aussi, à rejoindre la tombe, incapable de voir une voie à suivre, elle avait désormais un but. Trouver cette femme et détruire sa vie aussi sûrement que la sienne avait été détruite.

On sonna à la porte. Par la vitre, elle devina la petite silhouette ronde de l'avocat, et elle l'entendit tousser dans l'atmosphère glaciale. Bien sûr, l'argent. Cela semblait presque insignifiant maintenant qu'elle avait ce nouveau plan. Elle l'écouterait, lui demanderait de faire tout ce qu'il fallait d'un point de vue administratif, puis elle passerait à l'action.

Elle lui ouvrit, lui souriant d'un air sincère pour la première fois depuis des semaines.

— Bonjour, entrez.

Il paraissait dévasté.

— Elle, ma chère, je crains d'avoir une mauvaise nouvelle à vous annoncer.

# Suzi

— Tout va bien se passer, me garantit Nora d'un ton imperturbable.

Rien dans ma situation ne semblait l'inquiéter : ni ma liaison, ni mon enfant qui n'était probablement pas celui de Nick, ni le fait que la police veuille m'interroger.

— Ce n'est pas un crime d'avoir une liaison, même si la police a découvert votre présence dans la voiture.

Nous étions dans mon salon, et, dehors, la neige tombait encore en silence, les sons étouffés par nos épaisses fenêtres et nos murs bien isolés. J'étais contente que Nora soit là. Si j'avais été seule, je n'étais pas certaine que j'aurais pu le supporter.

— Mais ils ne sauront pas que je suis descendue avant le drame. Ils pourraient croire, je ne sais pas, que j'ai quitté la scène de l'accident. Ou que je conduisais, même ! Enfin, ça a l'air bizarre, non ? Comment peut-on percuter un arbre sur une route dégagée, par une journée ensoleillée ?

— C'est étrange, en effet. (Avec ses jolies mains, Nora traçait des motifs sur la table basse en bois recyclé que Nick avait achetée.) À l'hôpital, ils n'ont aucune idée de ce qu'il s'est passé ?

— Ils n'ont rien dit. Un problème cérébral, j'imagine, ou une crise cardiaque, ou, je ne sais pas… un animal qui l'a surpris.

Elle me dévisagea avec son regard gris cerné de violet à cause de nombreuses nuits sans sommeil, des rides autour des yeux comme les contours d'une carte. Elle avait été très belle, c'était une évidence. Je me demandai ce qui l'avait tant fait vieillir. Était-ce le chagrin et le fait d'être tout le temps dehors, ou ce phénomène se produisait-il juste après la quarantaine ? Lui ressemblerais-je dans quelques années ?

— Vous êtes bien descendue avant qu'il arrive quoi que ce soit ?

— Oui ! Mon Dieu, bien sûr. J'aurais appelé les secours, sinon. Il avait l'air bien. Enfin, un peu confus et agité, je venais de lui annoncer que j'étais enceinte, mais il était heureux.

— Vous êtes sûre de ça ?

Blessée, je la regardai fixement.

— Désolée de vous avoir posé la question. C'est juste que… il aurait pu paniquer, faire quelque chose de stupide. C'est une information difficile à encaisser. Vous dites qu'il avait l'intention de quitter sa femme ?

— Il me l'a promis. Il cherchait une location, même. Il allait rentrer chez lui et le lui annoncer tout de suite. Et je devais le dire à Nick. Mon Dieu ! Heureusement que je ne l'ai pas fait.

— Si vous l'aviez fait, vous seriez peut-être déjà installée ailleurs, vous savez. Libérée.

Je fronçai les sourcils. Nora se comportait de façon très étrange, ce jour-là, me prodiguant des conseils curieux que je n'avais jamais entendus dans sa bouche auparavant.

— Mais où est-ce que je vivrais ? Je n'ai plus de travail. En plus, Nick est doué pour tout ce qui est juridique. Je parie qu'il aurait trouvé un moyen de récupérer l'enfant.

Nora poussa un soupir d'agacement.

— Nous sommes au XXI^e siècle, Suzi. On n'arrache plus les bébés à leurs mères. (Elle hésita.) Sauf quand elles sont en prison, bien sûr.

Je me levai, manquant de renverser mon thé. Nora rattrapa la tasse de justesse.

— Oh, mon Dieu ! Je ne vais pas aller en prison, hein ? Je n'ai rien fait ! Il m'a simplement déposée sur le bord de la route !

— La police l'ignore, naturellement.

— D'accord, alors qu'est-ce que je dois faire ? Je vous en prie, Nora. Vous êtes si clairvoyante, et moi si… j'ai l'impression que mon cerveau est une pelote de laine emmêlée. Que dois-je faire ?

— Vous voulez vraiment mon avis ?

Je me penchai, trouvant très bizarre que cette femme que je connaissais à peine soit désormais ma bouée de sauvetage, la seule personne à qui je pouvais me confier, et qui pouvait m'aider à me sortir de ce pétrin dans lequel je m'étais fourrée.

— Je vous en supplie, Nora. Dites-moi ce que je dois faire.

Je patientai toute la journée, mon affolement se réduisant progressivement à une douleur sourde. Je sursautais chaque fois qu'une voiture passait dans l'allée, chaque fois que le téléphone sonnait (encore la mère de Nick !). La police n'appelait pas. S'ils avaient été au courant pour moi, ils seraient sûrement venus bien avant, de toute façon. Tu étais mort depuis des mois. Après tout, je n'avais peut-être pas laissé la moindre trace dans ta vie. Comme si je n'avais jamais existé. Comme si rien ne s'était passé ; à l'exception de ce trait sur le test de grossesse.

Malgré la météo toujours aussi glaciale, je passais des heures à battre la campagne à la recherche de Poppet, en vain. Ma cheville me lançait à chaque pas, et mon ventre me pesait, mais je me forçais à poursuivre, comme pour expier ma faute. Pas seulement parce que j'avais perdu le chien. Pour tout. Il était effrayant de constater à quel point les environs étaient déserts. À part pour aller chez Nora, il fallait marcher près d'une heure pour gagner la maison la plus proche. Le paysage n'était composé que de champs et de forêts broussailleuses, et le sentiment de solitude s'intensifiait à chaque pas. J'avais beau le trouver agaçant, je ne m'étais pas aperçue combien ce chien était de bonne compagnie. À présent, il n'y avait plus rien. Pas le moindre souffle d'un être vivant excepté le mien.

Nora était convaincue que je devais quitter Nick. Ou plutôt, le pousser à me quitter. Lui demander de partir, de me laisser la maison. Me retrouver encore plus seule. Une folie. Après l'avoir dévisagée un long moment, je lui marmonnai quelques excuses. Ce qu'il fallait que je fasse, c'était chercher qui était au courant pour nous, qui aurait pu être l'auteur de cette inscription dans la neige. Si c'était ta femme, qu'est-ce qui l'empêchait d'aller voir la police ? Savait-elle, d'une manière ou d'une autre, que je m'étais trouvée avec toi dans la voiture ? Était-ce pour cette raison que la police souhaitait nous interroger, à présent ? Ma vie pouvait basculer à tout instant. Mieux valait éviter de faire des vagues en anéantissant mon couple. C'était une très mauvaise idée. Non, il fallait que je la retrouve. Ta femme.

Comment mettre la main sur une personne dont je ne savais rien ? À part quelques détails insignifiants. Tu avais reconnu, à contrecœur, et, à mon avis, uniquement parce que tu préférais éviter une scène, qu'elle était plus âgée que toi.

— Comme c'est moderne, avais-je déclaré d'un ton narquois débordant de jalousie.

— Hmm.

Tu n'avais aucune envie de parler d'elle.

Nous étions au *Travelodge*. Mon épaule à demi nue sous mon chemisier, révélant le soutien-gorge noir en dentelle que je portais pour toi. Par la suite, j'étais devenue obsédée par elle, comme n'importe quelle femme avec l'épouse de son amant. Y avait-il quelqu'un que je haïssais davantage, quand bien même c'était moi qui la dépossédais ? Bien qu'elle n'ait probablement pas la moindre idée de mon existence ? Je me souvenais de t'avoir demandé :

— De quelle couleur sont ses cheveux ? À ta femme ?

Tu avais d'abord refusé de me répondre. Puis, au bout d'un moment :

— Bruns. Noirs.

De plus en plus, durant les quelques mois où nous nous étions vus, je m'étais dit que ce serait bien qu'elle sache, pour nous deux. On aurait alors pu laisser tomber toute cette comédie, cesser de faire semblant. Je ne te le dirais pas, évidemment, si la situation avait été différente, mais voilà. Je pensais constamment à des choses honteuses. À t'envoyer accidentellement ou délibérément des SMS alors que je savais que tu étais chez toi. À lui écrire un e-mail, même. Mais comment aurais-je pu entrer en contact avec elle ? Tout ce que je connaissais, c'était son nom de famille, en partant du principe qu'elle avait adopté le tien, et qu'elle avait réellement les cheveux noirs. Tu refusais de me révéler son prénom.

Lorsque nous étions ensemble – trop peu souvent, vraiment ! –, il m'arrivait de t'interroger sur ta vie. De te poser des questions innocentes, comme : « Y a-t-il un escalier, chez toi ? » Tu gardais le silence, me lançant un regard comme si je te tendais un piège. C'était peut-être le cas. Tu étais très doué pour ne rien me dévoiler, mais, malgré cela, j'avais relevé quelques éléments. Je savais qu'il y avait dans ton jardin un arbre avec des feuilles rouges. Tu m'en avais même envoyé une photo un jour, le comparant avec romantisme à mes cheveux. Je savais aussi qu'il y avait des pavés dans ton allée, parce qu'un jour tu avais dû appeler quelqu'un pour les faire nettoyer. Ils étaient couverts de mousse, et ta femme craignait de glisser, ce qui m'avait poussée à l'imaginer frêle et fragile. L'article que j'avais trouvé en ligne à propos de ton décès précisait que tu vivais à Guildford (pas du tout là où tu m'avais dit, naturellement), sur Carnation Drive. J'étais persuadée que, si je m'y rendais, je pourrais facilement reconnaître ta maison.

Il commençait à faire trop froid pour rester dehors, et j'avais mal partout. Les chevilles enflées, le ventre gonflé, la sensation que l'air ne parvenait pas à remplir mes poumons. Ivy Cottage était plongé dans l'obscurité. Je me demandais où était Nora. Pourquoi ne m'avait-elle pas dit qu'elle s'absentait ? Curieusement, j'éprouvai une pointe de rancœur, comme un coup de poignard, d'avoir été laissée seule ici. Ridicule. En approchant de chez moi, je remarquai, à ma grande surprise, que les fenêtres étaient éclairées, les stores baissés. Était-ce moi qui avais fait cela avant de partir ? Nick était-il rentré ? Il était bien trop tôt, tout juste 15 heures, même si la lumière du jour faiblissait déjà, déclinante. Sur le boîtier de l'alarme, le voyant était rouge et non en mode veille. Nick n'était donc pas là. Perplexe, je tapai soigneusement le code – pas de sirène stridente à cause de la saisie des mauvais chiffres, aujourd'hui –, et j'entrai. À l'intérieur, il faisait bon, l'atmosphère était accueillante, toutes les lumières allumées, une musique douce résonnait. Avais-je réglé tout cela avant de sortir ? Je tentai de me remémorer le moindre de mes faits et gestes : j'avais enfilé mon manteau, cherché mon écharpe, activé l'alarme. J'avais du mal à me rappeler. Je m'empressai de l'éteindre, impatiente que la musique cesse.

— Suzi. Suzi.

Dans le silence de la cuisine, mon prénom retentit. Avec un son métallique, électronique. Impossible de déterminer si c'était une voix d'homme ou de femme, une machine ou un être humain. Oh, mon Dieu ! Ce que je détestais ce truc !

Naturellement, il n'était pas si simple d'aller à Guildford. Je n'avais pas de voiture et je devais justifier chacun de mes déplacements. Une fois de plus, je me servis du bébé comme prétexte. Je désirais aller voir des lits d'enfant, des transats, ce genre d'objets. Je prétendis me rendre à Londres, car il aurait trouvé curieux que j'aille si loin.

Nick essuyait un plat avec un torchon. Il avait commencé à mettre une éternité à me répondre quand je lui parlais des endroits où je souhaitais me rendre. (Je ne lui demandais pas la permission. Pourtant, c'était bel et bien le cas.)

— Londres ? Encore ?

— Juste pour m'organiser. Nous aurons besoin d'affaires pour le bébé ! De beaucoup d'affaires.

— Mais j'aimerais t'accompagner, pour ça. Pour qu'on puisse les choisir ensemble.

J'avais anticipé ce genre de réaction.

— Je le sais, mais je veux juste prendre un peu d'avance. Ne me refuse pas cette occasion de m'extasier ! Et, tu me connais, je mets des plombes à me décider. *(Quelle gourde, cette Suzi ! Quelle écervelée !)* Tu te souviens de tous ces week-ends au Spitalfields Market ?

Se remémorant notre passé, nos dimanches à Londres à acheter des vieilleries pour notre petit appartement, à payer 15 livres pour un toast à l'avocat et un café, il esquissa un sourire.

— Ouais. Bon, d'accord. Mais ne te fatigue pas trop.

En récupérant l'assiette qu'il avait essuyée, j'eus presque envie de serrer le poing en signe de triomphe. Cette fois, c'était moi qui l'avais piégé.

Le lendemain matin, il me laissa un peu plus d'argent. Je me vêtis avec plus de soin que d'ordinaire ; ce n'était pas difficile. Je me brossai les cheveux, je choisis un nouveau pull ample et un jean de grossesse. Je me maquillai même un peu les yeux. Je ne savais pas trop pourquoi, mais je sentais mon cœur battre à tout rompre. Je me forçai à me rappeler que tu ne serais pas là, plus jamais. Tu étais parti.

À Guildford, la foule était impressionnante. Les acheteurs de Noël venaient déjà en nombre, transformant les restes de neige en gadoue grisâtre à force de la piétiner. La veille, dans le cadre de notre réconciliation, Nick avait évoqué les vacances pour la première fois et, comme je l'avais prévu, il avait suggéré d'inviter sa mère (la mienne partait en croisière, heureusement). J'imaginais déjà une nouvelle semaine avec Joan, qui se levait à 5 heures du matin pour écouter Radio 4, relavait toute ma vaisselle, essuyait constamment les plans de travail. Qui passait son temps à chercher des propriétés du National Trust où on l'emmènerait, qui ne pouvait pas regarder les émissions qui me plaisaient parce qu'elle ne supportait ni la violence, ni le sexe, ni la vulgarité. Il allait falloir que je réfléchisse au cadeau de Nick, bien que je n'aie aucune idée de ce qu'il pourrait vouloir. C'était épuisant. J'avais envisagé de prendre un taxi ou un Uber pour aller chez toi, mais j'éprouvais une vague paranoïa à la pensée que Nick puisse vérifier, regarder en ligne, et voir que je m'étais rendue à un endroit où je n'avais aucune bonne raison d'être. Ce n'était pas si invraisemblable. En ville, j'achetai quelques articles sans réfléchir – des bodies, une écharpe pour Nick –, au cas où je serais trop bouleversée après coup pour faire des emplettes. Il faudrait que je dissimule les tickets de caisse avec les adresses des magasins. La vendeuse de la boutique de puériculture sourit en apercevant mon ventre.

— C'est pour quand ?

— Ah !

D'une manière ou d'une autre, je n'avais pas fait le lien entre les bodies et mon bébé, inconsciente du fait que je vêtirais ses petits membres frétillants de ce coton doux brossé. C'était encore abstrait, ma vie étant toujours aussi floue.

— Février.

Mon Dieu, c'était vraiment pour bientôt ! Pourquoi avais-je laissé cela durer si longtemps ?

— Charmant. Un bébé de printemps.

Le printemps me paraissait impossible à imaginer. Serais-je encore là, à ce moment-là ? Continuerais-je à vivre de la même façon ? Je lui adressai un sourire qui ressemblait davantage à un rictus, et je quittai le magasin. Je m'éloignai du centre-ville en direction de Carnation Drive, mes sacs cognant contre ma jambe. Il s'agissait d'une ville de banlieue insipide typique. Les façades en faux style Tudor, les deux voitures dans les allées, la neige soigneusement déblayée… Je commençais à me sentir lasse, et ressentais l'envie d'uriner. *Pas maintenant !* Je me demandai pourquoi je faisais une chose pareille. Que diable avais-je à gagner à aller voir chez toi ? Je l'ignorais. Je sentais simplement qu'il le fallait. J'étais incapable d'accepter que tu sois mort et sorti de ma vie, alors que je portais vraisemblablement ton enfant, qui appuyait sur ma vessie.

Ne connaissant pas l'adresse exacte, je cherchai une maison avec un arbre à feuilles rouges et une allée pavée. Je la découvris vers le milieu de la rue, quelques rares feuilles étant encore accrochées aux branches. C'était chez toi ? Cela me semblait si ordinaire, si coquet, avec cette haie taillée, cette peinture fraîche. Toi, si passionné et si vivant, habiter dans un endroit pareil ? La porte était noire, la boîte aux lettres et la poignée chromées. Un panneau annonçait : « À vendre », à l'extérieur. Pas de voiture.

Pour une raison ou pour une autre, cette éventualité ne m'avait pas traversé l'esprit. Ta femme – ta veuve – avait manifestement décidé de déménager. Trop douloureux. Ou peut-être était-elle à court d'argent, puisque tu avais mentionné à plusieurs reprises qu'elle ne travaillait pas.

La porte d'entrée s'ouvrit ! Je crus que j'allais défaillir. Et si c'était elle, et si elle devinait qui j'étais ? Je portai la main à ma poitrine. Mais c'était une agente immobilière, naturellement. Une femme en tailleur-pantalon, les cheveux blonds décolorés brillants. Je remarquai alors la présence de sa petite voiture marquée du logo de son agence, stationnée dans la rue. Elle raccompagnait un jeune couple vers la sortie. L'homme avait un porte-bébé sur le ventre. Alors que je me tenais là, immobile, ils passèrent devant moi en me lançant un regard intrigué avant de déverrouiller un monospace garé non loin.

— Dommage, ça avait l'air plus lumineux sur les photos, déclara la femme à son mari. Et le quatre-pièces que je t'ai envoyé ce matin ?

Ils n'allaient donc pas l'acheter. L'agente immobilière cherchait la bonne clé dans son gros trousseau. C'était l'occasion ou jamais. Je me dirigeai vers elle avant même d'avoir pu réfléchir à ce que je faisais.

— Bonjour ! la saluai-je d'un ton aussi enjoué que possible. J'imagine que je ne peux visiter, n'est-ce pas ? Je passais justement par là, et je cherche un logement dans ce quartier.

Elle fronça les sourcils.

— Normalement, on demande aux gens de prendre rendez-vous à l'agence.

— Oh, je me doute, mais puisque je suis là et vous aussi… Rien qu'un petit tour rapide. (Je me passai la main sur le ventre.) Il nous est devenu un peu plus urgent de déménager, si vous voyez ce que je veux dire.

Le fait d'être enceinte donnait droit à toutes sortes de traitements de faveur. Jetant un rapide coup d'œil à sa montre, elle hocha la tête à contrecœur, puis elle saisit la clé et me fit entrer. C'est à ce moment-là, seulement, que je songeai à me demander si ta femme n'était pas encore là.

# Elle

L'argent avait disparu.

Elle eut du mal à l'accepter, au début. L'avocat prononçait des phrases, elle voyait remuer sa grande bouche en forme de grenouille, mais rien n'avait de sens. « … pas comme prévu… des retraits importants… »

Elle l'interrompit. C'était impoli, et elle imaginait sa mère la sermonner, mais elle ne le comprenait tout simplement pas.

— Je suis désolée, je ne… Que voulez-vous dire ?

Il leva vers elle son regard doux.

— Je suis vraiment navré, Elle. Il n'y a plus d'argent. Je vais continuer à chercher des comptes cachés et des placements, mais… pour l'instant, il n'y a rien.

Elle garda le silence un long moment.

— Mais… tous les comptes d'épargne. Les trusts…

Il travaillait depuis des années sur les affaires de leur famille, il savait tout cela. Il était au courant des sommes énormes que son père lui avait laissées, à elle, le seul enfant survivant, l'assurance-vie de ses parents, l'assurance sur la maison, aussi. À cause des rumeurs, la société avait hésité à la payer, mais elle avait fini par s'y résoudre.

— Ils ne peuvent pas tous être vides.

— Elle… Comme vous le savez, nous assurons la gestion de vos fonds. Mais ils sont à vous, pour en faire ce que vous voulez. Tant que tous les contrôles de sécurité sont en règle, nous n'intervenons pas dans vos retraits.

Il ne voulait certainement pas dire tout l'argent. Il avait dû mal s'exprimer. Qu'en était-il de ses revenus, les milliers de livres de cachets obtenus grâce à ses concerts… de telles sommes qu'elle ne consultait plus ses comptes, sachant qu'elle pouvait se payer tout ce qu'elle souhaitait ?

— Oui, mais…

— Il y a eu de nombreux retraits importants, au cours de ces dix dernières années. Toujours sous la limite à laquelle il nous fallait vous appeler pour obtenir votre accord. Limite fixée, comme vous vous en souvenez sans doute, à 20 000 livres. Il y avait beaucoup d'argent sur les comptes… mais il a vite été épuisé par de grosses dépenses.

— Mais… ce n'est pas moi qui l'ai pris. (Elle avait encore un espoir.) Il y a eu une erreur ? De la fraude, peut-être ? (L'État n'apportait-il pas sa garantie contre ce genre de méfait ?) Une usurpation d'identité ?

Il avait l'air dépité.

— Elle, ma chère… votre mari disposait également d'un accès complet à l'ensemble des comptes.

Alors elle finit par comprendre.

— À quoi a servi l'argent ? demanda-t-elle prudemment.

Il étala des documents devant elle, visiblement reconnaissant de pouvoir profiter du soutien d'éléments concrets. Elle jeta un coup d'œil aux petits chiffres qui rampaient comme des fourmis. Les vacances. La Jaguar, remplacée tous les deux ans. Des coupes de cheveux, des vêtements, des massages. Des repas à l'extérieur dont elle ignorait tout, des bars, et même des séjours à l'hôtel. Il avait dépensé de l'argent pour elle, peut-être. La femme de la voiture. L'argent d'Elle.

— Mais… Je ne comprends pas. Il était médecin, il gagnait bien sa vie.

C'était la dernière bouée de sauvetage à laquelle elle pouvait se raccrocher. Même s'il dépensait clairement plus qu'elle l'avait cru, beaucoup plus, il devait aussi pouvoir compter sur ses propres revenus. Bien qu'il ne gagne pas autant qu'escompté, elle avait vu ses fiches de salaire. Peut-être était-il payé en plusieurs fois, ou s'agissait-il d'une rémunération hebdomadaire plutôt que mensuelle ?

L'avocat hésita.

— J'ai contacté son employeur pour me renseigner sur le montant final de ses cotisations retraite et ainsi de suite. Elle… Il travaillait à l'Hôpital général du Surrey, certes, mais il n'était pas médecin. Je crains, ma chère, qu'il vous ait plus ou moins… induite en erreur.

# Suzi

— C'est inoccupé, alors ?

Bien sûr, sinon l'agente aurait frappé. La maison était vide, des câbles de télévision et d'Internet traînant par terre. Ma voix avait résonné.

— Les anciens propriétaires ont déjà quitté les lieux, oui. Il ne reste plus qu'à y emménager, et aucune clause suspensive, évidemment.

— Génial, génial.

Faisant mine de me préoccuper de la chaudière et du garage, je fis le tour de ta maison. J'étais chez toi. Bien sûr, tu n'étais plus là, mais tu l'avais été. Tu t'étais peut-être tenu près des portes-fenêtres, au téléphone, contemplant le jardin. Celui-ci était extrêmement bien soigné, les arbres et l'herbe taillés à angle droit. Ta femme était donc partie assez récemment. Je pénétrai dans la cuisine, plutôt vaste, avec un îlot en marbre. Le même carrelage que Nick et moi avions vu chez Baked Earth. J'ouvris un placard, dans lequel je repérai un grain de riz égaré, dans un coin. Si j'avais pu le prendre sans passer pour une folle, je l'aurais fait. À l'étage, trois chambres avec de la moquette crème, baignées de lumière.

— Ils avaient des enfants, les anciens propriétaires ? demandai-je innocemment. Je vous pose la question à cause de l'escalier.

Tu m'avais peut-être menti aussi à ce sujet. Tu avais peut-être plusieurs enfants, des demi-frères et sœurs de mon bébé. J'aurais cru n'importe quoi, à ce stade.

— Non, ils n'en avaient pas. C'était juste un couple seul.

Elle s'abstint de mentionner l'accident, et ta mort. Elle pensait peut-être que ce détail me rebuterait.

J'insistai un peu.

— Ils vendent pour une raison particulière ? Vous savez, je demande simplement pour savoir s'il y a des problèmes de voisinage, ou autre.

— Pour autant que je sache, ils souhaitaient quelque chose de plus petit. C'est une grande maison, quand il n'y a pas d'enfants. (Elle m'avait menti avec le sourire, remuant ses lèvres sans bouger les yeux.) C'est votre premier ? s'enquit-elle en désignant mon ventre du menton.

— Le troisième ! répondis-je, en m'inventant une famille nombreuse. C'est pour ça qu'il nous faut changer de logement. C'est charmant, ici.

— Oui, une demeure merveilleuse. Les propriétaires étaient des gens très soigneux. Comme vous pouvez le constater, ils ont tout entretenu magnifiquement.

— Les moquettes sont couleur crème, par contre. Mes enfants risquent de les saccager en deux secondes !

Mon nouveau personnage, une mère enjouée de presque trois enfants, me plaisait énormément. Probablement qu'elle cuisinait, et qu'elle levait les yeux au ciel en riant quand sa progéniture dessinait sur les murs.

Je pénétrai dans ce que je devinais être ta chambre. Je fis coulisser les portes des placards vides. J'ignorais à quoi je m'étais attendue… à des costumes, des chaussures ou je ne sais quoi.

— Charmant.

Pendant qu'elle déblatérait son argumentaire sur les rangements et la pression de l'eau chaude, je pris une profonde inspiration. Tu avais été là. Les murs étaient encore imprégnés de ton parfum. Dans la salle de bains, elle me tourna le dos pour consulter son téléphone, et c'est là que je fis une découverte. Quelque chose avait été oublié dans l'armoire à pharmacie. Celle-ci se trouvait dans un angle, de sorte que l'espace intérieur était dissimulé, à moins qu'on y mette la main. Ta femme avait probablement fait venir des nettoyeurs, mais ils ne s'étaient pas montrés très minutieux.

Je fis semblant de vérifier l'éclairage ; l'agente ne me regardait pas. En un clin d'œil, j'enfonçai mes doigts dans le meuble et attrapai l'objet, que je glissai aussitôt dans mon sac. Elle pivota vers moi. Je tirai entre nous la porte-miroir de l'armoire, masquant mon visage.

— Eh bien, voilà qui donne sérieusement matière à réfléchir. Je reviendrai sans doute avec mon mari.

Je me demandai comment il s'appelait. Gary, peut-être.

— Permettez-moi de prendre vos coordonnées pour que nous puissions rester en contact. Je n'ai pas saisi votre nom.

— Ah, c'est Lydia, répondis-je, en songeant à une fille avec qui j'étais à l'école, une aventurière intrépide qui s'était un jour introduite dans la salle des professeurs pour y dérober une boîte de biscuits. Lydia Hutton.

Elle me demanda mon adresse e-mail, mais je lui répondis que je n'en avais pas vraiment.

— Je suis un peu réfractaire à la technologie, ha, ha !

Et je lui refilai un faux numéro de portable. Son propriétaire recevrait tous ces spams que les agents immobiliers vous envoient. Avec des maisons qui coûtaient quatre fois votre budget, et qui n'avaient rien à voir avec vos critères de recherche.

— Je ne vais pas tarder à présenter une offre, le couple qui était là juste avant vous est très intéressé, m'assura-t-elle.

Je me demandai comment les agents immobiliers pouvaient mentir de manière aussi convaincante. Si on les formait ou si l'on recrutait des personnes déjà douées pour la tromperie. Mais j'étais en train d'apprendre que ce n'était pas si difficile que cela, en fin de compte, quand vous aviez beaucoup à perdre en disant la vérité.

En sortant, je sentis que j'avais chaud et que j'étais écarlate, comme si je venais de me tirer d'un mauvais pas. Dès que l'agente – j'avais déjà oublié son nom – fut partie, je fis une halte sur le trottoir et fouillai dans mon sac, à la recherche de l'objet que j'avais trouvé dans l'armoire à pharmacie. Je constatai qu'il s'agissait d'une boîte de comprimés vide au nom de Mme Eleanor Sullivan.

J'avais l'impression de devenir folle. Tu n'étais pas médecin, tu ne t'appelais même pas comme tu le prétendais, tu n'habitais pas où tu me l'avais dit. Ta femme se prénommait Eleanor. J'avais sa boîte de cachets dans mon sac.

En arrivant chez moi dans un énième taxi, après avoir dépensé presque tout l'argent que Nick m'avait laissé, je fus soulagée de voir la maison plongée dans l'obscurité. Ne me faisant plus confiance, j'avais pris soin avant de partir de vérifier que rien n'était allumé. Le cottage de Nora était également plongé dans le noir, et je ne vis pas sa silhouette familière à la fenêtre, ses yeux maquillés. Bien qu'il soit tard, peut-être était-elle encore dans son jardin. Je n'entendis aucune musique étrange, cette fois-ci, et je parvins à bien saisir le code de l'alarme. Mais il faisait une chaleur torride, au point que j'avais du mal à respirer. Je m'approchai du thermostat, mais il indiquait dix-neuf degrés. Dix-neuf !

J'aurais dû avoir froid. Sans doute était-ce la grossesse qui affectait mes hormones. J'ôtai mon manteau, mon pull et mon tee-shirt, ne gardant qu'un débardeur qui me comprimait la poitrine. Pénétrant dans le studio, j'allumai le gros ordinateur Mac. L'écran était si lumineux que je dus me protéger les yeux. Puis je cherchai sur Google le nom des médicaments que prenait ta femme. Je trouvai rapidement de quoi il s'agissait. Un traitement à fort dosage pour certaines formes de psychose. En lisant cela, je me mis à frissonner malgré la chaleur. Oh, mon Dieu ! Oh, mon Dieu…

Il fallait que je parle à quelqu'un, que je lui raconte ce que j'avais découvert, ce que je redoutais. Sans vraiment y réfléchir, j'attrapai mon pull et je me dirigeai vers la porte d'entrée. Sans tenir compte, pour une fois, des règles de Nick, je m'abstins d'enfiler mon manteau et d'enclencher l'alarme – c'était si proche –, mais, dès que je fus sortie, la clé dans ma poche, je sentis la morsure de l'air glacial. Je me précipitai sur la route étroite, regardant à gauche et à droite comme Nick m'avait toujours tannée de le faire. L'espace d'un instant, je dérapai sur une plaque de verglas, parvenant à me redresser de justesse. J'imaginai déjà la tête de Nick si je faisais une nouvelle chute.

Alors que je m'apprêtais à frapper à la porte de Nora, j'entendis un bruit pas très loin dans l'allée, près des ruines de Holly Cottage. Un grognement ou un hurlement, un animal sans doute. Consciente de me trouver dans l'obscurité la plus totale, je frappai à la porte. Aucune réponse. Un frisson me parcourut l'échine. Je me sentis de plus en plus gagnée par la folie. C'était dément. Il fallait que je parle à quelqu'un, et cela ne pouvait pas être Nick. Où était-elle ? Je ne l'avais jamais vue sortir, à part pour nos balades. Je me mis sérieusement à douter. Eleanor. Non, non, c'était impossible.

Je me souvins de notre discussion la veille de notre promenade. Nora glissant sa clé sous un pot de fleurs, me demandant pourquoi je mettais toujours l'alarme. « Les gens ne verrouillent pas leurs portes, ici. » C'était ce qu'avait dit Gavin, l'agent immobilier, lorsque nous avions visité la maison. Mais Nick n'avait pas adhéré à cette idée. Il avait préféré installer le système de verrouillage le plus cher que l'on puisse trouver. À l'époque, je ne m'étais pas demandé pourquoi. Pour empêcher les gens d'entrer, ou pour me garder à l'intérieur ? Tentant de me convaincre que c'était uniquement pour vérifier, je glissai la main sous le pot, grattant la terre avec mes doigts jusqu'à ce que je découvre la clé. Puis je l'insérai dans la serrure et m'introduisis chez Nora. Une fois à l'intérieur, dans le silence, je n'entendis plus que ma propre respiration haletante et les battements de mon cœur.

— Nora ?

Aucune réponse, et toutes les lampes étaient éteintes. J'aurais dû partir aussitôt, j'en avais conscience. Mais mon instinct me poussait à rester. Peut-être parce que je connaissais très peu cette nouvelle amie, alors que ma vie n'avait plus aucun secret pour elle. Elle ne m'avait jamais montré de photo de son mari, ni révélé quoi que ce soit sur sa famille, sur l'endroit où elle avait grandi. Et si elle rentrait chez elle alors que je m'y trouvais ? J'aurais inventé un prétexte : je pensais avoir vu de la lumière à l'intérieur, et j'avais craint la présence de cambrioleurs. Dans l'obscurité, je me rendis compte de l'odeur de moisi qui régnait dans ce cottage. Pas comme dans le nôtre, qui avait été entièrement rénové, et dont il ne subsistait que les murs d'origine. Peut-être y avait-il quelque chose d'indécent dans le fait d'acheter ce qui avait jadis été un logement d'ouvrier humide, plein de tuberculose et de moisissure, et de le transformer en un palais rutilant pour classe moyenne. Qu'avions-nous fait ? Pourquoi étions-nous venus ici ?

Je m'introduisis dans le salon de Nora. Tout indiquait qu'elle était veuve, comme si elle avait quarante ans de plus. Des lunettes de lecture sur un livre. Une tasse unique rincée et posée proprement sur l'égouttoir. Et l'odeur d'humidité. De désespoir. Je fis le tour de la pièce sans trop savoir ce que je cherchais. Retenant mon souffle, je gravis l'escalier paré d'un vieux tapis usé, et tournai la poignée de la porte de sa chambre, pensant trop tard à mes empreintes digitales. Ridicule. Elle ne saurait jamais que j'étais venue chez elle, et, même si elle le découvrait, je pourrais facilement lui expliquer la raison de ma présence. À l'intérieur, je vis un petit lit de nonne à la courtepointe blanche unie parfaitement tendue. Sur la coiffeuse, quelques articles de toilette et une brosse pleine de cheveux gris. Cela me fit frémir. Nora n'était pas tellement plus âgée que moi, et je me considérais encore comme quelqu'un de jeune.

Dans le tiroir de la table de chevet, je découvris un autre livre, de la crème pour les mains ; j'en reconnus la marque, un produit coûteux que Claudia m'avait offert pour mon anniversaire et que j'avais aussitôt perdu dans le métro en rentrant ivre chez moi. Il y avait aussi une photo, dans un cadre argenté imposant, à l'ancienne. Je le saisis, le tendant vers la fenêtre pour profiter d'un peu plus de lumière. À la campagne, nous n'avions guère de pollution lumineuse. Avant d'habiter ici, j'ignorais ce qu'était la véritable obscurité. Au clair de lune, je vis ce que représentait la photo. Une Nora plus jeune, avec de longs cheveux noirs brillants, les épaules dévoilées par une robe de dentelle ivoire. Une photo prise le jour du mariage. Son visage rayonnant d'amour et de joie. Et l'homme derrière elle, en costume foncé et chemise immaculée, ses mains sur ses bras nus… eh bien, c'était toi.

Entendant un bruit dehors, je reculai en titubant, me cognant le poignet contre le montant de la porte. Quelqu'un arrivait.

# Nora

Au cours de ces derniers jours de filature, j'en avais beaucoup appris sur Nick Thomas. En rentrant chez moi, je me sentais revigorée. J'appréciais tant mon nouveau passe-temps que je m'étais même offert un petit cadeau. J'éprouvais un plaisir surprenant à l'observer de si près sans me faire prendre, à le suivre quotidiennement jusqu'au même café, et jusqu'à une salle de sport bruyante dont les enceintes déversaient de la techno, dans la rue principale, après son travail. Et même pendant qu'il se promenait, café à la main, dans le parc voisin avec la femme au trench-coat. Il avait déjà un nouveau téléphone ; je l'avais vu le consulter en attendant un *latte* au curcuma, ou je ne sais quoi. Grâce à celui que je lui avais subtilisé, j'avais appris qu'il espionnait Suzi, qu'il surveillait le moindre de ses faits et gestes avec des caméras et l'application « Trouver mes amis ». Qu'il avait installé sur son téléphone et son ordinateur portable une sorte de logiciel espion qui enregistrait chacune de ses saisies. Ayant vu sur Internet qu'il était facile à se procurer, et bon marché, je m'étais même demandé si les choses auraient été différentes si je l'avais su plus tôt, et si je l'avais utilisé pour traquer mon mari. J'avais appris que Nick était également en mesure de modifier la température de la maison, la musique diffusée et le code de la porte. Quand l'envie lui en prenait, il pouvait la laisser dehors, à se geler sur l'allée déserte, et il était averti chaque fois que l'alarme était activée et désactivée. Il savait donc exactement quand elle entrait et sortait de la maison. En regagnant mon domicile, tout en évitant les plaques de neige fondue sur les routes, j'avais réfléchi à la question, la considérant comme un défi agréable à relever. Comment allais-je pouvoir m'appuyer sur ces nouvelles connaissances pour obtenir ce que je désirais par-dessus tout ? J'ignorais ce que Suzi manigançait, mais il me fallait la prévenir que Nick finirait par le découvrir. Comment lui expliquer que je le savais ?

Tandis que je me garais devant chez moi, ce soir-là, Ivy Cottage, plongé dans les ténèbres, me semblait peu engageant. Willow Cottage n'étant pas éclairé non plus, je me demandai si elle était sortie, et, si tel était le cas, où elle était allée. Préparer un mauvais coup, très probablement. En me penchant vers le pot de fleurs où j'avais dissimulé ma clé, je me sentis assaillie par un profond sentiment de dépression : malgré moi, j'avais été heureuse de me retrouver en ville, au milieu des gens, des lumières et de la musique. Sans doute était-ce une erreur d'être venue vivre ici, dans le silence et l'humidité qui m'accueillaient chaque fois dans ce triste cottage. La clé n'était pas là. Mes doigts grattaient la terre en vain. À mon grand désarroi, je constatai qu'elle était déjà dans la serrure, et que la porte était déverrouillée. Était-ce moi qui l'avais oubliée en partant, distraite par mon nouveau projet ? À l'intérieur, il faisait noir et froid. Nul être cher ne m'attendait, aucune lampe n'était allumée, et aucun plat ne chauffait dans le four.

Mais il était faux de prétendre qu'il n'y avait personne. Alors que je posais le doigt sur l'interrupteur, une main se referma sur mon poignet. Et une voix prononça mon prénom.

— Elle…

# Troisième partie

# Alison

*Février – deux mois plus tard*

Même si Alison estimait que la femme ridée qui leur avait ouvert la porte de Ivy Cottage n'avait qu'une quarantaine d'années, elle avait l'air profondément lasse. Cela l'incita à se servir de la crème de nuit que sa mère lui avait offerte à Noël. Un cadeau sans la moindre équivoque.

Lorsque Alison demanda à entrer, la femme – une certaine Nora Halscombe – recula d'un pas.

— Bien sûr. J'ai vu les fourgonnettes aller et venir sur la route. Il s'est passé quelque chose ?

À l'intérieur, il faisait humide et pas très chaud ; Alison sentit un courant d'air provenant de la vitre de la fenêtre mal ajustée.

— Je crains qu'un corps ait été découvert dans la neige, un peu plus haut sur la route.

— Oh, c'est affreux ! Je vous sers un thé ?

— Ah, non…

— Avec un peu de lait et deux sucres, je vous remercie.

Alison lança un regard furieux à Tom pour l'avoir interrompue. Il haussa les épaules. Il devait être en manque de sa dose de caféine : d'ordinaire, il avalait au moins quatre cafés et deux barres chocolatées du distributeur du poste de police. Quant à Alison, elle refusa le thé. L'atmosphère de ce lieu lui donnait la chair de poule.

Nora se mit à babiller, déposant une bouteille de lait avec des morceaux qui flottaient dedans. Alison adressa un sourire moqueur à Tom.

— Madame Halscombe… c'est bien « madame » ?

— « Mademoiselle », répliqua-t-elle d'un ton étonnamment ferme.

— Navrée. Mademoiselle. Je dois vous demander si vous avez remarqué quelque chose de suspect. Un véhicule se comportant bizarrement, peut-être.

Ils partaient du principe que le corps avait pu être jeté d'une camionnette ou d'une voiture. À moins qu'il s'agisse d'un piéton heurté par un véhicule. Sinon, comment aurait-il pu se retrouver là, sur ce chemin de campagne peu fréquenté ?

— Non, rien de tel. Pauvre âme. C'était un homme ou une femme ?

Alison jeta un coup d'œil à Tom. Était-ce une question révélatrice ?

— Je ne peux rien dire pour l'instant. Mademoiselle Halscombe… puis-je vous parler de vos voisins ? Nicholas et Suzanne Thomas, c'est bien ça ?

— Lui, c'est « Thomas ». Elle s'appelle « Matthews ». Ils sont mariés, mais… vous savez comment sont les gens.

— Je vois. (Alison prenait des notes, tandis que Tom savourait son thé, visiblement peu dérangé par le lait à moitié tourné.) Savez-vous s'ils sont partis ? On dirait qu'il n'y a personne chez eux. Le courrier s'entasse devant la porte. En vacances, peut-être ?

Nora fronça les sourcils. Elle ne s'était pas servi de thé. Elle frottait ses mains gercées l'une contre l'autre d'un air inquiet.

— J'ai peur de ne pas pouvoir vous aider. Nous ne sommes pas très proches.

— Vraiment ? Vous n'êtes que tous les trois, ici !

— Il travaille beaucoup. Je vois parfois Suzi ; on se dit « bonjour ».

C'était agaçant. Ils savaient déjà que Nick Thomas n'était pas retourné travailler au Conseil du comté après les vacances de Noël, qu'il avait pris un long congé maladie les semaines qui avaient précédé, et que ses collègues le croyaient toujours atteint de fatigue postvirale après une grave grippe. Quant à sa femme, elle semblait ne jamais sortir de chez elle et ne voir personne. Ils tentaient de localiser sa mère, manifestement injoignable, actuellement en croisière autour du monde.

— Navrée de ne pas pouvoir vous renseigner davantage. J'espère que vous trouverez qui c'est, déclara Nora en les raccompagnant à la porte.

Sur le seuil, Alison sursauta en entendant soudain un bruit. Un vagissement de nourrisson. On aurait dit un bébé qui pleurait.

— Ah, désolée. (Esquissant un sourire, Nora prit un air plus doux.) Veuillez m'excuser, il faut que j'aille m'occuper d'elle.

Une fois dehors, Alison sentit le froid lui figer le sang, comme si l'on avait jeté sur elle un seau d'eau glacée.

— Elle ne me paraît pas du style à avoir un enfant en bas âge, fit remarquer Tom. Elle n'est pas trop vieille, genre ?

— On peut être mère à cinquante ans, de nos jours, gronda Alison. Allez. On retourne à la gare, on n'apprendra rien de plus ici.

# Eleanor

*Décembre*

Nous pensons toujours que les identités sont fixes, immuables. Je me souviens de cet homme dans *Les Sorcières de Salem* criant qu'il ne lui restait plus que son nom, allant jusqu'à mourir pour lui. Mais ce n'est pas le cas. Rien ne nous empêche de porter plusieurs noms tout au long de notre existence. Pour une femme, c'est facile : il suffit de se marier, d'intégrer son ancien moi, puis de s'attribuer un surnom, et, avant qu'on ait le temps de s'en rendre compte, on est devenu une personne totalement différente.

Je me suis fait appeler de diverses façons, au cours de ma vie. Ma mère m'avait baptisée Eleanor, un prénom à la fois austère et cool, comme la personne qu'elle souhaitait que j'incarne. Quand je me suis échappée, je suis devenue Elle, un prénom amusant et léger. Pour les concerts, j'étais Elena Vetriano, un nom inventé de toutes pièces, inspiré par celui d'une rue italienne, qui convenait parfaitement à la beauté brune que j'étais devenue, feignant de venir d'un lieu plus exotique que la campagne anglaise. Les artistes et les écrivains peuvent prendre des pseudonymes, alors que, pour les autres, on trouve cela louche. Mon mari aussi m'appelait « Elle ». « Elle-belle ». Ces derniers temps, je m'étais présentée comme « Nora Halscombe ». Le nom de famille de ma mère. Pas celui avec lequel j'étais née, mais une autre version de moi. J'étais encore en train de découvrir qui était Nora, ce dont elle était capable. Jusqu'où elle irait.

Lorsque j'avais découvert ce baume à lèvres dans les affaires récupérées dans la voiture de mon mari, avant d'apprendre – double choc – que non seulement il avait dépensé tout mon argent au fil des ans, mais qu'il n'était pas non plus médecin, et qu'il ne l'avait jamais été, j'avais éprouvé une sensation de chaud et de froid dans tout le corps. Je tremblais. Durant un long moment, j'avais eu du mal à déterminer quelle émotion je ressentais : de la rage ? de la stupeur ? de la jalousie ?

Je crois que c'était du soulagement. Enfin, je pouvais m'en prendre à quelqu'un. Même en comprenant que j'avais raison depuis le début, qu'il avait une maîtresse, j'étais incapable de lui en vouloir. Il n'était plus là, et sa disparition avait éclipsé tout ressentiment à son égard. Bien qu'il soit infidèle, j'aurais tout donné pour le récupérer. Mais, à présent, je saisissais mieux comment il avait pu faire une sortie de route par une journée sans nuages. Bien sûr : il n'était pas seul. La femme était avec lui, et, d'une manière ou d'une autre, elle était à l'origine de l'accident. J'avais étudié et étudié le tronçon de route sur lequel il avait rencontré la mort, l'examinant sur Google Maps des heures durant, et je n'avais rien trouvé sur des kilomètres. Ce n'était qu'une route de campagne sans trottoir. Des champs. Elle avait dû se trouver dans la voiture, quand c'était arrivé. Cela signifiait qu'elle avait probablement fui les lieux. Peut-être que si elle avait appelé une ambulance, on aurait pu le sauver. Peut-être qu'il serait encore en vie avec moi. Cette femme était une criminelle. Elle avait trahi son mari (j'étais convaincue qu'elle aussi était mariée, c'était bien plus commode ainsi) et avait fait de moi une veuve. J'étais déterminée à la retrouver, et à la faire souffrir autant que moi.

Mais comment retrouver un fantôme ? Je ne savais rien d'elle. Je n'avais ni nom, ni description, rien. Juste qu'elle utilisait un tube poisseux de baume à lèvres bon marché, du genre de ceux que l'on pouvait se procurer dans n'importe quelle pharmacie de quartier. Je ne voyais même pas à qui je pouvais poser la question. À part Conway, bien sûr, mais je n'avais aucune envie de le voir. Malgré toutes les soirées qu'il avait passées à boire avec eux, les « gars » de l'hôpital n'étaient même pas venus à l'enterrement de Patrick.

Puis j'avais compris : naturellement, c'était un mensonge de plus. Il était avec elle. Même quand je croyais tout savoir, il y avait encore des choses sur lesquelles je me trompais.

Ce que j'avais appris très tôt, après ce qui s'était passé durant mon adolescence, l'incendie, Uplands, ma fuite et ma réinvention personnelle, c'était que l'argent pouvait presque tout arranger. Je savais qu'il avait certainement utilisé son téléphone pour la contacter. Il n'en avait probablement pas acheté un autre ; il aimait lui envoyer des SMS quand j'étais là, dans la pièce voisine, servant le dîner. Je me souvenais de son sourire lorsque je le regardais, des risques qu'il prenait.

Cela avait marqué le début de mon éducation numérique. J'avais alors découvert tout un univers que mon mari m'avait dissimulé. J'avais appris qu'il existait des moyens d'accéder à un téléphone, même verrouillé, des méthodes de piratage, des astuces, des codes… Celui de

Patrick était lié à son compte Gmail, auquel l'ordinateur de la maison restait connecté en permanence. Même si je ne l'utilisais que pour passer des commandes en ligne, j'en connaissais le mot de passe. En soi, son compte Gmail était irréprochable : rien que des *newsletters*, des publicités et des reçus. Cela m'avait de nouveau frappée de constater combien il avait mené une existence impersonnelle. Grâce à ce compte, j'avais pu réinitialiser le code de déverrouillage de son téléphone. Cela doit se produire souvent, de nos jours, une grande partie de notre existence étant numérique, dissimulée derrière des mots de passe. Je ne connaissais pas non plus ni le code de la climatisation, ni ceux qui permettaient d'accéder aux paramètres de l'alarme et de la télévision connectée. Sans parler de ses dernières volontés, ce que nous devions écrire à nos proches en cas de disparition soudaine.

En moins d'une heure, j'avais découvert l'application secrète, cachée dans un dossier baptisé « Outils », avec la calculatrice, le podomètre et tout le reste. Elle s'appelait « AirAse », un nom à la fois ennuyeux et technique. Mais, comme je l'avais appris en effectuant une nouvelle recherche sur Google, il s'agissait d'une application qui permettait d'un simple clic de supprimer automatiquement toutes les données qu'on y affichait. Aucun moyen de savoir ce que mon mari avait regardé. Cramponnée au bord éraflé du bureau où trônait l'ordinateur, je m'étais sentie gagnée par le désespoir. Comment allais-je identifier cette femme ?

Puis j'avais eu une idée. Ce jour fatidique, elle s'était trouvée dans la voiture. Cela signifiait qu'il avait dû la récupérer quelque part, et il y avait de fortes chances qu'il l'ait appelée ou qu'il lui ait envoyé un SMS pour organiser le rendez-vous. S'il était au volant, peut-être n'avait-il pas eu la possibilité d'effacer l'historique de son téléphone avant l'accident. Les mains tremblantes, j'avais parcouru la liste des numéros. Et si elle répondait ? Et si je me retrouvais à lui parler, à cette femme ? Si je n'étais pas submergée par la rage, je simulerais un faux numéro. Il fallait au moins que j'essaie.

La première chose que j'avais remarquée était qu'il avait passé beaucoup d'appels, ce jour-là, ce qui était pour le moins inhabituel. Comme tout le monde ou presque, il utilisait surtout son téléphone pour envoyer des SMS et consulter Internet. L'un des numéros de portable n'était pas attribué ; « plus de correspondant au numéro demandé ». À un autre, j'avais entendu un énorme bruit de fond quand le destinataire avait décroché, comme s'il s'agissait d'un entrepôt ou d'un stand de marché, avant de me raccrocher au nez lorsque j'avais dit « bonjour ». Le dernier – appelé une heure seulement avant l'accident – aboutissait directement sur une messagerie vocale. « Bonjour, c'est Suzi Matthews. On ne capte pas dans notre nouvelle maison, alors veuillez laisser un message ! »

Suzi. Suzi Matthews. Une voix enjouée, rauque, avec une pointe d'accent des Midlands. C'était elle, j'en étais sûre. La femme qui t'avait laissé pour mort.

Elle m'avait donné un indice dans le message de son répondeur. « Notre nouvelle maison », avait-elle dit. Cela signifiait qu'elle avait récemment déménagé. Et « notre », elle avait dit « notre » : elle était donc probablement mariée, comme je l'avais imaginé. Là encore, avec un peu d'argent, il serait facile de rechercher Suzi sur le site web du cadastre. Dont acte. J'ignorais si elle s'appelait « Susie », « Suzy », « Susan » ou « Suzanne » (cette dernière possibilité était la bonne, comme j'avais fini par l'apprendre). J'avais également découvert le nom de son mari : Nicholas Thomas. Quand j'avais vu leur adresse, isolée, sans couverture réseau, susceptible d'être enneigée, j'avais compris que tout était écrit. Il y avait un cottage à louer, juste à côté. Il me suffisait de renoncer à la maison, celle où j'avais vécu avec lui, et comme j'avais besoin d'argent de toute façon, cela n'avait pas été un choix difficile.

Quelques semaines plus tard, après avoir verrouillé la porte, je m'étais rendue au cimetière. La pierre était encore propre et neuve, étincelante d'éclats de granit. C'était indécent, vraiment. « Mon époux bien-aimé ». Pas père. *Ce ne sera plus jamais le cas, désormais*, m'étais-je dit. J'y avais laissé un bouquet de fleurs bon marché, des chrysanthèmes teints dans un emballage plastique – je ne pouvais plus me payer le bon fleuriste, celui avec le papier kraft craquant, la ficelle et les gros boutons de rose couverts de rosée –, et puis j'étais repartie.

À ce moment-là, mon plan consistait à détruire Suzi. À la faire souffrir, peut-être d'un point de vue physique, incontestablement d'un point de vue psychique. À anéantir son existence de toutes les manières possibles. Non pas en révélant la vérité à son mari, ce serait trop facile, mais en la poussant à l'anéantir elle-même.

C'était sans compter deux éléments. D'abord, elle était enceinte. Elle se promenait effrontément avec son ventre rond sous un pull que j'avais reconnu comme étant celui de Patrick. C'était moi qui le lui avais offert. J'étais partie du principe que c'était l'enfant de Patrick, et elle m'avait elle-même laissé entendre que c'était probablement le cas. Cette idée m'avait donné le vertige. Il n'était plus là, mais il restait son bébé, tel un cadeau miraculeux. Une petite fille ou un petit garçon aux cheveux noirs et aux yeux bleus, comme je l'avais imaginé toutes ces années, dans la chambre aux tons pastel que j'avais préparée et qui l'attendait. Son enfant. Si j'anéantissais totalement Suzi, si je faisais voler sa vie en éclats, je risquais de perdre l'occasion de me trouver près de cet enfant quand il viendrait au monde. De le tenir dans mes bras. L'idée s'était peu à peu ancrée en moi : peut-être que Suzi n'en voudrait pas. L'enfant de son amant mort… c'était un accident. Pourquoi en voudrait-elle ? Tandis que j'avais appris à la connaître, cette hypothèse s'était renforcée, avait pris forme. Suzi n'était pas maternelle. Elle était désorganisée, chaotique, malheureuse. Leur maison, malgré son confort moderne, était un lieu atroce pour y élever un enfant. Alors j'avais continué à observer, et l'idée avait continué à s'épanouir.

Le second élément sur lequel je n'avais pas compté était que j'aurais pitié d'elle. Dans quel pétrin elle s'était mise, aux prises avec ce mari dominateur et passif-agressif, si usée qu'elle n'imaginait pas pouvoir le quitter. Ignorant même que Patrick était mort, elle estimait probablement qu'il l'avait *ghost*ée, comme le disaient les ados. Larguée, et enceinte. Je savais ce que cela faisait d'avoir toujours quelqu'un sur le dos vous assenant que vous étiez folle, pas douée, déficiente… Donc, une fois devenue sa nouvelle voisine utile, sa confidente, j'avais élaboré un nouveau plan. Enquêter sur Nick Thomas et mettre au jour les secrets tapis dans son passé. Encourager Suzi à le quitter avant que le bébé arrive. Puis attendre la naissance de l'enfant et le garder avec moi. À tout jamais.

Lorsque quelqu'un m'attrapa la main, chez moi, ce soir-là, je poussai un cri. Je me débattis.

—Sortez de chez moi ! Partez !

—Calme-toi, Elle, déclara une voix dans mon oreille. Ne fais pas d'histoires. Je souhaite simplement te parler.

Actionnant l'interrupteur, je vis dans la lumière crue de qui il s'agissait. James Conway. Je reconnus son odeur d'alcool éventé.

— Qu'est-ce que tu fais là ?

# Suzi

Avec tout ce qui s'était passé jusqu'à présent, cela n'aurait pas dû me surprendre de me retrouver une fois de plus dans la confusion la plus totale. Pourtant, j'avais du mal à croire ce que je venais de voir de mes propres yeux : Nora, ma nouvelle amie, la confidente avec qui j'avais tout partagé, était ta femme. Ta veuve. Eleanor. Nora. La même personne. *Non*, refusa mon cerveau. *C'est impossible. Il doit s'agir d'une erreur.* Pourquoi était-elle venue habiter là ? Pour me faire souffrir, indiscutablement. Pour m'anéantir. Oh, mon Dieu ! Que mijotait-elle ? Elle savait que j'avais couché avec son mari, que j'étais peut-être enceinte de lui. Je ne pouvais m'empêcher de trembler à cette pensée, comme si l'on venait de me jeter un seau d'eau glacée sur la tête. Je m'étais si souvent demandé si ce serait vraiment grave que ta femme l'apprenne… Eh bien, voilà, j'avais ma réponse : oui, c'était horrible. J'allais tout perdre. Nick le découvrirait. Elle pourrait me faire du mal, s'en prendre au bébé. Et, le pire de tout, je l'aurais bien mérité. Je ne pouvais pas le nier : j'avais couché avec son mari en connaissance de cause, et pas qu'une fois. Mais, si elle était au courant de notre liaison, pourquoi n'avait-elle pas encore réagi ? Quel était son plan ? Pourquoi vivions-nous encore tous les trois – Nick, elle et moi – dans cette incertitude ?

Quand j'entendis quelqu'un arriver chez Nora, faire le tour du jardin et tenter d'ouvrir la porte, je parvins à sortir par-devant et à traverser la route dans les ténèbres. Je ne savais pas qui c'était, et j'étais trop effrayée pour chercher à enquêter davantage. Je ne vis pas de véhicule. Je me réfugiai chez moi et restai dans le noir un long moment, tremblant d'adrénaline, de peur, de choc, tout cela en même temps. Nora. Eleanor. Ma voisine... c'était ta femme. C'était insensé. Que voulait-elle ?

J'ignorais comment réagir. Nick allait bientôt rentrer du travail, et je ne serais pas en mesure de lui expliquer pourquoi je faisais les cent pas dans l'obscurité. Une dizaine de minutes s'étaient écoulées quand je vis s'immobiliser la voiture de Nora. Ce n'était donc pas elle qui m'avait interrompue. Je me demandai de qui il s'agissait. Compte tenu du prétexte que j'avais prévu d'invoquer si elle me surprenait chez elle, cela aurait été ridicule s'il s'était vraiment agi d'un cambrioleur. La voyant jeter un coup d'œil vers mes fenêtres, je m'accroupis. C'était absurde, elle n'aurait pas pu me voir sans lumière. Nora, qui était venue chez moi, chez qui j'étais allée, avec qui je m'étais promenée dans la campagne déserte, était désormais un personnage terrifiant. Je me remémorai la présence du lapin mort. L'inscription dans la neige. Le jour où elle avait hésité à m'aider à me relever quand j'étais tombée. Mais la musique diffusée chez moi... comment aurait-elle pu réussir à réaliser une telle prouesse ?

J'ignorais vers qui me tourner. Claudia avait été claire sur le fait qu'elle ne pouvait ou ne voulait pas s'impliquer, et j'aurais été incapable de tout avouer à ma mère. Je ne voyais qu'une personne : un parfait inconnu, mais qui s'était montré gentil avec moi. Un homme qui avait également fait partie de tes victimes, d'une certaine manière. Peut-être accepterait-il de m'aider.

Le téléphone sonnait dans le vide. Des phrases défilaient dans mon esprit. « Ça risque de vous paraître un peu fou… » « Désolée de vous déranger, mais… je crois que quelqu'un me harcèle. »

— Allô ? demandai-je d'une voix trop aiguë. Docteur Holt ?

— En personne.

Il s'exprimait d'un ton chaleureux, mais débordé. Je fus étonnée qu'il réponde directement à son téléphone. D'expérience, je savais que, pour tenter de joindre un médecin à l'hôpital, il fallait passer de poste en poste, un véritable labyrinthe kafkaïen.

— Je suis venue vous voir, il y a quelques jours. Je… j'ai dit que je m'appelais Nora.

Il sembla s'en souvenir aussitôt.

— Ah oui, l'amie de Patrick Sullivan, mon… alter ego.

C'était très curieux, cette imposture. Qu'est-ce qui t'avait poussé, toi, un comptable, à te rendre à une conférence médicale ? Cela n'avait aucun sens. Étais-tu là uniquement à la recherche d'un coup d'un soir ? Ou d'autre chose ?

— Je me disais… C'est étrange qu'il se soit fait passer pour vous.

— C'est vrai. Le truc, c'est qu'il a dû réserver lui-même sa place pour la conférence. Je n'ai jamais dit que j'y allais, j'en suis certain. De plus, il y a… eh bien, je ne sais pas vraiment de quoi il retourne, mais une sorte d'enquête interne est en cours. Il manque une partie du budget – ce genre de chose – dont il était manifestement responsable. Nora…

Je l'interrompis.

— Désolée, ce n'est pas mon vrai prénom. Je m'appelle Suzi.

Il marqua un temps d'arrêt.

— D'accord.

— Désolée, répétai-je d'un ton malheureux. Je peux tout vous expliquer. Vous pensez qu'on pourrait se rencontrer, prendre un café, peut-être ?

C'était risqué, bien sûr. Mais il le fallait. Tu m'avais menti, évidemment, sur de nombreux points. Cet homme était en lien avec ta véritable existence, et avec le docteur Conway, qui était visiblement au courant de ce qui s'était passé entre nous, du moins en partie. Tu m'avais dit un jour que la gestion d'une liaison revenait à chercher les fuites dans un préservatif rempli d'eau. Le docteur Conway était une fuite potentielle, sans doute la seule personne à même de m'aider à faire le rapprochement avec un mort du Surrey. Je pouvais au moins essayer de découvrir ce qu'il savait, peut-être même apprendre ce qui pouvait bien se tramer dans ma vie.

— D'accord, me répondit-il.

Il avait une belle voix, le docteur Andrew Holt. Chaleureuse et innocente, contrairement à la tienne. On convint de se rejoindre à Guildford dès le lendemain. Il me fallait juste trouver le moyen d'y retourner. Je raccrochai, tentant d'évaluer mon degré de culpabilité : moins élevé que je l'aurais cru. Peut-être qu'on avait tous une limite. À moins qu'il y ait une hiérarchie dans les émotions, et qu'à ce moment-là j'étais submergée par la peur, une peur nerveuse qui me suffoquait.

J'entendis le bruit d'une voiture, à l'extérieur. Nick ? Je m'élançai vers la fenêtre, mais je ne vis rien. Juste le bruit d'un moteur s'éloignant dans le lointain. Peut-être le visiteur de Nora s'était-il garé en bas de la route, à l'endroit où j'avais l'habitude de t'attendre. C'était allumé, chez elle, à présent, derrière ses rideaux tirés. Je me demandai si elle se tenait tapie là, m'observant comme je l'observais.

# Eleanor

— Qu'est-ce que tu fais là ? répétai-je en me libérant de l'étreinte de Conway.

Je vis qu'il s'était servi du brandy à l'aide de la petite bouteille que je gardais dans le placard de la cuisine pour les moments où j'étais bouleversée. Mon dégoût pour lui s'amplifia aussitôt. J'eus beaucoup de mal à maîtriser mes nerfs. Mais comment m'avait-il retrouvée ?

— Tu as déguerpi, déclara-t-il, un horrible rictus au coin des lèvres. À peine les funérailles achevées, tu vendais la baraque et tu partais. Sans laisser d'adresse à tes amis. Heureusement pour moi, tu l'as donnée à l'hôpital.

Mon cœur se serra. Il avait raison. Eddie les avait contactés et avait mis à jour les dossiers pour la retraite de Patrick. Si maigre soit-elle, j'avais besoin de ce petit pécule. Conway avait dû s'introduire dans le système. Je m'éloignai de lui, écœurée par le contact de sa main sur ma peau.

— Eh bien, tu m'as trouvée. Qu'est-ce que tu veux ?

— Ce que je veux ? Voyons voir… L'argent que ton mari m'a emprunté ?

— Tu n'en as aucune preuve.

J'ôtai mon manteau et mes bottes, tentant de lui montrer que c'était chez moi, mon domicile, et qu'il n'avait rien à y faire.

— Ah bon ?

Il s'approcha de nouveau. Qu'un homme qui n'avait aucune notion d'espace vital, soit anesthésiste me donnait envie de vomir.

— On peut régler ça gentiment. Il te suffit de me rembourser, et je disparaîtrai.

— Pourquoi ferais-je une chose pareille ? Tu ne peux plus rien nous faire, à présent. Patrick est mort. Et il n'y a plus grand-chose que je me soucie de perdre.

— Et si j'allais révéler ta véritable identité à la demoiselle d'en face ?

Je cillai. Je n'avais même pas envisagé qu'il puisse être au courant pour Suzi.

— Elle attend l'enfant de Paddy, c'est ça ?

Encore un point pour lui. Il en savait beaucoup plus que je l'aurais cru. Peut-être Patrick lui avait-il tout raconté ? L'imaginant lui parler tendrement de Suzi, je sentis mon cœur faire une embardée.

— Bien sûr que non. Écoute, le chantage est sévèrement puni par la loi. Si tu pars maintenant, je ne dirai rien à la police.

Il éclata de rire.

— Toi, aller voir la police ? Tu leur dirais qui tu es vraiment ? Je ne crois pas, Nora.

Je gardai le silence un long moment, réfléchissant à mon coup suivant tel un joueur d'échecs.

— Combien te devait-il ?

— Vingt mille.

Si tant est qu'il lui ait vraiment emprunté de l'argent, je doutais fort que ce soit autant. Mais Conway avait pris l'avantage. Un seul mot à Suzi sur mon identité, et elle filait avec son bébé. Celui de Patrick.

— Il va me falloir du temps pour réunir la somme, déclarai-je aussi posément que possible. Patrick ne m'a presque rien laissé, tu sais.

— Il t'a mise sur la paille, à ce qu'il paraît. Mais il doit bien t'en rester un peu. Après la mort de toute ta famille dans cet incendie, que c'est triste, pauvre petite Eleanor ! Quelle coïncidence, elle est saine et sauve, et les autres sont... pouf ! Et ta brillante carrière de pianiste... Il y a forcément de l'argent.

« Ellie ! Ellie, j'ai peur ! » Un visage blafard à une fenêtre.

Il fallait que je conserve mon calme. Il ne pouvait pas être au courant. Personne ne le savait.

— Il a tout dépensé, rétorquai-je, la vérité me rendant furieuse. Il m'a ruinée, James. Je suis désolée s'il t'a réservé le même sort, mais que veux-tu que j'y fasse ? L'argent n'est plus là. Et il est mort, il a percuté un arbre, et il a perdu la vie. Alors je peux difficilement l'obliger à nous le rendre.

Conway m'adressa un horrible sourire narquois. À cet instant, je le haïs sincèrement. Si j'avais eu quelque chose de lourd à portée de main, je lui aurais assené un coup sur le crâne.

— Tu y crois vraiment, hein ?

— Pa... pardon ? bégayai-je.

— Réfléchis donc. C'est un bon conducteur, non ?

Il s'exprimait encore au présent. Je l'aurais tué, pour ça.

— Il a une bonne voiture, robuste, qui doit coûter une sacrée fortune. Mais il fonce dans un arbre sur une route déserte ? Et tu as cru que c'était un accident ? Réveille-toi, chérie !

Je me sentis mal, la pièce se mit à vaciller.

— Qu'est-ce que tu entends par là ? Dis-le-moi. Dis-moi ce que tu sais !

— L'argent, d'abord.

Il vida son verre de mon brandy. Je savais que je jetterais la bouteille après son départ.

— Rassemble le pognon, et je te dirai toute la vérité sur ton mari. Paddy... Sean... Andrew... quel que soit son véritable prénom. Tu n'en sais pas la moitié, chérie.

*Andrew ? Comment ça ?*

— Raconte-moi sur-le-champ ce que tu sais, ou je vais voir la police.

Je tentai de me dominer. Il fallait que je découvre ce qu'il savait. J'avais la tête qui tournait et l'impression qu'elle fuyait, la maîtrise que j'avais soigneusement recouvrée, et la pression que j'avais exercée sur mes souvenirs, écrasant ces derniers. Mon mari avec une autre femme. Une maison qui s'enflammait.

— Non, tu n'en feras rien. Viens chez moi, je te donne jusqu'à vendredi. Appartement 7, Hereford Gardens, à Guildford. Je serai là après 20 heures. (Il me fit un signe horrible en tendant l'index, comme s'il tirait au pistolet, et recula vers la porte.) C'est l'enfer à trouver, ici, hein ? Encore un peu de neige, et tu seras complètement coincée.

Je me demandai pourquoi je n'avais pas vu sa voiture. Il avait dû la garer en haut de la route, dans le virage. Et j'avais foncé droit dans son piège.

En entendant claquer la porte, j'éprouvai un vif soulagement. Ce type affreux était parti. J'étais de nouveau seule. Je pouvais réfléchir, respirer, me ressaisir. Mais qu'avait-il voulu insinuer ? Que l'accident de Patrick n'en était pas vraiment un ? Je m'étais posé la question des centaines de fois. Comment avait-il pu percuter un arbre, sur une route déserte ? Cela n'avait aucun sens. Que savait Conway ?

# Suzi

Noël approchait à grands pas. Les illuminations et le bruit de la ville m'étourdissaient alors que je traversais une fois encore le centre de Guildford. J'avais rassemblé suffisamment d'argent pour m'offrir ce trajet sans en parler à Nick. Ce simple avant-goût de liberté me fit prendre conscience d'à quel point j'étais prise au piège. J'errai de boutique en boutique, ivre de lumières, de musique et d'images. Le déluge écrasant d'articles que nous étions censés vouloir, qu'il nous fallait posséder à tout prix. J'avais toujours aimé cette période de l'année, et même rêvé d'un cottage à la campagne avec du houx sur la porte, des guirlandes scintillantes sous l'avant-toit, des chandelles à chaque fenêtre. De la neige entassée sur les pignons. Maintenant que j'en habitais un, la réalité était décevante : il y faisait froid, et que c'était loin de tout ! J'avais du mal à nous imaginer, Nick et moi, nous échangeant des présents le matin de Noël, faisant tinter nos verres (sans alcool pour moi ; le fait que ce soit Noël ne signifiait en rien que je pouvais boire ne serait-ce qu'une gorgée de champagne). Et, plus tard, un enfant bondissant sur notre lit, surexcité. J'en étais incapable. Sans doute était-ce la peur qui assombrissait mon avenir. Une parole de Nora, et je perdais tout. Mais pourquoi n'avait-elle encore rien dit ? Pourquoi vouloir devenir amie avec moi, m'encourager à parler de l'amour que j'avais pour toi ? Je ne comprenais pas son plan, et cette incertitude me terrifiait. Était-ce vraiment elle la responsable des curieux événements, de la musique, du lapin mort ?

J'avais à peine dormi, la nuit précédente, imaginant Nora de l'autre côté de la route. Ta femme. Au fond de moi, j'avais du mal à y croire. J'étais en train de me rendre compte que j'étais douée pour rester dans le déni.

Vêtu d'un jean et d'une élégante chemise marine aux manches retroussées, le docteur Holt était en avance. À mon arrivée dans le *Costa Coffee*, il se leva et me tira une chaise. Poli.

— Bonjour.

— Bonjour. Désolée, la dernière fois que nous nous sommes vus, j'étais… eh bien, à ramasser à la petite cuillère.

Il esquissa un geste du revers de la main.

— Vous étiez sous le choc. Je suis simplement navré que vous l'ayez appris de cette façon.

Il me demanda ce que je voulais boire et, malgré mes protestations, alla me chercher ma boisson. J'avais choisi quelque chose de fort en sucre et en épices, de gourmand et de festif, croisant les doigts pour qu'une partie de cette joie puisse réchauffer mes os gelés. Je le regardai discuter avec la jeune barista de l'air bienveillant des médecins. Si seulement j'avais épousé un homme comme lui. Et non comme Nick, toujours si méfiant et prompt à la critique. Ni comme toi, aussi fuyant qu'un serpent.

— Je vous remercie.

Je bus trop vite, me brûlant la langue, la bouche soudain remplie de chocolat sucré.

— Alors, de quoi souhaitiez-vous me parler ? me demanda-t-il.

Je ne savais pas par où commencer.

— C'était juste… ça m'a semblé tellement curieux, hein ? Sean… Patrick, je veux dire… qu'il prenne votre nom, comme ça…

Il faisait tourner les restes d'un *latte* au gingembre et aux épices.

— J'ai trouvé ça étrange, oui. Et potentiellement très dangereux pour ma carrière, si quelqu'un usurpe mon identité. Enfin, je suis connu dans le milieu. Je suis étonné que personne ne l'ait interpellé, à la conférence.

— Il se peut qu'il n'y soit pas allé, admis-je.

J'avais refusé d'y songer, mais ce genre de congrès était l'endroit idéal pour draguer. Ce qui signifiait, quoi… que je n'avais rien de spécial ? Que tu n'en étais pas à ton coup d'essai ?

Je préférais éviter d'y penser.

— Ah ?

Il se pencha vers moi, plongeant son regard chaleureux dans le mien. Je me sentis de nouveau submergée de honte à cause de ce que j'avais fait, de la facilité avec laquelle j'avais couché avec toi. Où avais-je la tête ? Quelle détresse m'avait poussée à de telles extrémités ?

— Écoutez, Suzi. Je n'ai pas du tout l'intention de vous juger. Vous et lui… vous étiez proches ?

J'hésitai un moment avant d'acquiescer.

— Mais vous êtes mariée, ajouta-t-il d'une voix douce, jetant un coup d'œil à mon annulaire, l'or mordant dans la chair gonflée.

— Oui.

— D'accord. Savez-vous si… Avez-vous eu l'impression qu'il se faisait régulièrement passer pour moi ? C'est vrai que je suis un peu étourdi. Il est possible que je ne l'aie pas remarqué avant.

— Peut-être. Il me rappelait très souvent qu'il était médecin. Que sa carrière était florissante.

— Eh bien… c'était gentil de sa part, marmonna le docteur Holt en fronçant les sourcils. Et – désolé de vous demander ça, Suzi – savez-vous s'il a eu… d'autres amies, avant ? Comme vous ?

Il voulait savoir si tu avais déjà eu des aventures avant moi. Ce qui me rappela combien tu avais été doué pour l'adultère, au fait de tous les stratagèmes, de toutes les astuces pour éviter de te faire prendre.

— Je crois bien que oui, répondis-je. (Les larmes me montant aux yeux, je sentis un profond sentiment de culpabilité.) Désolée.

Ce que j'étais bête. Comment pouvais-je me mettre dans un état pareil, alors que tu n'avais jamais été totalement à moi ?

Certains hommes paniquent dès qu'une femme se met à pleurer. Le docteur Holt n'était pas de ceux-là. Il tira un paquet de Kleenex de la poche de sa veste et m'en tendit un, en serrant ma main dans la sienne. Cette douceur me fit sangloter encore plus fort.

— Ma pauvre ! Quelle histoire.

— C'est entièrement ma faute. Je suis une femme infidèle. Une menteuse. (Je roulai piteusement le mouchoir en boule dans mon poing.) J'ai même menti sur mon nom. Vous devez me trouver méprisable.

Étais-je aussi horrible que toi ?

Il garda le silence un long moment.

— Suzi, on voit toutes sortes de choses, dans mon travail. J'en suis venu à comprendre que nous faisons tous du mieux possible. Personne n'a réellement envie de semer la pagaille, ni de blesser qui que ce soit.

Si fou que cela puisse paraître, il fallait que je lui avoue ce qui me préoccupait vraiment.

— Docteur Holt… ça va vous sembler très étrange, mais il se pourrait que je connaisse sa femme, à Patrick. Enfin, cette veuve s'est installée il y a quelque temps dans la maison voisine de la nôtre. Nous sommes devenues amies.

Je lui racontai toute l'histoire, de la découverte de la boîte de comprimés chez toi, à celle de la photo de mariage dans la chambre de Nora. Tous les phénomènes bizarres qui se produisaient. Il me regarda patiemment, tentant de comprendre.

— Vous êtes sûre qu'il ne s'agit pas d'un simple homonyme, de quelqu'un qui lui ressemble ?

— Je sais de quoi ça a l'air. Je suis consciente de passer pour…

Je refusais de prononcer le mot. Je repensai à ma visite chez mon généraliste, au fait qu'il était désormais établi que j'avais des hallucinations, que j'imaginais des choses.

— Je… je me trompe peut-être.

Il me dévisagea avec inquiétude.

— Qui ferait un truc pareil ? S'installer à côté de chez vous ?

— Je n'en sais rien. Je sais que ça paraît insensé.

Je doutais presque de moi, à présent. Était-ce vraiment toi sur la photo, chez elle ? Il faisait sombre, et je n'étais pas dans mon état le plus rationnel. Était-ce réellement une preuve irréfutable ? Nora et Eleanor… pouvait-on d'ailleurs dire qu'il s'agissait du même prénom ?

— Vous devriez aller voir la police, si vous êtes inquiète.

Je baissai les yeux sur ma tasse. Je ne pouvais pas alerter la police : ce serait admettre que je m'étais trouvée dans ta voiture, ce jour-là. J'étais prise au piège.

Il hésita.

— Suzi… ce qui se passe avec votre alarme et la musique. Est-ce que votre mari est… Navré de vous poser la question, mais je suis soumis à un devoir de vigilance. Vous avez l'air effrayée. Et ce…

Doucement, il effleura mon poignet, l'ecchymose que je m'étais faite en me cognant le bras contre la porte de Nora. Instinctivement, j'eus un mouvement de recul, le rétractant dans la manche de mon manteau. Et si Nick découvrait que je me trouvais au café avec un homme séduisant et que je le laissais me toucher la main ? Mais je ne distinguais dans son regard que de la sollicitude.

— Vous êtes certaine qu'il n'y a rien d'autre ?

— Oh non, rien de tel. Il ne lèverait jamais la main sur moi.

Mais j'étais pourtant effrayée, non ? À tel point que j'avais du mal à rester assise, et à me concentrer plus de cinq minutes sur une tâche. J'avais peur que Nick découvre le pot aux roses, certes, mais je n'avais pas peur de lui. Si ?

— Vous pouvez très bien avoir peur de quelqu'un qui ne vous frappe pas.

J'eus l'impression qu'il avait été formé pour ce genre de situation, à soutenir les femmes victimes de relations abusives. Mais ce n'était pas mon cas. J'étais simplement malheureuse.

— Ça va vous paraître étrange, mais… j'ai apporté quelque chose.

Il poussa vers moi une brochure brillante ornée du logo du ministère de la Santé. « Comprendre le contrôle coercitif. » Une photo de banque d'images d'une femme en pleurs enfermée dans une salle de bains, tandis qu'un homme lui crie dessus depuis l'extérieur.

— Un détail dans votre attitude, à l'hôpital, ce jour-là, m'a fait penser que vous pourriez être dans cette situation. Vous étiez extrêmement nerveuse. Et la grossesse est la période la plus à risque en ce qui concerne les violences conjugales.

Je clignai des yeux.

— Oh, ce n'est pas…

Je m'interrompis. Jamais Nick ne criait, ne brandissait le poing, ni n'élevait la voix. Mais j'étais malgré tout sous son emprise. Je ne pouvais aller nulle part, ni voir qui que ce soit sans l'en informer au préalable. Il savait ce que je mangeais, quand je dormais, quand je quittais la maison. Il semblait au courant de tout ce que je faisais, comme s'il surveillait chacun de mes pas.

Les traits du docteur Holt se déformèrent. Je compris qu'il s'apprêtait à dire quelque chose de délicat.

— Je comprends, Suzi. Je sais que les apparences sont parfois trompeuses. Un hématome, un œil poché… Mais ça peut se révéler tout aussi néfaste. Encore la semaine dernière, à Medway, un type a étranglé sa femme. Tout le monde a répété à quel point c'était quelqu'un de gentil, combien il se souciait de sa famille…

Je jetai un coup d'œil au dépliant. Je pouvais difficilement l'emporter chez moi. Nick voudrait savoir où je l'avais eu.

— Je vous remercie, déclarai-je finalement. Je vais y réfléchir.

Il était vrai que je pourrais avoir besoin de m'enfuir, si Nora était bien celle que je croyais.

Il consulta sa montre.

— Oh, merde ! Je suis en retard pour une consultation. Je suis sérieux, Suzi : si vous avez besoin d'aide, il y a des solutions. Si vous êtes vraiment inquiète, j'irai avec vous voir la police pour leur parler de cette femme, Nora.

J'étais convaincue qu'il ne me croyait pas. Il devait penser que j'étais dans le déni, fermant les yeux sur le véritable problème qui m'empoisonnait l'existence.

— Vous pouvez me donner votre numéro, au moins, au cas où j'en apprendrais davantage sur Patrick ?

J'hésitai. Comment allais-je expliquer à Nick qu'un curieux inconnu m'appelait ? Mais il était médecin. Il m'aiderait.

— D'accord. Donnez-moi aussi le vôtre.

Je lui tendis mon téléphone pour qu'il le saisisse, puis je le composai afin que mon numéro s'affiche. C'était extrêmement risqué.

— Je vous en prie, m'implora-t-il en me rendant mon appareil, si vous avez besoin de quoi que ce soit, n'hésitez pas à m'appeler.

J'y réfléchis un long moment : quitter mon domicile, toutes mes affaires, m'installer dans un refuge débordant de femmes terrifiées. Avoir mon bébé dans un endroit pareil… Je savais que je n'en ferais rien. Pas dans l'immédiat, en tout cas. Qu'est-ce que j'attendais ? Que la situation s'améliore, peut-être. L'espoir était un sentiment dangereux. Il pouvait vous pousser à poursuivre des chimères longtemps. Bien longtemps après que n'importe quelle personne un tant soit peu réaliste y eut renoncé et se fut enfuie. Il partit le premier, se retournant d'un air anxieux. J'attrapai mon téléphone et enregistrai son numéro sous le nom « Andrea H. », comme tu m'avais appris à le faire. Encore un mensonge, un pas dans la mauvaise direction pour que Nick et moi puissions un jour arranger les choses. En partant, je jetai le dépliant dans une poubelle de recyclage.

Je me traînai péniblement jusque chez moi. Encore un taxi hors de prix. Ma réserve d'argent était presque épuisée. En payant le chauffeur, lorsque je descendis du véhicule dans l'obscurité glaciale du chemin de campagne, la neige encore entassée sur les accotements, j'aperçus de la lumière chez Nora. Quand la voiture s'éloigna sur la route, la lueur de ses phares rapidement engloutie par les ténèbres, j'éprouvai un absurde sentiment de solitude. Je restai plantée là un moment, incapable de me décider. Nora était derrière les fenêtres de Ivy Cottage. Elle savait qui j'étais. Elle ignorait que je savais moi aussi qui elle était. Fallait-il que je l'affronte, ou que je fasse comme si de rien n'était ? Ne valait-il pas mieux que je réfléchisse d'abord à un plan d'évasion ?

Je me dirigeai vers chez elle. Pourquoi ? Je l'ignorais. Que comptais-je lui dire ? « Je suis désolée », « Comment oses-tu ? » ou « Fiche-moi la paix, espèce de sorcière jalouse ! » ? Rien de tout cela ne me semblait pertinent. Dans l'allée silencieuse, plus j'approchais, plus j'entendais de la musique provenant de la maison. Elle était magnifique : une berceuse, comme celle que j'avais entendue chez moi, en ce jour fatidique. Elle était si belle que je pensai qu'il devait s'agir d'un enregistrement, mais, en jetant un coup d'œil à l'intérieur, je vis, à ma grande surprise, que Nora jouait sur un piano droit, qui, incontestablement, n'était pas là jusqu'à présent. Je la voyais par la fenêtre, car le rideau n'était pas tiré. La petite pièce humide semblait relativement accueillante, éclairée par une lampe et une chandelle. Nora jouait les yeux fermés, souriant jusqu'aux oreilles. Elle faisait courir sur les touches ses doigts rendus noueux et rugueux par le jardinage. L'espace d'un instant, je m'aperçus que je la connaissais en fait très peu. Pas du tout, même. Pourtant, je lui avais ouvert mon cœur et j'avais partagé avec elle tous mes secrets. Ce que je pouvais être naïve.

Elle remarqua ma présence. Je reculai d'un bond, mais c'était trop tard. Elle se dirigea vers la porte. Je me sentis gagnée par un élan de panique pure. Quand elle ouvrit, je constatai qu'elle souriait, comme à son habitude.

— Suzi !

— Oh, désolée, j'ai juste entendu la musique, bredouillai-je. J'ignorais que vous jouiez du piano.

— Ah, oui. En fait, c'était mon métier.

— Ça se voit. C'était magnifique.

Je m'éloignai lentement.

— Voilà des années que je n'avais pas joué, mais je me suis dit : pourquoi ne pas reprendre un piano ? Ce n'est pas cher, d'occasion. On me l'a livré aujourd'hui. Vous voulez entrer ?

Était-elle au courant ? Avais-je renversé un objet, ou laissé un signe quelconque trahissant mon intrusion chez elle ? Songeant aux comprimés que j'avais découverts, je me rendis compte que je frissonnais. Je tentai de lui répondre d'un ton léger.

— Ah, non, il va falloir que je prépare le dîner.

Elle exprima sa désapprobation.

— Ce serait bien que Nick se décide à vous aider un peu plus. On ne peut pas courir partout quand on est dans son troisième trimestre, n'est-ce pas ?

Quelque chose dans cette phrase me parut menaçant, mais je fus incapable d'en déterminer la raison.

— Je… euh, oui, je lui dirai. Bonne nuit, Nora.

— Bonne nuit.

Je traversai la route presque en courant. Je n'étais pas parvenue à la confronter, doutant de mon jugement, de mes sentiments et de mon bon sens. Doutant de tout.

Quand nous étions ensemble, tous les deux, durant ces quelques mois, le monde semblait radieux. L'été, les oiseaux dans les arbres, et le grand frisson chaque fois que je recevais un de tes e-mails sur notre compte secret. La possibilité que la vie puisse être différente.

C'était aujourd'hui tout le contraire : la gueule de bois après la fête, la récession après la prospérité. Moi à la maison, enceinte et terrifiée, attendant que la police débarque, que Nora vienne frapper à la porte. Maintenant que je t'avais perdu, il me semblait que rien n'était plus difficile pour un être humain que de vivre sans la personne aimée. Chaque jour, je devais rappeler à mon cerveau et à mon corps que je ne te reverrais plus. À ma peau qu'elle ne sentirait plus jamais le contact de tes doigts. À mes mains qu'elles ne toucheraient plus jamais ton dos pendant que tu dormais. Plus jamais. Les humains ne me paraissaient pas vraiment conçus pour comprendre ce que cela signifiait. Je m'étais dit que ce serait facile. Il me suffisait de rentrer chez moi, de fermer la porte et de vivre sans toi jusqu'à la fin de mes jours.

# Eleanor

Suzi s'était encore absentée toute la journée sans me dire pourquoi. Mystérieusement, j'étais furieuse qu'elle ait encore des secrets pour moi, Nora, son amie serviable et compréhensive. En la voyant traverser la route vers Willow Cottage, je tirai mon ordinateur portable vers moi. Même si son acquisition avait anéanti mes finances déjà mal en point, j'étais heureuse de l'avoir acheté. Il me facilitait incontestablement la tâche. Ces derniers temps, mes recherches m'occupaient presque comme un travail à plein-temps.

La visite de Conway m'avait déstabilisée. Lui aussi était devenu une menace, non seulement pour moi, mais aussi pour Suzi, et donc pour le bébé. Je ne pouvais pas le laisser faire. J'avais déjà passé trop de temps à m'imaginer avec lui. L'enfant de Patrick. D'une manière ou d'une autre, il me fallait l'empêcher de nuire. Je n'arrêtais pas de réfléchir à ce qu'il m'avait laissé entendre. Qu'avait-il voulu dire ? Que la mort de Patrick n'était pas accidentelle ? Qu'elle avait été préméditée, en quelque sorte ? Un suicide… voire un meurtre ? Mais qui aurait voulu le tuer ? Il fallait que je le sache. Les insinuations de Conway avaient pris racine en moi, se tortillant comme des bulbes dans la terre d'hiver, cherchant une issue vers la lumière. Était-il possible qu'il ait voulu suggérer autre chose ? Mais non, c'était insensé. Il fallait que je m'accroche à la vérité, à la réalité de la vie, là, dans le noir, toute seule. Que je me ressaisisse.

En me connectant à Facebook, je constatai à ma grande surprise que l'ex de Nick, Lisa Ragozzi (italienne, en conclus-je, au moins du côté de son père), avait répondu à mon message. D'un ton réservé, elle me demandait pourquoi je souhaitais en savoir plus sur Nick.

« C'est vraiment difficile à expliquer », écrivis-je, seule dans mon salon glacial. Au fond de moi, j'étais triste que Suzi ne soit pas venue. Après la visite de Conway, sa présence chaleureuse et insouciante m'aurait fait du bien. Je lui précisai : « Mon amie est avec lui, et on dirait qu'il est… un peu lourd, ces derniers temps, vous voyez ? »

Voyant les petits points qui indiquaient que Lisa me répondait, j'éprouvai une pointe d'excitation. « Comment ça, lourd ? »

« Oh, un peu trop possessif, je dirais, vous voyez ? Il lui demande tout le temps où elle va, ce qu'elle fait. Il ne veut pas lui donner d'argent, ce genre de choses. » Je décidai d'y aller à fond. « Elle est enceinte, et donc ne travaille pas. Je suis vraiment inquiète pour le bébé. On dirait que ce n'est… que le début, vous voyez ? » Je m'abstins de nommer ma peur, mais Lisa comprendrait. N'importe quelle femme le comprendrait.

D'autres points s'affichèrent. Avant de disparaître. Puis Lisa écrivit : « Je crois qu'il vaudrait peut-être mieux qu'on se voie. Vous avez raison de vous inquiéter. »

Aussitôt, on convint de se retrouver à Londres le lendemain, pendant sa pause-déjeuner (elle travaillait dans le recrutement). Il était possible qu'elle s'imagine que l'« amie » ne soit qu'une invention pour me protéger, mais cela n'avait aucune importance. Ça ne pouvait que m'arranger. Je me couchai tôt pour être en forme le lendemain. Quand j'en aurais appris davantage sur Nick, je reporterais mon attention sur Conway, et m'occuperais de son cas.

# Suzi

Quand Nick rentra, ce soir-là, ce fut dans une maison peu accueillante. Je n'avais ni fermé les volets, ni allumé les lampes, ni mis la musique douce que je diffusais pour lui presque tous les soirs, et, pire que tout, son dîner ne l'attendait pas dans le four de la cuisinière. Immédiatement après mon retour de chez Nora, je m'étais assise devant l'ordinateur.

Nick se tenait dans l'embrasure de la porte de mon studio.

— Où es-tu allée ? Tu ne m'as pas dit que tu sortais, aujourd'hui.

— Non.

Je ne me donnai pas la peine de répondre à sa question. À quoi bon ? Et comment savait-il que je m'étais absentée ? Grâce au système d'alarme, imaginai-je.

Nick cilla.

— Tu te sens bien ?

Non, ça n'allait pas. J'avais découvert que mon amant, le père probable de mon enfant, était mort peu de temps après que je l'ai vu pour la dernière fois, percutant un arbre au volant d'une voiture par une journée ensoleillée et sèche. Par ma faute, peut-être ? Et sa femme, sa veuve, s'était installée à côté de chez moi et était devenue mon amie. Selon toute vraisemblance, elle cherchait à me pourrir la vie, me rendant progressivement folle avec de la musique, l'éclairage, des cadavres d'animaux et des inscriptions dans la neige. Je frissonnai en repensant à tout ce que je lui avais confié. Damian. Toi. Toutes les fois où nous avions trompé ta femme, qui n'était autre que la personne à qui je m'adressais. La question que je me posais par-dessus tout était de savoir de quelle manière elle réagirait, à présent. En parlerait-elle à Nick ? Pourquoi ne l'avait-elle pas déjà fait, si elle savait qui j'étais ? Quel était son plan ?

— Et le dîner ? se plaignit Nick.

— Je n'ai pas très faim. J'ai bien déjeuné.

Je savais qu'il me reprocherait de ne pas lui avoir préparé de repas, mais je m'en moquais. J'éprouvais autant de plaisir que de peur à enfreindre les règles, à jouer avec le feu.

— Pourrais-tu fermer la porte ? Il y a un courant d'air.

Au bout d'un moment, Nick quitta la pièce, fermant la porte un peu trop violemment. Quelque part, j'étais effrayée, mais, au fond de moi, ce n'était pas le cas. J'allais également franchir une autre limite en menant des recherches risquées sur Google tandis que Nick était à la maison. Plus précisément, sur le passé de Nora Halscombe, alias Eleanor Sullivan.

Le piano avait été un coup de chance, car il me permit de découvrir que Nora, si calme et si mal fagotée, avait en effet été une pianiste à succès. À l'époque, elle jouait sous le nom de scène d'Elena Vetriano. Je tombai sur un vieil article dans *Classic Times*, illustré par une photo d'elle sensuelle, penchée sur un Steinway dans une robe de soirée rouge. Elle avait les cheveux longs, noirs et plus brillants que les ailes d'un corbeau, ses lèvres charnues légèrement entrouvertes. L'article faisait l'éloge de sa conscience professionnelle, de ses compétences techniques, ce qui n'était « guère surprenant, compte tenu du passé tragique de Mlle Vetriano, un passé qu'elle transforme en extase musicale pour l'auditeur ». Je haussai les sourcils. Quel passé tragique ? À ma connaissance, Nora était connue sous au moins trois identités. Il devait y en avoir une autre. Son nom de naissance, au moment de ce « passé tragique ». Mais comment allais-je le découvrir ? J'étais convaincue qu'elle s'était donné beaucoup de mal pour le dissimuler.

La porte s'ouvrit, et Nick pénétra dans la pièce, me tendant ostensiblement une assiette de nourriture : des rondelles de carottes bouillies et un morceau de bœuf, visiblement. Je m'empêchai de réduire les fenêtres de navigation.

— Je me suis dit que tu aurais peut-être faim… Qu'est-ce que tu fais ?

— Je fais juste une petite recherche. (Je poussai l'assiette qu'il avait apportée – de la viande surgelée et des légumes anémiques – vers le bord du bureau.) Referme la porte, tu veux bien ? Je suis occupée.

Éprouvant un profond sentiment d'impuissance, Nick demeura immobile un long moment, avant de finalement partir, claquant la porte derrière lui. Pour la première fois depuis des semaines, je faillis esquisser un sourire.

Je cliquai et cliquai jusque tard dans la nuit. Je lus tellement d'articles sur Elena Vetriano, la jeune pianiste virtuose, que j'avais l'impression de tout savoir sur elle. J'avais vu d'innombrables clichés de son visage boudeur et hagard, son regard gris identique à celui qui se cachait derrière les épaisses lunettes de ma voisine. J'appris qu'elle avait remporté des prix, qu'elle avait été la plus jeune pianiste britannique à jouer le *Concerto n° 2* de Brahms lors d'un concert, puis qu'elle avait soudain disparu du circuit au moment de son mariage. « Cette perte pour la musique est un bienfait pour l'amour », s'extasiait un article accompagné d'une photo du mariage d'« Elena » dans une robe de dentelle blanche. La même que dans la chambre de Nora. Tu te tenais à ses côtés, l'air impassible, vêtu d'un costume sur mesure. Je me demandai si le magazine n'avait pas financé la cérémonie en échange de ces clichés. « Une éblouissante pianiste quitte la musique pour épouser un médecin. »

Mais tu n'étais pas médecin. Je me demandai aussi comment tu étais parvenu à tromper tout le monde pendant si longtemps. Combien de fois avait-on réellement vérifié tes dires ? Ce que je ne savais toujours pas, c'était le véritable nom d'Elena Vetriano, son nom de naissance. Vers 23 heures, j'entendis Nick monter se coucher, traînant les pieds de manière ostensible dans l'escalier. Je m'en moquais. Je saisis « pianiste » et « Sussex » sur Google, car un article avait mentionné qu'elle était originaire de là-bas. Je tapai ensuite « Nora pianiste Sussex ». « Eleanor pianiste Sussex ». Finalement, après être remontée des années plus tôt, je trouvai ce que je cherchais : « Jeune pianiste de l'année du West Sussex. » Une photo d'une adolescente pâle aux cheveux noirs, vêtue d'une robe grise unie, brandissant un diplôme devant un piano à queue plus grand qu'elle. Elle avait l'air extrêmement malheureuse, les traits déformés par une douleur inconnue. C'était incontestablement Nora.

Et son nom de famille, à l'époque ? Treadway. Eleanor Treadway de Steepletops, Frimlington. Une maison avec un nom et sans numéro. Les parents de Nora devaient être riches. Il n'y avait rien d'autre en ligne sur elle et sa famille.

La journée avait glissé sur moi comme si elle avait à moitié existé, comme le jour de Noël ou celui qui suit un long trajet en avion. Lorsqu'on se fréquentait, quand tu faisais partie de ma vie, les journées me semblaient interminables, la lumière dorée traversant le feuillage des arbres jusqu'à 22 heures passées. Je sentais que j'avais du temps et de l'amour à revendre. Si j'avais su que j'allais bientôt en manquer à ce point, je me serais accrochée à toi de toutes mes forces.

« Eleanor Treadway. » Ta femme, la rivale sans visage dont j'avais été si longtemps jalouse. J'avais l'impression que c'était elle qui t'enlevait à moi. J'étais furieuse chaque fois que tu m'envoyais des e-mails en cachette depuis la jardinerie, la maison ou les boutiques. Tout ce que je me disais, c'était que jamais je ne pourrais t'accompagner au magasin de jardinage et chez Ikea. Je m'étais tellement habituée à vérifier mon compte e-mail secret pendant que Nick payait les cafés ou faisait le plein d'essence, à protéger mon téléphone des regards indiscrets avec ma main ou mes cheveux, à toujours attendre quelque chose de différent. Refusant constamment de me trouver là où j'étais. C'était devenu une douleur chronique, comme si je marchais avec une jambe cassée sans même m'en apercevoir. Un nouvel amant est comme un miroir, voyez-vous. Un miroir dans lequel on ne peut s'empêcher de se regarder. J'évoluais dans une sorte de confusion sensorielle. Ton parfum et le fait de sentir tes muscles sous le velours de ta peau, ton souffle court lorsque tu me serrais dans tes bras, les rares moments où nous étions ensemble : « Oh, mon Dieu, Suzi ! » Comme si, en prononçant mon prénom, tu affirmais : « C'est toi que je choisis, toi et personne d'autre. » C'est ce qu'on se disait quand on avait une liaison, même si, bien sûr, on ne serait pas là, dans cette chambre d'hôtel aseptisée, s'il n'y avait pas les autres : Nick et ta femme. Ce trou noir derrière mes paupières que je ne pouvais supporter de regarder, mais que je ne pouvais m'empêcher de voir. Mais c'étaient ces moments – quand je parvenais à ne pas penser à la réalité – qui me manquaient le plus.

J'en savais très peu sur elle, à l'époque : une femme d'une quarantaine d'années à la chevelure noire. Dans mon imagination, elle était boudeuse, angoissée. Tu devais la quitter pour moi. C'était un fantôme. Désormais, je savais qui elle était. Cette fille au teint pâle et au regard intense sur les photos était connue sous une quantité de noms différents. Il fallait que je découvre ce qui s'était produit dans son passé. J'avais le sentiment que cela me permettrait de déterminer exactement à quel point j'étais en danger.

# Eleanor

Cela faisait si longtemps que je n'étais pas allée à Londres que je me laissai surprendre par une montée d'adrénaline lorsque le train traversa le pont de Blackfriars, la Tamise, large et limoneuse, en contrebas, des centaines d'individus s'affairant en toute hâte. Cela me rappela que d'autres personnes avaient un travail, des enfants, et s'inquiétaient de leur robinet de salle de bains qui gouttait étrangement et de leur facture de gaz. Loin de tout ce mélodrame dans lequel j'étais en train de me jeter. Emménager à côté de chez la maîtresse de mon mari ? Qu'est-ce qui avait bien pu me passer par la tête ? J'avais le cerveau dérangé par le chagrin, la colère et le manque. Mais, maintenant que je m'étais engagée dans cette voie, elle me menait à une situation inattendue, mais il me fallait poursuivre, car la vie d'un enfant était en jeu.

Je retrouvai Lisa Ragozzi dans un *Caffè Nero*, près de son bureau, à Borough. J'étais ravie qu'elle ait choisi cet endroit, car il était des plus anonymes, un flux permanent d'étudiants armés d'ordinateurs portables, de touristes perplexes regardant leurs cartes à l'envers, et d'employés de bureau dont l'objectif principal semblait d'éviter, à tout prix, d'interagir avec le moindre être humain au cours des trente minutes de leur pause.

Dès que je la vis, sa beauté me sauta aussitôt aux yeux. Elle avait une abondante chevelure brune qui descendait jusqu'au col de sa chemise blanche, des yeux noirs, mais ses pommettes étaient creusées et ses jambes fines comme des bâtons sous ses collants.

— Nora ? hésita-t-elle.

C'était une femme nerveuse. Que quelqu'un avait abîmée, peut-être.

— Bonjour, Lisa. Merci d'avoir accepté de me rencontrer.

Elle était trop polie pour me dévisager, mais j'avais saisi sa mimique révélatrice qui signifiait : « Ça ne peut pas être elle. » À présent, elle croirait réellement que je venais la voir pour une amie. Peut-être s'ouvrirait-elle plus.

— Je vous en prie, asseyez-vous.

Mon gobelet de café ridiculement grand à la main, je m'installai sans la quitter des yeux, un instant de silence au milieu du brouhaha qui se répercutait contre les murs.

— Vous devez trouver ça très étrange.

— Pas vraiment.

Elle serra les doigts, au point que ses articulations blanchirent, sur son thé à la menthe. Sans calories.

— Je me suis toujours demandé, reprit-elle, s'il... comment il allait finir. J'ai jeté un coup d'œil, après votre message. Il s'est marié ? Avec votre amie ?

J'aurais dû me douter qu'elle chercherait à en savoir davantage.

— Si elle apprenait que je vous ai parlé, elle entrerait dans une colère noire. Elle est totalement dans le déni, vous comprenez ?

Ce qui signifiait : « Je vous en prie, ne contactez pas Suzi. »

Elle hocha la tête.

— Bien sûr. Je suis moi-même restée très longtemps dans cet état.

— Vous pouvez m'en dire plus ?

Elle me raconta son histoire, le regard rivé au fond de son thé qui refroidissait, tandis que je buvais mon mélange de crème et de sucre d'un air honteux. Lisa s'était affamée jusqu'à atteindre une pureté de sainte. Pour que, peut-être, plus aucun homme ne veuille d'elle. À moins que ce soit pour se cacher de la vue de tous. Elle me relata de quelle manière elle avait fait la connaissance de Nick lors de sa première année à l'université de Nottingham, lui-même étant en seconde année. Elle avait été aussitôt conquise par ses attentions, alors que tous les autres garçons qu'elle avait rencontrés jusque-là désiraient uniquement coucher avec elle, évitant de lui adresser la parole en public. Meurtrie par une longue relation avec un rugbyman, elle avait trouvé en Nick, gentil et prévenant – petit, bien bâti, des traits plus agréables que sexy –, une planche de salut.

— Il m'a invitée au restaurant ! C'était du jamais-vu. Enfin, c'était juste chez *Pizza Express*, mais tout de même. J'étais tellement flattée... Et il se souvenait de tout ce que je lui disais : le nom de mes professeurs, de mon chat quand j'étais enfant, de tout. Avant que j'aie pu m'en rendre compte, on s'était installés ensemble.

— Dans une colocation ?

Elle secoua la tête, au-dessus de son cou fragile.

— Rien que tous les deux. Le père de Nick, il me semble, lui avait laissé beaucoup d'argent. Je me sentais réellement adulte. Nous avions même une femme de ménage ! Mais ensuite...

Ah ! Le fameux « mais ensuite »... Je me demandais si cela ne finissait pas par arriver à tout le monde, à un moment ou à un autre ; cet instant où vous vous aperceviez que votre relation parfaite et incomparable, l'amour de votre vie, avait une face cachée, comme lorsqu'on retournait une pierre.

Pour moi, cela avait été la découverte de ce baume à lèvres, dans la voiture de mon mari.

—Oui ?

—Il a commencé à devenir jaloux. Mon partenaire de projet était un homme, nous nous entendions bien, mais Nick était très méfiant. Il avait pris l'habitude de m'appeler pendant que j'étudiais, trente fois en une heure, parfois. Et si je prenais une minute de plus que d'ordinaire pour rentrer de la bibliothèque, si je faisais les magasins, par exemple, il voulait savoir pourquoi. Puis il m'a empêchée de sortir avec mes amies. Ce n'étaient même pas des fêtardes... juste des étudiantes normales et travailleuses. On est allées à un concert, et je portais... (Elle baissa de nouveau les yeux, le souvenir douloureux lui serrant la gorge.) Je portais un top corset. C'était la mode, à l'époque. Et il a pété un plomb ! « Pour qui tu mets ça, puisque je ne serai pas là ? Tu vois quelqu'un d'autre ? » J'ai fini par enfiler un tee-shirt. C'était plus facile.

À la fin de sa deuxième année à l'université, Lisa ne sortait plus, sauf pour se rendre en cours – et il lui arrivait de l'y escorter, sous prétexte de la protéger de la violence des rues – et à la salle de sport.

—Il m'encourageait à y aller, poursuivit-elle, esquissant un sourire plein d'amertume. Il ne me le disait jamais, mais il en parlait souvent. Un jour, il m'a lu un article sur le fait que les filles prenaient souvent six ou sept kilos durant leur première année à l'université.

Baissant les yeux sur sa clavicule saillante, j'eus soudain envie de faire souffrir Nick. Il l'avait isolée de ses amis et de ses proches. Même ses parents italiens, pleins d'allant, avaient renoncé à l'appeler, puisque Nick leur répondait invariablement qu'elle n'était pas à la maison, ce qu'elle n'avait naturellement découvert que bien plus tard.

Quand elle tentait de les appeler, il faisait la moue. « Pourquoi restes-tu si longtemps au téléphone ? C'est moi, ta famille, à présent, non ? »

— Et il m'a fait arrêter la pilule, poursuivit-elle en rougissant. Il m'avait persuadée que ce serait merveilleux d'avoir un enfant jeune, pendant que j'étais encore fertile. J'avais mes examens à la fin de l'année ! Heureusement, je ne suis pas tombée enceinte.

Et le fait de s'affamer était un contraceptif relativement efficace, aussi.

— Je suis vraiment navrée, Lisa, lui assurai-je d'un ton sincère. J'espère que ça va mieux, à présent.

— Je suis avec quelqu'un. (Machinalement, elle effleura son annulaire gauche, qui ne portait pas la moindre bague.) Mais on ne s'en remet pas aussi facilement. Une histoire pareille, ça laisse des traces. (Elle leva les yeux vers moi.) Votre amie, il lui fait subir la même chose ?

— J'ai l'impression, oui. C'est plus… graduel. Plus subtil.

Parce que Suzi était beaucoup plus bouillonnante que cette femme timide. Il lui avait fallu plus de temps, et des moyens plus sournois pour la briser. Il avait attendu qu'elle fasse un faux pas dont elle avait honte avant de l'emmener dans sa prison, à la campagne. Je me demandai combien de temps il avait préparé son coup avant de lui annoncer la nouvelle.

Je saluai Lisa devant le London Bridge, et je la regardai s'éloigner sur ses petites jambes fines, une colère sourde contre Nick grondant au fond de ma poitrine. D'une manière ou d'une autre, au cours des dernières semaines, celle-ci avait commencé à éclipser le sentiment de rage que j'éprouvais envers Suzi. Nick la contrôlait, la *gaslightait*, la méprisait. Pourtant, je ne parvenais même plus à me dire que j'avais eu de la chance de ne pas être tombée sur un homme comme lui. Parce que Patrick avait été comme lui, non ? Il m'avait convaincue que j'étais folle, que je lui prêtais des liaisons. Il m'avait menti en me regardant dans les yeux pendant dix ans. Et ce n'était pas tout. Il m'avait volée. Trompée. Et, comme Conway me l'avait laissé entendre, peut-être quelque chose d'encore pire que ça.

# Suzi

D'abord, il me fallait préparer le terrain. Un endroit où me réfugier quand ma vie serait anéantie. Un lieu où fuir, quelqu'un qui prendrait ma défense, Nora ne s'étant pas révélée l'alliée que j'imaginais. J'annonçai à Nick que j'allais voir ma mère. Je justifiai ce voyage grâce à un baratin incompréhensible sur ma grossesse :

— Quand on est sur le point de devenir mère, on a envie d'être avec la sienne. En plus, on ne la verra pas à Noël, cette année.

Comme à son habitude, il cligna lentement des yeux.

— Tu te disputes toujours avec elle. Ça ne risque pas d'être néfaste pour le bébé ?

— C'est un peu pour ça que je veux la voir : j'espère que nous pourrons mettre de côté certains problèmes, à l'arrivée de son petit-enfant !

Je lui adressai mon sourire de future maman épanouie et pleine d'espoir, et il finit par acquiescer, me proposant de réserver les billets de train. Pour s'assurer que j'y allais vraiment, sans doute. Et c'était bien mon intention, en fait. Il fallait que la situation soit critique pour que je me rende volontairement dans la campagne de l'Oxfordshire.

Ma mère vivait dans un joli petit village près d'Oxford, du genre de ceux qui profitaient d'une salle paroissiale active et d'un grand nombre de curieux derrière leurs volets onéreux. Sur le chemin depuis la gare, on croisa trois personnes qu'elle connaissait, et elle klaxonna chaque fois pour les saluer. Je me surpris à songer que cela ferait plusieurs témoins potentiels pour Nick, ce qui me fit presque rire, tant cette pensée était ridicule.

— Tu ne viens jamais toute seule, me fit-elle remarquer en manœuvrant la voiture dans sa petite allée.

Elle logeait dans une maison victorienne d'un étage en brique rouge joliment drapée de lierre. Mon père était mort quand j'avais quinze ans, et, malgré diverses propositions, ma mère ne s'était jamais remariée, même s'il lui arrivait de sortir avec des hommes, de temps à autre. Des relations raisonnables et joyeuses, le plus souvent lors de randonnées au pays de Galles ou de dégustations de vin à la salle paroissiale. Généralement avec des veufs ou des divorcés, qui avaient inévitablement des enfants, eux aussi. Je me demandais comment elle s'y prenait pour que sa vie amoureuse ne soit pas jalonnée de drames, alors que j'en étais parfaitement incapable.

— Nick travaille, lui répondis-je en descendant de la voiture.

— Mais tu viens le week-end, d'habitude.

— Je sais. Je me suis dit que ce serait plus tranquille dans le train. Et je voulais te voir avant ton départ.

Pour Noël, ma mère partait en croisière avec Nigel, sa dernière conquête, et j'étais horrifiée d'être jalouse à l'idée qu'elle puisse se trouver à des milliers de kilomètres de Nick, de Nora et du gâchis que j'avais fait de mon existence. À l'étage, la chambre d'amis débordait de guides, de matériel de voyage et de crème solaire prêts à être emballés.

— C'est gentil, ma chérie.

Mais elle me toisa avec son regard vif, et je savais que la grande attention aux détails qui faisait d'elle une si bonne avocate pourrait lui révéler la vérité. Je voulais qu'elle la devine. Ignorant comment aborder le sujet, je préférais que ce soit elle qui m'en parle.

Comme toujours, elle compensa habilement le silence qui s'était installé entre nous par de l'agitation. Elle me fit déballer mes affaires, même si je n'avais apporté que ce qu'il fallait pour une nuit, me demanda d'éplucher un tas de légumes pour le ragoût, puis de parcourir le programme d'un festival littéraire local, et de lui entourer tout ce qui me semblait intéressant. Ma mère ne lisait que des auteurs intellos et, durant mon adolescence, m'avait reproché de me « ruiner l'esprit avec ces immondices » lorsqu'elle me voyait avec un livre d'Agatha Christie ou de Jilly Cooper.

Elle s'activait autour de moi, me poussant à manger du gâteau et du fromage, afin de me montrer combien elle-même était frugale ; le mode opératoire habituel de ma mère, qui m'avait fait peser soixante-quinze kilos à quinze ans. Enfin, après avoir dîné, fait la vaisselle et transvasé les restes dans des Tupperware étiquetés, on s'installa devant sa vieille télé. Elle chaussa ses lunettes de lecture et parcourut les pages du *Radio Times*.

— Que veux-tu voir ? Il y a un drame scandinave que j'avais l'intention de regarder, ou la rediffusion d'un épisode de *Bergerac*.

Ma mère n'était abonnée à aucun service de télé à la demande. Je la soupçonnais de trouver le principe bien trop décadent : mieux valait apprécier ce que les chaînes nous donnaient.

— Maman, je me disais qu'on pourrait peut-être discuter.

— Discuter ?

Elle fronça les sourcils. Elle était toujours aussi élégante avec sa chevelure blonde à la limite du blanc, ses lunettes chics, sa silhouette svelte et élancée.

— Tout va bien, ma chérie ?

Je gardai le silence un instant. C'était l'occasion de lui répondre : « Non, pas vraiment », mais je ne pouvais pas tout lui déballer ainsi. J'imaginais déjà sa déception, son « Oh, Suzanne, comment as-tu pu faire une chose pareille ? ». De la culpabilité encore, de la culpabilité toujours. Si je lui racontais ce qui se passait, si je le lui disais à voix haute, je ne pourrais plus rester dans le déni.

— Ouais. C'est juste que… quand tu m'as eue, est-ce que papa était un peu… bizarre ? Protecteur à l'excès ?

— Oh non, ma chérie, ton père était quelqu'un de très doux. Il n'aurait jamais fait de mal à une mouche.

Je me souvenais si peu de lui, chaque bribe balayée par la force de caractère de ma mère. C'était le moment où elle était censée me sonder, me demander où je voulais en venir, mais elle n'en fit rien. À moi de porter seule le fardeau de cette conversation.

— C'est juste que Nick… il s'inquiète énormément. Il n'aime pas beaucoup que je sorte sans lui ou que je m'énerve, et il surveille en permanence ce que je mange et ce que je bois.

Elle fit bruire le magazine.

— Il faut bien que quelqu'un s'en charge, ma chérie. Je sais comme tu es avec les biscuits. Et le vin ! Tu ne bois pas, hein ?

Je sentis mes doigts se mettre à picoter de déception. On aurait dit qu'elle faisait tout son possible pour ne pas comprendre.

— Bien sûr que non. C'est juste que… maintenant que je ne gagne plus ma vie, je dois lui demander de l'argent, et je déteste ça. Ça signifie que je ne peux plus aller nulle part sans sa permission. Je suis vraiment isolée, là-bas.

Elle poussa un soupir.

— Je t'avais bien dit de ne pas acheter cette maison.

Le bon vieux « je te l'avais bien dit »... Existait-il quelque chose de moins utile quand on était en train d'admettre qu'on avait eu tort, de solliciter de l'aide ?

— C'est vrai. Tu es contente d'avoir eu raison ? demandai-je d'un ton tranchant.

Elle leva les yeux au ciel.

— Ma chérie, je crois que tu es fatiguée. Tu ferais peut-être mieux de te coucher tôt.

— Je ne suis pas fatiguée. J'essaie de te parler, et tu ne cesses de... me rabrouer.

Face à son air déconcerté, je m'aperçus qu'elle ne s'était vraiment rendu compte de rien. À ses yeux, c'était une mère charmante, compréhensive et généreuse.

— Je t'écoute. Qu'essaies-tu de me dire ? Que tu veux ton propre argent ? Tu pourras toujours retourner travailler, après la naissance du bébé, faire la navette jusqu'à Londres.

Ma mère ignorait les raisons pour lesquelles je ne pourrais jamais récupérer mon ancien poste. Il me faudrait en chercher un autre, trouver le moyen d'expliquer le temps que j'avais passé sans emploi, et croiser les doigts pour obtenir des recommandations acceptables auprès de mon ex-patronne, Daphne, qui, j'en étais sûre, savait précisément ce qui s'était passé avec Damian. Jongler entre le boulot et un nouveau-né.

— J'imagine.

Même si Nick me ferait son air triste et perplexe quand je le lui proposerais. « *Mais c'est pour toi que nous sommes venus habiter là.* »

— Je me sens juste très seule. Le cottage est loin de tout. Tu avais raison à ce sujet. Et je ne peux pas sortir la journée. Il me faudrait une voiture, mais Nick prétend que ce n'est pas bon pour l'environnement.

*De plus, ma voisine s'est installée là pour me pourrir la vie.* Nora avait regardé par la fenêtre quand j'étais partie, à sa place habituelle. Je m'étais demandé pourquoi je ne l'avais pas trouvée effrayante plus tôt.

Elle hocha la tête.

— Oui, c'est le dilemme, à la campagne. Ma chérie, tu es sûre que ce n'est pas juste le *baby blues* ?

— L'enfant n'est pas encore né. C'est après, en principe.

Elle réfléchit. Je vis son regard scintiller. Elle ne souhaitait pas vraiment s'impliquer – elle préférait qu'on la paie pour régler les problèmes familiaux des autres –, mais, remarquant combien j'étais bouleversée, elle ne pouvait pas complètement ignorer mon désarroi.

— Je suis certaine que Nick s'occupe de toi du mieux qu'il peut. Ça a mis tellement de temps pour en arriver là... Y a-t-il quelque chose qui t'inquiète vraiment ? Quelque chose qu'il a fait ?

Elle voulait savoir s'il ne m'avait pas frappée. Naturellement, ce n'était pas le cas. Il m'interrogeait juste sur chacun de mes faits et gestes. Il insinuait que j'étais folle quand j'étais convaincue qu'il faisait plus chaud dans la maison, quand j'entendais de la musique, et quand je ne parvenais pas à ouvrir la porte pour sortir. Il n'aimait tout simplement pas que je m'absente. Et il avait une bonne raison : il savait que je lui avais menti, très probablement, au sujet de Damian. Et je lui mentais encore. Je dépensais son argent à la poursuite d'un autre homme, celui avec qui je l'avais trompé. Et, maintenant que j'avais découvert la vérité et appris qui était Nora, je continuais à arpenter le pays en cherchant quoi faire. De son point de vue, Nick était sans doute parfaitement dans son droit. Je craignis soudain que ma mère ne se range de son côté si je lui avouais ce que j'avais fait. Et je ne le supporterais pas. J'étais venue chercher une alliée en prévision de la tempête à venir si je décidais de quitter Nick, si j'affrontais Nora et si j'étais démasquée comme la femme infidèle que j'étais. Je comprenais à présent que ma mère n'allait pas m'aider, pas plus que Claudia.

— Non, rien de grave, répondis-je. Je suppose que je trouve simplement le déménagement difficile.

Elle eut l'air extrêmement soulagée.

— Ça doit être ça, ma chérie. Et l'adaptation à la campagne. Peut-être que, lorsque ton bébé sera né, tu pourrais rejoindre un groupe de mères et de jeunes enfants, ce genre d'activités. Ou suivre un cours : Nigel pense beaucoup de bien de son atelier de reliure.

Manifestement, elle n'avait pas tenu compte du fait que je n'avais pas de voiture. J'hésitai.

— Maman… Si j'en ai besoin, je pourrai rester un peu ici ? Avec le bébé ?

Elle réfléchit un peu trop longtemps.

— Bien sûr, ma chérie, tu peux venir, mais ta chambre est remplie de bric-à-brac maintenant. Toutes mes affaires de couture… et les dépliants de ma campagne pour sauver le golf du village. Ce serait beaucoup de choses à déplacer… mais bien sûr ! Tout le temps qu'il te faudra !

En d'autres termes, non.

— Merci, marmonnai-je. Allons-y pour le drame scandinave, alors.

Des meurtres filmés dans une ambiance sinistre, ça conviendrait parfaitement à mon humeur.

Le lendemain, je rentrai chez moi en traînant les pieds. Je me sentais totalement abattue. Ma mère avait été claire : c'était ma vie, maintenant. Derrière des vitres scellées et des portes protégées par des codes, à élever mon enfant, et rendre Nick heureux. Si tant est que ce soit possible. Les trains étaient lents, et il était 17 heures passées quand j'arrivai. Le cottage de Nora était de nouveau plongé dans l'obscurité, ce qui me déstabilisa. Avant, elle était toujours là, et voilà qu'elle sortait sans cesse, à présent. Savait-elle que j'avais découvert qui elle était ? Et, une fois de plus, je me posai la question qui n'avait jamais réellement quitté mon esprit depuis que j'avais appris la vérité : que diable voulait-elle ?

Nick était là, bien sûr, prêt à trouver matière à redire. Il était à la table de la cuisine, des photos de Poppet étalées devant lui, et je constatai qu'il était en train d'imprimer une nouvelle affiche. Encore une catastrophe dont j'étais responsable.

— Désolée, dis-je, trop lasse pour lui présenter des excuses. C'est juste que… ça a pris du temps. J'ai fait des courses.

Nick se leva, attrapant le sac de commissions avec lequel j'étais revenue. En déambulant dans les allées du supermarché, je m'étais demandé si je serais encore là pour finir le muesli sans sucre, le pot de beurre de cacahouètes. Si j'aurais pu m'échapper d'ici là. Mais pour aller où ? Pas chez ma mère, manifestement. Nick fit claquer la porte du placard.

— Enfin, ce n'est pas trop demander, quand même ? Je travaille toute la journée, et quand je reviens, j'aimerais trouver une maison chauffée et accueillante, le dîner servi.

Je le regardai, bouche bée.

— Il n'était même pas 17 heures, quand tu es rentré ! Tu es en train de me dire que tu voulais manger à cette heure-là ?

Il fit claquer une nouvelle porte.

— Je veux une femme qui soit là à m'attendre.

— Je suis là tous les jours ! Où veux-tu que j'aille, de toute façon ? J'étais chez ma mère.

Il demeura immobile, les mains sur le comptoir, le dos tourné. Je sentis qu'il reconsidérait son raisonnement, comme s'il trouvait lui aussi qu'il n'était pas raisonnable, malgré le caractère déraisonnable de notre existence, ces derniers temps.

— Je m'inquiète simplement pour toi. Tu es enceinte, et c'est un long voyage.

— C'est toi qui m'as amenée ici.

J'attrapai le reste des courses, un paquet de nouilles chinoises, un pot de graines de chia, censées être bénéfiques pour ma santé, et les rangeai dans un placard. Je savais que Nick passerait derrière moi pour les réorganiser à sa façon.

Il fronça les sourcils.

— S'il te plaît, ne me parle pas comme ça, Suzi.

Un avertissement. J'étais allée trop loin.

— Et tu penses qu'on va pouvoir dîner bientôt ? Je suis affamé, et je suis certain que le bébé aussi.

Je patientai quelques secondes jusqu'à ce que je sois certaine de pouvoir m'exprimer sans hurler. Ce n'était pas le moment de faire voler ma vie en éclats. Pas avant de savoir exactement ce que mijotait Nora.

— Bien sûr. Je comptais préparer des spaghettis à la bolognaise, mais si tu ne peux pas attendre, il y a ce qu'il faut pour une poêlée.

— Des spaghettis bolognaise, ce sera très bien.

Il s'était calmé. Crise de nouveau évitée.

— Ça arrive tout de suite. Pourquoi ne t'assiérais-tu pas avec une bière ?

Depuis que j'étais enceinte, il avait remplacé le vin par la bière, probablement pour souligner le fait que je n'avais pas le droit ne serait-ce que de sentir de l'alcool, et encore moins d'en goûter une gorgée dans une bouteille ouverte.

— D'accord. (En passant devant moi, il me tapota le ventre, la seule partie de mon anatomie qu'il touchait, désormais.) Comment va maman, au fait ?

Je détestais qu'il l'appelle de cette façon. C'était ma mère, pas la sienne.

— Comme d'habitude. Elle s'implique corps et âme dans les comités de village et attend avec impatience les conférences de développement personnel durant sa croisière.

Il pinça les lèvres.

— J'espère que tu lui as dit que nous espérons un peu de soutien de sa part à l'arrivée du petit. Il va falloir que mamie s'investisse, ainsi que Nana !

Je me remémorai la tête de ma mère quand je lui avais annoncé qu'elle allait être « mamie ». Aucun grand-père en vue, bien sûr, d'un côté comme de l'autre. Je me demandai ce que nos mères avaient de si particulier pour envoyer prématurément leurs époux dans la tombe.

Tandis que je découpais les légumes et mettais la viande hachée dans la poêle, légèrement indisposée à cause de la texture qui me faisait penser à un cerveau, je vis, en lançant un coup d'œil de l'autre côté de l'allée, que le cottage de Nora était toujours plongé dans l'obscurité, les rideaux ouverts. Elle était partie. Mais où ?

Derrière moi, Nick pénétra à pas feutrés dans la cuisine, rinçant sa bouteille de bière pour la jeter au recyclage. D'un ton détendu, comme si de rien n'était, il déclara :

— J'ai oublié de te dire que la police a encore appelé aujourd'hui. Ils veulent toujours te parler.

# Eleanor

Les jours qui avaient suivi le décès de mon mari, j'avais étudié les affaires qui s'étaient trouvées dans sa voiture comme un archéologue se penchant sur les objets funéraires d'un pharaon mort depuis des siècles. Que signifiaient-elles ? Comment avait-il pu mentir si longtemps sur son métier ? Cela expliquait certainement pourquoi nous n'avions jamais organisé de fêtes ni de dîners avec ses collègues. Il avait toujours prétendu qu'il n'avait aucune envie de sociabiliser avec eux, qu'il préférait passer du temps avec moi, quand il ne travaillait pas. J'en avais été ravie. Puis, quand j'avais compris que ma vie n'était qu'un simulacre, j'avais décidé d'en apprendre davantage.

Suzi s'était de nouveau absentée, quelques jours auparavant, emportant un sac de voyage et prenant encore un taxi hors de prix. En regardant par la fenêtre, j'avais entendu Nick lui lancer : « Transmets le bonjour à maman de ma part ! » J'en avais déduit qu'elle allait rendre visite à sa mère. Elle m'avait dit qu'elle partait en croisière pour Noël, c'était donc logique. Je sentais que l'atmosphère s'était rafraîchie, entre nous. Elle ne m'avait pas avertie de son départ. En fait, nous ne nous étions pas parlé depuis qu'elle m'avait entendue jouer du piano. Je me demandai ce qui se passait. J'avais même éprouvé une pointe d'effroi, mais il était impossible qu'elle devine qui j'étais réellement. Suzi était tellement absorbée par son propre chagrin et ses propres craintes qu'elle ne pensait probablement jamais à moi.

Je ressassais ce que Conway m'avait dit. « Tu n'en sais pas la moitié, chérie. » Parlait-il bien de ce que je croyais ? Cette simple idée me paraissait totalement ridicule. Je tentai de me remémorer la chronologie des événements.

Ils avaient dit que Patrick était encore conscient à l'arrivée de l'ambulance. Que s'était-il passé après son admission à l'hôpital ? Quelqu'un s'était occupé de lui, de nombreuses personnes, même. Des infirmières, des médecins, des agents d'accueil. Cela aurait laissé des traces. S'il allait assez bien à ce moment-là, n'auraient-ils pas été surpris par sa mort un peu plus tard ? N'auraient-ils pas donné l'alerte ? Quelqu'un lui avait-il fait du mal alors qu'il était à l'hôpital en train de se remettre de son accident ?

Je roulai jusqu'à l'Hôpital général du Surrey, m'étonnant de ne jamais y être allée auparavant. J'avais proposé plusieurs fois à Patrick de nous y retrouver pour déjeuner, mais il avait toujours prétendu être trop occupé. À sauver des vies, à mettre des bébés au monde. Plus j'y réfléchissais, plus je comprenais comme il avait dû être facile de me berner. Je n'allais jamais sur son lieu de travail. De toute façon, même si ce n'était pas en tant que médecin, il y travaillait bien. Je n'avais jamais croisé ses collègues. Ni remis en question ce qu'il me disait. Il avait des étagères débordant d'ouvrages médicaux, et j'avais même eu l'occasion de voir une photo de lui à l'école de médecine.

Je me garai dans le parking, dont les tarifs étaient exorbitants. Pour la première fois de ma vie, j'éprouvais le sentiment troublant de m'inquiéter pour mon compte en banque. Dès que je pénétrai dans l'enceinte de l'hôpital, je me sentis agressée par la lumière et le bruit.

L'éclairage criard, les claquements de pas, les téléviseurs qui hurlaient, la présence de patients un peu partout… La neige avait provoqué une hausse aussi bien des accidents que de la grippe. Plusieurs patients avaient les pieds sur les sièges face à eux, l'air à la fois fâché et las.

Eddie, mon avocat, m'avait appris que Patrick avait travaillé comme comptable au service d'obstétrique et de fertilité; cette partie de l'histoire, au moins, était exacte. L'ironie de la chose ne m'avait pas échappé. Mais, au lieu de mettre au monde des enfants et de réaliser des opérations chirurgicales vitales, il faisait payer les gens pour la location de chambres individuelles et calculait les dépenses des médecins. Un caissier, en quelque sorte. Je montai à son service, me préparant à voir le corps difforme des femmes enceintes. Grâce à lui, Suzi avait rejoint leurs rangs, mais il était désormais peu probable que ce soit un jour mon cas. Je me dis que ce n'était pas une grande perte. Le monde étant déjà surpeuplé, au moins, en n'ayant pas de descendance, je mettrais fin au terrible legs de ma famille, à la transmission de ses gènes tordus. Mais mon cœur ayant visiblement du mal à l'accepter, je faillis fondre en larmes lorsqu'un bambin accourut vers moi, se cramponnant à ma jambe pour se maintenir debout.

— Tyler! (Sa mère, enceinte, s'approcha d'une démarche pesante.) Désolée. Il s'accroche à n'importe quoi ces jours-ci.

— Ce n'est rien.

Je dus me détourner de son regard rieur et de ses mains en forme d'étoile de mer. Tenter de raviver ma colère, ce carburant qui m'avait si longtemps alimentée, depuis que je vivais à côté de la femme qui portait l'enfant de Patrick. Tout ce que j'éprouvais à présent était un profond sentiment de vide. Tant de mensonges. Encore plus que ceux que je pensais déjà connaître. Arriverais-je un jour à en finir avec eux?

— C'est pour quoi ?

Mon errance dans le service avait attiré l'attention d'une réceptionniste, qui faisait balancer son badge au bout d'un cordon comme s'il s'agissait d'une arme.

— Oh, désolée. Je... mon mari travaillait ici. Patrick Sullivan ?

Et non le docteur Sullivan, comme je l'avais longtemps cru. Pas étonnant qu'il ne voulait pas me laisser appeler son service. Je me rappelai vaguement avoir tenté de le joindre, un jour, car je ne parvenais pas à le contacter sur son portable. « Qui ? Il n'y a pas de docteur Sullivan, ici. » Et sa colère. « Un imbécile d'intérimaire. Ils ont assez à faire sans devoir prendre des appels personnels, Elle. Ne recommence pas. » Et je n'avais pas recommencé.

Les traits de l'employée s'adoucirent.

— Ah oui. Nous avons été très peinés de le perdre, madame Sullivan.

Elle l'aimait bien, cela se voyait. C'était le cas de presque toutes les femmes, manifestement.

— J'espérais pouvoir voir son bureau. Vous savez, pour que je puisse imaginer où il travaillait. Récupérer ses affaires...

Elle hésita. Les larmes me montèrent aux yeux, sincères, pour le coup.

— Naturellement, madame Sullivan. Suivez-moi.

La pièce n'était guère plus grande qu'un placard. Un bureau et un fauteuil bon marché, une étagère chargée de publications ennuyeuses, des règlements des services de santé et des copies de manuels d'utilisation des logiciels Sage. Aucune photo, aucun signe qu'il ait été marié, qu'il ait eu une quelconque vie privée. Quand la réceptionniste prit congé, je m'installai sur le siège, imaginant Patrick dans ce réduit, assis des années à ce bureau miteux. Non pas en train de sauver des vies, comme il l'avait prétendu, mais de classer des notes de frais et de saisir des données dans un tableur.

J'ouvris les tiroirs du meuble avec appréhension. Dans celui du haut se trouvaient quelques trombones, deux stylos à bille usagés et une cravate en soie bleue enroulée, sans doute laissée là en cas de réunion. Je me rappelais l'avoir achetée deux ans auparavant : elle m'avait coûté 100 livres, et voilà qu'elle gisait dans le tiroir poussiéreux d'un bureau d'hôpital. Je m'en saisis, caressant l'étoffe soyeuse entre mes doigts. Une petite partie de lui oubliée.

Le deuxième tiroir contenait une bouteille de whisky presque vide, un flacon d'après-rasage – un mélange personnalisé très onéreux –, une brosse à dents dans son emballage ouvert, et du gel douche. Je refusai d'imaginer pour quelle raison il gardait tous ces articles de toilette dans son bureau. Je me souvins qu'il se douchait tous les soirs dès son retour de manière presque compulsive. Pour se débarrasser du parfum de Suzi, peut-être. Mais elle m'avait dit qu'ils ne s'étaient rencontrés qu'au mois de mai. Patrick avait ce comportement – le fait de rentrer tard, de filer en douce – depuis que je le connaissais.

M'efforçant de penser à autre chose, je tentai le troisième tiroir. Il était fermé à clé. L'espace d'un instant, j'envisageai d'emprunter la voie légale et de demander à quelqu'un de la maintenance s'il avait un double. Mais je préférais éviter d'attirer l'attention sur moi, et, d'après mon expérience des hôpitaux, cela prendrait probablement des heures. Heureusement, j'avais conservé quelques compétences de mon séjour à Uplands, où crocheter une serrure de bureau fragile aurait été un jeu d'enfant pour les filles à moitié sauvages avec qui j'avais vécu près de six mois. Je redressai l'un des trombones du tiroir du haut, et, en moins de deux minutes, j'avais forcé la serrure.

Il n'y avait à l'intérieur qu'un carnet à carreaux bon marché. Avec son écriture soignée, mon mari y avait inscrit des noms. Je reconnus celui de Conway. À côté, je vis des chiffres, des dates, des annotations griffonnées. Des indications comme « Avec fille bar conférence », « Pause-déjeuner trois heures pour deux » ou « Frais pour nuit d'hôtel supplémentaire ». Que cela signifiait-il ?

En en tournant les pages, j'en fis tomber quelque chose. Un morceau de papier vert, une ordonnance de cet hôpital, sans mention du nom du médecin. Elle était signée d'un gribouillis indéchiffrable, et le nom du médicament était également laissé en blanc. Je songeai aux comprimés qu'il m'avait apportés, mon mari « médecin », me poussant à les prendre. Prétextant que cela m'aiderait à lutter contre mon anxiété, mes problèmes de santé mentale, comme ma mère. Et je les avais pris. Bien sûr que je les avais pris, puisque j'étais convaincue qu'il avait fait des études de médecine. Quelqu'un lui avait-il remis une ordonnance vierge pour qu'il puisse la remplir à sa guise ?

J'étais en train de comprendre ce que cette question impliquait lorsque j'entendis un bruit, et la porte de la pièce s'ouvrit.

— Je peux vous renseigner ?

# Suzi

La police vint sonner le lendemain. Forcément, puisque, bêtement, je ne les avais jamais appelés pour leur dire que je n'étais au courant de rien, afin qu'ils puissent me rayer de leur liste.

Ils se montrèrent très polis, s'essuyant les pieds sur le paillasson et me remerciant pour le thé que j'avais préparé dans une théière en porcelaine, les biscuits au chocolat et au gingembre servis sur une assiette. Je leur présentai mes excuses parce qu'ils n'étaient pas maison, avant de me reprocher de trop en faire. Pour autant qu'ils le sachent, je n'étais qu'une voisine innocente qui n'avait rien à voir avec cet accident. Je me repassais en boucle mon histoire de façon obsessionnelle, à la recherche de la moindre faille. Y avait-il un moyen de nous relier l'un à l'autre ? Si Nora m'avait trouvée, il en existait certainement un. Je me demandais encore comment elle avait procédé.

C'étaient un homme et une femme, tous deux dans les mêmes uniformes foncés, une radio à la ceinture. Grâce à la télévision, je savais que cela signifiait qu'ils n'avaient pas envoyé les gradés, que c'était probablement une simple enquête de routine. On prit place dans le salon, où, je le remarquai, il régnait un froid polaire.

— Navrée pour la température. Nous sommes censés avoir un chauffage… comment appelle-t-on ça ? (J'avais oublié le nom. Une vraie cervelle de moineau.) On dirait qu'il ne fonctionne pas.

— On en bave, avec toute cette neige, intervint poliment la femme. On reçoit beaucoup d'appels, à cette époque de l'année. Surtout des personnes âgées qui souffrent du froid. Elles coupent le chauffage pour pouvoir se payer à manger.

J'ajustai ma veste en laine, honteuse de ma richesse et de mes privilèges.

— Mon mari m'a dit qu'il s'agissait d'un accident ?

J'avais employé le terme « mari » de manière délibérée, comme un bouclier. *Je suis mariée. Je n'ai rien à voir avec cet individu, quel qu'il soit.*

— C'est exact. Il y a environ trois mois, il y a eu un accident sur la bretelle d'autoroute, celle qui est parallèle, à quelques kilomètres d'ici. Un homme a percuté un arbre en voiture.

Je fis une grimace.

— Ah, c'est affreux ! Je ne me rappelle pas en avoir entendu parler.

Mais découvriraient-ils que ce n'était pas vrai ? Jetteraient-ils un coup d'œil aux recherches que j'avais effectuées sur Internet ? Verraient-ils que j'avais consulté des articles sur l'accident ?

— À cause du verglas ? repris-je. Les routes ne sont pas sablées par ici.

— Non, c'était avant la vague de froid. Il faisait encore beau. Et il n'y avait rien sur la chaussée, à notre connaissance.

— Comme c'est curieux. Vous êtes toujours en train d'enquêter ?

Pourquoi leur avait-il fallu tant de temps pour venir jusqu'ici ?

Ils échangèrent un bref regard.

— Ce n'était pas une priorité. Les coupes budgétaires, vous voyez…

Je mourais d'envie de leur offrir une explication – comme un AVC, une rupture d'anévrisme ou, pire encore, le choc de la nouvelle que je venais de t'annoncer, la menace voilée que je t'avais faite –, mais quelqu'un d'innocent n'aurait jamais fait une chose pareille. Alors je gardai le silence.

— Vous n'avez rien entendu ? demanda la femme.

— Pas que je me souvienne. C'était quand ?

Elle me donna la date, comme si j'avais pu l'oublier, et je fis mine de consulter mon agenda sur mon téléphone. Seraient-ils en mesure de découvrir que j'étais sortie de la maison, ce jour-là ? Le système d'alarme gardait-il une trace de mes allées et venues ? Non, c'était il y a une éternité, personne ne s'en souviendrait. De plus, Nora n'avait pas encore emménagé, à cette époque-là. Naturellement, puisque c'était sûrement ta mort qui l'avait incitée à venir me trouver. M'anéantir.

Je protégeai mes arrières :

— Je ne vois rien dans mon agenda, mais c'est trop lointain pour être catégorique. Il m'arrive parfois d'aller faire un tour, mais là, je ne sais pas, désolée.

Ils commencèrent à s'agiter comme s'ils s'apprêtaient à partir. Soulagée, je sentis mon cœur se desserrer. Ce n'était sans doute qu'une visite de routine, après tout. Ils n'étaient au courant de rien.

— Nous vous remercions, madame Thomas.

J'évitai de les reprendre au sujet de mon nom. Puis, juste au moment où je respirais de nouveau, sur le point de me lever pour les raccompagner, ils s'adressèrent de nouveau à moi.

— En fait, madame Thomas, nous avons remarqué que quelqu'un avait appelé la police, il y a quelques semaines, depuis cette adresse.

— Ah ?

Mais qu'est-ce que… Je fus soudain gagnée par un éclair de panique. Nick leur avait-il parlé ? Avait-il des soupçons ?

— À propos d'un animal disparu ?

Je poussai un profond soupir.

— Ah, oui, oui, bien sûr. Pauvre Poppet ! J'ai conseillé à Nick de ne pas vous déranger avec ça.

— En temps normal, nous ne pouvons pas faire grand-chose pour les chiens disparus, mais il avait raison, des gangs opèrent dans la région. Ils essaient d'enlever des chiens de race. Avez-vous remarqué des agissements inhabituels ? Quelqu'un qui surveillait la maison ?

Je n'avais même pas pensé à cela. Ce serait ridicule si, finalement, la disparition de Poppet était le seul véritable crime sur lequel ils enquêtaient. Et si les curieux événements qui m'avaient tant effrayée n'avaient rien à voir avec toi et moi ?

Je fis mine de réfléchir.

— Nous avons bien reçu quelques appels où la personne raccrochait aussitôt, ce genre de choses. Je me suis doutée que quelqu'un faisait du repérage, mais nous avons un excellent système d'alarme, alors je ne me suis pas trop inquiétée.

— Sage précaution.

Ils échangèrent un nouveau regard. Mon estomac se noua comme sur des montagnes russes que l'on imagine terminées, avant de découvrir qu'il reste encore un looping à franchir. Comme j'avais été stupide et arrogante de les considérer comme de vulgaires flics. Ils savaient quelque chose. Bien sûr qu'ils savaient. C'était bien plus qu'une simple visite de routine !

— Madame Thomas, notre système croise automatiquement les noms sur nos bases de données. Nous n'avons pas pu nous empêcher de remarquer que, au début de cette année, une accusation a été portée contre vous. Pour la commission d'un délit.

— Pardon ?

J'avais commencé à me lever du canapé, mais je m'y effondrai de nouveau, soufflée par la peur.

— Dégradation de véhicule, à East London. *(Oh, mon Dieu !)* La victime a fourni votre nom comme suspect possible. Un certain Damian Henderson.

Je les regardai, bouche bée, avec ce qu'ils considérèrent sans doute – je l'espérais bien – comme de l'indignation sincère.

— Damian !

— Vous le connaissez ?

— Nous avons travaillé ensemble. J'étais au courant pour le vandalisme… mais je… je vivais déjà ici, quand ça s'est produit ! C'est de la folie !

— C'est ce que nos collègues se sont dit. Raison pour laquelle ils n'ont pas donné suite. À votre avis, y a-t-il une raison pour laquelle il vous a désignée, madame Thomas ?

La femme croisa mon regard avec calme, par-dessus son carnet. Ils savaient. Ils avaient forcément deviné pourquoi il m'avait accusée, et quel genre de personne j'étais.

— Je… *(Oh, mon Dieu, méfie-toi, Suzi !)* Nous ne nous sommes pas quittés en bons termes, voilà tout. Mais je ne l'ai pas revu depuis des mois.

C'était un mensonge. Je mentais sans même le vouloir. Merde !

Ils se consultèrent de nouveau du regard. Je les enviais presque d'avoir la faculté de communiquer entre eux ainsi, d'être à ce point en phase l'un avec l'autre. J'avais connu cette complicité avec toi, pendant un moment. Du moins l'avais-je cru. Ce n'était pas comme avec Nick. Nos conversations s'étaient taries depuis bien longtemps. Et, lorsque nous sortions dîner, nous nous précipitions tous les deux sur nos téléphones, bien que nous ayons convenu de ne pas les utiliser. Je ressentais ta disparition d'une multitude de façons, si insignifiantes soient-elles.

— Très bien, merci pour votre aide.

C'était fini ? Avaient-ils d'autres mauvaises surprises en stock ?

— J'espère que vous découvrirez ce qui s'est passé, déclarai-je en les raccompagnant. Sa pauvre femme, c'est terrible cet accident.

Ils étaient partis et se dirigeaient vers leur voiture lorsque je m'aperçus avec une boule au ventre qu'ils ne m'avaient jamais précisé que tu étais marié.

J'étais en rage. Enfoiré de Damian, raconter ça à la police ! Comme si j'allais abîmer sa voiture pourrie !

J'aurais dû m'abstenir de réagir à chaud. Encore un acte vraiment stupide, à ajouter à la longue liste de ceux de ces derniers mois. Je saisis mon téléphone, j'ouvris ma messagerie secrète, et je lui écrivis un e-mail.

« Tu ne m'as pas dit que tu avais donné mon nom à la police ! Putain, Damian… Je n'ai même pas pensé une seule seconde à toi, après avoir démissionné. J'étais contente de m'éloigner de toi, d'accord ? Je ne veux plus rien avoir affaire avec toi. Sinon, si tu leur dis encore des trucs sur moi, ils découvriront aussi des choses sur toi. »

J'appuyai sur « envoyer » avant même d'avoir eu le temps de m'apercevoir à quel point c'était idiot. Je le menaçais… mais avec quoi ? Une accusation selon laquelle l'épisode de la ruelle n'était pas consenti ? Je regrettais ce qui s'était passé ce soir-là, bien sûr, et cela ne serait jamais arrivé si j'avais été sobre, mais était-ce vraiment ce que j'avais voulu insinuer ? Je songeai au fait de devoir aller au tribunal si l'affaire s'ébruitait. La tête de Nick. La honte. Prétendre que j'étais une victime, alors que j'avais suivi Damian de mon plein gré, que je l'avais embrassé fougueusement, que j'avais tenté de le séduire des mois durant. Même si je n'avais pas voulu que ça aille plus loin, qui aurait eu de la compassion pour moi ?

Me sentant gagnée par un sentiment de terreur froide, je me levai d'un bond, sanglotant presque de frustration. Qu'allais-je devenir ? Personne ne pouvait m'aider. Nora était ta femme. Même si elle n'avait encore rien révélé à Nick, elle devait me haïr. Un événement terrible s'était produit dans son passé, j'en étais convaincue, et elle prenait des médicaments pour soigner une grave maladie mentale. Il fallait que je m'éloigne d'elle, mais vers qui pouvais-je me tourner ? Nick me soupçonnait d'avoir couché avec Damian. Quelqu'un – peut-être Nora – me surveillait et avait sans doute volé mon chien. Je n'étais pas en sécurité, j'étais enceinte, et j'étais presque certaine d'avoir commis plusieurs erreurs grossières lors de mon entretien avec la police, de m'être embrouillée dans mes propres mensonges. Et s'ils revenaient ?

Debout au milieu de ma cuisine cossue, écoutant les bruits de la maison autour de moi, je tremblais. Des machines pour régler la température, diffuser de la musique, actionner les volets et gérer l'éclairage. Pour verrouiller la porte et me garder enfermée ici à tout jamais. J'étais comme un oiseau en cage, un chat juste devant ma prison épiant le moindre de mes faits et gestes.

# Eleanor

L'homme qui m'avait surprise dans le bureau de Patrick – le docteur Andrew Holt, à la tête de l'unité de FIV de l'hôpital, comme il s'était présenté – avait un aspect aimable, jugeai-je. J'imaginais que les femmes enceintes devaient trouver rassurante sa présence dans l'établissement. Il avait une voix apaisante, le regard doux. Pourtant, lorsqu'il me vit compulser le carnet dans le bureau, il arbora une expression inquiète.

— Madame Sullivan, n'est-ce pas ? Gemma m'a dit que vous étiez là.

— Eleanor, oui.

— Bien. (Il fronça un peu plus les sourcils.) Toutes mes condoléances. Comment pouvons-nous vous être utiles ? Je crains de ne pas avoir très bien connu Patrick.

*Moi non plus*, eus-je envie de lui rétorquer.

— Docteur Holt, je ne sais pas vraiment comment vous l'expliquer. J'ai du mal à l'accepter, cette mort. C'est juste que j'ai peine à croire qu'il ait pu avoir un tel accident.

Il hocha la tête d'un air compatissant.

— C'est assez courant.

— Peut-être que si je comprenais ce qui s'est passé quand on l'a amené ici, après la collision… L'a-t-on conduit aux urgences ? Je sais que vous ne vous êtes pas occupé de lui, mais je ne savais pas à qui poser la question.

— J'ai un patient… (Consultant sa montre, il sembla prendre une décision.) Je peux me renseigner, je n'en doute pas. Pourquoi ne viendriez-vous pas dans mon bureau ? Il est juste là.

Je le suivis le long de plusieurs couloirs, chacun peint dans des tons identiques de brun et de citron. Son bureau était plus grand que celui de Patrick, mais beaucoup moins ordonné, une veste jetée sur le dossier du fauteuil et le moindre centimètre couvert de documents, de tasses de café à moitié pleines, de revues médicales aux pages repliées.

— Voyons voir. (Il approcha son siège de son ordinateur et se mit à tapoter sur les touches avec deux doigts.) Nous y voilà. Votre mari était conscient dans l'ambulance. Il a signalé aux secouristes qu'il s'était cogné la tête. Il a d'abord été admis aux urgences, oui. Puis, comme il se plaignait d'une vision floue et de pertes de mémoire, il s'est vu transféré au service de neurologie pour observation. Malheureusement, son état s'est ensuite aggravé, et il est décédé. Très rapidement. Avec les traumatismes crâniens, c'est souvent le cas.

— Personne n'était censé m'appeler, à son arrivée à l'hôpital ?

Je ne comprenais toujours pas pourquoi je n'avais appris sa mort qu'au moment où la police était venue frapper à ma porte. On savait déjà que c'était lui, puisqu'on ne m'avait pas demandé d'identifier le corps. Je me remémorai le terrible instant où j'avais vu la lumière bleue des gyrophares scintiller sur mes fenêtres. Un moment qui allait bouleverser mon existence et dont je ne me remettrais jamais. Le profond regret qui m'avait accablée, plus tard, en l'imaginant mourant quelques heures auparavant, alors que j'étais tranquillement en train de siroter du vin chez moi, inconsciente du drame qui se jouait.

— Normalement, si. (Il regarda son écran en plissant les yeux.) Il est possible qu'ils n'aient pas trouvé votre numéro. Ou, s'il était désorienté, il a même pu donner un mauvais nom. Vous habitez en ville, je vois ?

C'était très probablement mon ancienne adresse, qui figurait dans le dossier médical.

— J'ai déménagé, répondis-je d'un ton distrait. Quels sont les médecins qui l'ont examiné ? Enfin, qui a constaté… sa mort ?

Il devait s'agir d'une question curieuse, car il haussa ses sourcils blond roux.

— Eh bien, s'il était en observation, le chef du service de neurologie a dû le voir. Plus quelques infirmières. Si son état s'est dégradé rapidement, il se peut qu'ils n'aient rien remarqué. Nous sommes tellement à court de personnel en ce moment… Quand il a cessé de respirer, ils se sont probablement précipités pour le ranimer, mais il devait être trop tard. Je pense que c'est sans doute ce qui s'est passé. Je suis sincèrement navré.

— Bon.

Je réfléchis un moment. Le temps où il était resté seul, apparemment en bonne santé… c'était là que quelque chose avait dû se produire. Quelqu'un aurait-il pu le tuer ? Mais pourquoi ? Je repensai à ce que j'avais découvert dans le tiroir de son bureau, aux notes codées inscrites dans son carnet. Le terme de « chantage » me vint à l'esprit, incroyablement mélodramatique. Était-ce seulement possible ? Si Conway était dans le coup, et peut-être une voire deux autres personnes, auraient-ils pu le tuer et maquiller cela en accident ?

— Docteur Holt… avez-vous déjà entendu dire que des médecins de cet hôpital avaient des secrets ? Des choses à dissimuler ?

Il devait vraiment me prendre pour une folle, à présent.

— Bonté divine, je n'en sais rien ! Tout le monde a ses petits secrets, n'est-ce pas ? (Il me regarda droit dans les yeux.) Madame Sullivan… il y a des professionnels à qui vous pouvez vous adresser, vous savez ? Il est tout à fait normal de faire des blocages. D'être… perturbé par certains événements.

Était-ce mon cas ? Étais-je perturbée ? Ou est-ce que je voyais clair pour la première fois depuis des années ?

— Vous pouvez toujours rester ici, ajouta-t-il, si vous voulez. Pour vous reposer.

Je fronçai les sourcils.

— Que voulez-vous dire ?

Il se leva, son ombre planant au-dessus de moi.

— Juste que… vous me paraissez relativement bouleversée. Des professionnels peuvent vous aider. Rien ne vous oblige à rentrer seule chez vous.

— Je ne suis pas seule, mentis-je.

Essayait-il d'insinuer que j'étais folle ? Souhaitait-il m'admettre comme patiente ? Hors de question. J'avais l'impression d'être de nouveau avec Patrick. Ou après l'incendie, quand j'étais plus jeune. Tout le monde s'échinait à me répéter que, d'une manière ou d'une autre, j'étais déséquilibrée. Mais je savais désormais que ce n'était pas le cas. En fait, j'étais trop saine d'esprit, voilà le problème. Je me levai à mon tour, récupérai mon manteau et mon sac.

— Je vous remercie pour votre temps.

— C'est… si vous en êtes sûre, madame Sullivan.

— Sûre et certaine.

Il cliqua sur l'écran de son ordinateur, et, l'espace d'un instant, j'eus un aperçu de son compte Gmail, où se trouvaient plusieurs messages d'une certaine « Suzanne Matthews ».

Je regagnai ma voiture, la tête si pleine que j'avais l'impression qu'elle allait déborder, comme si mon cerveau risquait de me sortir par les oreilles au moindre mouvement. Le docteur Holt connaissait Suzi. C'était certainement le médecin qu'elle avait vu lorsqu'elle était allée à l'hôpital, à la recherche de Patrick. Mais pourquoi lui envoyait-il des e-mails ? Je regrettai de ne pas avoir pris le carnet que j'avais découvert dans le bureau de Patrick. Je n'avais pas osé, devant lui, mais y aurais-je trouvé le nom du docteur Holt au milieu des autres ? Faisait-il partie des victimes de Patrick ?

En sortant, je croisai un médecin en blouse blanche, bel homme, les cheveux grisonnants. Il était au téléphone devant les machines à café, le ton taquin et rieur.

— OK. Mais je n'aurai qu'une heure, d'accord ?

Organisait-il un rendez-vous galant ? Allait-il rejoindre sa maîtresse ? Apercevant son alliance, je songeai aussitôt à son épouse, peut-être à la maison en train de coucher les enfants, se demandant pourquoi il n'était pas encore rentré. Se servant un nouveau verre de vin, alors qu'il ne vaudrait vraiment mieux pas. Regardant une série policière Netflix sur un mari infidèle, tandis que le sien sortait flirter avec d'autres femmes. Quand on entendait des histoires de femmes mariées à des tueurs en série – Sonia Sutcliffe, par exemple – ou dont les maris s'avéraient avoir quatre autres familles cachées, on se demandait toujours comment elles pouvaient ne rien avoir vu. Elles étaient forcément au courant ! Mais je m'apercevais aujourd'hui que certaines personnes étaient tellement douées pour le mensonge que non seulement on les croyait, mais on faisait également tout pour les croire. On désire tellement croire que les gens qu'on aime disent la vérité qu'on se ment à soi-même.

# Suzi

— Allô, Suzi ?

Lorsque mon téléphone sonna, environ une heure après le départ de la police, je sentis mon cœur s'emballer. Ce n'étaient pas les raisons pour faire voler ma vie en éclats qui manquaient, en ce moment… En lisant le nom affiché à l'écran, j'eus du mal à comprendre de qui il s'agissait. Répondant les mains tremblantes, je reconnus la voix du docteur Holt. Évidemment. Je l'avais enregistré sous un faux nom, car c'était le genre de personne que j'étais devenue, désormais. Une menteuse.

— Ah ! Bonjour.

Je me demandai pourquoi il m'appelait, et ce qui se serait passé si Nick avait été présent. Comment me serais-je expliquée ?

— Vous allez bien ?

— Pas vraiment. (Par où commencer ? La police, Damian, Nora ?) Vous savez ce que je vous ai dit à propos de ma voisine, le fait que je pensais qu'elle était… qu'elle avait été la femme de Patrick ? (J'avais encore du mal à t'appeler par ce prénom.) Eh bien, j'ai effectué de nouvelles recherches, et il se pourrait qu'elle ait fait quelque chose de mal dans son enfance. Quelque chose de violent. J'ai peur, vous voyez, pour mon bébé.

— D'accord, acquiesça-t-il d'un ton prudent. (Il se demandait sans doute où je voulais en venir.) Écoutez, je crois que vous avez raison, poursuivit-il. À propos de votre voisine, de qui elle est. (Il me raconta qu'une certaine Eleanor Sullivan était venue se renseigner à l'hôpital au sujet de son mari.) Elle m'a posé des tas de questions : les médecins sont-ils vulnérables au chantage ? Que se passe-t-il à l'arrivée de la victime d'un accident ? Votre voisine est une femme brune avec de belles mains ?

— C'est elle. A-t-elle expliqué la raison de sa présence ?

— Non.

Je l'entendis soupirer au téléphone, et, soudain, de manière totalement irrationnelle, je souhaitai me trouver avec lui. J'imaginai une garçonnière confortable, avec des assiettes généreuses, une bonne bouteille de vin rouge. Je n'avais aucune idée de s'il était marié ou non. Peut-être ne portait-il pas son alliance, à moins qu'il se contente de partager son appartement avec une petite amie, voire un petit ami. Je me rappelai que je ne savais rien de lui.

— J'étais inquiet, ajouta-t-il. Elle me semblait... relativement instable.

Si Nora était allée à Guildford, aujourd'hui, elle rentrerait sûrement bientôt. Et puis quoi ? Cette situation ne pouvait pas durer. Si je lui adressais de nouveau la parole, je savais que je ne pourrais pas faire comme si de rien n'était. Mais quel sort me réserverait-elle, alors, si elle n'avait plus rien à cacher ? Quelle raison aurait-elle de ne pas mettre son plan à exécution, quel qu'il soit ?

— J'aimerais aller voir où elle a grandi, déclarai-je. Découvrir ce que je peux sur elle. Mais le problème, c'est que je n'ai pas de voiture. Je suis coincée ici. Et j'ai peur.

J'étais consciente de jouer les femmes sans défense, de profiter de ses failles, de ses penchants protecteurs. Je me dégoûtai un peu. Mais cela fonctionna.

Il soupira de nouveau.

— Vous pensez vraiment qu'elle représente un danger pour vous ?

— Elle a emménagé à côté de chez moi ! Vous croyez sérieusement que c'est une coïncidence ?

— Non, non, évidemment. C'est juste que cette histoire me paraît complètement folle, voilà tout.

— Je le sais. J'ai juste… besoin d'une preuve.

J'espérais qu'il comprendrait l'instinct qui me poussait à vouloir en savoir davantage. C'était loin d'être acquis, il me connaissait à peine. Je n'avais aucun droit de lui demander de l'aide. Et il n'avait aucune raison de m'aider – s'il était impliqué dans cette affaire, c'était uniquement parce que tu avais temporairement dérobé son badge lors d'un congrès –, mais, tout de même, il ne semblait pas vouloir en rester là.

— Vous avez de la chance que j'aie un rare jour de congé, demain. Je passerai vous chercher. Donnez-moi votre adresse.

Il était bien sûr risqué qu'il vienne me chercher à la maison, car Nora et Nick pouvaient m'espionner. J'avais donc demandé au docteur Holt, comme je l'avais fait avec toi, de m'attendre un peu plus haut dans l'allée, à l'endroit où la route était plus large, une place d'évitement permettant à une voiture de se ranger sur le côté. S'il avait trouvé cela curieux, il n'avait pas formulé le moindre commentaire, et, quelques heures plus tard, nous roulions dans sa Jeep en direction du Sussex, d'où Nora était originaire.

Il ne cessait de jeter des coups d'œil vers moi, sur le siège passager.

— Vous êtes sûre que ça va ?

— Oui.

Je m'escrimai à trouver un peu de place pour mes pieds, la voiture étant une véritable poubelle sur roues. Des restes de fast-food incontestablement non conformes aux recommandations du ministère de la Santé jonchaient le plancher, et la banquette arrière était occupée par des paires de baskets, des pulls, des polaires, des boîtes de mouchoirs, un casque de vélo… Comme s'il vivait là, la plupart du temps. D'une certaine manière, je trouvai cela mignon, comparé à ma propre maison aseptisée.

— L'endroit va être difficile à localiser, je pense, déclarai-je. Je n'ai rien trouvé sur Google Maps.

Grâce à de vieux articles, j'avais découvert le code postal approximatif de la maison, et nous nous y rendions. Pour y trouver quoi ? Je n'en avais pas la moindre idée.

Le trajet fut presque agréable. Il faisait chaud dans la voiture où il régnait un léger parfum de vieux burger. En écoutant Radio 2, on se partagea un sachet de bonbons Wine Gums qu'il avait apporté. Il me demanda au moins quatre fois si j'allais bien. Si je n'avais pas trop chaud ni trop froid. Si je n'avais pas besoin d'un peu d'eau. Si je ne voulais pas faire une pause-pipi. Je me demandai pourquoi, lorsque c'était Nick qui se préoccupait de moi, je n'éprouvais pas la même chose.

— Qu'espérez-vous découvrir ? s'enquit-il au bout d'un moment.

— Je ne sais pas. Ce qui est arrivé à sa famille… si c'est quelqu'un de dangereux.

Si elle ne risquait pas de nous faire du mal, à moi ou à mon enfant. Si le seul choix qui me restait n'était pas de fuir, de réduire ma vie en cendres. En songeant à ce que nous pourrions apprendre une fois sur place, je sentis mon estomac se nouer. Je passai ma main sur mon ventre, et il le remarqua aussitôt.

— Suzi, rien ne vous oblige à rentrer chez vous, après. Si vous vous sentez en danger à cause de… n'importe qui.

À savoir, Nora et Nick. Les deux, ou l'un ou l'autre. Il avait raison de penser que je n'étais pas en sécurité chez moi. Mais on verrait cela plus tard.

— Je le sais. Je vous remercie.

On fit le reste du trajet dans un silence agréable. Je passai en revue toutes les possibilités qui m'étaient offertes, mais aucune d'elles ne me plaisait vraiment.

Steepletops – ou ce qu'il en subsistait – avait été une grande maison moderne non loin de Chichester. Bâtie grâce à de l'argent frais, et non un trésor ancestral, avec un vulgaire portail aux piliers jadis surmontés d'aigles de pierre. J'estimai qu'elle devait avoir une dizaine de pièces, à l'époque, avant de tomber en ruine. Le mur extérieur du jardin s'effritait, et la clôture qui le remplaçait par endroits s'était affaissée par manque d'entretien. Un panneau défendait d'entrer, mais il était si usé qu'il était peu probable que quelqu'un s'en offusque. Qui était le propriétaire des lieux, de toute façon ? Probablement pas Nora. Elle avait mentionné à plusieurs reprises que sa situation financière était tendue. Elle avait donc sûrement vendu le domaine s'il lui avait encore appartenu. On se gara sur le bas-côté.

— Le portail est verrouillé, annonça le docteur Holt, en jetant un coup d'œil aux grandes grilles de fer en si piteux état que le cadenas qui les fermait ne servait plus à grand-chose.

Lui lançant un regard, j'ouvris la portière de la Jeep, puis je descendis du véhicule et franchis d'un bond la clôture affaissée. Malgré sa réticence, il me suivit.

—Il est illégal de s'introduire comme ça chez les gens, sachez-le.

—Il n'y a personne, ici ! rétorquai-je, ignorant si c'était réellement le cas. Allez, prenez des risques, un peu.

—Je vous signale que j'en prends tous les jours, grommela-t-il en enjambant maladroitement le grillage.

Je me surpris à esquisser un sourire, avant de retrouver aussitôt mon sérieux. Il n'y avait pas matière à rire.

On distinguait tout juste les vestiges de ce qui avait jadis été une demeure de bonne taille. De la brique rouge, de grandes fenêtres à meneaux (j'étais encore furieuse que Nick ait fait arracher celles du cottage pour les remplacer par un équivalent high-tech) presque entièrement détruites.

—Que s'est-il passé ici ?

Un vent froid soufflant sur le domaine, je serrai mon manteau autour de ma taille.

—Aucune idée. (Le docteur Holt était mal à l'aise.) Puisque, de toute façon, nous enfreignons déjà la loi, j'imagine que ça ne nous coûterait rien d'aller voir.

En s'approchant, on eut une réponse de plus en plus limpide à ma question. L'intérieur de la bâtisse était aussi noir que le fond de ma cuisinière Aga.

—Un incendie.

—Ça y ressemble, en effet. (Il saisit son téléphone, le tenant à la manière d'un sourcier cherchant de l'eau.) Aucun signal.

À cet instant, un petit terrier accourut en jappant, aboyant autour de mes chevilles. Il me fit penser au pauvre Poppet, perdu Dieu seul savait où.

—Alfie ! Viens ici, vilain ! (Une femme déboula en soufflant, avec un air embarrassé que je reconnus aussitôt.) Désolée.

Une promeneuse de chien. Elle portait un gilet et des chaussures adaptées, probablement achetés au dos du *Radio Times*. Elle nous regarda tour à tour.

— Ça ne vous dérange pas, hein ? C'est le meilleur endroit pour promener les chiens, par ici.

J'échangeai un regard avec le docteur Holt. Vu la façon dont nous observions la maison, elle devait nous prendre pour des employés de je ne savais quel organisme. Je m'efforçai de réfléchir rapidement.

— Pas de problème. Peut-être pourriez-vous nous renseigner ? Nous cherchons à développer le site, mais les informations dont nous disposons sont quelque peu… fragmentaires. Que s'est-il passé, un incendie ?

Elle prit un air cancanier.

— Oh, c'est une histoire atroce ! J'étais jeune, à l'époque, je venais de me marier. Ce pauvre petit… (Elle vit nos têtes.) Vous n'étiez pas au courant ? Eh bien, toute la maison a pris feu. Les parents et le petit garçon – il n'avait que huit ans –, ils sont morts. Après ça, l'endroit a été vendu à un promoteur, mais le projet ne s'est jamais fait. Peut-être à cause de toutes ces mauvaises ondes.

Je hochai la tête comme si je savais déjà tout cela.

— Bien sûr. Et il n'y avait pas une fille ?

Son visage se décomposa.

— Ils ont dit qu'elle pourrait peut-être avoir un lien avec ça. Enfin, c'est quand même étrange qu'elle se soit réveillée et qu'elle soit sortie avec les chiens quand c'est arrivé. À 2 heures du matin ! Puis on a parlé, vous savez, de la mère. Très dure avec sa fille, c'est vrai. Toujours à la menacer de l'envoyer en pension, et elle lui interdisait d'avoir des amis, des passe-temps, tout ça. Mais je suis sûre que c'était juste un accident.

— Elle s'appelait Eleanor, c'est bien ça ? demanda le docteur Holt.

— Il me semble, oui. Seulement seize ans. Personne ne s'imaginerait qu'une fille de cet âge puisse faire une chose pareille, hein ? Ce n'est sûrement pas vrai. Elle a tenté de revenir les aider… Elle est restée plusieurs semaines à l'hôpital, et ils ont dit qu'elle avait fait une sorte de dépression. Alors ils l'ont envoyée dans une maison de fous, ou quel que soit le nom qu'on donne à ces établissements de nos jours. Je n'ai jamais cru qu'elle était impliquée. J'espère que cela ne vous rebute pas, hein ? C'est dommage de voir cet endroit désert depuis toutes ces années.

— Bien sûr que non, répondis-je, jouant une nouvelle fois un personnage. (Une femme d'affaires à poigne, comme dans la série de télé-réalité *The Apprentice*.) Seul le projet immobilier compte, ici. Merci beaucoup.

Elle s'éloigna, se demandant visiblement si elle avait bien fait de nous raconter cela, mais aussi avec l'impression d'avoir été d'une grande importance. Je l'imaginai annonçant à son mari, en rentrant chez elle, qu'ils allaient enfin réaménager l'ancien domaine des Treadway. La famille de Nora, y compris son petit frère, avait donc péri dans l'incendie de la maison, seuls elle et les chiens ayant survécu. Je me souvins de ce qu'elle avait dit des chiens, la première fois que nous nous étions vues. « Ils sont si innocents… Pas comme les humains. »

Le docteur Holt semblait aussi troublé que moi.

— Et maintenant ? demandai-je.

— Je…

— Ohé ! (Avant qu'il ait pu répondre, la promeneuse de chien était de retour.) Désolée de vous interrompre. Je viens de me rappeler : la mère n'est pas morte, en fait. Ils pensaient qu'elle y resterait, mais elle a fini par s'en tirer. Elle est dans une maison de retraite, à présent. Les Peupliers, à l'autre bout de la ville. (Elle nous regarda tour à tour d'un air confiant dont jamais plus je ne serais capable, m'imaginai-je.) Mais vous êtes certainement au courant, si vous avez acheté la propriété.

# Eleanor

— Eh bien, je suis là. Comptes-tu me dire ce que tu sais ?

L'appartement de James Conway était si sordide que je n'avais rien envie de toucher. Je me tenais devant son antique chauffage au gaz, éloignant le plus possible ma parka Barbour de la cheminée couverte de plusieurs décennies de crasse. Une pendulette d'officier démodée y trônait, ainsi que des photos noir et blanc encadrées d'un couple de personnes âgées à l'air renfrogné et d'un garçonnet aux oreilles décollées. Je savais qu'il vivait dans l'ancien logement de sa mère. La décoration n'avait pas changé depuis ce qui paraissait être le milieu des années 1970.

Conway était installé sur le canapé de velours usé, vêtu d'un bas de survêtement et d'un vieux tee-shirt avec des auréoles jaunes sous les bras. J'avais du mal à croire que cet homme puisse être autorisé à assister à des opérations chirurgicales.

— Je veux d'abord mon argent. Tu l'as apporté ?

— Il y a juste une chose que je ne comprends pas : pourquoi Pat… pourquoi mon mari t'a-t-il emprunté de l'argent ?

Je jetai un coup d'œil autour de moi en fronçant les sourcils. Avait-il seulement de l'argent à prêter ?

— Ma mère m'en avait laissé sur son testament, et je n'en faisais rien, à ce moment-là. Il en avait besoin. (Il haussa les épaules.) J'étais un bon copain.

Ou, plus probablement, Patrick avait une sorte d'emprise sur lui. Encore une fois, ce mot dans mon esprit : « chantage ». Conway semblait être du genre à avoir commis plus d'un délit dans sa jeunesse. Peut-être tentait-il sa chance en essayant de récupérer ce qu'il lui avait versé.

— Mais… pourquoi en avait-il besoin ?

Je me creusai les méninges. Je savais qu'il n'y avait plus d'argent. Que la maison avait été hypothéquée, alors que j'étais convaincue qu'elle avait été payée en totalité. Je savais qu'il n'était pas médecin après tout, qu'il avait simplement travaillé dans un service administratif. Mais, malgré cette série de chocs, je ne comprenais toujours pas pourquoi il aurait quémandé une grosse somme d'argent auprès de quelqu'un de si louche.

Conway éclata de rire. Il avait un rire horrible, narquois et rauque, comme s'il avait fumé un million de cigarettes.

— Ce mec, il dépensait sans compter. Il n'a jamais eu d'argent, tu sais ? Tout ce qu'il t'a raconté sur le fait d'être issu d'une famille bourgeoise, c'étaient des conneries. Pourquoi crois-tu qu'il t'a épousée ? Tu penses qu'il ne savait pas que tu avais de l'argent ? Tu ne t'es vraiment doutée de rien, hein, chérie ?

Je me hérissai. L'idée que Patrick ne m'ait épousée que pour ma fortune, que tout l'amour qu'il avait éprouvé pour moi était factice m'était insupportable. Il ne savait même pas qui j'étais, avant de me rencontrer, ni que j'étais riche. Il avait simplement vu ma photo dans le métro et s'était senti obligé de me retrouver.

N'est-ce pas ?

À cet instant, j'aurais vraiment pu tuer Conway. Je ne l'aurais pas laissé me prendre cela aussi.

— Mais pourquoi lui fallait-il l'argent sur-le-champ ? Est-ce que…

J'hésitai en songeant aux raisons pour lesquelles il aurait pu avoir besoin d'argent rapidement.

Un nouvel éclat de rire effroyable.

— Il voulait se tirer. Il devait beaucoup de pognon à beaucoup de monde. Ils sont plutôt lents dans cet hôpital, mais, à un moment, ils auraient fini par remarquer que l'argent n'était plus là.

— Quel argent ?

Il me regarda comme si j'étais idiote.

— Il était responsable des finances, chérie. Tu ne crois quand même pas qu'il s'est retenu de piquer dans la caisse, de temps à autre !

Le sang battait dans mes oreilles. Conway était en train de me dire que Patrick avait, quoi, détourné de l'argent du système de santé ? Il avait prévu de me quitter, de s'enfuir avec Suzi, finalement ? Il l'avait choisie plutôt que moi ? Je me sentis de nouveau en rage contre elle.

— C'était pour Suzi ? Ils allaient partir tous les deux ?

— Mon Dieu, non ! (Il se fendit du sourire d'un joueur de poker qui pose une main gagnante.) Il voulait se débarrasser de toutes les deux. De toi et de cette salope exigeante qui lui demandait régulièrement de te quitter. Il voulait entamer une nouvelle vie. Et puis, quand elle lui a annoncé qu'elle était en cloque, eh bien… c'est devenu encore plus urgent, hein ? (Puis, à ma grande consternation, il rit de nouveau.) Oh, Elle-belle ! Tu es vraiment dans l'ignorance la plus totale, chérie. Tu as sincèrement cru qu'il était mort ?

Le monde s'arrêta de tourner.

— Pardon ?

— Je te l'ai dit. Pourquoi penses-tu qu'il a foncé dans un arbre ? Il va bien, il parle et tout, et, pouf, il passe l'arme à gauche ? Peu de temps après avoir résilié son assurance-vie – tu sais que les compagnies d'assurance viennent fureter, dès qu'il est question de mort violente, hein, alors mieux vaut ne pas leur en donner l'occasion. Elles sont bien plus méfiantes que la police. (Il m'adressa un sourire complice, et c'était horrible.) Eleanor, ma chérie, Paddy n'est pas mort. C'est encore juste un de ses tours de passe-passe.

L'existence que j'avais déjà crue anéantie se brisait davantage encore, en un million de morceaux. Ce n'était pas vrai. C'était impossible. Bien sûr qu'il était mort, je m'étais tenue devant sa tombe. Il y avait eu une autopsie. On avait enterré un corps, même si j'admettais ne pas l'avoir vu. Je n'en avais pas eu le courage. Ça ne pouvait pas être réel. On ne voyait cela que dans les thrillers macabres. Il y avait quelqu'un dans le cercueil, et je connaissais suffisamment les procédures hospitalières relatives aux morts violentes pour savoir qu'elles étaient rigoureuses. Pour déclarer mon mari décédé, il leur aurait fallu un corps, un corps suffisamment ressemblant pour pouvoir s'y méprendre. Et où aurait-il trouvé un cadavre, sorti de nulle part, comme ça ? Cela n'avait aucun sens.

— De l'eau. Puis-je avoir de l'eau, s'il te plaît ? parvins-je à articuler.

Lorsque Conway quitta la pièce, je renonçai à ma résolution de ne rien toucher et me laissai tomber sur l'affreux canapé. Je n'avais plus de force dans les jambes. *Non, non, non !* Ce n'était pas vrai. C'était absurde.

Cela dit, n'avais-je pas deviné, au fond de moi, que quelque chose n'allait pas ? Que quelqu'un d'aussi fort et brillant que lui ne pouvait pas mourir sur une route de campagne déserte ? Si fou que cela puisse paraître, cette idée résonnait dans mon esprit comme le claquement de pieds contre de la roche. Dans le tourbillon de mensonges de mon mari, s'agissait-il là d'un pan de vérité ?

Au bout d'un moment, Conway revint avec un verre sale à moitié rempli d'eau.

— Tu ne vas pas tourner de l'œil, hein ?

— Non.

Je pris une profonde inspiration d'air fétide. Dès que je pus m'exprimer, je déclarai :

— Raconte-moi tout ce que tu sais. Sur-le-champ.

# Suzi

C'était la première fois que j'allais dans une maison de retraite. Du côté de mon père, mes grands-parents étaient morts bien avant que j'aie l'âge de m'en souvenir, et, du côté de ma mère, ils étaient tous les deux en pleine forme. Ils vivaient en Écosse, partaient régulièrement en vacances en car à Édimbourg et profitaient d'excursions grâce aux programmes de fidélité de leurs enseignes préférées. Dès sa naissance, j'avais prévu d'emmener mon enfant les voir, un petit acte de normalité qui semblait désormais à des millions de kilomètres. J'avais du mal à imaginer ce qui se passerait après, une fois que ma vie serait plus ou moins rentrée dans l'ordre, malgré la pagaille que j'y avais mise.

J'avais craint qu'il ne nous soit difficile d'accéder à l'établissement, mais, après que le docteur Holt eut dit deux mots à l'hôtesse d'accueil, on nous invita prestement à entrer. Peut-être que le fait d'être médecin, comme celui d'être une femme enceinte, donnait également des privilèges particuliers.

La salle qui surplombait la mer était agréable et lumineuse. Quelques personnes âgées étaient installées dans des fauteuils en osier, certaines avec des couvertures sur les genoux, d'autres regardant dans le vide ou faisant des mots-croisés en écoutant de la musique classique. J'étais convaincue qu'il y avait de pires endroits pour passer ses derniers jours. La mère de Nora – Diana Treadway, née Halscombe – était assise devant la fenêtre, contemplant les vagues grisâtres de la mer agitée. Je sentis mon cœur se mettre à battre la chamade. Qu'allais-je lui dire ? « Bonjour, je suis la maîtresse du mari de votre fille » ? « Et aussi, elle m'a dit que vous étiez morte » ?

— Madame Treadway ? l'interpellai-je d'un ton hésitant.

Le docteur Holt demeura en retrait, m'encourageant d'un hochement de tête. Quand elle se tourna vers moi, je vis qu'un côté de son visage était presque entièrement brûlé.

« Elle n'est pas toujours lucide », m'avait prévenue l'infirmière. Elle avait ses bons et ses mauvais jours, cet euphémisme bien connu. Elle résidait dans cette maison depuis plus de vingt ans, depuis qu'elle avait la quarantaine. Depuis l'incendie. Elle n'était pas très âgée, mais elle avait cessé de vivre le jour où elle avait perdu la moitié de sa famille.

— Comment ça s'est produit ? lui demandai-je, en m'asseyant sur un petit tabouret à côté d'elle. Je suis désolée. Ça doit être douloureux.

Je lui expliquai en bredouillant qui j'étais et pourquoi je voulais connaître son passé, lui suggérant que j'allais « écrire quelque chose » à ce sujet. Sans lui préciser quoi. Mais cela n'eut pas l'air de la déranger. Je n'étais pas certaine qu'elle comprenait tout ce que je disais. Elle ne semblait pas ancrée dans la réalité, comme si elle dérivait dans le temps.

— Il y a eu un incendie. Ils sont morts… Charles et le petit Sebby.

— Toutes mes condoléances. C'était… un accident ?

Quand elle me regarda dans les yeux, je faillis sursauter, reconnaissant le regard gris de Nora dans ce visage abîmé.

— Ils ont dit que c'était ma faute. Que je me suis endormie avec une cigarette allumée. Je n'ai pas le droit de fumer, ici.

Le tapotement frénétique de son index sur ses autres doigts trahissait la fumeuse de longue date.

—Je me suis laissé dire que c'était peut-être… autre chose.

—Eleanor. Elle a échappé aux flammes. Elle a dit qu'elle avait sorti les chiens parce qu'elle n'arrivait pas à dormir. Elle adorait ces bêtes. J'avais prévu de m'en débarrasser, après son départ.

—Où allait-elle?

Nora devait avoir seize ans au moment du drame, je le savais.

—À l'école. En pension. Je ne pouvais rien faire, avec elle: elle acceptait uniquement de jouer du piano et de fréquenter des garçons. (Elle serra ses lèvres jadis si belles.) C'était une salope. Ingérable.

Elle s'exprimait d'un ton si impassible que l'injure me fit l'effet d'une gifle. La même que celle inscrite dans la neige devant chez moi. Était-ce la raison pour laquelle elle l'avait choisie?

—Sebby aurait été un homme merveilleux. Il n'était même pas censé être là, cette nuit-là, vous savez? Il devait aller dormir chez un ami, mais, finalement, ça ne s'est pas fait. C'est si cruel…

Encore une fois, sa voix était dépourvue de toute émotion. Je me demandai si son traitement ne l'abrutissait pas un peu.

—Alors vous pensez qu'elle…

Je ne savais pas comment lui poser la question. Je tentais encore d'accepter la possibilité que Nora, ma voisine à la voix si douce, ait pu causer un incendie pour éliminer l'ensemble de sa famille, y compris son petit frère.

—Je suis sûre qu'elle a fait quelque chose. Je ne sais pas quoi. C'était sa faute, pas la mienne.

Elle était légèrement sur la défensive. Une lueur scintillant dans son regard, je compris qu'elle était peut-être plus lucide qu'il y paraissait.

— Qui êtes-vous, de toute façon ? Pourquoi voulez-vous savoir tout ça ?

— Je… je connais Nora.

— Eleanor, me reprit-elle sèchement.

— Désolée. Oui, Eleanor.

— Elle est donc encore en vie. (Elle tira quelque chose du pantalon qu'elle portait, ce qui me permit de constater que ses mains étaient aussi fines et belles que celles de Nora.) Quelle honte…, ajouta sa mère en tapotant de nouveau sur sa cigarette imaginaire. Elle a obtenu ce qu'elle voulait, en fin de compte. Ce putain de piano… Je le lui ai refermé sur les doigts, un jour, vous savez ? Pas assez fort, de toute évidence. (Avec son accent snob, ses jurons étaient d'autant plus percutants.) Elle a tout eu. Le succès, l'argent… J'ai même entendu dire qu'elle s'était mariée. C'est elle qui aurait dû y rester, pas Sebby.

Préférant garder le silence, je m'éloignai des ténèbres qui entouraient cette femme. Nora n'avait pas dû voir sa mère depuis l'incendie, en 1992. Celle-ci était persuadée que c'était sa fille qui avait provoqué le feu, brûlé la maison, tué son père et son frère. Si c'était le cas – et, oui, n'était-ce pas curieux que Nora ait été dehors en pleine nuit, mettant ses chiens adorés en sécurité et personne d'autre ? –, cela signifiait qu'elle ne reculerait devant rien. Elle n'hésiterait même pas à faire du mal à un enfant. Je portai de nouveau mes mains à mon ventre, à la vie fragile qui grandissait en moi. Qu'avais-je fait ? Dans quel monde allais-je donner naissance à ce bébé ? Pour la première fois, j'envisageai de lui parler, qu'il s'agisse d'une fille ou d'un garçon. Pour tenter de lui expliquer la terrible pagaille dont j'étais responsable.

*Je suis désolée. Ce n'était pas du tout mon intention.* En viendrait-il à me haïr, de la même manière que Nora et sa mère se haïssaient ?

Le docteur Holt surgit dans l'embrasure de la porte, une enveloppe en papier kraft à la main.

— On m'a autorisé à jeter un coup d'œil à son dossier, me confia-t-il à voix basse. Elle est droguée jusqu'aux yeux. Apparemment, elle a fait une dépression après l'incendie, et elle suivait déjà un traitement relativement lourd avant, de toute façon.

— Est-ce qu'elle… Souffrait-elle d'une psychose ? chuchotai-je.

J'avais oublié la façon correcte de le dire de nos jours.

Surpris, il fronça les sourcils.

— Comment avez-vous deviné ?

# Maddy

Les gens trouvaient très chic de résider à l'étranger. Au pays, ses amis, qui se débattaient encore avec des stages et des temps partiels chez *Starbucks* plusieurs années après la fin de leurs études, exprimaient régulièrement leur jalousie, à l'aide de séries d'émojis sur WhatsApp. « Tu vis sur la Costa del Sol, petite chanceuse ! Moi, je loge encore chez ma mère à Walsall ! »

Maddy habitait elle aussi avec sa mère, et son père, dans le pub anglais qu'ils avaient acheté cinq ans auparavant à La Tornada, une petite ville espagnole réputée pour son importante communauté britannique. Le pub, situé entre un bar à tapas et un comptoir de sangria, proposait du *fish and chips*, du poulet korma et des bières anglaises. Elle était consternée que l'on puisse préférer cela aux croquettes, à la paella et aux churros, mais, en haute saison, tous les jours, des touristes se plaignant de l'absence de hamburgers dans les restaurants espagnols venaient se jeter avec soulagement sur les menus plastifiés du pub.

C'était à présent la basse saison, et les parents de Maddy étaient partis en vacances en Floride, lui laissant le soin de gérer l'établissement pour qu'elle puisse « apprendre les ficelles du métier, ma fille ». Elle n'en avait aucune envie. La gestion d'un pub anglais en Espagne ne faisait pas partie de ses objectifs dans la vie. Bien sûr, elle en ignorait encore la nature, mais elle savait que ce n'était pas cela. De toute façon, il ne valait pas la peine d'être ouvert en décembre. Personne n'y mettait les pieds, à l'exception de quelques locaux alcoolisés bannis des autres bars de la ville, et de certains « expats » incapables de se passer de leurs frites et de leur saucisse panée. Malgré des années passées en Espagne, ils baragouinaient tout juste deux ou trois mots d'espagnol, et n'auraient pas mangé un tentacule de calmar, même si on le leur avait offert. Maddy avait entendu un couple se plaindre que la nourriture locale avait « trop d'yeux ».

Mais, aujourd'hui, quelqu'un d'intéressant avait franchi la porte, tandis qu'elle traînait près du comptoir, vêtue de son tablier à poche, regardant la chaîne Sky Sports, diffusée en continu. Son père prétendait que cela attirait autant la clientèle que les plats maison.

— C'est ouvert ?

L'homme qui venait d'entrer la regardait fixement avec des yeux bleu marine comme on n'en voyait jamais en Espagne. Elle se redressa, provoquant un courant d'air qui fit voler les guirlandes bon marché que sa mère avait agrafées autour du comptoir. Il faisait encore vingt degrés dehors ; il était difficile d'imaginer que c'était bientôt Noël.

— Ah ! Ouais. C'est calme, cependant.

— Ça me convient. (Il prit place au comptoir pour bavarder.) J'ai vu que vous aviez des frites, je n'ai pas pu résister. C'est la seule chose dont j'ai envie.

— Vous êtes en vacances ici ou…

Elle allait à la pêche aux informations.

Il se mit à tripoter un tapis de bar sur le thème du rugby.

— Je dirais plutôt que je cherche à m'installer, je crois. Je fais un peu le tour.

— C'est un endroit génial, lui assura-t-elle en se postant derrière les robinets à pression, vantant les mérites de la ville alors qu'elle la détestait cordialement et qu'elle était là pour la simple raison qu'il lui semblait impossible de trouver un appartement et un travail en Angleterre. La plage est magnifique, quand il fait chaud. Les gens sont sympas, la nourriture est bonne...

— Le *fish and chips* ?

Il leva les yeux vers elle en haussant un sourcil. Il était plus âgé qu'elle, la quarantaine sans doute. Des cheveux bruns parsemés de blanc, un polo qui avait l'air cher et un jean bien ajusté. Maddy aimait les hommes mûrs. Les garçons de son âge – et c'étaient vraiment des gamins – étaient tous fauchés et maladroits, leur slip dépassant de leur pantalon.

Elle se pencha au-dessus du comptoir, mettant en valeur son décolleté.

— Ne le répétez à personne, mais, en fait, je préfère la nourriture locale. Les fruits de mer sont incroyables, ici.

— Je suis d'accord. Mais j'avais juste envie de me rappeler le pays, ne me jugez pas.

Il lui adressa un sourire.

— Je comprends. Que diriez-vous d'une pinte anglaise pour aller avec ?

Il commanda une Newcastle Brown Ale, qu'il sirota avec plaisir.

— C'est génial ! J'ai l'impression d'être de retour chez moi. Une *Newkie* dans la bouche, une jolie Anglaise derrière le bar...

Maddy se mit à rougir. Même si ses paroles n'avaient rien de coquin, sa façon de les prononcer lui avait semblé obscène. Les garçons de son âge ne se seraient jamais donné la peine de lui dire qu'elle était jolie. De peur de passer pour des vicieux, il ne leur serait pas venu à l'esprit de la complimenter. Elle considéra que cela lui plaisait. Soudain, son purgatoire hivernal, s'occuper de ce bar kitsch dans une cité balnéaire mourante, lui parut beaucoup moins sinistre.

— Ça fera 11,50 euros, s'il vous plaît.

Il tira son luxueux portefeuille en cuir de sa poche.

— Mince ! Je voulais retirer du liquide. Je n'ai qu'un billet de dix.

— Nous acceptons aussi les cartes.

Elle ne voulait pas qu'il parte, il risquait de ne jamais revenir.

Il hésita un moment.

— Bon, d'accord.

Elle prit sa carte, lut le nom, mais c'étaient juste des initiales, ce qui ne l'avança pas beaucoup.

— Qu'est-ce qu'elles signifient ? demanda-t-elle après qu'il eut saisi son code et qu'elle eut transmis la commande à Geraldo, le chef local, furieux qu'elle ait interrompu sa pause-cigarette pour lui donner du travail ; sa journée était en réalité une longue pause-cigarette ponctuée par l'épluchage occasionnel de quelques pommes de terre.

L'étranger aux yeux bleus but une nouvelle gorgée de bière. Quand il croisa son regard, elle sentit son estomac se nouer d'une manière à la fois écœurante et agréable, comme lorsqu'elle faisait un tour de chenille à la fête foraine. Alors qu'elle avait toujours été boudeuse et plutôt apathique, elle se sentait enfin vivante, le sang battant dans ses tempes. Même les photos encadrées de Jim Bowen au-dessus du bar lui parurent soudain pittoresques et charmantes.

— Oh, dit-il, vous pouvez m'appeler Sean.

# Eleanor

Il me fallait des preuves. Tout le reste n'était que spéculation, doute et zones d'ombre encombrant mon cerveau. La parole d'un ivrogne, d'un menteur. Une histoire insensée sur une mort simulée. On dit que lorsqu'on connaît quelqu'un, on sait comment le trouver. Et je connaissais mon mari. Je le connaissais même mieux maintenant que quand il était avec moi.

Après avoir pris congé de Conway, je rendis visite à mon avocat, Eddie, dans ses locaux exigus situés au-dessus d'un organisme de crédit immobilier. Je pris vaguement la résolution que, lorsque toute cette affaire serait terminée, je chercherais un emploi quelconque, et gérerais moi-même mon argent. En donnant des leçons de piano, peut-être. Ce serait envisageable. Le bureau était surchauffé, des guirlandes scotchées aux classeurs pour marquer le coup. J'avais du mal à croire que Noël était si proche. Que ferais-je, ce jour-là ? Passerais-je le réveillon seule dans mon cottage humide en regardant la maîtresse de mon mari, enceinte de son enfant, jouer les femmes comblées de l'autre côté de l'allée, ou errerais-je dans les rues à la manière d'une folle, comme c'était le cas actuellement ? Si Conway disait vrai, Patrick m'avait contrôlée de la même façon que Nick contrôlait Suzi. Il m'avait gardée sous traitement, effrayée, terrifiée par la menace de perdre la tête. Il m'avait menti. Il m'avait fait douter de ce que je voyais. Nous n'étions pas si différentes, Suzi et moi : nous avions toutes les deux été trompées par mon mari. Je sentis mes plans changer de nouveau, s'entortiller et se complexifier à mesure que ma vision du monde évoluait.

Eddie était là, avec une haleine de café d'après-midi. Il était seul, sans aucune trace de son assistante, une adolescente écervelée qui répondait au téléphone en se vernissant les ongles.

— Elle ! Quel plaisir de vous voir ! Kathryn est allée chez le dentiste. Avez-vous…

— Non, désolée, je n'ai pas pris rendez-vous. Juste cinq petites minutes, si ça ne vous ennuie pas.

Eddie n'était jamais ennuyé. Il m'avait vue perdre ma famille et Patrick. C'était sans doute grâce à lui, à son cabinet, que je m'étais installée à Guildford. C'était désormais ma seule famille, ou, du moins, ce qui s'en rapprochait le plus. Je ne comptais plus ma mère ; même si elle était encore en vie, elle était morte depuis longtemps, à mes yeux. J'avais toujours payé sa maison de retraite avec l'argent dont j'avais hérité directement de mon père – elle n'avait rien touché, ce qui avait dû l'achever –, mais il allait falloir que j'y réfléchisse sérieusement, à l'avenir. Maintenant que j'étais fauchée. Maintenant que tout était différent.

— Bien sûr.

— Je voudrais juste un relevé de mes comptes. De toutes les transactions des derniers mois.

— Bien, d'accord. Vous savez, vous pourriez l'obtenir directement, si vous vous inscriviez en ligne à…

Je l'interrompis de nouveau.

— Je n'y manquerai pas. Mais pour tout de suite, s'il vous plaît ?

Il lui fallut quelques minutes pour cliquer sur divers boutons, allumer sa vieille imprimante, l'éteindre en constatant qu'elle ne fonctionnait pas, la rallumer. J'avais envie de hurler. Ne comprenait-il pas ce qui était en jeu ? Finalement, il me remit une pile de sorties papier contenant l'ensemble des dépenses de nos comptes bancaires depuis que j'avais perdu mon mari. Parce que je le connaissais. Je me doutais qu'il ne pourrait pas se contenter de vivre de l'argent qu'il avait détourné au fil des ans. Il aurait toujours la tentation de dépenser un peu plus, probablement pour une femme. Et il savait que je ne regardais jamais les comptes, que je n'étais douée ni pour la technologie ni pour les formulaires, et qu'Eddie était moins que vigilant. Il pouvait estimer que le risque en valait la peine.

Je parcourus les feuilles remplies de chiffres minuscules. Je savais que je découvrirais un indice, au milieu des dizaines de petites dépenses que j'avais faites. La nourriture, l'essence, le déménagement… Finalement, en bas de la dixième page, c'était là.

— Elle ? (Eddie avait l'air inquiet.) Est-ce que tout va bien ?

J'agrippai le bord du bureau d'une main crispée, et je sentis le reste de mes doutes s'envoler, emportant avec eux Elle, Eleanor Sullivan, Elle-belle… La femme qu'il avait bernée à qui mieux mieux. Qu'il avait laissée pleurer sur sa tombe, où sa dépouille ne se trouvait même pas.

— Je vais bien.

Je recouvrai ma voix, mais j'étais au fond du trou. Tout ce que j'avais cru, tout ce sur quoi j'avais bâti mon existence n'était qu'un mensonge. Je ne connaissais absolument pas mon mari. Je ne connaissais rien du tout.

Mais c'était l'avantage quand on touchait le fond. On avait une surface ferme sous les pieds. Enfin. Je consultai de nouveau les relevés, les chiffres se brouillant devant mes yeux. Une transaction en euros. Un bar quelque part en Espagne. Le *Red Lion*. Un pub anglais. Vraiment ? Même pas un gros montant. L'équivalent de 9,48 livres. L'espace d'un instant, je fus presque déçue pour lui qu'il ait fichu en l'air un plan si audacieux pour une broutille.

# Suzi

Il neigeait de nouveau à l'extérieur du cottage. Les flocons tombaient silencieusement sur mes pauvres plantes mortes, apportant avec eux des angoisses d'adulte à propos de nourriture, de canalisations gelées, du fait d'être coincée là, au lieu de profiter de la joie innocente et enfantine de la luge et des boules de neige. Les essuie-glaces de la Jeep du docteur Holt continuaient à faire leur œuvre alors qu'il avait immobilisé le véhicule non loin de Willow Cottage.

— Vous êtes sûre que ça ira, ici ?

— Oui, c'est à côté.

À vrai dire, la maison se situait assez loin, en bas du chemin enneigé, mais je ne pouvais pas courir le risque que Nick me voie.

Le docteur Holt semblait réticent à l'idée de me laisser partir sur cette route, alors que j'étais enceinte.

— Réfléchissez bien, Suzi. Nous savons qu'elle est dangereuse, qu'elle n'hésiterait pas à faire du mal à un enfant. Est-il vraiment sage que vous rentriez chez vous ?

— Ça va aller, lui promis-je avec plus d'assurance que j'en éprouvais réellement.

Avais-je le choix ? Je savais que si je continuais à fuir, à dissimuler mes secrets, je deviendrais comme Nora. Et je n'en avais aucune envie. Je souhaitais recommencer ma vie, en me fondant sur la vérité, cette fois.

— Si vous… si vous avez besoin d'un endroit…, commença-t-il maladroitement. Suzi, rien ne vous oblige à rester là-bas. D'accord ?

Durant un long moment, on demeura tous les deux immobiles, regardant tourbillonner la neige droit devant nous. Mon esprit rejetait ce qu'il voulait dire, si tant est que ce soit réellement ce qu'il avait en tête. Je ne pouvais pas penser à cela pour l'instant. Tout de même, ce fut un crève-cœur de m'arracher à la chaleur de la voiture, et de partir seule dans l'obscurité glacée.

— Je vous appelle bientôt, d'accord ?

Mais en aurais-je l'occasion ? Je n'avais aucune idée de ce qui allait bien pouvoir se passer ce soir-là.

— Vous me direz si tout va bien ? C'est idiot, mais je me sens responsable, à présent. Comment va le bébé ?

Il baissa tendrement le regard sur mon ventre.

— Il me donne des coups de pied comme un malade !

— C'est bon signe. Faites attention à vous, Suzi.

Et il repartit.

La neige était un souci. Le reste ne pouvait pas mal tourner, car j'avais des projets. Quand Nick rentrerait, ce soir-là, je serais toute à lui. Je m'étais douchée pour éliminer l'odeur de la maison de retraite, et brossé les cheveux, mais je ne m'étais pas maquillée. Je voulais que Nick me voie enfin telle que j'étais. J'avais préparé un repas simple que l'on pourrait manger froid si les discussions duraient toute la nuit, comme j'imaginais que ce serait le cas. Des pommes de terre à l'eau, de la salade et du jambon. Je n'avais allumé ni les lampes ni les bougies, mais je m'étais assise pour l'attendre dans la lumière crue du plafonnier du salon. Il était temps pour nous deux de faire face à la réalité.

Quand j'entendis une voiture, dehors, je sentis mon cœur se serrer. Des crissements sur le gravier. J'avais presque espéré un sursis de dernière minute, croisant les doigts pour qu'il travaille encore tard, mais non, Nick était rentré. Enfin.

J'entendis ses pas dans le couloir, et le bruit qu'il fit en ôtant ses chaussures. Il se racla la gorge. Je patientai, retenant mon souffle.

Il passa la tête dans le salon.

— Qu'est-ce que tu fabriques dans le noir ? Pourquoi n'y a-t-il pas…

— Le dîner est prêt, le devançai-je. Tout est fait. Mais ça devra attendre un peu.

Je rassemblai mon courage, dont j'avais appris qu'il était si maigre, et me préparai à briser la fine glace entre nous, le simulacre de bien-être qui aurait pu nous porter tout au long des cinquante années à venir si je ne touchais à rien. Je prononçai les paroles fatidiques, susceptibles de mettre fin à un mariage, la boule de neige qui déclencherait l'avalanche :

— Nick. Il faut qu'on parle.

Naturellement, je ne lui racontai pas toute la vérité. Quelqu'un le ferait-il un jour ? Ne la révélait-on pas par étapes, même à soi-même ? De façon hésitante, je lui expliquai que je « fréquentais un homme ».

— Comme un ami ! insistai-je en voyant son visage se déformer. Il ne s'est rien passé. Je me sentais juste très seule. Le déménagement ici, ça a été dur pour moi. J'étais habituée à voir du monde tous les jours, au travail, à la salle de sport et au café.

Nick ne broncha pas. Il avait pris place dans un fauteuil face à moi, de l'autre côté de la table basse, les livres qui s'y trouvaient disposés de façon ordonnée.

— Le problème, c'est que j'ai appris récemment que cet ami est mort dans un accident. Un accident de voiture. Et sa femme – eh bien, elle semble penser que j'étais peut-être avec lui quand c'est arrivé, je ne sais pas, elle doit être folle, la pauvre –, elle m'en veut, en quelque sorte…

Il faisait extrêmement froid dans le salon. J'ignorais pourquoi le chauffage ne s'était pas déclenché.

— Elle t'en veut ? finit-il par répéter d'un ton aussi glacial que l'atmosphère.

— Oui. Nick, c'est Nora. C'est une longue histoire, mais, en gros, Nora est la femme de mon ami. Elle m'a suivie jusqu'ici. J'ai peur. Cet animal mort, et le fait d'avoir perdu Poppet… Je crois qu'elle pourrait avoir l'intention de… faire quelque chose.

Quoi ? Je l'ignorais. D'après moi, elle attendait la naissance du bébé, le moment où je serais la plus vulnérable, avant de frapper.

Nick garda le silence un long moment. Il regardait fixement le plancher en bois hors de prix avec son chauffage par le sol. Il s'était tant démené pour moi, et voilà le résultat.

— Je t'ai donné une autre chance. (Sa voix semblait étranglée.) Après ce putain de connard de Damian !

Je sentis mon cœur bondir. Comme je le soupçonnais, il était au courant.

— Je sais ce que tu as fait, me confirma-t-il. Tu es rentrée à la maison imprégnée de son odeur. Putain de salope !

L'injure me fit sursauter. L'avait-il vue inscrite dans la neige ?

— Ce bâtard a eu ce qu'il méritait, de toute façon.

J'ignorais ce qu'il voulait dire. Mais je ne tardai pas à comprendre.

— Sa voiture, dis-je d'un ton morne. Tu l'as démolie.

Bien sûr que ce n'était pas toi. Encore un mensonge. Tu ne te serais pas senti assez concerné pour faire quelque chose d'aussi risqué et te mettre en quatre pour me venger.

Nick esquissa un geste d'impatience.

— Il le méritait, et plus encore. Mais je t'ai donné une chance. En nous éloignant de la ville, de toutes ses tentations, peut-être que tu finirais par bien te comporter. Mais voilà que tu recommences ! Bonté divine, Suzi, même ici ? Tu n'as pas de voiture, et on est au milieu de nulle part ! Mais tu y es quand même parvenue. Espèce de sale petite garce !

L'espace d'un instant, j'eus du mal à croire qu'il avait dit cela, Nick qui ne jurait jamais et me le reprochait quand cela m'arrivait.

— Il ne s'est rien passé !

Je tentai l'approche classique de la femme infidèle, mais je me heurtai à son regard noir.

— Ne me mens pas. Tu ne peux pas t'en empêcher... Tu es, bon sang, tu es une vraie nympho, hein ?

« Nympho », comme si l'on était encore dans les années 1970. Glauque. Je manquai d'éclater de rire, mais je parvins à me retenir. Cette conversation ne se déroulait pas du tout comme je l'avais escompté. Mais, de toute façon, à quoi m'attendais-je ? À de la compréhension, des larmes et des embrassades ? Quelle idiote je faisais.

— Je me sentais simplement seule. Il était gentil avec moi. Je sais que ce n'était pas correct, mais tu dois me croire...

— Il faudrait vraiment être naïf pour te croire. (Il se leva et se mit à faire les cent pas.) Je me doutais qu'il se tramait quelque chose. J'espérais juste me tromper. Pourquoi crois-tu que je suis ton téléphone ? Que j'ai configuré l'alarme intelligente ? Tu sais qu'elle me prévient chaque fois que tu t'absentes de la maison ? Que des caméras de vidéosurveillance me permettent de t'observer quand tu es ici ? Je te vois pleurer à longueur de journée. C'était pour lui ? Tu commençais à préparer mon dîner juste quelques minutes avant mon arrivée. Tu penses que je ne le sais pas ? Tu dois me croire vraiment stupide.

Je le regardai, bouche bée.

— Tu suis mon téléphone ? Tu... m'espionnes ?

Soudain, je compris. Pourquoi il semblait toujours deviner quand je n'allais pas à l'endroit que je lui avais indiqué. Quand je sortais des heures au lieu de la promenade rapide dont je lui avais parlé, ou vice versa. Quand je n'avais pas accompli toutes les tâches ménagères exactement à son goût.

Il se mit à rire.

— Mon Dieu, ce que tu es bête ! Tu l'as fait toute seule ! À quoi crois-tu que sert « Trouver mes amis » ? Si tu n'étais pas si incapable, tu aurais pu l'éteindre. Je t'ai parlé du système d'alarme, du fait qu'il fonctionnait à distance, que l'on pouvait surveiller la maison grâce aux caméras quand on le souhaitait. Qu'on pouvait même diffuser sa voix dans la maison, en cas d'intrusion. Tu ne m'écoutais même pas. Tu ne m'écoutes jamais.

— Et... la musique ? La température ?

On pouvait également les commander à distance. Était-ce vraiment Nick derrière tout cela ? L'animal mort, l'inscription dans la neige ? Était-ce lui qui me donnait l'impression de devenir chaque jour un peu plus folle ?

Il haussa les épaules.

— Il m'arrive parfois de me mettre en colère. Te voir ici pleurer et te morfondre, malgré tout ce que je t'ai acheté... Et pour un autre homme, qui plus est !

J'avais envie de vomir. Pendant tout ce temps, j'avais poussé un soupir de soulagement chaque fois qu'il fermait la porte et qu'il partait, le matin, alors qu'en réalité il m'observait dans son bureau, augmentant puis baissant la température, diffusant des chansons, verrouillant les portes, changeant les codes. Pour que je finisse par penser que je perdais l'esprit. Comme sa petite poupée, marchant d'un pas raide dans les pièces de sa maison parfaite.

— C'est de la folie, Nick ! Je pourrais aller voir la police.

— Ça n'a rien d'illégal. Crois-moi, tu as signé pour tout ça de ton plein gré. En outre, je ne crois pas que tu aies très envie d'aller voir les flics en ce moment, je me trompe ?

— Qu'est-ce que tu veux dire ? demandai-je d'une voix chevrotante.

— Ils voulaient te parler. Pourquoi ? Le type qui a foncé dans l'arbre, c'était lui ?

Je hochai la tête d'un air piteux. Inutile de le nier.

— Je suis content qu'il soit mort, déclara Nick à voix basse.

Je tentai de simuler une attitude craintive, ce qui ne fut guère difficile, puisque je ne pouvais empêcher mes mains de trembler.

— Il faut qu'on pense au bébé. Nora… j'ai peur qu'elle nous fasse du mal. (Je caressai mon ventre.) Notre enfant est en danger, Nick.

— Notre enfant ? ricana-t-il.

Le silence s'éternisa un peu trop longtemps.

— Bien sûr que c'est…

— Je sais que tu as fait tout ton possible pour que ce ne soit pas le mien. En me donnant les mauvaises dates. Tu crois que je ne sais pas compter ? Tu crois que je n'avais pas mes propres applications pour calculer la longueur de tes cycles ? Que je ne savais pas comment pirater les tiennes ? Tout est en ligne, pour l'amour du ciel !

Bien sûr qu'il ne s'était pas gêné pour le faire. J'étais tellement idiote. Me fier à ces applications, alors qu'elles ne savaient que ce qu'on leur disait.

— Toutes ces années sans enfant, tu avais l'air si triste… Mais, par la suite, tu souriais et tu ouvrais une bouteille : « On essaiera le mois prochain, prends un verre ! » Comme si tu n'avais jamais cessé de boire. Puis tu tombes enceinte, comme par magie ? Je ne suis pas dupe, Suzi.

Il s'immobilisa devant moi. Je regrettai de ne pas être debout, car je me sentais soudain extrêmement vulnérable, avec mon ventre lourd.

— C'est le sien ?

Pour une fois, je lui avouai la vérité. Quel était l'intérêt de mentir, de prétendre que je n'avais jamais couché avec quelqu'un d'autre que lui ? Il n'y avait plus rien à sauver ici. Je le comprenais, à présent.

— Je… je ne sais pas. C'est possible.

— Bon sang !

Les poings serrés, il se frotta les yeux.

— Je suis désolée, Nick. Je n'ai jamais voulu en arriver là. Mais c'est le cas. Alors qu'est-ce qu'on fait ?

Il haussa les épaules.

— Je veux cet enfant. L'occasion ne se présentera peut-être plus, et celui-ci aura au moins mon nom, à défaut de mon ADN. Mais toi… j'en ai fini avec toi, Suzi. Tu n'es qu'une pute !

J'aurais dû être plus bouleversée en entendant cette injure, comprenant que mon couple était en train de s'effondrer, mais ce n'était pas le cas. Je le savais depuis des semaines, au fond de moi, et j'éprouvai un certain soulagement à l'idée que ce soit lui qui y mette un terme. Ce n'était pas ma faute, ainsi. Pas ma décision. Très calmement, je lui demandai :

— Bon, donc quoi ? Tu vas déménager en attendant que j'aie le bébé ?

Nick poussa un petit éclat de rire narquois.

— Je ne vais aller nulle part. C'est chez moi. J'ai payé cette maison avec l'argent de mon père. Tu crois que je vais te la laisser ?

Je sentis mon cœur se serrer.

— Alors on va rester ici tous les deux ?

J'avais entendu parler de couples dans cette situation, incapables de se séparer pour des raisons financières, et cela m'avait semblé affreux. Peut-être pourrais-je déménager, louer un appartement en ville… Rien que d'y songer, cela me parut au-dessus de mes forces.

— Oui. Mais pas de la façon dont tu le penses.

— Pardon ?

Soudain, je compris qu'il fallait que je me lève. J'étais bien trop vulnérable sur le canapé, et… trop tard. Il balança son poing dans ma direction, et, avant que je puisse pleinement m'ébahir de ce qui se passait, que Nick me frappe, je me retrouvai à terre.

# Quatrième partie

# Alison

*Février – deux mois plus tard*

Alison n'avait jamais été aussi heureuse de pénétrer dans un commissariat de police. Elle avait décidé qu'en rentrant chez elle, ce soir-là, elle irait chercher un peu de soleil sur lastminute.com. Des images lui vinrent à l'esprit : des cocktails avec des ombrelles, du sable chaud entre les orteils, l'odeur de la crème solaire…

— Un *pasty* ?

La bouche pleine de miettes, Tom s'approcha de son bureau en brandissant un sac en papier. Il l'avait obligée à faire une halte au *Greggs* de Sevenoaks.

— Beurk ! (Alison jeta un coup d'œil au sac suintant de graisse.) Qu'est-ce que c'est ?

— Une tranche de fromage. Je sais que tu t'inquiètes pour les pauvres petits animaux.

— Allons-y, alors.

L'ingestion de nourriture solide l'aida à réchauffer son organisme gelé. Elle poursuivit, en mastiquant.

— Ils sont bizarres, ces gens du cottage…

— La méchante sorcière ?

Tom haussa ses sourcils noirs. Il y avait une miette de *pasty* dans l'un d'eux.

— Non. (Elle lui lança un regard éloquent.) Les riches qui semblent avoir disparu. Deux morts dans les environs, ces derniers mois, alors que presque personne ne va dans ce coin-là ? Enfin, c'est au milieu de nulle part, non ?

Tom avala un morceau de friand à la saucisse.

— Tu flaires un truc louche ?

— Pas toi ?

— Je ne sais pas. C'est peu probable, non ?

En tant qu'agents des forces de l'ordre, ils en avaient assez des illuminés qui regardaient des séries policières à la télévision et qui venaient ensuite leur dire qu'ils avaient repéré une vaste conspiration qui avait pour objectif de subtiliser toutes les poubelles jaunes de leur rue, ou qui insistaient sur le fait que leur voisin faisait partie d'un réseau pédophile international, alors qu'il était, disons, professeur de musique. Malgré tout, Alison avait le pressentiment que quelque chose n'allait pas. Un petit endroit perdu comme celui-là n'aurait jamais dû se retrouver le cadre de plusieurs morts suspectes en si peu de temps. Un détail clochait.

Tom soupira.

— Très bien, alors. Allons voir la patronne. (Il désigna du pouce le bureau de leur commissaire, Claire Fisher, quelqu'un d'extrêmement doué pour s'adapter aux circonstances.) Toutefois, ma grande, c'est ta tête que tu risques si tu te fais des idées.

— Je sais.

Alison s'essuya les mains. Elle se demanda si elle devait lui parler de la miette de *pasty* accrochée à son sourcil, mais décida de s'en abstenir.

# Eleanor

*Décembre*

« La police annonce une mort suspecte. »
J'entendis la nouvelle à la radio tandis que je roulais sur l'A21 en direction de Londres, la circulation étant déjà dense. J'avais passé la nuit dans un *Travelodge* au bord de l'autoroute, élaborant mon plan après avoir acheté sur le trajet une brosse à dents et un pantalon dans un grand supermarché où personne ne se souviendrait de moi. L'info n'était pas surprenante, pas vraiment, mais, malgré tout, mes mains se crispèrent sur le volant, et je dus me concentrer pour rester dans ma voie.

James Conway était mort. Le journaliste indiqua que les voisins avaient appelé la police en raison d'une odeur de gaz, et, lorsqu'ils s'étaient introduits dans l'appartement, les secours avaient découvert « monsieur » Conway – il aurait détesté cela – décédé par inhalation de monoxyde de carbone. À leurs yeux, le responsable était un très vieux chauffage au gaz présent dans l'appartement.

Je me fichais qu'il soit mort. Avant de quitter les lieux, je lui avais demandé de me raconter tout ce que Patrick avait mijoté. Il avait été ravi de me répondre, jubilant d'en savoir autant.

— Mais d'abord l'argent.

Sans ôter mes gants, j'avais déposé une enveloppe contenant un chèque sur l'accoudoir du canapé crasseux.

Je n'avais pas assez sur le compte pour couvrir la somme, mais cela n'avait pas d'importance.

— Tout de suite, je te prie. Il faut que je sache.

Il avait éclaté de rire.

— J'imagine que tu n'envisages pas d'alerter la police ! Il est très difficile de simuler sa propre mort, vois-tu ? Sauf quand il n'y a pas de corps, parce que tu t'es perdu en mer ou ce genre de circonstances. C'est comme ça que s'y est pris Canoe Man, tu sais, ce type qui a mis en scène sa disparition pour toucher l'assurance-vie. Mais il n'y a pas la mer par ici, hein ? De toute façon, la police est au courant de ce petit stratagème, désormais. Il nous a donc fallu trouver une meilleure idée. Un scénario plus créatif. On a donc dû attendre que quelqu'un qui avait à peu près l'âge de Patrick meure à l'hôpital.

— Mais pourquoi l'as-tu aidé ? lui avais-je demandé, déconcertée. (J'avais du mal à comprendre, ayant au fond de moi l'impression que rien de tout cela n'était vrai.) Il te devait de l'argent… à t'écouter, du moins. Pourquoi courir un tel risque ?

Il avait soupiré, me laissant sentir son infâme haleine aigrelette. Des images me revinrent en mémoire, des souvenirs non sollicités. Ma mère traversant la pièce en titubant. « Hors de ma vue, Eleanor. Salope sans cervelle ! »

— Le truc avec ton Paddy, c'est qu'il est doué pour garder les secrets, hein ?

Encore le présent. Cela me faisait vraiment bizarre.

— Il savait des choses sur les employés de l'hôpital. Des erreurs médicales. Des maîtresses… Il était chargé des dépenses, vois-tu. C'était lui qui remplissait les déclarations de sinistre pour les assurances. Il était au courant de tout.

*Du chantage.* Il n'avait pas prononcé le terme, mais c'était bien cela. Ainsi, Patrick avait pu compter sur certaines personnes pour parvenir à ses fins et fuir son existence. Les dettes qui s'accumulaient, la femme qui prétendait porter son enfant. Et moi qui le pressais de faire une FIV pour avoir un bébé.

Au fond de moi, je trouvais encore que c'était de la folie. Et pourtant... Mes recherches sur Internet jusque tard dans la nuit, jusqu'à ce que mes yeux se ferment, m'avaient prouvé qu'il existait effectivement des moyens de simuler sa mort. Par exemple, Canoe Man avait obtenu un faux passeport en se servant de l'acte de naissance d'un enfant né à peu près en même temps que lui, mais mort jeune. C'était apparemment tout à fait possible. Je songeai aux sommes d'argent qui disparaissaient de nos comptes, toujours juste en dessous du seuil de suspicion. Cela devait faire un moment qu'il avait tout planifié.

L'intrigue semblait extrêmement élaborée. Comme ce que j'avais pu lire dans un de ces thrillers affligeants que j'avais dévorés durant les longues soirées où je l'avais attendu. S'il avait pu s'enfuir à ce moment-là, c'était parce que la chance s'en était mêlée. Un homme avait été admis au service de neurologie de l'hôpital où il travaillait. Un homme de l'âge de Patrick, en bonne santé si l'on omettait le fait qu'il s'était cogné la tête sur le bitume lors d'un accident de vélo. Personne n'était venu prendre de ses nouvelles, et, d'après la marque de sa tenue de cyclisme, la police pensait qu'il s'agissait d'un touriste. Un Américain, sans doute. Quelqu'un qui n'avait ni famille ni proches dans le pays, personne pour venir le chercher, personne ne sachant où il se trouvait. Il était inconscient, grièvement blessé, mais les médecins pensaient encore qu'il pourrait se rétablir.

—Mais, vois-tu, il nous fallait un corps, m'avait expliqué Conway en buvant un whisky. Ils font des autopsies pour toutes les morts suspectes, et, à moins d'avoir l'ensemble des employés de la morgue dans le coup, eh bien… Mais les gars sont très occupés, hein ? Les budgets sont extrêmement serrés. Ils ne vont pas faire de tests ADN sur tous les macchabées qu'ils reçoivent, surtout quand ils savent clairement de qui il s'agit.

Ils avaient donc simplement échangé les patients. Conway, qui était de toute façon responsable des comas artificiels, avait tripatouillé un peu les écrans et transféré le dossier de l'inconnu.

— On peut faire ça, à mon poste, s'était-il vanté. On coche une case et, boum, quelqu'un est décédé. La vie ne tient vraiment qu'à un fil.

L'autopsie n'avait rien révélé d'anormal. Le mort n'avait ni plombages ni d'antécédents chirurgicaux – encore un énorme coup de chance, car il était possible de remonter assez facilement la trace de soins dentaires jusqu'à leur pays d'origine –, et, à part son traumatisme crânien, il était en bonne santé, probablement en meilleur état que Patrick, avec tout ce qu'il buvait en secret après le travail. Sa blessure à la tête n'était pas incompatible avec un accident de voiture. Et donc, avec quelques manipulations de dossiers – Conway m'avait laissé entendre que plusieurs autres employés de l'hôpital avaient également été impliqués –, cet homme était devenu Patrick, et ce dernier, désormais un sombre inconnu, s'était miraculeusement rétabli et avait signé son bon de sortie.

— Et personne n'a rien remarqué ? (J'avais du mal à croire cette histoire.) Les infirmières ? Les médecins des soins intensifs ?

Il avait haussé les épaules.

— Ils emploient tellement de personnel intérimaire de nos jours… Il en arrive de partout. Certains parlent à peine anglais, et ils vont et viennent tous les jours. Personne n'a rien demandé.

J'avais songé à ce pauvre homme, mourant seul en un pays étranger, enterré dans la tombe d'un autre. Quelque part, quelqu'un devait sûrement le chercher... Et à Patrick, s'éclipsant d'Angleterre avec un faux passeport. Il était impossible que de telles failles existent encore à notre époque... Mais, pour qu'il se fasse prendre, il aurait fallu que quelqu'un fasse correctement son boulot, que quelqu'un soit attentif. Et ce n'était plus le cas de personne. Pas même moi. J'étais tellement terrassée par le chagrin que je n'avais même pas imaginé une seconde que cela pouvait ne pas être lui. Pourquoi aurais-je eu le moindre doute ?

Après qu'il eut fini de me raconter son histoire, je m'étais levée, essuyant subrepticement sur ma manche le verre dans lequel j'avais bu. Je portais un foulard sur la tête, ce jour-là, prétendument pour protéger mon visage de l'air glacial, mais c'était aussi un bon moyen d'empêcher mes cheveux de tomber sur son tapis miteux. Même si j'étais convaincue qu'il n'avait pas passé l'aspirateur depuis des années, et qu'il ne me serait donc pas difficile d'expliquer la présence d'un des miens. Lorsqu'il avait quitté la pièce pour aller chercher de l'eau, avec mes gants, j'avais légèrement tourné le bouton sur le côté du chauffage au gaz, pour qu'il s'en dégage déjà une petite quantité de vapeurs toxiques. J'avais remarqué que les vieilles fenêtres étaient coincées par la peinture en position fermée, et que la pièce étouffante n'était pas ventilée. S'il restait là toute la nuit, il mourrait. S'il allumait le chauffage, ou même une cigarette, la pièce s'embraserait comme une torche.

— Adieu, James, lui avais-je dit en partant, maintenant qu'il m'avait tout expliqué et que je le croyais enfin.

En passant, j'avais extrait le chèque de son enveloppe, certaine qu'il ne le regarderait pas ce soir-là, vu qu'il en était déjà à la moitié de sa bouteille de whisky. C'était un adieu définitif. Il savait qui j'étais, qui était Suzi et où nous vivions toutes les deux. Il représentait un risque inacceptable, aussi bien pour nous que pour le bébé. Par ailleurs, j'étais persuadée que le monde se porterait bien mieux sans lui.

À présent, Conway était mort, emportant dans sa tombe le crime de Patrick. Personne n'aurait jamais l'idée de chercher mon mari, et personne ne saurait qu'il pouvait se trouver quelque part, encore en vie. Mais moi, je le savais. Et, où qu'il soit – il n'allait sûrement pas s'attarder en Espagne alors qu'il pouvait prendre un ferry pour l'Afrique du Nord et disparaître à tout jamais –, j'espérais trouver le moyen de lui faire savoir que j'allais le poursuivre, Lady Vengeance en personne, et qu'il ne s'en tirerait pas si facilement.

*Tu m'entends, Patrick-Sean ou quel que soit le nom que tu te donnes aujourd'hui ? Tu ne t'en sortiras pas comme ça.*

Au milieu de toutes ces supercheries – sa mort, sa liaison, sa résurrection –, c'était la seule chose à laquelle je me raccrochais. Il allait payer pour ce qu'il avait fait.

En fait, j'étais déjà à ses trousses.

# Suzi

Quand j'étais enfant, dans les moments de stress – les examens, les soucis avec ma mère à cause de mes mauvaises notes à l'école, le vol de chewing-gums à l'âge de huit ans –, je m'imaginais parfois une amie culottée qui me donnait des conseils, comme on pouvait en voir dans les sitcoms américaines. À cet instant même, les mains sur les hanches, elle me faisait la leçon. « Eh, jeune fille, c'est quoi ton problème ? Ton mari t'a enfermée dans une salle de musique ! Enfin, ne parlons même pas de la raison pour laquelle il y a une salle de musique chez toi, d'abord. »

J'avais beaucoup de mal à l'encaisser. Durant un long moment, après avoir repris conscience, en bas, le bras douloureusement coincé sous mon corps, un hématome sur le front, je n'y avais pas cru. Était-ce une erreur ? Nick savait-il que j'étais là ? Mon cerveau refusait d'admettre la vérité. Bien sûr qu'il était au courant : non seulement c'était lui qui m'avait jetée ici, mais il avait également tout planifié. C'était entièrement son œuvre : les lumières, la musique, l'inscription dans la neige… même le lapin. Il avait tout reconnu. Ce n'était pas du tout Nora. Je n'avais aucune idée de ce qu'elle mijotait, mais ce n'était pas elle qui tentait de me rendre folle. C'était mon mari. Avec le recul, j'étais étonnée de n'avoir jamais vu le moindre signe. Mon téléphone, avec sa batterie constamment déchargée à cause des logiciels espions qu'il y avait installés. Le fait qu'il sache en permanence où je me trouvais, ce que je faisais. Ce que je pouvais être bête !

Au milieu des guitares, des amplis et des câbles se trouvaient un couchage soigneusement fait, avec de la literie toute propre, ainsi qu'un petit tapis sur le sol insonorisé. Une pile de livres de développement personnel, la plupart sur la grossesse. Autour de moi, les étagères inoccupées, destinées un jour à héberger une collection de bouteilles de vin, sentaient la poussière, et j'étais convaincue que des araignées se cachaient dans les recoins sombres. Nick m'avait laissé de l'eau, et même un sandwich dans une assiette. Il ne voulait pas me faire de mal, du moins, pas avant la naissance du bébé. Il désirait simplement savoir où j'étais. C'est tout ce qu'il avait toujours voulu ! Et quel meilleur moyen de le savoir que de m'enfermer dans les oubliettes qu'il avait aménagées sans même que je m'en inquiète. Cela faisait un moment que je ne pouvais plus descendre les marches jusqu'ici, et, de toute façon, la salle de musique n'était qu'un de ses nombreux projets qui ne m'intéressaient pas. Je l'avais laissé bâtir cette prison autour de moi pendant que je me lamentais pour un autre homme.

« Je ne suis pas dupe », avait-il dit avant de m'assommer, et il avait raison. Je l'avais traité comme s'il était aveugle, comme s'il ne voyait pas mes yeux rouges bouffis, ma manie de vérifier constamment mon téléphone, ma façon de sursauter quand on sonnait à la porte et de dissimuler mon visage quand une voiture avait un accident à la télévision. J'étais partie du principe que, puisqu'il n'en parlait pas, il n'avait rien remarqué. J'avais oublié que Nick n'était pas du genre à aborder ces sujets. J'avais oublié ma précédente sanction, le fait d'être obligée de venir habiter ici, loin de la ville. Désormais, une prison encore plus petite et moins ouverte était nécessaire pour me pousser à la contrition.

Et je m'étais repentie, vraiment. Si j'en avais eu la possibilité, je serais volontiers retournée un an en arrière, je n'aurais jamais regardé Damian, jamais assisté à ce congrès stupide, je serais passée devant toi dans le bar sans un regard et serais allée me coucher seule dans ma chambre. Au lieu de toujours en vouloir davantage, j'aurais accepté mon sort, un mari qui m'aimait et un travail pour lequel j'étais plutôt douée. Je n'aurais jamais démissionné, ne serais jamais partie vivre à la campagne et ne t'aurais jamais rencontré. Je ne serais – peut-être – pas enceinte. Aurais-je vraiment renoncé à ce rêve en même temps qu'à tout le reste ? Je l'ignorais.

Ce que je savais, c'était qu'il fallait que je sorte de là – que je ne supporterais pas de passer plus d'un jour ou deux seule dans l'obscurité –, et j'étais prête à dire tout ce qu'il fallait pour que cela se produise. Je savais que Nick et moi, c'était fini, désormais, fini pour de bon. Que le fait de me retenir ici contre mon gré devait être considéré comme un crime, une terrible atteinte à ma liberté, et que je le dénoncerais à la police dès que je me serais sauvée d'ici. Mais, malgré tout, quand je tentai de me mettre à sa place, je constatai que tout cela suivait une certaine logique, si affreuse soit-elle.

# Eleanor

Il s'avéra qu'il existait des activités pour lesquelles j'étais plutôt douée. Trouver des informations. Observer. Chercher des gens, les traquer. Jusqu'à récemment, j'ignorais posséder ces compétences, et je n'avais donc jamais songé à les utiliser contre mon propre mari. À quoi bon ? Il m'aimait, nous étions heureux… du moins le croyais-je. Jusqu'à ce que j'apprenne qu'il me mentait, me contrôlait et me gardait prisonnière de mes propres peurs. Mais, à présent, je me demandais ce qu'il en était de son passé. Qu'avait-il fait avant de me connaître ? Les hommes comme lui – menteurs pathologiques, marqués au fer rouge par la duplicité et la tromperie – ne changeaient jamais. Il y aurait quelque chose à découvrir. Et peut-être ce quelque chose me conduirait-il à sa cachette actuelle, où qu'il se trouve dans le monde.

Lors de notre première rencontre, après ce concert au Royal Albert Hall, Patrick Sullivan m'avait donné des détails sur sa vie. Il était médecin obstétricien (c'était faux, il était comptable, ce qui expliquait pourquoi il vivait alors en colocation avec trois autres hommes. J'avais mis du temps à le découvrir, car il ne m'y avait jamais emmenée, prétextant le fait d'être un gentleman, et, au moment où j'avais commencé à m'interroger, j'étais simplement partie du principe qu'il devait rembourser ses prêts étudiants). Ses parents étaient morts, prétendait-il.

Il était fils unique, et sa mère l'avait eu à un âge avancé (j'ignorais si c'était vrai ou non). À l'université, il avait eu une petite amie sérieuse, mais ils s'étaient séparés après une grossesse importune qui s'était terminée par un avortement. Il m'avait raconté cela avec un pincement au cœur.

— C'était son choix, mais je n'étais pas d'accord. C'était aussi mon enfant.

J'avais senti mon propre cœur se serrer, à ce moment-là, m'imaginant que nous aurions bientôt le nôtre, que je lui en donnerais un pour compenser celui qu'il avait perdu.

Il s'avérait que la petite amie était réelle, du moins pour autant que je puisse en juger. L'ex, Kathy Gilsenan, avait fréquenté l'université d'Essex en même temps que Patrick, avant qu'il rate sa première année et renonce à ses études. Il avait étudié la médecine, d'où les photos que j'avais vues. C'était triste. Si je l'avais connu à l'époque, peut-être aurais-je pu l'aider à réussir, à devenir un vrai médecin, et peut-être n'aurait-il pas eu besoin de mentir, de tricher, de voler de l'argent qui n'était pas le sien. Quel gâchis !

Grâce à mes recherches, j'avais appris que Kathy, qui portait encore son nom de jeune fille, vivait désormais dans le quartier d'Isle of Dogs, à Londres. Donc, ma voiture avalant les kilomètres, je me rendais là-bas pour la voir. Il y avait peu de chances qu'elle sache où il se planquait, mais je ne connaissais personne d'autre dont il avait été proche. Ce qui était déjà tragique en soi.

Je trouvai l'adresse : une rue étroite de maisons mitoyennes à deux pas de la Tamise, le métro cliquetant au-dessus de ma tête. Il me fut moins facile de trouver une place de stationnement – encore une grosse dépense, j'aurais dû prendre le train –, mais dès que le problème fut réglé, je sonnai à sa porte. Je n'avais pas envisagé qu'elle puisse s'être absentée. J'étais tellement convaincue qu'il fallait que je la voie, que je lui parle, qu'elle devait être là. Et c'était le cas.

— Oui ?

Grande femme noire avec des tresses rassemblées en chignon, Kathy était magnifique. Elle devait avoir mon âge, mais en paraissait beaucoup moins. L'espace d'un instant, ma détermination fléchit.

— Bonjour. Navrée de faire irruption chez vous comme ça, mais puis-je vous demander si vous connaissez un certain Patrick Sullivan ?

La voyant froncer les sourcils, je crus un moment que je m'étais trompée de personne. Puis elle finit par me répondre :

— Vous voulez dire Sean ?

— Vous êtes sa femme…

— Je l'étais. Il… il est décédé il y a quelques mois.

Je n'avais pas l'intention de lui raconter toute cette épopée ridicule. Je préférais éviter qu'elle me prenne pour une folle.

— Désolée de l'apprendre.

Elle affichait un air impassible. Je ne la croyais pas si désolée que cela.

— Vous êtes là pour Jack ?

Jack ? De qui parlait-elle ?

— Non, je… Je suis venue parce que je pense que… *(Oh, vas-y, dis-le !)* Kathy, je pense qu'il m'a menti. Sur beaucoup de points. Peut-être sur tout. Et je me demandais si vous… si vous lui aviez parlé, ces dernières années.

Il fallait que je monte en puissance jusqu'à lui demander : « Est-il encore en vie ? Savez-vous où il se trouve ? »

Elle se pencha en avant, jouant avec un mug de thé sur lequel figurait le logo de West Ham. J'avais refusé toute boisson. Sa maison était impeccable, mais je craignais de me sentir bloquée si les choses tournaient mal.

— C'est Eleanor, c'est ça ? Sean – il s'appelait ainsi quand je l'ai connu – ne faisait que mentir. En permanence. Où il se trouvait, quel âge il avait, qui il voyait... C'était un mythomane, je crois qu'on peut le dire. Alors, non, je ne lui ai pas parlé depuis des années, et j'en suis heureuse.

Je fermai brièvement les yeux. Il n'y avait donc pas que moi.

— Je vois. Ses parents... ils sont morts ?

Elle pouffa.

— Ils vont bien, ils vivent à Southend.

Dans l'Essex, bien sûr, où il était allé à l'université. Il m'avait dit qu'il était du Somerset, un orphelin issu d'une famille de classe moyenne. Mais il avait des parents, vivants ! Quel mensonge ! Même si, naturellement, je lui avais également dit que toute ma famille était morte, ce qui n'était pas entièrement vrai non plus.

— Pour autant que je sache, poursuivit-elle, ils n'ont pas eu de nouvelles de Sean depuis des années, et Denise non plus. (Elle me vit hausser les sourcils.) C'est sa sœur. Elle a quatre enfants, à présent. Sean n'en a jamais vu un seul. Il s'est réinventé un passé, après l'université, j'imagine. Je suppose que le fait d'avoir une famille de la classe ouvrière ne faisait pas partie de son plan.

Des neveux. Des nièces. Il était loin d'être seul au monde.

— Et, Kathy, vous vous êtes vraiment séparés parce que vous êtes tombée enceinte ? Excusez ma curiosité.

Elle reposa son mug. Elle semblait calme, acceptant ses mensonges, et je l'enviais.

— Plus ou moins.

— Il voulait… garder l'enfant ?

Elle me regarda, bouche bée.

— Quoi ? Non, c'est moi qui ai décidé de le garder. Il voulait que je me fasse avorter. Il m'a dit qu'il ne me donnerait pas un penny de pension alimentaire. Mes parents sont croyants, et, de toute façon, je le voulais. C'est pour ça qu'on s'est séparés. Il était méchant à ce sujet. Il a même tenté de nier que c'était le sien.

Je ne la comprenais pas.

— Mais vous… je suis désolée, vous avez perdu le bébé ?

Elle me lança un nouveau regard intrigué. Elle se leva et attrapa une photo encadrée sur la cheminée. Je me demandai pourquoi je ne l'avais pas remarquée avant. Elle me la mit dans les mains. J'y vis Kathy dans une robe à fleurs, rayonnante, son bras autour d'un grand garçon métis en robe noire de bachelier. C'était un beau jeune homme. Ses yeux, au milieu d'un visage mince et souriant, étaient d'un bleu saisissant.

— Les Sullivan sont assez gentils avec Jack. Il les voit une fois par an environ.

Je posai le cadre avec précaution, de peur de le briser, tant mes mains tremblaient.

— Il a un fils…

— Oh oui, Jack est son fils. (Elle était un peu sur la défensive.) Il a une vingtaine d'années maintenant. Il a un bon métier, il est auxiliaire médical.

Il travaillait dans la médecine. Son fils. Patrick avait un fils, grand et beau.

— Et il… il était au courant ?

Mon esprit rejetait encore cette idée : il n'avait pas pu avoir un fils pendant tout ce temps, un fils dont il connaissait l'existence, mais qu'il n'avait jamais vu. Il n'aurait pas fait ça, pas à un enfant innocent.

Kathy prit un ton dédaigneux.

— Bien sûr qu'il était au courant. Il ne m'a jamais donné un penny pour lui, remarquez. J'aurais pu l'obliger à payer une pension alimentaire, mais à quoi bon ? Nous n'avions pas besoin de lui.

— D'accord. Je… je vois.

Oh, mon Dieu ! Pendant tout ce temps, j'avais rêvé de l'enfant que Suzi allait avoir, un bébé qui était peut-être le sien, alors qu'il avait déjà un fils. Un fils d'une vingtaine d'années.

Elle replaça la photo sur la cheminée en essuyant un peu de poussière avec sa manche.

— Avait-il des enfants ? Ce serait bien pour Jack, si c'était le cas. Je n'en ai jamais eu d'autre.

— Non. Non, nous n'avons… nous n'en avons pas eu.

Le problème venait donc sans doute de moi, après tout, puisqu'il avait déjà eu un enfant. Comme je l'avais toujours redouté, quelque chose n'allait pas chez moi, et ce n'était guère surprenant, compte tenu d'où je venais.

« *Eleanor, petite salope* ! »

Les mots de ma mère, qui, malgré les années, résonnaient encore dans mon esprit, comme si je ne lui avais jamais échappé. Comme si le feu, le sang et la mort n'avaient pas suffi.

— Ah, d'accord. Je suppose qu'il se l'est fait faire, alors ? Je pensais que ce n'étaient que des paroles en l'air. Je n'aurais jamais cru qu'il irait jusqu'au bout.

— Au bout de quoi ?

J'avais vraiment du mal à la suivre, mon cerveau progressant lentement, le souffle coupé par toutes ces révélations.

Elle fronça les sourcils.

— De la vasectomie. Après l'annonce de ma grossesse, Sean était tellement furieux qu'il a dit qu'il allait en passer par là pour être certain de ne plus jamais avoir de mauvaise surprise. Je suppose qu'il l'a fait, donc, non ?

# Suzi

Dans la cave, en bas, c'était ainsi que j'imaginais la mort. J'avais beau crier et hurler, personne ne pouvait m'entendre. L'isolation phonique coûteuse que Nick avait fait installer pour sa « salle de musique » remplissait son rôle, et, de toute façon, qui aurait pu m'entendre ?

Je me demandai où était Nora. Pourquoi n'était-elle pas venue me chercher depuis tout ce temps ? Avait-elle compris, d'une manière ou d'une autre, que j'avais vu clair dans son jeu ? Peut-être préférait-elle me savoir là plutôt que dans ses jambes. Dans mes phases les plus paranoïaques, quand je cédais à l'affolement, je me demandais s'ils n'étaient pas complices, Nora et Nick. Un pacte de vengeance, contre toi et moi. Si, d'une façon ou d'une autre, ils n'avaient pas manigancé ta mort, aussi. Je ne le pensais pas, mais je n'aurais pas cru non plus que Nick, mon doux mari, aurait construit une prison insonorisée juste sous mon nez, et m'y aurait enfermée. Oh, elle était relativement agréable, cette prison ! Il y avait un tapis et un lit avec des draps doux, et il m'apportait suffisamment d'eau et de nourriture, descendant plusieurs fois par jour pour vérifier que j'allais bien. Il y avait même des toilettes, qu'il avait suggéré d'installer pendant la rénovation, au cas où nous aurions des invités. Et j'avais accepté, avec apathie, comme pour tout le reste. J'avais tenté de me laver au lavabo, mais sans véritable douche, je sentais déjà mauvais.

La première fois que Nick était descendu, je m'étais jetée sur lui. J'avais essayé de le frapper, de lui arracher les yeux. Il s'était contenté de me tenir les poignets jusqu'à ce que je me calme. Il était plus fort que je l'imaginais. Toutes ces séances à la salle de sport n'y étaient pas pour rien. Encore un élément qui m'avait échappé.

— Arrête, c'est mauvais pour le bébé.

— Tu ne peux pas faire ça !

— C'est pour ton bien. La façon dont tu as agi, courant à travers tout le pays, dans la neige, à la recherche d'un connard qui n'en avait rien à faire de toi… Suzi, c'est de la folie ! Quand tu prendras le temps d'y réfléchir, tu comprendras comme tu es bien, ici. Je t'aime. Je prendrai soin de toi… tu n'auras plus jamais besoin de travailler.

La fois suivante, je m'étais contentée de fondre en larmes. De gros sanglots morveux.

— Je t'en prie, laisse-moi sortir. S'il te plaît, je ne dirai rien à personne. Je reconnais que j'ai mal agi. J'irai même consulter, si tu le souhaites.

Lui aussi avait l'air peiné.

— On a dépassé ce stade, à présent. C'est le seul moyen.

Il était plein de sollicitude. Il me demandait quels plats je voulais, si je préférais le pain blanc ou complet, me consultait sur la façon de préparer certaines recettes.

Au début, je ne disais que : « Laisse-moi sortir », mais, petit à petit, je cédai. Quitte à devoir rester coincée là, autant manger ce que j'aimais. C'était ainsi qu'on s'habituait à toutes les horreurs. L'épouvantable faculté d'adaptation de l'esprit humain. Si ce n'était l'absence de fenêtres et de douche, j'aurais pu me croire dans un bel hôtel, avec des livres et du mobilier confortable. Mais rien dont je puisse me servir pour transmettre un message.

— Ça te fera du bien de passer moins de temps au téléphone, me dit-il comme si j'étais une enfant.

Je protestai au sujet de la douche.

— Il faut que tu me laisses me laver. Je n'ai pas envie de tomber malade.

Je le vis faire la moue. Mon idée était la suivante : s'il m'autorisait à monter à la salle de bains, j'attraperais un objet – un de mes couteaux de cuisine, ou peut-être un bibelot lourd – et je le frapperais ou le poignarderais, m'enfuirais de cette maison pour rejoindre la route déserte et continuerais à courir jusqu'à ce que je trouve quelqu'un qui accepte de m'aider. Ce n'était peut-être pas un bon plan, mais c'était le seul que j'avais.

# Eleanor

Finalement, après toutes mes investigations, je dus rentrer chez moi. Conway était mort. Mon mari et mon existence entière n'avaient rien à voir avec ce que je pensais. Il avait un fils. Il m'avait laissée croire pendant toutes ces années que je pourrais moi aussi avoir un enfant, alors qu'il avait subi une vasectomie. Il ne pouvait pas être le père du bébé de Suzi. Il n'était pas mort. Mon plan entier – retrouver Suzi et anéantir sa vie, morceau par morceau – s'était effondré. Elle ne le saurait peut-être jamais, mais Suzi était également une victime, à la fois des mensonges de Patrick et de la mainmise de Nick. J'en avais assez du rôle que je m'étais choisi : la femme vengeresse traquant la maîtresse de son mari. J'en avais marre des hommes, qui nous montaient les unes contre les autres. Qui nous mentaient. Qui nous enfermaient dans nos maisons de poupée. Il était temps d'en finir. J'avais pris ma décision : j'irais voir Suzi, je lui raconterais la vérité, et l'aiderais à changer de vie. À réduire l'ancienne en cendres, s'il le fallait. J'étais douée pour cela. Ensuite, peut-être qu'ensemble nous pourrions retrouver mon mari et le lui faire payer.

Il me fallut près d'une demi-heure pour descendre la bretelle d'autoroute jusque chez moi, un trajet de dix minutes, en temps normal. En mon absence, la neige s'était accumulée, et les pneus de ma voiture glissaient en gémissant sur la surface gelée et poudreuse. Je savais que les saleuses ne venaient pas jusque-là. Je risquais de ne pas pouvoir ressortir avant plusieurs jours. Je me garai non loin de Holly Cottage, sa charpente en ruine presque dissimulée sous la neige. Protégeant mon visage à l'aide de ma main, je poussai la porte vermoulue. À l'intérieur, le toit était en si piteux état qu'on se serait cru à l'extérieur.

— Allons, allons. Désolée, mon pauvre toutou.

Poppet grelottait dans le chenil de fortune que je lui avais bricolé. Son bol de nourriture était vide. J'éprouvai une pointe de culpabilité. Qu'est-ce qui m'avait pris de m'en emparer ainsi ? Lorsqu'il s'était enfui, ce jour-là, dans le parc du vieux manoir, je l'avais rapidement retrouvé dans les buissons, folle de rage que Suzi soit toujours incapable de le maîtriser. Puis l'idée m'était venue : un moyen de la punir, de la déstabiliser. Je n'avais pas voulu faire de mal au chien. Jamais je n'aurais pu faire de mal à un animal. Mais, à présent, la pauvre bête était frigorifiée parce que je l'avais laissée attachée là.

— Viens, viens.

Je le conduisis vers la chaleur relative de mon cottage. Je lui ferais un lit devant le feu et lui donnerais deux portions de croquettes Pedigree Chum. Encore une chose qu'il me faudrait avouer à Suzi.

Une seule lampe était allumée, à Willow Cottage. Je pris le chien sous mon manteau pour le cacher. Il était lourd, haletait fort contre moi et puait le poil mouillé, mais je trouvai l'odeur réconfortante. Il était 15 heures, mais la lumière du jour faiblissait déjà. Dès que possible, je traverserais l'allée et raconterais à Suzi tout ce que je savais. Il était temps.

Après m'être occupée de Poppet et l'avoir laissé au chaud, je traversai l'allée, un trajet périlleux compte tenu de la chaussée non salée. Le bitume noir était glissant comme une patinoire. Je me traînai péniblement jusqu'à leur chemin, étonnée que Nick n'ait pas déblayé la neige, et je frappai à la porte. Je m'apprêtai à affronter Suzi, à la fois pour la réprimander et reconnaître mes torts. À la fin de cette conversation, on se connaîtrait mieux, l'une et l'autre. Qui sait, peut-être même que nous en sortirions alliées. Il s'était passé de drôles de choses.

La porte s'ouvrit, et je vis… Nick.

— Nora ! (Il parut surpris.) Bonjour.

— Oh, bonjour. Je me suis dit que j'allais rendre une petite visite à Suzi. (Que faisait-il chez lui ?) Vous n'êtes pas au travail aujourd'hui ?

— Je ne me sentais pas dans mon assiette, me répondit-il, même s'il avait l'air d'aller bien.

Il portait un jean noir et une chemise blanche. Je la reconnus comme étant d'une marque coûteuse que mon mari adorait, ce qui m'étonna, car Nick ne m'avait pas semblé être un dandy.

— Je crains que Suzi ne soit pas là. Elle est allée chez sa mère.

— Elle est partie alors que vous étiez malade ?

Une femme enceinte de presque sept mois parcourant la campagne sous la neige ? Cela n'avait aucun sens. Et puis, je me souvins : Suzi m'avait confié que sa mère partait pour Noël. En croisière. « Dieu merci, ça veut dire qu'on ne sera pas obligés de l'inviter ici. » À l'époque, je nous avais trouvé un curieux point commun : nous avions toutes les deux des mères difficiles.

Pourquoi Nick mentait-il ? Suzi ne souhaitait pas me voir ?

— Oh, ma santé a empiré après son départ. Mieux vaut qu'elle soit loin de moi, pour être honnête. Je préfère éviter qu'elle tombe malade, dans son état.

Il était déjà en train de refermer la porte. Je commençai à paniquer.

— Attendez ! Nick, il faut absolument que je lui dise quelque chose. Elle est joignable là-bas ? Sur son portable ?

— Il n'y a pas de réseau, dit-il d'un ton compatissant. C'est dans une sorte d'étrange cuvette rurale, comme ici.

— Et sur une ligne fixe ?

Il hésita. J'avais conscience d'être impolie, mais je m'en moquais. J'avais la chair de poule. Quelque chose n'allait pas, ici. Il voulait se débarrasser de moi, je le sentais.

— Ah, malheureusement, je n'arrive pas à me souvenir du numéro. Je n'appelle jamais sa mère, évidemment. (Il eut un petit haussement d'épaules plein d'autodérision.) Je peux vous le chercher, mais il va me falloir un peu de temps.

J'étais coincée. Je ne pouvais désormais plus insister sans éveiller les soupçons. Je jetai un coup d'œil derrière lui, dans le couloir plongé dans la pénombre. Encastrée dans le papier peint coûteux du mur du fond se trouvait une porte équipée d'un boîtier, juste à côté, qui clignotait en rouge. Cette couleur signifiait-elle que la serrure était verrouillée ? Un autre souvenir me revint. Suzi m'avait fait visiter le cottage. « Et en bas, c'est la salle de musique de Nick. Dieu sait qui risque de voler ses stupides guitares, mais il a insisté pour faire installer ce verrou. » Avais-je déjà vu cette porte close ?

— Très bien. Si elle appelle, dites-lui que je la cherche, d'accord ?

— Bien sûr. Au revoir.

Lorsqu'il ferma la porte d'entrée, celle-ci émit un déclic, son joint hermétique verrouillant la maison. Je jetai un coup d'œil au système de sécurité extérieur, si déplacé sur ce vieux cottage. Nick avait transformé les lieux en forteresse, aux portes et aux fenêtres verrouillées à distance, toutes commandées par des codes, aux stores et aux volets automatiques, un câble d'alarme serpentant autour de la maison. Naturellement, les forteresses faisaient également de bonnes prisons.

Je contournai le cottage en pataugeant dans la neige, m'efforçant d'évaluer ses dimensions d'après les rares fois où j'y avais pénétré. De la lumière filtrait sous le volet de la grande cuisine, mais aucune ombre ne semblait bouger. Le studio de Suzi était plongé dans l'obscurité, à l'exception d'une faible lueur bleue. Son ordinateur était allumé, sans doute, mais elle n'était pas là. Les toilettes du bas, le cellier et le reste de la maison, dans l'obscurité également. Si Suzi n'était pas chez sa mère, ni dans aucune des pièces, où était-elle ? Ils avaient creusé dans la cave pour y aménager la salle de musique. Quand on était de la classe moyenne, il semblait que l'on pouvait construire chez soi des oubliettes sans que personne le remarque.

C'était une idée folle, mais pas plus que tout ce qui s'était passé récemment. Suzi était-elle là-dedans ?

# Suzi

— Tu ne pourras pas me retenir prisonnière ici éternellement, fis-je froidement remarquer à Nick lorsqu'il descendit.

J'avais l'impression d'être un animal au zoo. J'avais de quoi manger, de l'eau – les grandes bouteilles qu'il avait achetées, prétendument comme réserves en cas de grosses chutes de neige –, des livres, un lit confortable. Mais, en même temps, j'avais envie de faire un trou dans le mur pour sortir. Pour avoir de l'espace, de la lumière. En bas, je pouvais tout juste déterminer quelle heure de la journée il était.

Nick déposa mon déjeuner, un bol de soupe tiède aux carottes. Il craignait peut-être que je ne lui jette au visage le moindre plat chaud.

— Prisonnière ? Tu es chez toi, Suzi. Tu es au chaud, au sec et bien nourrie. Je prends soin de toi ! Tu étais incontrôlable, à courir partout dans le froid. Tu as juste besoin de te calmer un peu.

— On va signaler mon absence. J'ai des rendez-vous chez la sage-femme, des échographies ! Ma mère va s'étonner que je ne l'appelle pas.

Elle était déjà partie pour plusieurs mois de croisière pédagogique avec Nigel le relieur. Je tentai de me souvenir si j'avais donné les dates précises à Nick. Allait-elle penser à m'appeler durant ses vacances, ou simplement à m'envoyer un SMS ? Si nous avions été plus proches, elle aurait peut-être déjà remarqué que quelque chose n'allait pas. Ou elle m'aurait écoutée quand j'avais tenté de lui expliquer la situation.

— Si elle téléphone, je dirai que tu es dans ton bain. Tu m'as demandé de le faire suffisamment souvent, quand tu refusais de lui parler.

C'était vrai. Malgré ce qui se passait, je le trouvais incroyablement calme. Presque raisonnable. Il me fallait sans cesse me remémorer que ce n'était pas normal, qu'il commettait un crime. Il me séquestrait dans une cave. J'étais comme cette fille disparue depuis vingt ans. Je commençai à frissonner. Quelqu'un viendrait sûrement me chercher avant, non ? Un professionnel de santé, ma mère, ou même Claudia ? C'était un bon moyen de faire le point sur sa vie, en se demandant qui pourrait voler à son secours si l'on était porté disparu. Nick leur dirait-il que j'étais simplement partie quelque part ? Que je m'étais enfuie avec un autre homme ? Mais le bébé. Il n'allait tout de même pas m'obliger à accoucher ici ?

Un sursaut d'effroi me fit changer de ton.

— Je t'en prie, mon chéri. J'ai peur. Et si je commence à avoir des contractions et que tu n'es pas là ? Si tu es au travail ? Je pourrais mourir !

— Je me suis mis en arrêt maladie, me répondit-il, en levant les yeux vers moi après avoir essuyé la petite table basse qu'il me laissait pour manger.

Même emprisonnée avec presque rien, je parvenais à en mettre partout.

— Je suis là en permanence. Au fait, j'ai demandé à ma mère de ne pas venir pour Noël. Je lui ai dit que tu ne te sentais pas à la hauteur, à cause de la grossesse.

Pour que l'absence de ma belle-mère pendant les fêtes me fasse monter les larmes aux yeux, il fallait vraiment que la situation aille mal. Avec les vacances de Noël qui approchaient, il était possible que personne ne me cherche pendant des semaines. Ils s'imagineraient que Nick et moi étions cloîtrés, bien au chaud, heureux ensemble dans notre idylle rurale.

— Mais tu ne peux pas m'entendre, de là-haut, si j'ai besoin de quelque chose.

Peut-être parviendrais-je à le convaincre de me laisser mon téléphone.

— Il y a la caméra. Elle me permet de vérifier que tout va bien.

Je tordis mes mains l'une contre l'autre, tentant de m'exprimer sur le même ton raisonnable que lui.

— Le fait est que j'ai vraiment besoin de prendre une douche. J'ai lu que des infections peuvent se développer, sinon, et atteindre le bébé. (Je me mis à sangloter de manière pas tout à fait feinte.) Le pauvre ! Il n'a rien demandé de tout ça.

— Il ? (Nick fronça les sourcils.) Tu as découvert le sexe de l'enfant et tu ne me l'as pas dit ?

— Non, non, répondis-je aussitôt. C'est juste une impression.

À vrai dire, je n'avais aucune impression du tout, et j'avais même du mal à imaginer le bébé comme une personne, mais j'avais estimé que Nick préférerait un garçon. Je craignais de l'imaginer avec une fille. La façon dont il traiterait ses fréquentations. L'étouffant dans un voile rose.

Nick réfléchit.

— Si tu promets d'être sage, tu pourras te laver. Je suis sérieux, Suzi. Rien ne m'empêche de te garder ici jusqu'à la naissance. Si quelqu'un te cherche, je pourrai toujours dire que tu es chez ta mère. Tu crois vraiment que la sécurité sociale, à court d'argent, va se donner la peine de venir jusqu'ici ? En plus, nous sommes pratiquement bloqués par la neige, en ce moment. (Il prononça ses dernières paroles avec une certaine délectation.) Il faudrait une Jeep pour descendre jusqu'ici.

Donc personne ne viendrait à mon secours.

— Nora, dis-je. Où est-elle ?

Je devais vraiment être au fond du gouffre pour que la seule personne susceptible de me sauver soit la femme qui me détestait le plus au monde.

Il haussa les épaules.

— Ce n'est pas allumé, chez elle. Je pense qu'elle est partie.

Il mentait ; j'avais vu une lueur vaciller dans son regard. Pourquoi mentirait-il à ce sujet ? Parce qu'il savait que Nora pouvait m'aider ? Cela signifiait-il qu'elle était dans les parages ? J'éprouvai soudain une folle bouffée d'espoir. Mais pourquoi diable Nora se préoccuperait-elle de mon sort ?

— Eh bien, s'il n'y a personne dans le coin, inutile de t'inquiéter que je fasse une scène, lui fis-je remarquer. Personne ne m'entendra.

Il lui suffirait de cacher les téléphones, et la maison entière deviendrait une extension de ma prison.

Nick acquiesça.

— Très bien. Tu commences à puer un peu. On se croirait dans une animalerie ici.

De manière totalement absurde, je me sentis blessée, mais je conservai le silence. C'était ma seule chance.

# Eleanor

Je ne savais pas trop quoi faire. J'arpentais mon salon, frottant mes mains glacées jusqu'à ce qu'elles soient rouges et craquelées. Que dirait la police si je l'appelais ? « Je crois que ma voisine est retenue prisonnière. — Par qui ? — Son mari. Le chef du service informatique du Conseil du comté. — Où ? — Oh, dans sa salle de musique. » C'était ridicule. Suzi aurait très bien pu partir, si ce n'était chez sa mère, chez une amie. Il était même possible qu'elle ait menti à Nick et qu'il ne soit pas au courant qu'elle était en croisière. Qu'elle se soit échappée comme je le lui avais conseillé, mais d'une manière différente. Pourtant, quelque part, je sentais que ce n'était pas le cas. Nick m'avait caché quelque chose. Ma présence ne lui avait pas plu.

J'avais tout compris depuis que je lui avais subtilisé son téléphone et que j'avais rencontré Lisa Ragozzi. Nick n'était pas dupe, même si Suzi le traitait comme tel. Loin de là, il savait exactement ce qu'elle avait manigancé. Il la surveillait par le biais de caméras, épiait ses allées et venues. Il était donc fort probable qu'il avait également espionné son téléphone. Il était stupéfiant de constater le nombre de personnes qui avaient activé « Trouver mes amis » – essentiellement un logiciel de pistage – sans le savoir ni s'en soucier. Il avait peut-être même cloné son téléphone pour pouvoir consulter ses messages ; j'avais lu que c'était réalisable assez facilement, rien qu'en envoyant un lien vers l'appareil en question. Peut-être avait-il prévu de la confronter au sujet de sa deuxième liaison, avant qu'elle lui annonce qu'elle était enceinte. Patrick ne pouvant pas avoir d'enfant, c'était donc celui de Nick, qu'il en soit sûr ou non. Et c'était vraisemblablement ce qu'il souhaitait par-dessus tout depuis qu'il avait tenté de convaincre Lisa – une étudiante ! – d'en avoir un.

Je voyais clairement son plan, comme si je l'avais élaboré en personne. Suzi était enceinte de presque sept mois, à présent. Il lui suffisait de la garder quelque part jusqu'à ce qu'elle accouche – un endroit sûr et chaud, inutile de causer de la détresse à l'enfant en rendant sa captivité désagréable –, puis, lorsqu'elle le mettrait au monde, de se débarrasser d'elle d'une manière ou d'une autre. Il n'était même pas nécessaire que ce soit un meurtre. Il avait extrêmement bien préparé le terrain, l'emmenant chez des médecins, leur signalant ses angoisses et ses hallucinations. Relatant ses courses paniquées à travers le pays, ses longues excursions dans le froid, ses sanglots durant des heures. J'imaginais qu'il la ferait interner dans un hôpital sécurisé, le genre d'établissement où j'aurais mis ma mère. Puis il divorcerait, et qui attribuerait la garde d'un enfant à une démente ? Elle avait sans doute pris rendez-vous pour des échographies prénatales, certes, et des consultations, mais il pourrait toujours leur dire qu'elle avait changé de cabinet médical. Ou l'effrayer suffisamment pour qu'elle ne bronche pas, même s'il la laissait sortir et qu'elle avait l'occasion de parler à quelqu'un. Certaines femmes vivaient ainsi des années. Moi-même, j'avais vécu dans une cage que je trouvais parfaite.

Oh, Nick était doué, je devais l'admettre. Dans d'autres circonstances, je l'aurais admiré. J'avais accompli des choses comparables. Moi aussi, j'avais été les yeux qui scrutaient dans l'ombre, une victime de la relation entre mon mari et sa femme. Moi aussi j'avais conspiré, agi en douce, manipulé. Mais uniquement dans la férocité de la vengeance éplorée. Pas en calculant de sang-froid. Je me demandais à quand remontait son plan. L'obliger à quitter Londres, cela en faisait certainement partie. Sans doute s'était-il même dit que cette première étape fonctionnerait, le déménagement. Que cela lui ferait prendre conscience de ce qu'il représentait pour elle et la pousserait à l'aimer de nouveau. À moins que la possibilité de ce dénouement ait déjà effleuré son esprit à l'époque, au cas où elle n'obtempérerait pas ?

Écartant mes rideaux, j'observai Willow Cottage, de l'autre côté de l'allée. Dans quelle mesure connaissons-nous nos voisins, savons-nous ce qui se passe derrière ces fenêtres éclairées et ces portes verrouillées ? Je ne connaissais même pas l'homme avec qui j'avais partagé ma vie. Je pensais connaître Suzi, mais, en réalité, elle m'avait caché une grande partie de son existence. J'avais tenté de connaître Nick, de percer ses secrets, mais il était là, à quelques mètres de moi, et je ne pouvais pas l'atteindre. La neige tombait encore, obscurcissant l'air glacial, embuant les vitres. Bientôt, la voie serait impraticable, ce qui signifiait que Nick n'irait sans doute pas travailler. Ce qui signifiait aussi que je ne pourrais pas entrer pour aider Suzi. Elle était là-bas, j'en étais convaincue, enfermée sous terre, ses cris étouffés par l'insonorisation. Il lui était inutile de s'embêter avec cela. À part moi, qui était là pour les entendre ? À qui allait-elle manquer si elle croupissait dans la cave pendant des mois ? Il était parvenu à faire en sorte que personne ne la cherche.

Oh, je devais l'admettre, il était vraiment très doué.

# Suzi

Au rez-de-chaussée, la lumière de la maison me faisait mal aux yeux. J'avais l'impression d'être une sorte de taupe sortie de terre. La salle de bains était propre, sans une goutte d'eau ni le moindre cheveu égaré nulle part. Sans doute Nick souhaitait-il me montrer combien il était facile d'entretenir une maison.

— Cinq minutes, m'accorda-t-il, tentant de paraître dur. Juste une douche rapide.

— Il me faut plus de temps pour laver mes cheveux, lui fis-je remarquer. Regarde comme ils sont gras.

Mon épaisse tignasse rousse était déjà emmêlée et sale. Je me sentais répugnante. Nick m'avait poussée jusqu'à la porte de la salle de bains. Je n'avais donc pas eu le temps d'attraper quoi que ce soit, et, de toute façon, je n'avais rien vu qui traînait. La table de l'entrée était débarrassée, les vases et les pots qui y trônaient d'ordinaire n'étaient plus là. Peut-être se doutait-il de mes intentions. Je me sentis soudain accablée de désespoir : comment pourrais-je être plus maligne que quelqu'un comme lui, qui avait observé chacun de mes faits et gestes depuis des mois, maintenant ?

— D'accord, très bien. Dix minutes. (Pendant un moment, je crus qu'il allait rester et me regarder me déshabiller, mais je lui lançai un regard de défi, et il s'éclipsa, laissant la porte entrouverte.) Fais vite.

Allumant la douche, je me savonnai rapidement, ainsi que mes cheveux, appréciant, malgré tout, la sensation de l'eau chaude. Cela me rappela mes vingt ans et les quatre journées crasseuses passées au festival de Reading. Sauf que, cette fois, j'étais chez moi. Je réfléchis aussitôt à plusieurs scénarios. Y avait-il un objet ici dont je pouvais me servir pour le blesser ? Le couvercle des toilettes ? J'avais lu un jour un livre où quelqu'un se faisait poignarder avec une tige fabriquée à l'aide du flotteur de la chasse d'eau. Ou alors, il y avait son peignoir, suspendu derrière la porte. Pourrais-je l'étrangler avec la ceinture ? Laissant couler l'eau, je sortis de la douche, dérapant aussitôt, me cognant le coccyx contre le bord de la baignoire.

— Ah ! (Je poussai un grand cri d'effroi. Nick surgit immédiatement dans la pièce.) J'ai glissé.

Je pleurais, aussi bien de douleur que de la perte de mon unique chance. En tombant, j'avais éprouvé un sentiment de peur panique.

— Le bébé !

— Oh, allons. Fais attention.

Il était tendre, et m'aida même à me relever. Je me sentis extrêmement vulnérable, nue, trempée et enceinte.

— Tu vas bien ? Et le bébé ?

— Je ne sais pas, pleurnichai-je. Je suis désolée, Nick. Je suis vraiment navrée. Je ne voulais pas faire ça. Sean… lui. L'homme que je… Ni Damian, je n'ai jamais voulu… je crois qu'un truc ne tourne pas rond chez moi. Je vais me faire soigner, je vais changer. Tout ce que tu voudras. Un thérapeute, l'hôpital… Je le ferai.

Délicatement, il repoussa mes cheveux mouillés de mon visage.

— J'aimerais pouvoir le croire, Suze.

Il hésitait, je le sentais. Comme s'il était possible de revenir en arrière, d'oublier qu'il me séquestrait, que j'envisageais de le frapper à la tête avec le couvercle des toilettes. Mais, à ce moment-là, j'étais si effrayée, si lasse, que j'aurais accepté n'importe quoi. Peut-être serais-je même parvenue à le convaincre, si nous n'avions pas entendu ce qui était devenu un son presque inconnu.

La sonnette.

# Maddy

L'homme – Sean – n'était pas venu le lendemain, ni le surlendemain. Elle s'aperçut qu'elle le guettait, surveillant la porte du pub, son cœur se soulevant et s'affaissant comme les bateaux dans le port à marée haute chaque fois qu'un touriste à la peau brûlée par le soleil la franchissait.

Puis, le troisième jour, c'était vraiment lui. Il portait un polo bleu marine moulant sur son torse svelte et des lunettes à monture noire qui lui donnaient un air aussi intelligent que sexy. Maddy détourna le regard, essuyant le comptoir qu'elle venait pourtant de nettoyer. Elle devina qu'il s'approchait derrière elle. Elle sentit son après-rasage citronné et boisé. Elle s'interdit de se retourner.

— Bonjour.

— Oh ! Salut.

Elle lui adressa un vague sourire. Chaleureux, mais pas trop enthousiaste. Elle avait dû apprendre ces petits jeux sur le tas, avec des garçons de son âge, mais il s'agissait là d'un homme. Elle se demanda ce qui l'attendait.

— Vous n'avez pas pu résister à l'appel du poulet korma ?

Il poussa un éclat de rire sonore et rauque.

— Sans vouloir offenser votre chef, ce n'est pas vraiment ce qui m'attire ici. (Il n'avait pas précisé ce qui l'attirait, mais elle savait qu'il parlait d'elle : « C'est vous que je suis venu voir », et elle rougit.) Écoutez, dit-il en s'approchant, ça vous ennuie si je mets les nouvelles britanniques ? Vous savez ce que c'est, vous voulez faire une pause, mais vous vous rendez compte que vous ne pouvez plus vous en passer !

Il n'y avait presque aucun client, juste un couple de personnes âgées qui n'entendaient pas la télé, de toute façon, et qui n'arrêtaient pas de se crier dessus à propos de la météo.

— J'ai dit qu'il faisait BON !

— Non, je pense qu'il fait BON dehors !

Maddy lui tendit la télécommande du bar, lui frôlant la main. Elle avait le tournis, enivrée par le parfum de sa lessive et de son après-rasage. Il alluma Sky News et regarda attentivement les images sans s'occuper de la pinte qu'elle lui avait servie.

Au bout de cinq minutes, elle se sentit obligée de l'interrompre. Elle ne supportait pas la façon dont il contemplait l'écran, captivé par une histoire morbide dans son pays, un ancien alcoolique asphyxié par un chauffage au gaz encore plus ancien. C'était elle qu'il aurait dû regarder.

— Elle n'est pas bonne ? demanda-t-elle en désignant sa bière.

— Oh ! Bien sûr que si.

Il porta le verre à ses lèvres.

— Alors, qu'est-ce qui vous amène réellement ici ? (Elle s'appuya sur le comptoir d'un air aguicheur.) Ce n'est pas le genre d'endroit où les gens voyagent seuls, n'est-ce pas ? Il n'y a pas d'hôtels pour routards ou ce type d'établissements.

— Alors, pourquoi suis-je ici, inspectrice Barmaid ?

— Eh bien, j'ai plusieurs hypothèses.

— Je vous écoute.

— Numéro un, vous êtes flic. Vous traquez un criminel quelque part sur la Costa del Craignos. (Il rit de nouveau. Elle sentit son cœur se gonfler.) Numéro deux, vous êtes en cavale.

— En quoi ?

— En cavale. (Elle s'empourpra.) C'est une vieille expression pour dire qu'on est un criminel. Qu'on s'enfuit pour éviter de se faire prendre. La Costa del Crime, c'est comme ça qu'on l'appelle ici. Parce qu'on n'a pas, genre, de traité d'extradition ou je ne sais quoi.

Il la dévisagea par-dessus sa pinte.

— Vous êtes une jeune femme intelligente. Sauf que la loi a changé en 1985.

— Ah bon ?

— Comment vous vous appelez, déjà ?

Elle lui répondit.

— Très joli. (Et, à la façon dont il lui sourit, elle comprit qu'il ne parlait pas uniquement de son nom.) Alors, Maddy. Si j'étais vraiment en cavale, tu garderais mon secret ? Ou tu me trahirais ?

Elle se pencha davantage au-dessus du comptoir. Elle savait que son tee-shirt bon marché acheté dans la boutique locale lui comprimait les seins. Sa mère le lui avait fait remarquer, sans pour autant le désapprouver.

— Je ne te trahirais jamais, répondit-elle.

# Eleanor

Toute la journée, j'avais observé la maison de Suzi et de Nick, dans la pénombre causée par la chute de neige. Poppet faisait un petit somme près du feu, m'apportant un peu de réconfort avec son haleine odorante et sa fourrure chaude. Je n'avais pas allumé l'éclairage : je voulais que Nick pense que j'étais sortie. Ma voiture était garée en bas de l'allée, sur la place d'évitement. Mais que pouvais-je faire ? Avec toutes ces alarmes, ces capteurs et des portes et des fenêtres robustes, il m'était impossible de m'introduire chez eux. Je ne pouvais pas appeler la police, car ils ne me croiraient pas. En outre, ils jetteraient probablement un coup d'œil à mon passé et s'apercevraient que Nora Halscombe n'existait pas. Sans parler du fait que je ne pourrais plus jamais voir cet enfant. Je ne pouvais pas tenter de joindre la mère de Suzi, puisque j'ignorais à quel endroit elle se trouvait et quelle croisière elle faisait. La mère de Nick, qui avait l'air épouvantable, ferait tout pour protéger son fils, j'en étais persuadée. Qui cela laissait-il ? Je ne pensais qu'à une seule solution, et, même là, c'était loin d'être gagné. Mais pouvais-je avoir confiance en cette personne ? Un aspect de son attitude m'avait mise mal à l'aise. Un trop grand intérêt, peut-être. Mais, d'un autre côté, je n'avais pas vraiment le choix.

Je passai d'abord un peu de temps avec mon nouveau meilleur ami, Google, cherchant jusqu'à ce que j'obtienne une explication et que je puisse avoir l'esprit tranquille. Puis j'ouvris ma porte d'entrée, marchant d'un pas léger, au cas où j'apercevrais du mouvement de l'autre côté de la route. Rien. Une rafale de vent glacé en plein visage, je refermai derrière moi, m'enfonçant dans l'obscurité hivernale.

# Suzi

Dès qu'il entendit la sonnette, Nick perdit toute tendresse.

— Reste là ! siffla-t-il entre ses dents. Ne fais pas un seul bruit, putain !

Il ne jurait jamais. Il attrapa une petite serviette de toilette sur l'étagère et l'enfonça brutalement dans ma bouche. Incrédule, je m'étouffai avec le coton. C'était Nick ! C'était mon mari qui me faisait ça !

— Merde, merde !

Il chercha autre chose – quoi, je l'ignorais –, puis il aperçut son peignoir au dos de la porte. Quand il en tira la ceinture, je compris aussitôt. Il allait m'attacher. Ce fut le cas. Au porte-serviette, mes bras tendus vers le haut selon un angle inconfortable. J'étais nue, dégoulinante et terrifiée.

— Mhhh… Mhhh !

— Tais-toi, Suzi ! Je ne plaisante pas.

Sa voix s'envolait dans les aigus.

Malgré mon état, mille questions me vinrent à l'esprit : qui était à la porte ? Nora ? Si c'était elle, pouvais-je prendre le risque de l'appeler ? Accepterait-elle seulement de m'aider ? Je frissonnai à l'idée qu'ils soient tous les deux de mèche contre moi. Ce n'était pas juste. Tu aurais dû être présent pour faire face avec moi aux retombées du feu que nous avions si négligemment allumé, autour duquel nous avions dansé, inconscients de tout ce qu'il brûlait. Mais tu étais mort, et j'étais seule.

Pendant que Nick désactivait l'alarme en produisant une série de bips, je poussai la serviette rugueuse avec ma langue. Il s'exprima d'une voix sonore, pleine d'assurance.

— Bonjour, que puis-je faire pour vous ?

— Oui, bonjour, nous cherchons Suzanne Matthews, lui répondit une voix inconnue, celle d'une femme. Je suis la commissaire Catherine da Souza, de la police du Surrey…

Je me mis à haleter très fort, sans pouvoir m'arrêter. Une erreur, car ma bouche étant remplie de tissu, je ne pouvais plus respirer. Il m'était uniquement possible d'émettre des grognements. Me croiraient-ils, s'ils m'entendaient ? Ou Nick, avec sa patience et son pragmatisme, parviendrait-il à leur faire croire que j'étais folle, une femme enceinte nue et trempée ? Je repensai aux éléments qu'ils avaient sur moi, à ma visite chez le médecin que Nick m'avait imposée. Je réfléchis à la manière dont cette situation pouvait empirer : on pouvait me retirer mon enfant, m'envoyer dans un hôpital psychiatrique, ou, pire, je pouvais rester coincée avec Nick à tout jamais, un Nick encore plus furieux contre moi. En jetant un coup d'œil par l'entrebâillement de la porte, je distinguai la silhouette de deux officiers de police. Ils n'étaient pas en uniforme… ce n'était pas la même juridiction que la fois précédente. De quoi s'agissait-il ? Je n'arrivais pas à recracher le bâillon. Je n'étais parvenue qu'à l'enfoncer plus profondément dans ma gorge, et j'étais à deux doigts de suffoquer. Je pris de petites inspirations par le nez, également bouché par les larmes. Je n'avais jamais été courageuse, comme je l'avais cru. Simplement téméraire. Pas assez courageuse pour mettre fin à un mariage désastreux avant qu'il soit trop tard. Mais assez téméraire pour avoir une liaison, et amorcer cette chaîne d'événements qui avait échappé à tout contrôle.

— Il y a un problème ? Je crains qu'elle soit chez sa mère. Pour la voir avant Noël, vous savez.

Nick paraissait tout à fait crédible. Dire que je me prenais pour la menteuse de notre couple…

— On a trouvé les coordonnées de votre femme sur une possible scène de crime, lui apprit une voix d'homme. Son nom et son adresse.

Un court silence. Oh, mon Dieu ! Oh, mon Dieu, comment Nick allait-il réagir ? De quoi parlaient-ils, au juste ?

— C'est curieux. Quelle scène de crime ?

— Un individu a été retrouvé mort à Guildford, hier. Asphyxie due à un chauffage au gaz. Pour le moment, nous ne sommes pas certains qu'un acte criminel ait été commis, mais nous ne pouvons pas l'exclure.

— Comment s'appelait-il ? demanda Nick.

Je n'avais aucune idée de l'identité de la victime. Qui était mort, maintenant ?

— Un certain docteur Conway, James Conway. Il travaillait à l'Hôpital général du Surrey.

Je pouvais presque entendre Nick réfléchir. Il savait que j'y étais allée, quelques jours auparavant, prétendument pour jeter un coup d'œil à la maternité. Mais que faisait Conway avec mon nom et mon adresse ?

— C'est bizarre, je suis certain qu'elle ne connaît personne de ce nom. Nous nous sommes renseignés sur l'hôpital pour éventuellement y accoucher… nous attendons un enfant, vous voyez.

« Nous ! » Mais qu'avait-il à voir avec ça ? Durant un moment, ma rage fut plus forte que ma peur.

— Il est quand même curieux qu'il ait les coordonnées de votre femme à son domicile.

Je trouvai les policiers relativement diserts. Je me demandai s'ils n'avaient pas un plan. Peut-être soupçonnaient-ils Nick d'être impliqué, d'une manière ou d'une autre, dans le décès de cette personne.

— C'est effectivement très étrange. À mon avis, sans doute s'est-il pris d'affection pour elle en la voyant à l'hôpital. Ma femme est… eh bien, elle est très belle.

En prononçant ces paroles, il avait presque l'air fier. Quel bon acteur ! Pourquoi l'avais-je tant sous-estimé ?

Les policiers ne restèrent pas longtemps. Il faisait froid. Je sentis le courant d'air glacial par la porte ouverte. Nick ne les avait pas invités à s'asseoir ni à prendre le thé.

— Merci pour votre aide, monsieur. Pouvez-vous demander à votre femme de nous contacter quand vous lui parlerez ?

— Je n'y manquerai pas. Il neige vraiment beaucoup. Faites attention dans l'allée, elle n'est pas sablée.

— On s'en est rendu compte, répondit la voix masculine. J'ai failli percuter un arbre, dans le virage. Ça risque d'empirer, cette nuit. Votre dame pourrait ne pas revenir.

— Tant qu'elle est en sécurité…, rétorqua Nick avec tendresse. Je vais lui demander de vous appeler.

— S'il vous plaît.

Ils prirent congé, et le doux déclic électronique de la serrure me fit l'effet d'une porte de prison qui se ferme. Pourquoi n'avais-je pas tenté de me libérer, de lutter, de crier ? J'étais pathétique. Et qui avait tué Conway ? La coïncidence me semblait trop grosse. Toi, puis lui, ton ami, tous les deux morts à quelques mois d'intervalle… J'entendis le léger bruit de pas de Nick qui revenait dans la salle de bains.

Lorsqu'il m'ôta mon bâillon, j'eus du mal à recouvrer mon souffle. J'avais la bouche sèche et pleine de fils de coton.

— J'ai été gentille, lui fis-je remarquer en hurlant presque d'effroi. Je n'ai rien dit !

Il me regarda fixement, alors que j'étais encore nue, toujours attachée au porte-serviette.

— Qui est ce Conway ?

Je connaissais ce regard, ce calme avant la tempête. Il me fallait trouver un moyen de m'en sortir, et vite.

— Je vais tout t'expliquer, lui promis-je d'une voix tremblante. Ce n'est pas ce que tu crois. Je serai honnête avec toi, je te le jure. Laisse-moi juste m'habiller. S'il te plaît ?

# Eleanor

Il m'était impossible de prendre ma voiture. Même si elle n'avait pas été coincée dans des congères de un mètre cinquante, je voulais éviter que Nick aperçoive la lumière des phares. Je ne voulais pas qu'il sache que j'étais dans les parages. Pas avant que je sache quoi faire. Je descendis donc à pied la route glacée dans l'obscurité totale, avec mes chaussures de marche les plus robustes. Malgré tout, j'avais peur à chaque pas. Une voiture déboulant dans le virage n'aurait eu aucune chance de me voir à temps ; je pouvais me faire projeter dans le fossé, mourir là dans la neige sans que personne ne s'en rende compte. Car nul ne viendrait me chercher. Je n'avais plus personne.

J'avais progressé d'environ trois mètres lorsque je vis le véhicule. Il passa rapidement devant moi, dérapant légèrement. Instinctivement, je bondis sur le bas-côté pour l'éviter. Un homme et une femme, tous deux en costume. Je devinai aussitôt que c'était la police. Ils venaient pour quoi ? Pour moi, à cause de Conway ? Cela aurait pu être l'occasion d'obtenir de l'aide pour Suzi, mais qu'aurais-je pu dire afin qu'ils me croient ? Et je ne pouvais pas risquer de me faire arrêter alors qu'elle avait besoin d'aide. Je m'accroupis, mon manteau noir me dissimulant contre les buissons. Après qu'ils furent passés, je poursuivis mon chemin en titubant dans la neige.

Finalement, des flocons de glace tourbillonnant dans mes yeux et figeant mon visage engourdi, j'atteignis la bretelle d'accès. Je vis les panneaux indiquant la M25 devant moi. Et il était là. L'arbre contre lequel tu étais censé avoir trouvé la mort. S'il n'avait pas fait si sombre, j'aurais pu voir les marques que ta voiture avait laissées, l'écorce abîmée. Quelle folie ! Quel acte aussi stupide qu'audacieux !

Lorsqu'une autre voiture approcha, roulant très lentement, je tendis le pouce. Je faisais du stop : qu'aurait dit ma mère ? Ce n'était guère féminin, sans parler du danger. Mais je n'avais pas vu ma mère depuis plus de vingt ans, et, sincèrement, je me fichais de ce qu'elle pensait.

J'eus de la chance. Le chauffeur était un homme âgé, lui-même déconcerté par la météo. Et heureux, j'imaginai, d'avoir de la compagnie pour l'aider à s'y retrouver.

— Quelle fichue soirée pour sortir !

Il avait l'accent du coin.

— Ne m'en parlez pas. Je dois aller à Guildford. C'est urgent, et ma voiture est coincée. C'est dans votre direction ?

Il me dévisagea avec curiosité.

— Je vais juste aux magasins. Qu'est-ce qui vous oblige à courir là-bas par une soirée pareille ?

— Il faut que j'aille à l'hôpital. C'est ma mère, elle a fait une chute la semaine dernière. Le verglas, vous voyez ?

— C'est traître. Je vais vous y conduire, ne vous inquiétez pas.

— Oh, c'est gentil ! Merci.

Il m'annonça qu'il s'appelait Bill, et l'on discuta un moment des chutes de neige, du fait que c'étaient les pires qu'il ait vues depuis les années 1950, et de sa femme, Hetty, qui avait toujours aimé la neige, mais qui était morte cinq ans auparavant. Je devinai qu'il se sentait seul, comme moi. La visibilité était quasi nulle, mais la route avait été sablée et, au moins, la circulation était fluide. Au bout d'une heure environ, on atteignit les abords de Guildford.

— Je vous dépose devant. Je ne peux pas vous laisser marcher par ce temps.

Je fus presque triste de le voir partir, lorsqu'il me déposa sur le parking. L'hôpital débordait de lumière et d'humanité, un puits de clarté dans les ténèbres. Je savais que, si je devais trouver de l'aide, c'était là et nulle part ailleurs.

# Suzi

Une heure plus tard, j'étais installée à la table de la cuisine. J'étais séchée, habillée chaudement d'un jean et d'un pull à col roulé. Nick m'avait servi un ragoût qu'il avait préparé.

— Il est bon ?

— Délicieux.

Il manquait un peu de sel à mon goût, mais, bien sûr, c'était « mauvais pour le bébé ».

— J'avais oublié que la cagette de légumes allait arriver, alors il nous reste tout ça. Je vais devoir l'annuler pour la semaine prochaine.

C'était surréaliste. Nous étions en train de parler de soucis d'intendance alors que, quelques heures auparavant, j'étais séquestrée dans la cave. J'avais tout avoué à Nick. Enfin, presque tout. Sur notre rencontre, notre liaison, ta mort, mon passage à l'hôpital, mon entrevue avec Conway sur place. J'imaginais que Conway avait sans doute eu l'intention de me faire chanter, et que c'est pour cette raison qu'il était en possession de mes coordonnées. Je m'étais souvenue de ses vêtements élimés, de son haleine alcoolisée. Je voulais bien croire qu'il avait besoin d'argent.

Cela n'avait pas été facile de raconter tout cela à Nick, mais il avait acquiescé, comme s'il en savait déjà une bonne partie. Je m'étais abstenue de faire allusion à mes entretiens avec le docteur Holt, et au fait que j'avais revu Damian.

Je pouvais encore sauver la situation. Me réconcilier avec Nick, puis, dès que la neige fondrait, m'enfuir très loin, chez ma mère peut-être, ou chez Claudia. Même si nous nous étions éloignées, j'étais convaincue qu'elle m'aiderait. S'il le fallait, je logerais à l'hôtel. Je n'avais pas vraiment intégré que la loi était là pour me protéger, pour me garantir un accès à mon argent et, surtout, pour me laisser la garde de mon enfant. Il fallait simplement que j'évite de retourner moisir dans la cave. Après, tout pourrait s'arranger.

— Qu'est-ce qu'on va faire ? m'enquis-je timidement. C'est le bazar, Nicky.

Un vieux surnom, du temps où nous nous aimions. Un temps qui, je le savais, avait existé, mais dont j'avais du mal à me souvenir, dorénavant.

Les coudes sur la table, il soupira.

— Je ne sais pas. On pourrait partir, peut-être. À l'étranger, dans un pays chaud. Attendre l'arrivée du bébé.

— Et ensuite ?

— Je ne sais pas. Suzi, est-ce que tu…

Je savais ce qu'il allait demander, et j'étais prête à lui mentir.

— Bien sûr que je t'aime. C'est juste que… j'ai tout fichu en l'air. Je me sentais si seule ici, et j'avais l'impression que tu me détestais. (Il hocha la tête comme s'il avait compris mon point de vue.) Je suis vraiment désolée. Je n'ai pas été sympa… Je ne sais pas pourquoi je fais tout ça. Mais il ne s'agit plus seulement de nous maintenant, hein ?

Je posai les mains sur mon ventre.

Il semblait ouvert et vulnérable.

— Suze, je t'en prie, dis-le-moi. C'est le mien, le bébé ?

Cette fois, je fus plus rapide.

— Bien sûr. Avec lui, j'ai toujours… Je n'ai jamais… Il est forcément de toi.

C'était un mensonge, mais Nick paraissait l'avaler. En fait, j'avais toujours pensé que c'était ton bébé en me fondant sur mes applications d'ovulation et sur le fait que j'avais tenté d'éviter de m'approcher de Nick pendant mes périodes de fertilité, mais il semblerait qu'il ait toujours eu une longueur d'avance sur moi. Peut-être que l'enfant était le sien, après tout.

Il se leva en emportant les bols de ragoût sales. J'avais mangé tout le mien, comme une gentille fille sage. Et tout aurait pu bien se passer, j'aurais pu sauver les meubles, nous aurions pu trouver un moyen de nous dépatouiller avant que je puisse divorcer en toute sécurité, si la réception erratique des téléphones portables autour de notre cottage n'avait pas choisi ce moment précis pour fonctionner. Mon téléphone, que j'aperçus alors en train de charger sur le comptoir, vibrait, bourdonnant sur le plan de travail en marbre. Un SMS. Nick fronça les sourcils.

— Qu'est-ce que c'est ?

*Stop, non, je t'en prie !* Je savais avec certitude que c'était un message qui allait tout gâcher. Mais je pouvais difficilement lui demander de ne pas le lire. Ce qu'il fit après avoir saisi l'appareil, et ses traits se déformèrent. La tendresse et la tristesse avaient disparu. À leur place, une rage froide et sourde.

— Alors, tu m'as dit toute la vérité, hein ?

Oh, mon Dieu ! Qui était l'expéditeur ? Le docteur Holt savait qu'il ne devait pas m'envoyer de SMS, il devait donc s'agir de…

— Putain de Damian !

Il jeta le téléphone sur la table, où il atterrit avec un bruit sourd. Je lus le message en un clin d'œil. C'était une réponse à l'e-mail enragé que je lui avais envoyé, celui que je savais être une erreur. « Euh, je ne vois pas ce que tu veux dire. Ce n'est pas moi qui suis allé vers toi, chérie, hein ? »

*Oh, mon Dieu ! Oh, mon Dieu !* Je n'avais pas changé de numéro depuis qu'on avait travaillé ensemble. Et les SMS continuaient à s'afficher sur l'écran de verrouillage. Nick aurait trouvé cela suspect, sinon. Pourquoi n'avais-je pas imaginé que Damian pouvait me répondre par SMS, au lieu de m'envoyer un e-mail ? Oh, bonté divine !

— Tu es allée le voir ? Tu t'es servie de mon argent pour ça ?

— Je… il se passait des choses étranges. Je me suis dit que c'était peut-être lui. Je ne voyais pas qui d'autre… je ne savais pas que c'était toi.

Si j'avais espéré le faire culpabiliser, c'était raté.

— Tu m'as menti. Je t'ai demandé de tout me dire, et tu m'as menti. Tu es une menteuse, Suzi. Je ne peux plus croire un mot de ce que tu racontes.

Me levant, je m'éloignai de lui. Je ne pouvais pas retourner dans cette cave, sentir cette odeur de poussière et de plastique. Impossible. Sur le plan de travail, il y avait le couteau que Nick avait utilisé pour découper les légumes. Des épluchures de carotte y étaient encore accrochées. Je le saisis d'une main mal assurée, sentant à quel point je tremblais.

— Arrête, Nick ! Tu me fais peur. Le bébé…

Il ricana.

— Le bébé, le bébé ! Le pauvre petit, avec une salope comme toi en guise de mère… Parfois, je me dis qu'il vaudrait mieux qu'il ne voie jamais le jour.

Oh, merde ! Le meurtre-suicide, la méthode préférée des pères vengeurs. Il n'oserait pas. C'était Nick. Malgré tout, je sentis la panique agiter mes bras. Je stabilisai le couteau à l'aide de mon autre main.

— Allez, sois raisonnable, tentai-je. Ça ne change rien à ce que nous avons dit.

— Au contraire, ça change tout !

Il se jeta sur moi, et je lâchai le couteau. Le bruit métallique qu'il fit en heurtant le carrelage fut le pire son que j'entendis de ma vie. Il approcha son visage tout près du mien.

— Sale garce, sale garce, salope, sale pute…

Il prononça ces paroles si doucement, presque en chuchotant, que cela les rendit encore plus terrifiantes.

Que pouvais-je faire ? *Ma fille, tu ferais mieux de te sauver.*

Mon regard fit le tour de la cuisine en une nanoseconde. Là, sur l'égouttoir, se trouvait le couvercle de ma cocotte Le Creuset, une sorte de lourde marmite orange que nous avions reçue en cadeau de mariage. Je m'en étais servie le soir où nous avions invité Nora à dîner, quand je croyais encore qu'il existait un moyen de s'extirper de toute cette histoire. Je le saisis. Il était lourd. Et je frappai Nick au visage de toutes mes forces. Ce fut si facile. L'onde de choc se propagea le long de mon poignet, j'en fus abasourdie.

Je le laissai tomber, mais Nick, blanc comme un linge, se mit à tituber.

— Putain… de salope… putain…

Mon portable était sur la table, juste à côté du téléphone fixe. J'aurais pu appeler une ambulance. Mais il était déjà en train de se relever. Je profitai donc de l'occasion, cette fois, vêtue d'un pull fin et pieds nus ; je m'élançai dans la neige.

# Eleanor

— Oh, c'est vous.

Après que Bill, mon aimable chauffeur, m'eut déposée à l'hôpital, je suivis le même chemin que la dernière fois jusqu'à l'aile d'obstétrique et de gynécologie. Je n'avais même pas réfléchi à ce que je ferais si le docteur Holt ne travaillait pas ce soir-là. Ni à la manière dont je comptais m'expliquer, étant donné qu'il ne savait pas officiellement que j'étais la voisine de Suzi. Finalement, il n'y avait pas lieu de s'inquiéter. Il était là, les manches retroussées, les cheveux hirsutes, en train d'acheter un Coca à un distributeur automatique orné de guirlandes. Je m'approchai.

— Docteur Holt ? Je suis…

— Eleanor. La femme de Patrick.

— Oui.

Il prit un air méfiant en me voyant, laissant sa canette dans le bac de réception de la machine. Finalement, je décidai de jouer cartes sur table. Après tout, je n'étais pas sûre du temps que nous avions devant nous.

— Docteur Holt, j'ai besoin de votre aide. C'est Suzi. Suzanne Matthews. Je pense qu'elle a des problèmes.

Sans surprise, il refusa de m'écouter, au début.

— Eleanor, je suis au courant pour vous. Vous avez emménagé à côté de chez elle. Vous savez qu'elle… connaissait votre mari.

Il n'y avait pas de temps à perdre avec ça.

— Oui, ils ont eu une liaison, mais ça n'a aucune importance pour le moment.

Il s'approcha, posant la main sur mon bras.

— Madame Sullivan, je vous en prie. Je peux vous aider. Nous avons des professionnels, ici…

— Vous ne comprenez pas. Suzi est en danger. Son mari, Nick, je pense qu'il l'a enfermée ! Il prétend qu'elle est chez sa mère, mais ce n'est pas le cas, et la salle de musique est verrouillée, alors qu'elle ne l'est jamais.

Cela avait l'air fou. Comment pouvais-je le convaincre de me croire ?

Il fronça les sourcils.

— Pardon ?

— Vous avez été en contact avec elle, n'est-ce pas ? J'ai vu ses e-mails sur votre ordinateur. Au début, je ne comprenais pas ce que vous aviez à voir avec elle. Je me suis même demandé si vous n'étiez pas embringué là-dedans.

— Dans quoi ?

— Le chantage. (Je fis un signe de la main. Cela n'avait plus d'importance non plus, désormais.) Mais ce n'était pas le cas, hein ? Vous vous souciez juste d'elle. Pendant longtemps, je n'ai pas compris pourquoi, mais j'ai ensuite mené des recherches sur vous. (Il se figea.) Edward Holt, Jane Holt… c'étaient vos parents, non ?

— Madame Sullivan…

— Je vous en prie ! S'il vous plaît, ne me chassez pas, n'appelez pas la sécurité ou qui que ce soit d'autre. Suzi a besoin de nous. Oui, je lui voulais du mal, au départ, je la haïssais, mais la situation est différente, maintenant. Vous voyez ? Elle a changé. J'ai changé. (Oh, mon Dieu, cela n'avait aucun sens.) Votre mère… je sais ce qu'elle a fait. Je comprends pourquoi, d'accord ? C'était la même chose chez moi.

Un jour, Jane Holt, une femme au foyer de bonne composition qui aimait le jardinage, avait poignardé à mort son mari Edward au beau milieu du repas dominical. Ses avocats avaient plaidé le fait qu'elle avait été victime d'abus de pouvoir durant des dizaines d'années, mais elle était malgré tout allée en prison, et y avait trouvé la mort quelques années plus tard.

Il tremblait, à présent.

— Comment pouvez-vous… vous ne pouvez pas…

— Vous comprenez, n'est-ce pas ? Comment ces individus opèrent, comment quelqu'un peut vous contraindre à vous perdre, à perdre toute foi en votre propre esprit, votre force. Nous devons l'empêcher de nuire, docteur Holt. Je vous en prie, venez.

Je ne pensais pas que cela avait fonctionné – j'étais convaincue qu'il allait insister pour appeler la police, ou simplement refuser de me croire –, mais, au bout d'un moment, je le vis hocher la tête.

— Vous êtes sûr qu'on va arriver à temps ?

Le docteur Holt frotta le pare-brise embué avec sa manche.

— C'est un 4 x 4. Je l'ai acheté après ces mauvais hivers qui se sont succédé, il y a quelques années, et qui m'ont empêché d'aller travailler.

Nous roulions au pas sur la M25 verglacée, presque aucun autre véhicule n'osait braver les éléments. Je n'y voyais pas grand-chose, que des rafales de vent qui, de temps à autre, dissipaient le brouillard glacial. J'avais expliqué au médecin tout ce que je savais : mon plan initial, les révisions que j'y avais apportées lorsque j'en avais appris davantage sur l'enfant à venir, mes doutes grandissants à propos de Nick, la raison pour laquelle j'étais persuadée que Suzi était séquestrée dans sa propre maison.

Il s'avéra que Suzi et lui s'étaient vus à plusieurs reprises, et je détectai chez lui une certaine tendresse à son égard. Elle était le genre de femme que les hommes voulaient protéger. Il le reconnut :

— Je m'inquiétais pour Suzi. Tout ce qu'elle m'a raconté sur Nick, combien il était possessif… ça ressemblait beaucoup à de l'assujettissement.

— Et encore, vous n'êtes pas au courant de la moitié de ce qu'elle subit.

Je lui racontai ce que j'avais découvert, que Nick surveillait Suzi grâce à leur système d'alarme, qu'il réinitialisait les codes du chauffage et des portes pour la déstabiliser, qu'il diffusait de la musique à distance pour lui faire croire qu'elle devenait folle. Je vis le docteur Holt serrer ses mains sur le volant.

— Pourtant, tant qu'il ne frappe pas, personne ne considérera qu'il s'agit de maltraitance, marmonna-t-il.

J'en déduisis qu'il ne songeait pas uniquement à Suzi.

— J'ai l'impression qu'il est passé à des menaces nettement plus physiques, à présent, fis-je remarquer en pensant à la cave.

— La grossesse est le moment où la plupart des cas de violences conjugales s'enveniment, m'apprit-il en me lançant un regard inquiet. Eleanor, l'un des autres médecins est mort, il y a quelques jours. James Conway. Il connaissait votre mari, il me semble. Il était au courant pour Patrick et Suzi.

— Il allait la faire chanter, lâchai-je sans expliquer comment je le savais.

— Croyez-vous que Nick…

Je m'abstins de lui répondre. Ce n'était pas le moment d'ouvrir ce panier de crabes.

— Je ne voudrais pas rater la sortie, déclara-t-il après un long silence. Prévenez-moi quand nous nous en approcherons.

Dans la pénombre, sous la neige tourbillonnante, on faillit la manquer, puis on dut prendre le virage un peu trop rapidement. Je me cramponnai à la poignée latérale, les articulations exsangues. Puis on descendit l'allée étroite plongée dans l'obscurité, l'éblouissement de l'autoroute s'étant soudain dissipé, la voiture cahotant sur les nids-de-poule causés par les gelées précédentes. J'aperçus Ivy Cottage, délaissé et couvert de neige. Il y avait quelqu'un devant ma porte, la martelant désespérément. *Suzi !* Je remarquai qu'elle ne portait que des vêtements légers et n'avait pas de chaussures. À la lueur des phares, je constatai que ses pieds nus étaient rouges.

— Stop ! m'écriai-je en saisissant le volant sans réfléchir. C'est elle !

Durant un moment de confusion, le docteur Holt avait tiré le volant dans un sens et moi dans l'autre. Pendant ce court laps de temps, une silhouette noire se dessina devant nous, sur la route. Le docteur Holt freina en jurant, mais la chaussée était trop verglacée pour que le véhicule puisse s'immobiliser, et je vis un visage blême au regard effrayé dans la trajectoire de la Jeep. Je compris aussitôt ce qui allait se passer, mais la collision était inévitable.

# SUZI

Je ne comprenais pas ce qui se passait. J'avais traversé l'allée en courant – je sentais le froid glacial sur mes pieds nus, comme de petites aiguilles qui me pénétraient dans les chairs – et je m'étais rendue directement chez Nora, même si la maison semblait inoccupée et plongée dans l'obscurité. Même s'il était probable que je serais également en danger en sa compagnie. Je n'avais simplement aucun autre endroit où me réfugier. Je croisai donc les doigts pour qu'elle se cache à l'intérieur, malgré les lumières éteintes. Je poussai un cri, ma voix emportée par le vent.

— Nora ! S'il te plaît, ouvre-moi !

Était-ce fou de me dire qu'elle m'avait aidée depuis le début, me conseillant de quitter Nick, me rappelant mes droits ? Qu'elle ne m'avait jamais souhaité de mal ?

Rien. Elle n'était pas là. J'entendis Nick traverser la route en titubant, jurant et criant. Des insultes terribles, des paroles que je ne l'avais jamais entendu prononcer auparavant.

Je savais que ce n'était pas bon signe. Il allait me ramener à la maison, me renfermer dans la cave, m'y garder jusqu'à mon terme. Peut-être expliquerait-il à l'hôpital que nous avions déménagé et m'obligerait-il à accoucher en bas, toute seule. Je me demandai combien de temps il faudrait avant que quelqu'un décide de se lancer à ma recherche. Des mois ? Des années, si Nick était un peu malin. Et je savais que c'était le cas. Il m'avait bernée si longtemps. Tout cela me passa par la tête en quelques secondes, puis j'aperçus les phares d'une voiture.

Elle faisait une embardée, roulant bien trop vite dans l'allée étroite et verglacée. La chose dont Nick m'avait toujours avertie : bien regarder des deux côtés avant de traverser. Elle se dirigeait droit sur lui. J'aimerais croire que je lui criai de faire attention, mais j'ignorais si c'était réellement le cas. Je vis la voiture – une grosse Jeep – lui foncer dessus, le projetant dans le fossé comme un pantin.

Le véhicule s'immobilisa en travers de la chaussée, et quelqu'un en surgit. Nora. Mais ce n'était pas sa voiture. Je ne savais pas à qui elle appartenait, mais elle me paraissait familière. Puis je vis le chauffeur en descendre, se précipitant vers l'endroit où gisait Nick, ôtant son épais manteau d'hiver pour libérer ses bras. Je connaissais cette silhouette trapue. C'était le docteur Holt. Il se pencha au-dessus de Nick, lui prodiguant un massage cardiaque, tandis que Nora et moi demeurions pétrifiées, observant la scène.

— C'est fini.

Au bout d'un moment, le docteur Holt se redressa, s'essuyant la bouche d'une main tremblante. Des flocons de neige tourbillonnaient autour de nous, se déposant sur nos joues et nos cils, et sur le visage livide et figé de Nick où une tache de sang grossissait au niveau de sa tempe.

— Oh, mon Dieu ! Je l'ai tué. Je vais perdre ma licence. Je vais être radié.

Je ne sais pas ce qui se serait produit s'il n'y avait eu que le docteur Holt et moi. Je divaguais à moitié à cause du choc et du froid, tandis que son instinct le poussait à dire la vérité, à appeler la police. Nous aurions pu nous en tirer, car Nick avait déboulé de nulle part sur une route sombre. Mais je lui avais fait une bosse sur le front, le couvercle de la cocotte était encore couvert de son sang, et la voiture avait fait une embardée vers lui. La police pouvait très bien relever ce genre de détails. Sans doute, comme il l'avait dit, le docteur Holt aurait-il été accusé de conduite dangereuse. Il aurait perdu son travail. Tout perdu. Et moi… j'ignorais ce qui me serait arrivé.

Quoi qu'il en soit, cela ne se passa pas ainsi. Nora – Eleanor – s'approcha, prenant le docteur Holt par le bras.

— Allons au chaud, lui recommanda-t-elle, désignant d'un signe de tête la maison d'où je venais de sortir. Rentrons à l'intérieur discuter de ce que nous allons faire.

# Alison

*Février – deux mois plus tard*

— C'était l'épouse, au téléphone. Suzi Matthews. (Plus tard ce jour-là, Tom était appuyé contre la paroi du box d'Alison, la faisant ployer de façon alarmante.) Elle va bien.

Alison s'était un peu inquiétée pour la femme, qui semblait avoir disparu, et dont elle savait qu'elle était en fin de grossesse.

— Tu lui as dit qu'elle était veuve, maintenant ?

— Non. Je lui ai demandé de venir. On va avoir besoin d'elle pour l'identifier officiellement.

Quand ils étaient allés voir leur patronne, la commissaire Claire Fisher, et avaient tenté de lui expliquer l'intuition d'Alison sur l'affaire, elle leur avait répondu qu'il était sûr et certain que leur cadavre était Nick Thomas. Son corps s'était à peine décomposé sous la neige, et, comme par hasard, il avait même son portefeuille dans la poche de son jean. Délit de fuite, corps dissimulé dans le fossé pendant tout ce temps. L'histoire était facile à deviner.

Pourtant, il y avait encore un détail qui chiffonnait Alison.

— Où était-elle pendant tout ce temps ?

— Chez sa mère, répondit-elle, puis chez un ami. Ils ont eu une grosse dispute, et Thomas est parti en claquant la porte. Il lui a envoyé un SMS pour lui annoncer qu'il la quittait, et a même prévenu sa propre mère. Elle peut nous montrer les messages, elle affirme qu'elle ne l'a pas vu depuis décembre.

C'était très habile. Après si longtemps, il y avait peu de chances de retrouver la voiture qui avait percuté Nick Thomas, et cela expliquait pourquoi personne ne l'avait vu pendant tout ce temps.

Alison réfléchit un moment.

— Et le lien avec les deux autres affaires ?

Tom haussa les épaules.

— Je ne sais pas s'il y en a un. Le premier accident, Patrick Sullivan, c'était très probablement fortuit. James Conway… ça pourrait également être un accident, avec le chauffage au gaz.

Alison le regarda d'un air sceptique. De telles coïncidences, ça n'arrivait jamais.

— Il y avait beaucoup de choses louches dans cet accident, lui rappela-t-elle. Et pourquoi le nom de Matthews se trouvait-il dans l'appartement de Conway ? Comment l'expliques-tu ?

— Eh bien, que dis-tu de ça : c'est un maître-chanteur, Conway. Il a poussé le premier type – Sullivan – à se foutre en l'air, en se jetant contre cet arbre. L'hôpital reste évasif, mais il semblerait que Sullivan leur piquait de l'argent. Une sorte d'enquête interne est en cours. Ensuite, Conway s'en prend à Thomas, il a les coordonnées de sa femme pour aller lui montrer ce qu'il sait.

Jusqu'à présent, aucun élément n'indiquait que Conway et Thomas se connaissaient, et ils n'avaient rien de fâcheux contre Nick Thomas, un fonctionnaire apparemment irréprochable. Mais, d'expérience, Alison savait qu'il y avait certainement matière à le faire chanter. C'était toujours le cas.

Tout le monde avait au moins un secret pour lequel il était prêt à tuer. Heureusement, la plupart des gens étaient incapables de passer à l'acte.

Elle poussa un soupir.

— Tu dis que c'est Thomas qui a tué Conway pour faire cesser le chantage. Alors qui le tue, lui ?

Tom haussa de nouveau les épaules.

— Aucune idée. Un véritable délit de fuite ? Un complice ? Comment le savoir ?

C'était le problème. Ils étaient tellement sollicités, en ce moment, avec toutes ces coupures budgétaires, qu'il leur serait difficile de monter un dossier pour aller plus au fond de cette affaire. Fisher avait hâte de boucler l'enquête. Trois accidents apparents, où au moins deux des victimes se connaissaient ? S'agissait-il de cette chose rare : une véritable coïncidence ? Alison soupira de nouveau, consultant les e-mails qui s'accumulaient dans sa boîte de réception comme le goutte-à-goutte d'une clepsydre.

— Supposons que tu aies raison. Allons voir à l'étage ce qu'ils en pensent.

Tom s'étira.

— Qui s'occupe de l'identification du corps, toi ou moi ?

Alison n'avait aucune envie d'emmener Suzi Matthews voir le cadavre gelé de son mari.

Elle le supplia.

— Oh, s'il te plaît, mon vieux ! Je ne peux pas. Ça a été une journée si glaciale, si horrible…

— Ne t'inquiète pas. Je vais m'en charger. Je doute qu'elle soit trop bouleversée, de toute façon, s'il l'a quittée.

— Je te revaudrai ça, lui promit-elle avec gratitude.

— Une pinte ?

— Si tu veux.

— Après le boulot, au *Feathers* ?

Soudain, il évita son regard, triturant une punaise sur la paroi de son bureau. Il leur était arrivé des dizaines de fois de prendre des verres ensemble. Ce n'était qu'une fois de plus. Mais, malgré tout, Alison eut elle aussi brusquement du mal à croiser son regard.

— Pas de rendez-vous Tinder ce soir, alors ?

Tom s'éclaircit la voix.

— Non. Je crois que je ferais mieux de foutre tout ça en l'air. Ça te dit, alors ?

— D'accord, répondit-elle d'un ton désinvolte, le laissant s'éloigner avant de s'autoriser un sourire.

# Eleanor

*Février*

Après le départ de la police, je fermai la porte avec soulagement, et j'allai chercher Isobel qui hurlait dans son berceau, écarlate. Je l'observais chaque jour à la recherche de ressemblances, mais, jusqu'à présent, tout ce que je voyais, c'était Suzi, sa tignasse et ses yeux bleu clair.

— Chut, chut ! (Je la berçai dans mes bras, et, peu à peu, satisfaite, elle se détendit contre moi.) Tu as faim, hein ? Ne t'inquiète pas, mon ange, maman va bientôt te donner à manger.

Suzi avait été sidérée cette nuit d'hiver, deux mois auparavant, lorsque je les avais réunis, le docteur Holt et elle, dans la chaleur et la lumière de son cottage. La porte de la cave était ouverte, telle une sombre bouche béante. Je compris que j'avais eu raison sur l'endroit où Nick avait retenu Suzi. Cela me hantait encore, le petit lit, la table basse, la prison accueillante qu'il avait conçue pour elle. Ils étaient tous les deux à moitié hystériques, et le docteur Holt ne cessait de répéter que nous ferions mieux d'appeler la police. Mais j'étais parvenue à le convaincre. Il nous suffisait de déplacer le corps, de le traîner un peu plus loin dans le profond fossé au bord de la route, puis de l'y laisser jusqu'à la fonte des neiges. Cela aurait pu durer une semaine ou, comme cela avait été le cas, plusieurs mois.

Pendant ce temps, j'avais envoyé des SMS à Suzi depuis le téléphone de Nick, qu'il avait par chance laissé chez eux, laissant entendre qu'il l'avait quittée après avoir découvert son infidélité. Il ne s'était pas déconnecté de toutes les applications depuis que je lui avais subtilisé son autre téléphone. Il m'avait donc été facile de m'y introduire et d'en réinitialiser le code d'accès, comme je l'avais déjà fait avec celui de Patrick. La police allait sans doute faire le lien entre ces trois morts suspectes – Conway, Nick et Patrick bien sûr –, mais j'avais suffisamment de matière pour les pousser à se raconter une histoire bien différente. Conway avait fait chanter Nick, peut-être, ou Nick l'avait tué pour le faire taire au sujet de Suzi. Ou bien Patrick et Conway avaient été tués par un tiers, une personne soumise à des pressions financières.

Suzi avait pensé que cela ne fonctionnerait pas. La mère de Nick remarquerait qu'il n'avait pas appelé. Son bureau se demanderait pourquoi il n'était pas revenu après Noël. Mais j'étais convaincue du contraire. Dans le monde moderne, les gens n'avaient pas besoin d'entendre votre voix pour être persuadés que c'était à vous qu'ils s'adressaient. Quelques dérobades ici et là. Il avait démissionné par e-mail et annoncé à sa mère par SMS (parce qu'il était malade, comme il le lui avait déjà dit, avant de perdre sa voix) qu'il quittait Suzi et partait quelque temps au vert pour se remettre les idées en place.

Et nous avions donc décidé de patienter. Peu désireuse de retourner chez elle, cette belle prison dont elle avait cru ne jamais pouvoir s'échapper, Suzi s'était installée chez moi, puis, lorsque la petite Isobel était arrivée, plus tôt que prévu, en janvier (ce qui n'était guère surprenant avec tout ce qui s'était passé), à l'hôpital. Cela n'avait rien de suspect, puisque Nick avait quitté Suzi. Du moins, on l'espérait.

C'était à présent le véritable test. La police avait découvert son corps.

Je me demandai si je devais ou non envoyer un SMS à Suzi pour la prévenir, quand j'entendis le bruit d'un véhicule qui se garait. Je la vis mettre ses cinq minutes habituelles pour s'extraire de l'habitacle, empêtrée dans les fils de ses écouteurs, ses écharpes, ses vestes en laine, ses sacs à provisions. Comme pour se faire pardonner de ne pas avoir ressenti d'excitation avant la naissance, elle semblait ne plus pouvoir s'arrêter d'acheter des articles pour Isobel.

— Ça y est! Ils l'ont trouvé, lui annonçai-je dès qu'elle eut franchi le seuil de la porte.

Son visage, rougi par la chaleur de la voiture, se fit blême.

— Ah…

— C'est une bonne chose. Finissons-en avec ça.

— Que devons-nous faire?

— Il faut que tu les appelles. Dis-leur que tu étais chez ta mère, ou chez un ami. Tiens-t'en à l'histoire. Nick t'a quittée. Il t'a envoyé des SMS, tu ne l'as pas revu.

Elle me prit Isobel, la réconfortant d'une manière qui me transperça le cœur. Issy n'était pas à moi, elle ne le serait jamais. Elle n'était pas non plus la fille de Patrick, et, comme je l'avais appris, je n'aurais jamais pu avoir d'enfant avec lui. Mais j'espérais qu'elle me considérerait au moins comme une gentille tante, et je n'étais pas venue pour rien, puisque j'allais récupérer Poppet, Suzi n'ayant pas la moindre idée de la façon dont on éduquait un chien. J'espérais réussir à bien le dresser. Nous ne pourrions jamais expliquer notre véritable relation, Suzi et moi. J'espérais tout de même qu'il y en avait une, une qui durerait, peu importe ce qui se passerait par la suite.

— Mais ils vont le deviner, n'est-ce pas? me demanda-t-elle. Combien de temps il est resté… là. Dans la neige.

— Je ne sais pas. Même s'ils le découvrent, tu n'es au courant de rien. Si quelqu'un d'autre t'a envoyé des SMS depuis son téléphone, comment pouvais-tu t'en douter ?

En tant qu'innocente voisine, je ne savais rien, et jamais ils n'allaient avoir l'idée d'impliquer le docteur Holt. Aucune piste ne le reliait à nous ; ils n'auraient aucune raison de vouloir vérifier sa Jeep, ni de découvrir qu'il l'avait vendue juste avant Noël. J'y avais réfléchi à de nombreuses reprises, au cours des deux derniers mois, testant chacune des parties de l'histoire à tour de rôle. J'étais convaincue qu'elle tiendrait la route. Après tout, ce n'était pas la première fois.

Suzi m'avait interrogée à ce sujet, alors que nous étions chez elle, cette terrible nuit, en état de choc. L'avais-je fait, comme le prétendait la rumeur ? L'incendie qui avait ravagé ma maison, tué mon père et mon gentil petit frère, et enfoncé ma mère plus avant dans sa folie ? L'incendie qui avait été la cause de mon enfermement à Uplands, un hôpital psychiatrique pour adolescentes, jusqu'à ce que je parvienne à les convaincre que je n'étais qu'une malheureuse victime des circonstances ? Je lui avais rappelé que les accidents n'étaient parfois… que des accidents. C'était tout ce qu'elle avait besoin de savoir sur cette fameuse nuit, alors qu'il n'aurait dû y avoir que mes parents et moi à la maison, Sebby étant censé aller dormir chez un ami. Un ami qui avait la varicelle. Sebby était donc resté à la maison, comme d'habitude. Moi, punie dans ma propre chambre pour une nouvelle transgression, pour m'être plainte d'avoir été interdite de cours de piano, et de devoir aller au pensionnat où ils étaient sur le point de m'envoyer, j'ignorais qu'il était là. Et Suzi n'avait pas besoin de savoir comment je m'étais glissée dehors, passant devant la chambre de ma mère, la voyant épuisée sur son lit, une cigarette se consumant entre ses doigts fins. Ni de quelle façon j'avais approché sa main des rideaux, très légèrement.

Ni que j'étais sortie, emmenant les chiens pour qu'ils n'aient rien à craindre. Que j'avais observé mon père, absent même s'il était présent physiquement, jamais moins de deux verres de whisky dans le gosier, avant de m'en éloigner. Que je ne m'étais pas aperçue, ou trop tard, que Sebby était également là. Que j'avais vu son visage livide à la fenêtre tandis que je courais sur la pelouse, l'herbe froide et humide sous mes pieds, les chiens glapissant. « *Ellie ! Ellie !* » Que j'avais tenté d'entrer, mais que j'avais été repoussée par la fumée, mes précieuses mains brûlées.

Bien sûr que j'ignorais sa présence. C'était un enfant, un innocent. Je ne lui aurais jamais fait de mal. De toute manière, j'étais quelqu'un d'autre, à présent. Ni Eleanor Treadway, ni Elena Vetriano, ni Elle-belle, ni Nora Halscombe. Je ne savais pas vraiment qui j'étais, pas encore. Mais je ne tarderais pas à le découvrir.

— Eleanor…, m'interpella Suzi, d'un ton hésitant. J'ai peur.

— Ne t'inquiète pas. (Quand je caressai la main de la fillette, elle serra mon doigt dans son petit poing.) Tout va bien se passer. L'enquête sera bientôt terminée, et ensuite je partirai.

Elle devint encore plus pâle.

— Tu en es sûre ?

— Sûre et certaine.

— Tu vas lui dire pour moi ? À propos d'Issy ? La vérité ?

— Je ne crois pas qu'il le mérite.

Elle acquiesça. Bientôt, elle vendrait la prison dorée que Nick avait fait bâtir pour elle et emménagerait dans un appartement en ville. Quand je lui demandai comment était celui qu'elle avait vu le jour même, je savais qu'elle s'extasierait sur les fenêtres à meneaux et les corniches, mais qu'elle ne dirait pas un mot sur l'escalier, les transports et la chaudière. Bénie soit-elle, elle n'avait aucun sens pratique, Suzi. Ce n'était pas idéal pour une mère célibataire. Mais, la connaissant, j'étais convaincue qu'elle ne resterait pas célibataire très longtemps. Les logements qu'elle avait visités étaient tous assez proches de la petite garçonnière du docteur Holt. Et, dès que Nick serait officiellement déclaré mort, elle récupérerait son assurance-vie, sa pension et toutes leurs économies.

Qu'elle le mérite ou non, tout s'était plutôt bien passé pour Suzi. Quant à moi, je n'avais rien gagné. Cela aurait été difficile, vraiment. La vengeance était un jeu à somme nulle, je le savais, désormais. Au moins, j'étais concernée par l'avenir d'Issy, et, avec un peu de chance, j'avais à présent une amie pour toujours.

Mais il me restait encore une tâche à accomplir avant de reprendre le cours normal de mon existence, et d'essayer d'aller de l'avant. Je n'avais que quarante-deux ans, il était encore temps, et, dorénavant, je savais que l'impossibilité d'avoir un enfant n'était pas de mon fait. Cela pouvait encore se produire. À défaut d'autre chose, j'avais de l'espoir, et cette petite étincelle était suffisante pour contenir un monde de ténèbres. Mais, avant tout, j'avais réservé un billet pour une petite ville d'Espagne, avec un pub anglais qui servait de la Newcastle Brown Ale.

# Maddy

*Avril*

Avec l'arrivée du printemps, la vie était revenue à La Tornada. Les touristes affluaient de nouveau au bar, se délectant de poisson pané avec un soulagement évident en constatant qu'il n'avait plus sa tête, regardant béatement les matchs de football de chez eux sur le grand écran. Maddy travaillait dur, grattait les assiettes éclaboussées de ketchup, tirait des pintes, souriait. Mais elle ne pouvait s'empêcher de penser à Sean. Ils s'étaient tenu compagnie tout au long des mois d'hiver, elle se faufilant dans son appartement du port dès qu'elle avait un moment de libre. Ils avaient regardé des films, joué à des jeux de société, fait des promenades sur la plage, et, bien sûr, plus encore. Maddy rougissait quand elle repensait à ce « plus encore ». Mais, ensuite, il était parti. Elle avait soudain cessé de recevoir ses messages, et n'avait obtenu aucune réponse lorsqu'elle était allée frapper à sa porte, honteuse d'être à ce point en manque d'affection.

Elle pensait sincèrement qu'il reviendrait, et, durant une semaine, chaque jour, elle avait soigné son apparence, prête à se montrer distante, mais indulgente quand elle le verrait de nouveau au pub, mais… aucun signe de lui. *Ghostée* par quelqu'un de trop vieux pour connaître le terme. Au moins, elle n'avait parlé à personne de leur relation.

Un jour, peu de temps après qu'elle l'eut vu pour la dernière fois, une femme était entrée dans le pub. Beaucoup plus âgée qu'elle – elle devait avoir deux fois son âge –, mais son allure attirait l'œil. Elle était mince, la veinarde, et avait de longs cheveux noirs probablement teints, mais brillants comme du jais. Elle portait une robe imprimée verte qui lui descendait jusqu'aux chevilles, un chapeau à larges bords et des lunettes de soleil. D'un ton affecté, comme une actrice ou n'importe quelle star, elle avait demandé à voir Patrick.

Maddy s'était aussitôt mise en alerte rouge. « Sa femme », lui soufflaient ses sens, même si elle n'aurait su dire d'où elle le tenait. C'était son épouse. Mais ce n'était pas son prénom.

— Patrick qui ?

La brune avait posé ses lunettes de soleil sur le comptoir pour que Maddy puisse voir ses yeux gris.

— Patrick Sullivan.

— Oh ? (Maddy en eut la chair de poule.) Je ne connais pas de Patrick.

— Il lui arrive de se faire appeler autrement. J'ai besoin d'entrer en contact avec lui au sujet d'un héritage. Il pourrait devenir un homme plutôt riche, si je parvenais juste à le trouver.

Maddy s'était souvenue de ce qu'il lui avait dit, qu'il était fauché, et que si cela n'avait pas été le cas, il l'aurait emmenée loin de tout cela, vivre à Paris, à New York ou même à Londres. Juste quelque part… de mieux. Mais il s'appelait « Sean » et non « Patrick ». Il ne lui aurait tout de même pas menti à ce sujet, si ?

— Désolée.

Elle avait haussé les épaules.

La femme l'avait foudroyée du regard comme s'il s'était agi d'un laser.

— Vous en êtes sûre ?

— Oui.

Depuis lors, elle s'en voulait. Et s'il avait vraiment été question d'héritage ? Avait-il découvert, d'une manière ou d'une autre, qu'elle avait refusé de lui venir en aide, raison pour laquelle il l'avait quittée ? C'était ridicule. Non, il était bien plus probable que la femme l'avait retrouvé par l'intermédiaire de quelqu'un d'autre : La Tornada était un petit patelin, après tout. Il avait sans doute tenu parole et fichu le camp dans un endroit mieux, mais sans elle.

Entendant bruisser le rideau de porte, elle vit son père entrer, soufflant dans son bermuda, le ventre arrondi sous son maillot de l'équipe d'Angleterre. C'était le résultat de nombreuses années passées à travailler dans un pub, à goûter les produits. Cela incita de nouveau Maddy à s'en sortir, retourner au pays et chercher un vrai travail. À entamer véritablement sa vie.

— Tu as vu le remue-ménage, ma chérie ?

— Quel remue-ménage ? s'enquit Maddy, qui s'ennuyait ferme.

C'était probablement encore une vente de grappa ou un âne coincé dans une ruelle. Dieu, ce qu'elle détestait cet endroit.

— Ils ont découvert un corps dans les appartements du port ! Un accident avec la gazinière, le monoxyde de carbone l'a eu. Il était là depuis des semaines !

Son père semblait tout excité par cette nouvelle. Aussitôt, Maddy sentit son cœur s'emballer. C'était impossible… Non. Mais cela expliquerait…

— Qui était-ce ? demanda-t-elle d'un ton exagérément décontracté.

Ses parents ignoraient qu'elle fréquentait Sean. Ils n'auraient pas été d'accord, vu qu'il était beaucoup plus âgé. Il était peut-être même plus vieux qu'il avait bien voulu le reconnaître, c'est-à-dire trente-six ans. Parfois, ses références ne collaient pas.

— Un Britannique, répondit son père, déjà passé à autre chose, captivé par les résultats du football à la télé. Apparemment, il s'appelait Patrick.

Découvrez le nouveau roman de Claire McGowan,
à paraître en mai 2025

***Deux Vérités, Un Mensonge***

**« Tout le monde ici a tué quelqu'un. »**
**« Il n'y a aucun moyen de quitter cette île. »**
**« Vous allez tous tuer ou être tués ici. »**
**L'une de ces affirmations est un mensonge.**
**Mais laquelle ?**

Amira n'a aucune envie de participer à l'anniversaire de son mari et de ses amis sur une île écossaise coupée du monde. Et malgré un jacuzzi chauffé au bois, le séjour s'annonce glacial. Pour détendre l'atmosphère, les convives décident de jouer à « deux vérités et un mensonge » en déposant anonymement trois déclarations sur eux-mêmes dans une boîte. C'est alors qu'un bout de papier supplémentaire apparaît, griffonné de trois menaces terrifiantes. Sans réseau et sans moyen de quitter l'île, le groupe est pris au piège jusqu'à la fin du week-end. Il n'y a que deux explications possibles : ou bien ils ne sont pas seuls, ou bien l'un d'entre eux veut leur mort à tous.

**Un jeu qui pourrait vous coûter la vie…**

« Un roman d'une noirceur à faire froid dans le dos
qui vous tiendra en haleine jusqu'à la dernière page. »
***The Sun***

Achevé d'imprimer en février 2025
Par CPI Brodard & Taupin à La Flèche
N° d'impression : 3059485
Dépôt légal : mars 2025
Imprimé en France
38122961-1